KB119382

중국문학의

향기

중국문학 장르별 이해

중국문학의

향기

| 김장환 |

學古房

『중국문학의 향기』를
펴내면서

　　대학 강단에서 '중국문학사'와 '중국문학개론'·'중국문학입문' 등을 강의해 오고 있는 지은이는 나름대로 고민이 많다. 거의 3천 년이 넘는 장구한 역사 속에서 발전해온 중국문학을, 한 학기 또는 두 학기라는 한정된 기간 내에 학생들에게 체계적이면서도 효과적으로 이해시키기란 참으로 어려운 일이기 때문이다.

　　『중국문학의 향기』를 비롯한 『중국문학의 벼리』와 『중국문학의 숨결』은 지은이가 그 동안 강의하면서 겪은 시행착오와 고민 끝에 나온 것으로, 중국문학을 처음 접하는 학생들이나 중국문학에 관심을 갖고 있는 일반인들이 가능한 한 쉽고 정확하게 중국문학을 이해할 수 있도록 배려하고자 했다.

　　『중국문학의 향기』(중국문학 장르별 이해)는 중국문학의 장르적 특징을 이해하는 데 중점을 두었다. 전체 중국문학을 문체 특징에 따라 운문문학(詩·詞·散曲), 산문문학(古文·小說), 운·산문 혼합문학(辭賦·騈儷文), 운·산문 혼용문학(戱曲·講唱)으로 대별하여 각 갈래별 특징과 공통점을 인식하도록 했다. 각 갈래별 기술은 먼저 해당 갈래의 개념과 특징 및 출현 배경을 설명한 뒤에 주요 작가와 작품을 시대순으로 정리했으며, 반드시 감상이 필요한 작품은 번역문과 원문을 함께 실었다.

『중국문학의 벼리』(중국문학사 핵심 정리)는 중국문학의 역사적 흐름을 이해하는 데 중점을 두었다. 중국문학의 기원에서부터 청나라 말까지 이어진 중국문학의 통시적 발전과정을 한눈에 파악할 수 있도록 각 시대별 핵심사항을 총 40장으로 나누어 간명하게 정리했다.

『중국문학의 숨결』(중국문학 정선 작품 감상)은 중국문학의 대표작품을 직접 감상하는 데 중점을 두었다. 『중국문학의 벼리』와 『중국문학의 향기』에 수록된 작품을 대상으로 상세한 주석을 달아 독자가 혼자 힘으로 중국문학을 원문으로 감상할 수 있도록 했다.

『중국문학의 벼리』나 『중국문학의 향기』를 공부할 때 『중국문학의 숨결』을 곁에 두고 수시로 참고한다면 학습효과가 더욱 높아질 것이라 여겨진다.

이 세 책을 통해 독자들이 중국문학을 보다 깊고 넓게, 그리고 보다 쉽고 정확하게 이해하는 데 조금이나마 도움이 된다면 지은이에게는 크나큰 기쁨이 되겠다.

2015년 8월
파주 책향기숲길
세설헌(世說軒)에서
김장환 씀

목차

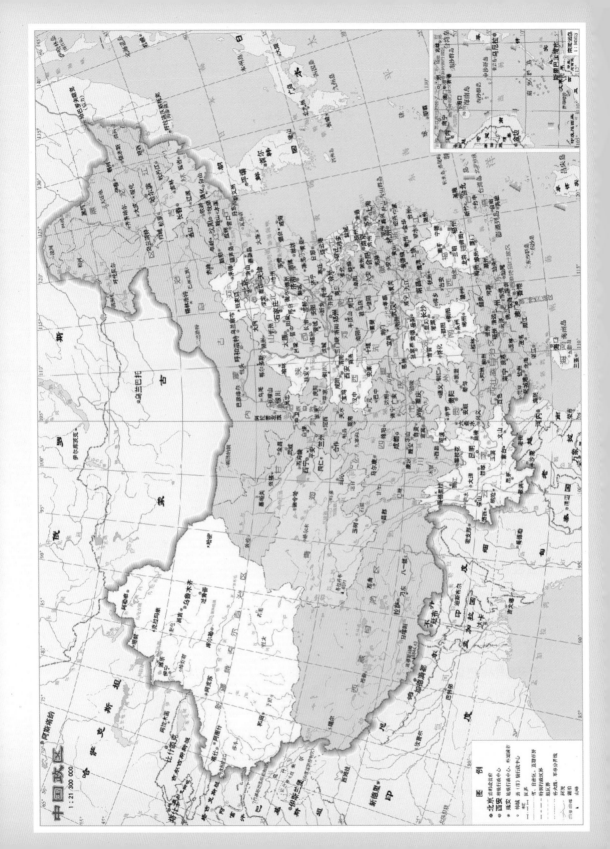

中国政区
1:21 300 000

图　例

● 北京　首都级政府
◎ 西安　省级行政中心
＊ 蓬安　地级行政中心、县级城市
* 特别　县、自治县、直辖市中心
　　　　镇、医点
　　　　国界、自治区界
　　　　特别行政区界
　　　　地区界
　　　　特大城、军级分界院
　　　　国线

중국문학의 일반적 특징

역사적 특징

역사적으로 볼 때, 중국문학은 세계의 주요한 문학유산 가운데 하나로서 적어도 기원전 14세기까지 거슬러 올라가는 3천 년이 넘는 지속적인 역사를 지니고 있는데, 이러한 지속적인 역사성은 세계문학에서 그 유례를 찾아보기 힘든 특성 가운데 하나이다.

중국문학은 수천 년이란 긴 역사를 거치면서도 거기에 사용된 문자나 문학 형태는 물론이고 그 문학이념이나 문장의식에 이르기까지 기본적으로 큰 변화 없이 꾸준히 지속적으로 유지되어 왔다.

중국문학이 이토록 오랜 역사를 통하여 내용과 형식에 있어서 거의 변함없이 그대로 계승되고 유지될 수 있었던 것은, 그것의 매체인 중국어가 발음상의 점진적인 변화, 지역적인 방언의 존재, 문자의 구조적 표현상의 몇 단계의 변화에도 불구하고 구어와 문어의 두 측면에서 쉽게 변할 수 없는 특성을 간직하고 있기 때문이다.

지리적 특징

지리적으로 볼 때, 중국의 영토는 한대로부터 열대에 이르는 광활한 지역을 포함하고 있기 때문에, 중국문학은 자연히 이러한 지리적인 여건에 따른 특징을 지니게 되었다.

전통적으로 중국에서 북방은 대체로 황하(黃河) 유역을 중심으로 하여 그 이북 지역을 가리키며, 남방은 장강(長江) 유역을 중심으로 하여 그 이남 지역을 가리킨다. 북방은 기후가 한랭하고 초목이 잘 자라지 않으며 생활에 필요한 물자의 생산이 풍부하지 못한 반면에, 남방은 기후가 온난하고 초목이 무성하며 생활에 필요한 물자의 생산이 풍부하다.

이러한 지리적인 여건 때문에 북방 사람들은 현실적·이지적 (理智的)·투쟁적·산문적인 성격을 지니고 있는 반면에, 남방 사람들은 환상적·낭만적·평화적·시적인 성격을 지니고 있다.

이러한 남북의 기질상의 차이는 바로 문학에 반영되어 있는데, 시가에 있어서 선진 시대의 『시경(詩經)』과 『초사(楚辭)』, 희곡에 있어서 원대 잡극(雜劇)과 명대 전기(傳奇), 강창(講唱) 문학에 있어서 청대의 고사(鼓詞)와 탄사(彈詞) 등이 그 대표적인 경우이다.

사상적 특징

사상적으로 볼 때, 중국문학은 크게 유가·도가·불교 사상이 서로 융합되어 그 발전의 내재적인 원동력을 제공했다.

유가의 학술사상은 수천 년의 중국 역사를 통하여 그 사회윤리의 바탕을 이루어 왔고 또한 정치이념의 근간이 되어 왔다. 따라서 한대(漢代) 이후로 발전한 중국의 전통문학도 유가사상에 의해 지탱되어 왔다고 할 수 있다. 중국의 문인들이 문학창작에 있어서 시대성이나 개성의 발휘보다는 이전 시대의 문학양식의 계승을 더 중시하는 경향이 계속된 것은 유가의 복고주의적 성향의 영향이라고 말할 수 있다. 또한 일반적으로 시나 산문을 막론하고 문학의 내용보다는 형식이나 격률을 중시하는 경향이 짙었던 것은 유가의 예교주의적 성향의 영향 때문이라고 할 수 있을 것이다.

그러나 이러한 유가와는 전혀 성격이 다른, 현실적인 모든 가치판단을 부정하고 무위자연(無爲自然)을 주장하던 도가사상은 중국문학에 끊임없이 청신한 바람을 불어넣어 주었다. 도가사상은 전국시대부터 성행했고, 한대에서는 신선사상 등과 결합되면서 도교로 변신했으며, 민간신앙과 섞이면서 중국인의 일상생활에 파고들었다. 도가사상은 유가적인 공용주의(功用主義)나 형식주의 같은 인위적인 문학의식에서 벗어나, 순수한 인간 본연의 상태에서 온갖 문학의 가능성을 추구할 수 있게 했다. 무엇보다도 도가의 상대적인 가치평가와 그 절대성의 부정은 그들의 미의식에도 그대로 널리 이용되어 그들의 예술관의 바탕을 이루었다. 또한 도교의 신선사상과 불로장생의 추구는 유가에 결여되어 있는 환상과 허구를 가능케 하여 중국문학의 내용을 풍부하게 해 주었다.

이 밖에 동한(東漢) 말에 중국에 전입된 불교도 도가사상과 함께 중국문학의 발전에 큰 영향을 미쳤다. 특히 불교의 심오한 철리성은 물론이고 그 내세관·윤회관·응보관 등은 중국문학의 이론을 발전시키고 내용을 풍부하게 하는 데 큰 몫을 해냈다.

언어적 특징

언어적으로 볼 때, 중국어의 기록 측면상 도화적(圖畵的)인 특성은 중국문학과 그것의 전파에 몇 가지 주목할 만한 영향을 미쳤다. 중국문학, 특히 시가는 독자들에게 청각은 물론이고 시각적으로 심미적인 호소를 하는 데 뜻을 두었다. 이러한 시각적인 호소는 사실상 중국에서 서예의 지위를 제고시켰는데, 서예는 최소한 지난 16세기 동안 회화에 비견되는 훌륭한 예술로 여겨지고 있다. 부정적인 측면에서 본다면 이러한 기록체계는 교육과 문자의 보급에 장애가 되어 문학작품을 감상하는 독자층을 감소시키는 결과를 가져오기도 했다.

한편으로 중국의 문자는 그것의 분명한 약점에도 불구하고 광범위한 주변지역의 동화된 이민족 집단을 포함한 여러 중국민족의 문화적 단합을 유지시키는 잠재역량을 지니고 있기도 하다. 또한 중국어 중에는 전혀 뜻이 서로 통하지 않는 방언만도 상해(上海) 지방의 오어(吳語), 복건(福建) 지방의 민어(閩語), 광동(廣東) 지방의 광동어, 몇몇 지방에 흩어져 있는 객가어(客家語) 등을 비롯하여 10여 종류나 되지만, 이처럼 말과 풍속이 다른 여러 지방의 사람들이 글을 쓸 때에는 똑같은 문자를 사용하여 그 문화적 통합성이 유지되었다. 중국어의 발음 역시 중국문학의 발전에 영향을 미쳤다. 단일 발음을 갖고 있는 각각의 글자는 하나의 문장 안에서 많은 동음이의(同音異義)를 만들어내기 때문에 말하거나 읽을 때 오해와 혼란을 일으키게 된다. 이 문제를 해결하기 위한 하나의 방법은 발음상 성조(聲調)를 도입하는 것이었다.

중국어의 이러한 음조상의 특징은 시가와 음악 사이의 밀접한 관계를 맺게 했다. 중국시가의 모든 주요한 형식이 근본적으로 음악을 곁들여 노래된 점이 이를 증명한다.

갈래별 특징

중국문학은 기본적으로 운문과 산문의 두 갈래로 나뉘는데, 여기에 운·산문의 특징을 함께 내포하고 있는 형식과 운·산문을 혼용하는 형식을 덧붙일 수 있다.

운문은 다시 시(詩)·사(詞)·산곡(散曲) 등의 작은 갈래로 나뉘는데, 서로 형식상의 분명한 차이점들이 존재하긴 하지만 이를 통틀어 시가라고 한다. 중국 시가는 음률을 맞추기 위하여 운율과 협운(協韻)에 의존하는 외에 함축성과 간결성을 특징으로 한다. 일반적으로 중국의 시인은 서정성을 강조할 때 자세하게 묘사하는 것을 억제하면서 자신의 감정을 예술적으로 승화시켜 표현하는데, 대명사나 접속사는 생략하고 한두 단어로 매우 복잡한 사고나 감정의 기복을 나타내곤 한다.

중국 산문은 크게 문언문(文言文)과 백화문(白話文)의 두 부류로 나뉘는데, 여기에 전통적인 산문과 소설 등의 작은 갈래가 포함된다. 일반적으로 고문으로 불리는 문언문은 고대 작가들이 수립한 문장 규범과 풍격을 따르고 유가의 경전과 성현의 저술을 근거로 한다. 또한 과거시험의 수요와 문학상의 성취로 인하여 전통적으로 존중을 받았기 때문에 문언문은 마침내 대부분의 산문작가들이 사용하는 어문의 도구가 되었다. 백화문은 문언문과 판이하게 다른 특징을 지니고 있는데, 그것은 작가가 일상생활에서 사용하는 살아 있는 언어로 지은 문장이다. 이러한 문체는 전통적으로 낮게 평가되어 오다가 송대 말엽부터 비로소 소설가와 희곡가들에 의해 널리 쓰이게 되었다.

산문과 시가 사이의 한계선은 다른 나라의 문학에서보다 중국 문학에서 훨씬 불분명하다. 이러한 경향은 다음의 세 가지 문학 갈래에서 분명하게 나타나고 있다. 예를 들어 부(賦)라는 갈래는 시가와 산문의 경계선상에 있으며 그 양자의 요소를 포함하고 있다. 부는 리듬과 음운 그리고 대구를 사용하는 동시에 산문적인 특징도 갖고 있기 때문에 '시적인 산문', '산문시' 등으로 불리기도 한다. 또 다른 갈래인 변려문(騈儷文)은 대구의 문장 구조와 균형 잡힌 음운 형식이 특징이다. 변려문은 시가와 비슷한 음악적인 효과와 산문적인 설명과 의론이 동시에 들어 있다. 또 변려문의 일종이라 할 수 있는 팔고문(八股文)은 이러한 특성을 특이하게 변형시킨 것으로 대구적인 문장구조와 대비적인 음운형식을 최대한 활용했는데, 단어와 단어, 구와 구, 문장과 문장을 대응시켜 긴 문단을 이루는 논문을 작성해야 한다. 지금은 문학적으로 가치가 없다고 여겨지지만 과거 수세기 동안 과거시험생의 지침으로서 중국문단을 지배했었다.

또한 중국문학에는 운문과 산문이라는 서로 다른 문학 갈래를 한데 섞어 사용하는 독특한 형식이 존재하는데, 그 대표적인 것이 희곡과 강창이다. 운문 부분은 주로 노래로 불려지므로 '창(唱)'이라 하고, 산문 부분은 주로 강술하기 때문에 '강(講)'이라 한다. 희곡과 강창은 바로 이러한 '강창'의 수법을 절묘하게 조화시킨 것으로 민간 문학적인 성격이 강하다.

이상에서 언급한 중국문학의 여러 갈래의 발전 과정을 도표로 정리해 보면 다음과 같다.

구분	시대\갈래	先秦	兩漢	魏·晉·南北朝	隋·唐·五代	宋·金代	元代	明代	清代
운문문학	詩	詩經------	---樂府(民歌)--- ---五七言古詩---		擬·新樂府 -律詩·絶句-	------	------	------	------
	詞				詞----	------	------	------	------
	散曲					散曲-------	------	------	------
운산혼합문학	辭賦	楚辭-------	---古賦-	----騈賦---	----律賦------	-----文賦-----	------	------	------
	騈儷文		騈儷文-----		--四六文---		------	---八股文---	
산문문학	傳統散文	歷史散文-- 諸子散文--	------	------	----古文----				
	小說	神話·傳說·寓言·傳記		志怪---- 志人 傳奇	------ ------ ------	話本-小說 講史	-白話短篇 -白話長篇	小說--------- 章回小說---	------
운산혼용문학	戲曲	原始歌舞-----	歌舞戲·滑稽戲·傀儡戲·参軍戲----	--雜劇-南戲-- 院本-		--雜劇-----	傳奇-------	-雅部 ——京劇 -花部
	講唱			變文 俗講	俗講 ----講唱	------	--鼓詞·彈詞-	------

이상의 분류 외에 문학평론 갈래를 첨가할 수 있는데, 중국문학의 경우 평론은 시·사·부·고문·변려문·소설 등의 갈래 속에 산재되어 있기 때문에 어느 한 갈래로 귀속시키기가 어렵다. 따라서 위의 도표에서는 문학평론을 따로 구분하지 않았다.

시대별 특징

선진문학(BC1400~BC222)

'선진(先秦) 문학'이란 상고시대부터 진나라가 중국을 통일하기 이전까지의 문학을 말한다.

일반적으로 고고학적인 발굴에 의해 입증된 중국의 신사시대(信史時代)는 갑골문(甲骨文)이 발견된 은(殷)나라로부터 시작되지만, 오늘날 기록으로 남아 있는 문학 자료는 거의 대부분 춘추전국시대에 이루어진 것이다. 춘추전국시대는 정치적으로는 춘추오패(春秋五覇)와 전국칠웅(戰國七雄)이 서로 패권을 다투던 약육강식의 혼란스러운 시기였지만, 정치사상과 학술문화 측면에서는 치국의 방략을 제시한 다양한 학설이 나와 이른바 '백가쟁명(百家爭鳴)'의 황금시기를 이루었다.

이 시기에는 중국 최초의 시가집인 『시경(詩經)』과 중국 전통 산문의 근원으로 여겨지는 『상서(尙書)』가 출현하여 중국문학의 출발점이 되었다.

- **갑골문**

  중국 최초 문자기록의 실물은 은(殷)나라 후기 300년 동안 거북 등과 짐승 뼈에 새겨 놓은 복사(卜辭)이다. 이러한 복사는 모두 당시 왕실에서 신에게 제사 드리거나 점을 칠 때 사용하던 것으로, 너무 간단하고 단편적이어서 문학작품으로는 볼 수 없다. 그러나 복사 중에는 이미 적잖은 어휘가 담겨 있기 때문에 이것으로 오늘날 중국문자의 근원임을 증명할 수 있다.

● 신화

초기의 중국문학에는 신화 지식을 구체화한 위대한 서사시가 아직 존재하지 않았으며, 지금까지 전해지는 신화자료 또한 개략적이고 단편적이어서, 완전하고 체계적인 신화를 제공하기가 매우 어렵다. 은나라 때의 자료에는 한계가 있으며, 주(周)나라의 자료는 비교적 풍부하기는 하지만 그것을 운용할 때는 한(漢)나라의 저작들을 참고해야만 한다. 초기의 중국신화는 늦어도 주나라가 개국될 당시에 유행하던 종교적인 상황에서 형성되었으며, 주나라 말기에는 심오한 변화를 일으키기 시작했다. 초기의 신들이 전반적으로 새롭게 재해석되어 일부 신들과 신화 속의 주인공들이 추상적인 개념이나 역사인물의 성격을 띠게 되었다. 예를 들어 황제(黃帝)와 치우(蚩尤)의 전쟁신화는 도교고사의 일부분이 되었으며, 더 나아가 『수호전(水滸傳)』과 『서유기(西遊記)』와 같은 후대 통속소설의 창작에 부분적인 소재를 제공했다.

● 시가

중국 최초의 시가 총집인 『시경(詩經)』은 민간 가요인 「국풍(國風)」, 조정 음악인 「아(雅)」, 묘당(廟堂) 음악인 「송(頌)」으로 이루어진 고대 시집으로 모두 305편의 시가 실려 있다.

일반적으로 주나라 초기(BC1122)에서 춘추시대 중엽(BC570)에 이르는 시기에 북방의 황하 유역을 중심으로 생겨난 것으로 여겨진다. 형식은 4언을 위주로 하며 내용은 서사성보다는 서정성을 중시한다. 또한 음악적인 효과를 위하여 협운을 강조하며 음악과 배합하여 노래 부를 수 있는데, 특히 「송」은 가무를 겸할 수 있다. 『시경』은 오경(五經: 『詩』·『書』·『易』·『禮』·『春秋』) 가운데 하나로서 대대로 숭고한 지위를 누려 왔는데, 그것은 『시경』이 가장 고전적인 문학작품이며 일찍이 공자(孔子)가 친히 시를 산정(刪訂)하여 유가(儒家)의 중요한 경전이 되었기 때문이다. 『시경』은 후대 중국 시가 문학에 심오한 영향을 미쳤다. 『시경』과 대략 같은 시기에 나왔지만 또 다른 체재의 시가는 초사(楚辭)이다. 초사는 초나라 사람의 노래라는 뜻으로 남방의 양자장 유역을 중심으로 한 초나라에서 흥기했다. 그것은 『시경』과 마찬가지로 구(句) 끝에 협운을 했지만 문체는 서로 다르다. 구절이 비교적 길고 불규칙적이며, 보통 한 구절의 중간에 '혜(兮)'자를 집어넣어 감탄의 어기를 강조한다. 초사의 초기 작가와 작품은 중국문학사상 위대한 시인 가운데 하나인 굴원(屈原: BC4C~BC3C)의 「이소(離騷)」가 대표적이다. 「이소」는 굴원 자신의 가계(家系)를 밝히고, 임금과 나라를 사랑하는 충성심과 국사에 대한 걱정을 표현했으며, 참소를 당하고 떠돌아다니는 자신의 슬픈 심정을 달래기 위하여 먼 이역과 하늘나라에서 펼친 상상의 여행을 묘사했다. 굴원이 창시한 이러한 양식은 이후 5세기 동안 계승·발전되었다.

● **산문**

이 시기의 중국산문은 크게 역사산문과 제자산문으로 나눌 수 있다. 역사산문은 한 나라나 여러 나라의 역사 사실을 기록한 것으로 『상서(尙書)』·『춘추(春秋)』·『국어(國語)』·『전국책(戰國策)』 등이 있으며, 제자산문은 제자백가의 학술과 사상을 설파한 것으로 『노자(老子)』·『논어(論語)』·『맹자(孟子)』·『장자(莊子)』·『묵자(墨子)』·『한비자(韓非子)』 등이 있다. 『상서』는 중국 최초의 역사산문집으로 서사(誓辭)·정령(政令)·서찰과 단편적인 사건 기록을 포함한 고대 국가의 정부 문건을 모아놓은 것이다. 『춘추』는 노(魯)나라를 중심으로 하여 각국의 역사사실을 기록한 편년체의 사서이고, 『국어』와 『전국책』은 각국의 대사를 나누어 기술한 국사별(國史別) 사서이다. 『노자』는 『도덕경(道德經)』이라고도 하며 노자 학설의 요체로서 부분적으로 운(韻)이 들어 있는 간결하고도 정련된 산문이다. 『논어』는 공자 학설의 정수로서 주로 공자와 제자들 사이의 문답을 기술한 것이다. 『맹자』와 『장자』는 각각 공자와 노자의 학설을 계승·발전시킨 것으로 문장이 훨씬 길어지고 가다듬어졌으며 우언고사를 잘 운용하여 문학성이 증가되었다. 『묵자』는 묵가를 대표하는 저작으로 논리성이 뛰어나며, 『한비자』는 법가를 대표하는 저작이다. 그밖에 제자백가의 여러 학설을 종합하고 많은 민간전설을 내포하고 있는 『여씨춘추(呂氏春秋)』는 이 시기 산문의 가장 발전된 면모를 보이고 있다.

선진 문학은 중국문학이 발생하고 발전하는 출발점으로서 중국문학의 전통과 특징의 형성·발전, 나아가 심미의식(審美意識)의 역사적 연원을 이해하는 데 매우 중요한 의의를 지니고 있다.

진·한대 문학(BC221~AD220)

기원전 10세기 말 북방의 신흥국가였던 진나라는 군사적·정치적으로 급속히 발전하여 마침내 중원의 제후들과 각축을 벌였지만, 문학상으로는 축적된 유산이 많지 않았다. 또한 기원전 221년 진시황(秦始皇)이 천하를 통일하여 대제국을 건설했지만 15년 만에 몰락하고 말았으므로 문학상 발전할 시간적 여유도 없었다. 게다가 진시황은 부국강병책으로 통치권을 강화하는 과정에서 법가의 정책을 받아들여 형법을 중시하고 학술을 통제하여 마침내 '분서갱유(焚書坑儒)'를 단행함으로써 문학의 발전을 크게 저해했다.

유방(劉邦)에 의해 기원전 206년에 건국되어 기원후 220년까지 지속된 한나라는 외척 왕망(王莽)에 의해 잠시 제위를 찬탈당하여 그가 세운 신(新)나라를 전후로 서한과 동한으로 나뉘기도 했지만, 전체적으로는 행정조직을 정비하여 강력한 중앙집권 전제국가를 이루었다. 학술사상 측면에서는 서한 무제(武帝) 때 동중서(董仲舒)의 건의를 받아들여 유학을 숭상함으로써, 이후 중국 전체의 사상적·문화적 통일성에 크게 영향을 미쳤다.

● 시가

이 시기에 새롭게 등장한 부(賦)는 시와 산문의 요소를 함께 지니고 있는 형식으로 초사체(楚辭體)와 직접적인 계승관계가 있는 문체이다. 보통 한대 초기에 유행한 소체부(騷體賦)와 경제(景帝) 때 일어나 무제(武帝)·선제(宣帝) 때 흥성한 산체장부(散體長賦)의 두 종류로 나뉜다. 특히 후자는 길게 늘여서 꾸미는 포장(鋪張) 수법과 조탁에 힘을 기울여 한나라의 궁정문학이 되었으며, 귀족들의 사치스런 생활을 묘사하거나 도성의 성대하고 화려한 경관을 노래하는 도구로 사용되었다. 이 때문에 사마상여(司馬相如: BC179~BC117) 등과 같은 유명한 부 작가들은 모두 궁정의 배우와 비슷하다는 비난을 받기도 했다. 그러나 한부(漢賦)는 독특한 풍격을 지닌 문체로 인정받고 있다. 문학사상 한나라 때 이룩한 또 다른 공헌은 무제 원삭(元朔) 3년(BC126)에 정식으로 악부(樂府)를 세운 것이다. 이보다 앞서 이미 악부령(樂府令)이라는 관직이 설치되긴 했지만, 무제 때에 이르러서야 비로소 기구가 완비되어 담당 관리가 시가를 채집하고 악기에 맞추어 음악화했다. 묘당의 교사(郊祀)나 연사(宴射) 류의 송가 외에도 각 지방에서 채집한 민가가 보존되어 있는데, 서정적인 시가를 포함한 아름답고 애잔한 가요 등은 모두 묘당문학에 비하여 매우 진지하고 활발한 성격을 띠고 있다. 이 시대의 대표적인 작품으로는 「고아행(孤兒行)」·「맥상상(陌上桑)」·「공작동남비(孔雀東南飛)」·「고시십구수(古詩十九首)」 등을 들 수 있는데, 이 가운데 「공작동남비」는 초기 중국문학에서 가장 장편의 시가로서 총 353구로 되어 있다. 악부 시가, 특히 민가는 대부분 5언을 위주로 하고 있는데 이러한 형식은 후대 5언시의 원류가 되었다.

● **산문**

산문은 진·한대에 이르러 더욱 크게 발전했는데, 사전(史傳) 문학의 쌍벽인 『사기(史記)』와 『한서(漢書)』가 가장 뛰어나다. 태사공(太史公) 사마천(司馬遷: BC145~BC86)이 지은 『사기』는 장장 18년이 걸려 완성된 것으로, 전설상의 황제(黃帝)로부터 시작하여 한 무제까지 약 2천 년간의 역사 사실과 인물에 관한 사적을 기전체(紀傳體)로 기술했는데, 총 130권 50여만 자에 이른다. 이 책은 중국 최초의 통사

(通史) 대작으로서 후대 정사(正史)의 전범으로 여겨지고 있다. 사마천이 죽고 나서 100여 년 뒤 반고(班固: 32~92)에 의해 지어진 『한서』는 서한(西漢)의 역사를 기술한 것으로 총 80여만 자에 이르는데, 체재와 규모면에서 『사기』에 다소 뒤지기는 하지만 중국 단대사(斷代史)의 효시로서 가치가 높다. 그밖에 비교적 중요한 산문 작품으로는 회남왕(淮南王) 유안(劉安)이 지은 『회남자(淮南子)』를 들 수 있는데, 전국시대 제자서(諸子書)와 비슷한 풍격을 지니고 있다.

위·진·남북조 문학(220~589)

한나라가 멸망한 후 중국은 장기간의 분열상태로 접어들었다. 이 시기는 정치와 사회가 모두 불안했지만 문학상으로는 오히려 발전했는데, 그것은 불교문학의 영향으로 중국어의 음률미가 강화되었고 북방 이민족이 세운 북조와 한족 중심의 남조가 서로 대치하는 상황에서 문학적인 다양성이 추구되었기 때문이다.

위진남북조는 문학사조에 있어서 많은 변화를 가져왔는데, 그 원인으로 다음의 몇 가지를 들 수 있다. 정치상으로는 약 370년간 10여 왕조가 부침을 거듭했고, 팔왕(八王)의 난과 영가(永嘉)의 난 등 내란과 외란이 겹쳐 사회가 오랫동안 혼란과 불안에 처하게 되자, 지식인들을 중심으로 현실과 동떨어진 일종의 청담(清談)의 기풍이 형성되었다. 학술상으로는 한대에 국시로 추앙받던 유학이 위진남북조에 이르러 음양참위설(陰陽讖緯說)로 변질되고 역대 제왕들이 유학을 경시하자, 그 정치적 뒷받침을 잃게 됨으로써 자연히 문학사조의 변화에 영향을 미치게 되었다. 철학상으로는 일종의 난세의 산물로서 청정무위(清淨無爲)와 만물제동(萬物齊同)을 주장하고 소극적인 현실도피 경향을 띤 노장철학이 부활되었는데, 이러한 주장과 경향이 당시 사람들의 심리적인 요구에 부합되었다. 종교상으로는 후한에 형성된 도교와 후한 말 중국에 전입된 불교가 위진남북조에 이르러 상호교류를 통하여 널리 전파되었는데, 도교의 피세사상과 불교의 염세사상이 당시의 시대적 요구에 부합되었다.

이러한 사회적 요인에 따라 위진남북조의 문학경향은 염세적인 은일사상이 팽배하고, 낭만적인 개인주의 경향이 강하며, 조탁과 수식에 힘쓴 유미주의 경향이 짙고, 현허적(玄虛的)·사변적(思辨的)인 경향이 농후하다. 또한 순문학에 대한 자각과 함께 문학의 독립성을 인정하여 문학론과 비평론이 발달하게 되었다.

• 시가

이 시기의 시가는 남방과 북방이 서로 다른 풍격을 띠고 있는데, 남방은 대부분 서정시가 위주이고 북방은 전쟁의 강인한 기운이 비교적 강하게 내포되어 있다. 이 시기에는 많은 문인들이 배출되었는데 그 중에서 조식(曹植: 192~232)과 도연명(陶淵明: 365~427) 두 사람이 대표적이다. 조식은 서정적이고 우아한 오언시에 뛰어났으며 그의 부친 조조(曹操: 155~220), 형 조비(曹丕: 187~226), 동시대의 시인들과 함께 건안문학(建安文學)이라는 풍격을 조성했다. 도연명의 시는 특히 담백하고 자연스러운 특색을 갖추고 있는데, 그의 이러한 시풍은 후세의 많은 시인들이 본받았다. 그가 전원에 은거한 후에 지은 「귀거래사(歸去來辭)」와 술 마신 뒤에 쓴 「음주(飮酒)」 12수는 많은 사람들에게 애송되는 대표작품이다.

• 산문

이 시기의 문학은 정통 유가의 영향에서 벗어나 도가와 외래 불교문학의 영향을 점차적으로 받았으며, 조화로운 음률과 아름다운 수식을 강조한 변려문이 산문 형식의 주류를 이루었다. 동진(東晉) 초기의 시인이자 문학비평가인 육기(陸機: 261~303)가 지은 『문부(文賦)』는 문장을 지을 때 창조성을 중요시하고 이전 사람들의 작품을 모방하는 인습에 반대했다. 양(梁)나라의 유협(劉勰: 464?~521)이 지은 『문심조룡(文心雕龍)』은 최초의 전문적인 문학비평서로서 당시에 유행하던 변문체로 되어 있다. 또한 도연명의 「도화원기(桃花源記)」와 왕희지(王羲之)의 「난정집서(蘭亭集序)」 등은 당시 산문의 주류에서는 다소 벗어나 있었지만 그 소담한 기풍과 청신한 필치로 후대에 널리 애송된 작품이다. 북조의 대표적인 산문 작가와 작품에는 양현지(楊衒之)의 『낙양가람기(洛陽伽藍記)』와 역도원(酈道元)의 『수경주(水經注)』 등이 있다. 또한 동한 이래로 계속된 불교경전의 번역이 이 시기에 질량 면에서 모두 증가하여 중국문학의 발전에 상당한 충격과 영향을 미쳤다.

● **소설**

한편 이 시기에는 중국 소설이 형성되기 시작했는데, 일반적으로 지괴(志怪)소설과 지인(志人)소설로 분류한다. 동진 간보(干寶: 317전후)의 『수신기(搜神記)』는 지괴소설의 대표작으로서, 귀신과 관련된 민간전설과 역사전설을 주된 내용으로 하고 있다. 남조 송(宋) 유의경(劉義慶: 403~444)의 『세설신어(世說新語)』는 지인소설의 대표작으로서, 동한 말부터 동진까지의 유명한 지식인들에 관한 흥미로운 일화를 기록했는데 당시에 유행하던 청담(淸談)의 기풍이 잘 반영되어 있다.

수·당·오대 문학(589~960)

위진남북조의 혼란한 시대를 평정하고 통일제국을 이룩한 수나라는 겨우 37년밖에 유지되지 못했기 때문에 문학적으로 발전할 겨를이 없었다.

수나라를 개국한 문제(文帝) 양견(楊堅)은 북조에서 싹이 튼 반유미주의 문학주장을 이어받아 문풍 개혁에 적극적인 의지를 보였으나 육조의 화려한 문풍을 일소할 수는 없었다. 문제를 이어 즉위한 양제(煬帝) 양광(楊廣)은 주색에 빠져 음탕하고 사치스런 향락을 일삼았기 때문에 자연히 양·진대(梁陳代)의 궁체문학이 다시 번성하게 되었다.

중국문학은 당대에 이르러 황금시대를 맞이했다. 당대의 문인들은 통일제국의 번영과 외국과의 활발한 교류 등으로 다양한 사회생활을 경험함으로써 안목과 시정(詩情)이 확대되었으며, 안사(安史)의 난과 같은 대변란으로 풍부한 창작 경험과 소재를 얻을 수 있었다.

• 시

특히 시가는 이 시기에 대단히 번성했다. 이전의 시체(詩體)가 모두 사용되고 개량되었으며, 아울러 새로운 형식인 근체시(近體詩) 역시 형성되었다. 근체시는 구법(句法)에 있어서는 오언과 칠언, 체재에 있어서는 절구(絶句)와 율시(律詩)의 구별이 있는데, 엄격한 격률이 그 특징이다. 율시는 오언율시와 칠언율시 모두 기·승·전·결의 구조를 갖춘 8구로 이루어지는데, 평측(平仄)과 압운(押韻)을 쓰는 외에 '승'에 해당하는 제3·4구와 '전'에 해당하는 제5·6구가 서로 대구(對句)를 이루어야 하며 이를 따로 '함련(頷聯)'과 '경련(頸聯)'이라고 부르기도 한다. 절구는 오언절구와 칠언절구를 막론하고 4구로 구성되며 격률은 율시의 규정과 같다. 이 시기에는 위대한 시인들이 많이 배출되었는데, 호방한 기질로 낭만적인 정감을 노래한 시선(詩仙) 이백(李白: 701~762)과 자신이 처한 정치와 사회의 여러 모순들을 사실적으로 묘사한 시성(詩聖) 두보(杜甫: 712~770)가 가장 유명하다. 그밖에 산수와 전원의 아름다움을 그림같이 그려낸 왕유(王維: 701~761), 변새의 쓸쓸한 풍정을 담아낸 잠삼(岑參: 715~770), 두보의 시풍을 이어 받아 왜곡된 사회문제를 평담한 언어로 고발하고 신악부시(新樂府詩)를 제창한 백거이(白居易: 772~846) 등도 이름이 높았다. 청나라 때 편찬된 『전당시(全唐詩)』에는 2,200여 명의 시인들의 작품 48,900여 수가 실려 있다.

● 사

한편 당말 오대 때에 사(詞)라고 하는 일종의 새로운 시가형식이 생겨났는데, 음악에 맞추어 노래 부를 수 있는 보다 자유스러운 형식이었다. 이것은 각 구의 자수가 일정하지 않기 때문에 장단구(長短句)라고도 부른다. 사는 민간의 악부시가에서 기원하여 중당(中唐) 때에 이미【억강남(憶江南)】등과 같은 사 작품이 창작되었으며, 만당(晚唐)에 이르러 비로소 시인들의 주목을 받았고, 오대 때에는 마침내 시의 울타리를 벗어나 독립된 지위를 차지하게 되었다. 만당의 시인 온정균(溫庭筠: 812~870)은 사의 창작에 힘을 쏟은 첫 번째 문인으로 '화간파(花間派)'라는 사풍(詞風)을 창도했다. 오대 남당(南唐)의 군주 이욱(李煜: 937~978)은 오대 사단의 영수로서 초기에는 주로 남녀간의 농염한 애정을 묘사했지만, 나라가

망한 후에는 고국을 그리는 애상을 침울한 어조로 노래하여 과거 화간파의 사풍과는 다른 풍격을 보여주었다.

● **산문**

당대에는 산문 방면에 중대한 변혁이 일어났는데, 그것은 바로 고문의 대가인 한유(韓愈: 768~824)가 창도한 '고문운동'이다. 그는 수백 년 동안 숭상해온 변려체의 문장을 일소하고 '문장복고(文章復古)'와 '문이재도(文以載道)'를 주장했다. 이러한 주장은 다소 보수적인 성향을 띠고 있긴 했지만, 사실상 문장을 엄격한 형식의 틀에서 해방시켜 자연스러움으로 되돌리는 효과를 거두었다. 같은 시대의 유종원(柳宗元: 773~819)은 고문운동의 또 다른 대표자로서, 고문체를 운용하여 널리 사람들에게 애독되는 훌륭한 산수유기문(山水遊記文)과 소품문(小品文)을 창작했다.

● **소설**

고문운동은 또한 소설의 한 형식인 전기(傳奇)의 활발한 발전을 촉진했다. 전기는 수당 교체시기에 생겨나 당대 중엽 이후에 매우 번성했다. 전기는 일반적으로 고문으로 기술했는데, 편폭은 짧지만 구성이 비교적 짜임새 있으며 애정·협의(俠義)·신선·귀신 고사 등 다양한 내용을 포괄하고 있다. 대표작품으로는 이공좌(李公佐: 770?~850?)의 『남가태수전(南柯太守傳)』, 원진(元稹: 779~831)의 『앵앵전(鶯鶯傳)』 등을 들 수 있다. 전기 가운데 일부 작품은 후대에 소설과 희곡으로 개편되기도 했다. 또한 전기를 진정한 중국 소설의 시작으로 여기는 주장도 있다.

● 민간문학

당말에는 또 다른 문학 형식인 변문(變文)이 생겨났는데, 이
것은 불교의 포교와 관련된 것으로 산문과 운문을 적절히 섞
어 강창(講唱)하는 매우 색다른 형식이다. 처음에는 주로 부
처의 일생에 관한 일화를 강창했으나 나중에는 중국의 역사
고사와 민간전설에서 재미있는 부분을 뽑아 강창했다.

송대 문학(960~1279)

송나라는 문(文)을 숭상하고 무(武)를 경시하여 결과적으로 금나
라의 침입을 받아 수도를 천도하는 전란을 겪기도 했지만 문학 방면
은 다양하게 발전했다. 이러한 문학의 발전은 주로 새로운 관료체계
를 형성한 신흥 사대부계층의 대두, 도시경제의 발달에 따른 시민계
층의 형성, 인쇄술의 발달, 많은 학교의 설립에 따른 것이었다.

● 산문

당나라 때 한유가 제창한 고문운동은 북송에 이르러 고문의
대가인 구양수(歐陽修: 1007~1072)와 소식(蘇軾: 1037~
1101) 등에 의해 계속 이어져 더욱 활발해졌다. 송대의 고문
운동은 그 후에도 저명한 역사·철학가인 사마광(司馬光:
1019~1086)과 이학가(理學家)인 주희(朱熹: 1130~1200) 등
의 지지를 받았는데, 그들은 모두 유미주의적인 문학에 반대
하고 꾸밈없는 질박한 고문 작품에 찬성했다.

● 소설

소설 방면에 있어서는 판이하게 서로 다른 두 가지의 추세가

있었는데, 그것은 문언(文言)소설과 화본(話本)소설이다. 문언소설은 당대의 전기를 답습하여 별다른 창의성이 없었다. 반면에 화본은 민간에서 구어로 이야기를 강창(講唱)할 때 사용된 대본으로 송대 소설의 주류를 이루었는데, 이러한 백화체의 화본은 후대 중국 소설의 발전에 새로운 지평을 열어주었다.

● 시

송시는 우선 내용과 형식에 있어서 그 규모가 크게 확대되었는데, 당시와 비교하여 그 특징을 간추리면 철리화·산문화·통속화·평담화(平淡化)를 들 수 있다. 이 시대에는 탁월하게 일가를 이룬 시인들이 많이 나왔는데, 북송에는 시문의 대가인 소식과 강서시파(江西詩派)의 영수인 황정견(黃庭堅: 1045~1105) 등이 있으며, 남송에는 우국의 충정을 노래한 애국시인 육유(陸游: 1125~1210) 등이 있다. 특히 육유는 1만여 수에 달하는 방대한 작품을 남긴 보기 드문 다작가이다.

● 사

송대에는 또한 시인들이 대부분 사를 짓는 데에도 뛰어났는데, 사는 일반 문인들과 민간의 중시를 받아 마침내 당당히 송대 문학의 주류로 자리 잡았다. 이 시기의 대표적인 사인으로는 북송의 유영(柳永: 1045전후)·소식·주방언(周邦彦: 1056~1121)과 남송의 이청조(李淸照: 1081~1140?)·신기질(辛棄疾: 1140~1207) 등이 있다. 그 중에서 이청조는 중국문학사상 가장 유명한 여류 사인이다. 그밖에 소식과 신기질은 모두 사의 풍격이 호매(豪邁)하고 의경(意境)이 청신하여 세상에서 '소·신(蘇·辛)'으로 병칭된다.

원대 문학(1279~1367)

북방 이민족인 몽골족이 세운 원나라는 한족의 문화와 문학을 중시하지 않았기 때문에 자연히 전통문학은 쇠퇴의 길을 걸었다. 반면에 민간문학의 성격이 짙은 희곡과 통속소설은 괄목할 만한 발전을 이루었다.

잡극과 산곡을 제외한 시·사·산문 등 이른바 정통문학은 원 왕조의 상대적인 문화적 낙후와 한족 문인에 대한 차별 대우로 말미암아 전반적으로 저조한 상태를 면치 못하여, 두드러진 작가나 작품이 나오지 못했다.

● 희곡

원대에는 서로 다른 민족들이 한데 섞이게 되자 그들이 공동으로 사용하는 언어로부터 일종의 새로운 곡조가 생겨났는데, 이것은 새로운 문학 갈래의 흥기를 촉진했다. 원대의 희곡은 일반적으로 잡극(雜劇)이라고 하는데, 과거에 이미 있어 왔던 골계희(滑稽戲)·참군희(參軍戲)·가무희(歌舞戲)·괴뢰희(傀儡戲)·영자희(影子戲) 등의 기초 위에 인도 등지의 희곡 양식의 영향을 받아 생겨난 것이다. 잡극의 구성은 한 작품이 4절(折: 오늘날의 幕에 해당)로 이루어지고, 창(唱: 노래)·과(科: 동작)·백(白: 대사)의 3요소를 갖추었다. 비록 당시의 문인들이 다투어 작품을 짓긴 했으나 아직은 정통 문학평론가들의 중시를 받지 못하여 많은 작품들이 미처 기록으로 보존되지 못한 채 없어지고 말았다. 현재 총 167편이 남아 있는데 이것은 원래의 10%도 안 되는 분량이다. 대표적인 작가와 작품에는 관한경(關漢卿)의 『두아원(竇娥冤)』, 마치원(馬致遠)의 『한궁추(漢宮秋)』, 왕실보(王實甫)의 『서상기(西廂記)』 등이 있다.

• 시가

원대에는 산곡(散曲)이라고 하는 새로운 시가 형식이 생겨났
는데, 이것은 전통적인 사의 형식을 타파했으며 잡극과의 관
련성이 깊다. 산곡은 잡극보다 늦게 생겨났으며 그 중요성도
잡극에 미치지 못한다. 희곡의 주요작가들이 대부분 산곡에
도 뛰어났다.

• 통속소설

이 시기의 소설은 당·송대의 소설과는 아주 다른 특성을 지
녔다. 우선 작품의 편폭이 전대에 비하여 매우 장편화 되었
으며 또한 대부분 백화문체를 사용했다. 가장 뛰어난 장편
통속소설가로는 원말 명초의 나관중(羅貫中: 1367전후)을 들
수 있는데, 그가 지었다고 알려져 있는 『삼국지통속연의(三
國志通俗演義)』와 『수호전(水滸傳)』은 널리 인구에 회자되는
중국소설의 대표적인 작품이다. 이 두 작품은 명대의 『서유
기(西遊記)』·『금병매(金瓶梅)』와 함께 중국의 4대 기서(奇書)
로 손꼽히며, 후대의 장회체(章回體) 소설에 커다란 영향을
미쳤다.

명대 문학(1368~1643)

한족이 세운 명나라는 몽골족의 지배하에서 억압당했던 한족
의 문화를 회복하는 데 힘을 기울였다. 이에 따라 자연히 전통적
인 시문이 다시 그 중요성을 되찾게 되었다. 그러나 과거시험에
사용되었던 팔고문(八股文)은 그 형식이 너무 까다로워서 시문의
자유로운 발전에 장애가 되기도 했다.

- **전통문학**

명대의 문인들은 시가와 산문 방면에서 대부분 복고적인 성향이 매우 강하여 '문은 반드시 진·한을 따르고 시는 반드시 성당을 좇는다[文必秦漢, 詩必盛唐]'는 의고주의(擬古主義)가 팽배했다. 이러한 복고운동은 모방을 지나치게 강조한 나머지 창의성이 결핍되었기 때문에 그 성과는 사실상 당·송대의 고문운동에 비하여 보잘것없었다. 이른바 '전후칠자(前後七子)'를 중심으로 한 의고주의 문학은 대체로 진·한의 문학을 숭상하는 진한파(秦漢派)와 한유의 '문이재도(文以載道)'의 주장을 강조하는 당송파(唐宋派)로 대별된다. 이러한 의고주의 문학사조는 명대 전체를 휩쓸다가 명대 말엽인 16세기에 이르러서야 원씨 3형제[袁宗道·袁宏道·袁中道]가 주도한 공안파(公安派)의 반대에 부딪쳤다. 그들은 문학의 진화성을 주장하고 훌륭한 작가가 갖추어야 할 조건으로 '성령(性靈)'을 강조했다. 공안파와 그 뒤를 이은 종성(鍾惺)·담원춘(譚元春)이 중심이 된 경릉파(竟陵派)의 영향으로 명말에는 청신하고 미려한 소품문(小品文)이 창작되었다.

- **희곡**

명대 문학의 진정한 가치는 통속문학인 희곡과 백화소설에 있다고 할 수 있다. 이 시기의 희곡은 남곡(南曲)이라고도 하는 '전기(傳奇)'가 매우 성행했는데, 전기는 송대의 희곡인 '희문(戱文)'으로부터 발전해 온 것으로 북곡(北曲)인 잡극과 구성상 많은 차이가 있다. 전기는 원래 민간에서 생겨난 것이지만 그 후로 점차 문인들의 지지를 받아 잡극을 누르고 희곡문학의 주류를 차지하게 되었다. 초기의 전기 작품으로는 고명(高明: 1305?~?)의 『비파기(琵琶記)』가 가장 유명하다. 『비파기』 이후로 전기는 잠시 침체하기도 했으나 곧 다시 흥성했다. 이러한 전기의 부흥은 여러 지방의 서로 다른 곡조를 개량하여 '곤강(崑腔)'이라는 새로운 곡조를 만들어 낸 위량보(魏良輔)와 곤강을 사용하여 우수한 작품을 창작하고 이를 널리 유행시킨 양진어(梁辰魚)가 중요한 역할을 했다. 곤강은 감미로운 노래와 섬세한 음악성 때문에 그 후 18세기말까지 중국 극단을 지배했다.

● **소설**

명대 중엽 이후에는 소설의 창작도 크게 발전되었다. 우선 장편 백화소설의 대표작으로는 오승은(吳承恩: 1500?~1582?)의 『서유기』와 작자미상의 『금병매』를 들 수 있다. 『서유기』는 당나라의 승려 현장(玄奘)이 천축국(天竺國: 인도)에 가서 불경을 가져 온 고사에 근거하여 100회의 장회체 신마(神魔)소설로 확대 부연한 것이다. 『금병매』는 100회로 이루어져 있으며 주인공인 서문경(西門慶)과 그 처첩들의 음탕한 생활을 적나라하게 묘사하여 일찍이 음서(淫書)로 지목되었다. 그러나 이제까지의 통속소설과는 달리 철저하게 현실사회를 다룬 사실주의적인 묘사수법은 중국소설사에서 주목받을 만한 가치가 있다. 그밖에 단편 백화소설도 꽤 유행했는데 송대의 화본을 모방했다 하여 '의화본(擬話本)'이라 부른다. 그 대표작품에는 풍몽룡(馮夢龍: 1574~1645)의 삼언(三言: 『喩世明言』·『警世通言』·『醒世恒言』)과 능몽초(凌濛初: 1580~1644)의 이박(二拍: 『初刻拍案驚奇』·『二刻拍案驚奇』)이 있다.

청대 문학(1644~1911)

청나라는 이민족인 만주족이 세운 왕조였지만 역대 군주들이 중국의 전통적인 문화·학술·문학 등을 옹호하여 지속적인 발전을 가져왔다. 청대의 문학은 고증학(考證學)으로 대표되는 학술조류의 영향으로 복고적인 성향이 강했지만 이전 시대의 모든 문학 양식이 고루 발전했다. 특히 고전문학에 대한 정리와 연구는 큰 성과를 거두었다.

• 시문

청대의 시단에는 문학 전체의 복고적인 조류 속에서 여러 유파가 생겨났으나 대체로 당시를 숭상하는 종당파(宗唐派)와 송시를 숭상하는 종송파(宗宋派)로 나눌 수 있다. 오위업(吳偉業: 1609~1671)이 창시한 종당파는 그 후 왕사정(王士禎: 1634~1711)·원매(袁枚: 1716~1797)·심덕잠(沈德潛: 1673~1769) 등이 각기 다른 시론을 내세워 발전시켰으며, 종송파는 전겸익(錢謙益: 1582~1664)이 주도했다. 또한 이러한 유파와는 달리 자신의 창의와 개성을 살려 독자적인 시풍을 세우려던 시인들도 있었다. 청말에는 황준헌(黃遵憲: 1848~1905)을 중심으로 한 시계혁명(詩界革命)이 일어나 이제까지의 복고주의적 성향을 타파하고 전통적인 중국 시의 내용과 형식을 개혁하자고 주장했는데, 이는 후대 백화시(白話詩)의 발전에 큰 영향을 미쳤다.

사는 청대에 이르러 부흥기를 맞이하여 많은 작품들이 창작되었으며 사에 관한 이론과 평론도 활발했다. 초기에는 납란성덕(納蘭性德: 1655~1685)이 사단을 대표했고, 그 후로 주이존(朱彝尊: 1629~1709)·진유숭(陳維崧: 1625~1682)·장혜언

(張惠言: 1761~1802) 등이 각기 다른 풍격의 사를 지었다. 산문 방면은 당시의 학술조류와 밀접한 관련을 맺으면서 고증을 중시하고 실질을 숭상했다. 특히 방포(方苞: 1668~1749)·유대괴(劉大櫆: 1698~1780)·요내(姚鼐: 1731~1815)를 중심으로 한 동성파(桐城派)가 청말까지 문단을 지배하여 그 영향력이 지대했다.

● **소설**

청대에는 명대에서와 마찬가지로 통속문학에서 뛰어난 성과를 거두었다. 소설의 발전은 청대에 이르러 전성기를 맞이했다. 뛰어난 작가들이 많이 나왔을 뿐만 아니라 소설의 형식과 내용이 모두 발전했는데, 일부 문언소설이 창작되기도 했지만 그 주류는 역시 장편 백화소설이었다. 포송령(蒲松齡: 1640~1715)이 지은 『요재지이(聊齋誌異)』는 중국 문언소설을 집대성한 작품으로, 여우·혼령·신선·기인·동식물·꿈 등에 관한 기이한 이야기 431편을 모은 것이다. 이야기 속에 등장하는 요물들은 인간성을 지니고 있어서 친근감을 주기도 하며, 봉건예교와 정치를 완곡하게 비판한 것도 있다. 오경재(吳敬梓: 1701~1754)가 지은 『유림외사(儒林外史)』는 55회로 이루어져 있으며, 과거 제도로 말미암아 일어나는 관료 정치제도의 모순과 사회의 부패 등을 주로 묘사하여 풍자소설의 걸작으로 손꼽힌다. 조설근(曹雪芹: 1715?~1763?)이 지은 『홍루몽(紅樓夢)』은 총 120회이며, 관료 집안인 영국부(寧國府)와 영국부(榮國府) 두 대가정의 몰락과 가보옥(賈寶玉)을 중심으로 12미녀들이 펼치는 애정고사를 묘사한 것으로 중국 인정소설의 최고작이다. 『홍루몽』에 관한 비평과 연구는 대단히 활발하여 '홍학(紅學)'이라는 명칭이 있을 정도이다. 청말에는 주로 조정의 부정부패와 탐관오리들을 신랄하게 질타하는 이른바 '견책(譴責)소설'이 유행했는데, 이백원(李伯元: 1867~1906)의 『관장현형기(官場現形記)』가 대표적인 작품이다.

• 희곡

희곡은 명대 전기의 발전을 계승하여 청대 중엽에 대단히 성행하여 홍승(洪昇: 1645~1704)의 『장생전(長生殿)』, 공상임(孔尙任: 1648~1718)의 『도화선(桃花扇)』과 같은 명작들이 나왔다. 그러나 그 후로는 새로운 곡조인 피황조(皮黃調)가 유행함에 따라 곤강에 의거한 전기는 급속히 쇠퇴하고 여러 지방희(地方戲)가 대두했으며, 이를 통합 발전시킨 경극(京劇)이 마침내 탄생되었다.

• 번역문학

1840년에 일어난 아편전쟁을 계기로 중국은 서구 열강에 문호를 개방하지 않을 수 없게 되었는데, 이에 따라 자연히 서양의 학술서적과 문학작품이 들어와 번역되기 시작했다. 서구의 근대사상을 본격적으로 번역 소개한 사람은 엄복(嚴復)이었다. 특히 헉슬리의 『진화와 윤리』를 번역한 『천연론(天演論)』은 당시의 지식인과 사상계에 커다란 영향을 주었다. 문학작품을 처음으로 번역한 사람은 임서(林紓)인데, 그는 외국어를 전혀 알지 못했지만 외국어에 능통한 사람의 구술에 의지하여 무려 170여 권에 달하는 각국의 작품을 번역했다. 이 두 사람은 모두 고문의 명수였기 때문에 그들의 번역서는 모두 미려한 고문으로 쓰였다.

詩歌

시가

感時花濺淚
恨別鳥驚心
烽火連三月
家書抵萬金

원시시가

인류 최초의 시가는 노동하는 과정에서 자연스럽게 발생되었으며 가무(歌舞)와 불가분의 관계에 있다. 일반적으로 중국 원시시가는 대부분 자구가 간단하고 내용이 질박하며 집단성이 강한 특징을 보이고 있다. 또한 같은 글자나 비슷한 운으로 압운하기도 하고 운이 없는 것도 있다. 현재 남아 있는 기록 중 원시시가에 비교적 가까운 작품은 「탄가(彈歌)」(『吳越春秋』)와 「사사(蠟辭)」(『禮記』) 등이 있으며, 그 밖에 복희(伏羲)의 「망고가(網罟歌)」, 신농(神農)의 「풍년가(豊年歌)」, 요(堯)의 「격양가(擊壤歌)」, 순(舜)의 「경운가(卿雲歌)」 등이 있지만, 대부분 후대 사람들의 위작으로 추정된다.

「사냥 노래(彈歌)」

대나무 자르고,
대나무 잇고, [彈弓을 만들어]
흙덩이 날려,
짐승 쫓는다.

斷竹, 續竹.
飛土, 逐肉.

[『古詩源』卷1]

「태평 노래(擊壤歌)」

해 뜨면 일어나고,
해 지면 쉬고,
우물 파서 마시고,
밭 갈아 먹으니,
임금님 힘이 나에게 무슨 소용 있으랴!

日出而作, 日入而息.
鑿井而飲, 耕田而食.
帝力於我何有哉!

[『古詩源』卷1]

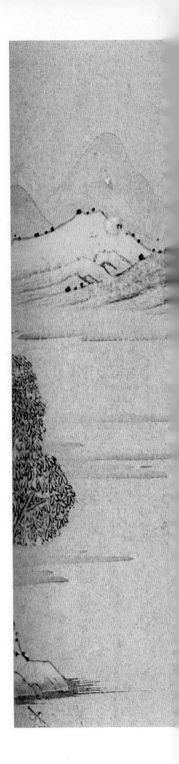

『시경』

중국 시가의 진정한 출발은 『시경(詩經)』에서 시작되었다.

『시경』은 대략 주(周)나라 초기(BC1122)에서 춘추시대 중기(BC570)까지 500여 년간에 수집·정리·창작된 중국 최초의 시가 총집으로, 대부분 황하 유역을 중심으로 발전했으므로 북방문학이라 할 수 있다. 당시에는 채시관(採詩官)이 민간가요를 수집하여 태사(太師)에게 바치면, 태사가 그것을 음악화하여 군주에게 들려주었고, 군주는 이것으로 정치의 득실을 살폈는데, 이러한 가요가 바로 『시경』의 원류가 되었다.

『시경』은 오경 가운데 하나로서 대대로 숭고한 지위를 누려왔는데, 그것은 『시경』이 가장 고전적인 문학 작품이며 일찍이 공자가 친히 시를 산정(刪定)했다고 하여 유가의 중요한 경전이 되었기 때문이다.

『시경』에는 총 311편의 시가 실려 있는데, 그 중에서 가사는 없고 제목만 있는 6편의 '생시(笙詩)'를 제외하면 총 305편이다.

『시경』의 체재는 「풍(風)」·「아(雅)」·「송(頌)」으로 구성되어 있다. 먼저 「풍」은 총 160편이 실려 있고, 주남(周南)·소남(召南)·패(邶)·용(鄘)·위(衛)·왕(王)·정(鄭)·제(齊)·위(魏)·당(唐)·진(秦)·진(陳)·회(檜)·조(曹)·빈(豳) 등 15국의 민간가요를 수록한 것으로, 악기 반주가 필요 없는 청창(淸唱)이다. 「아」는 총 105편이 실려 있고 다시 「대아(大雅)」와 「소아(小雅)」로 나뉘는데, 「대아」는 조정의 조회 때 사용되었고 「소아」는 일반 연회 때 사용되었다. 이것은 악기로 반주하는 가창(歌唱)이다. 「송」은 총 40편이 실려 있고 다시 「상송(商頌)」·「주송(周頌)」·「노송(魯頌)」으로 나뉘며, 종묘의 제례악(祭禮樂)으로 사용되었다. 이것은 음악과 동작이 곁들여진 가무(歌舞)이다.

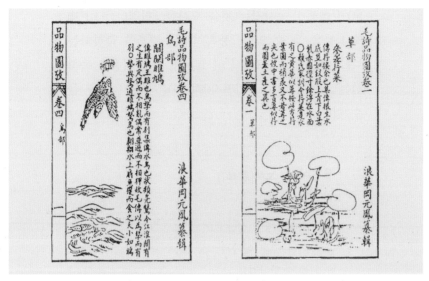

　　또한『시경』의 표현수법에는 부(賦)·비(比)·흥(興)의 3가지가 있는데, '부'는 사실을 그대로 묘사하는 수법이고, '비'는 한 사물을 가지고 다른 사물에 비유하는 수법이며, '흥'은 본의(本義)를 펼치기 전에 다른 사물을 빌어 감흥을 일으키게 하는 수법이다.

　　이상의 '풍'·'아'·'송'·'부'·'비'·'흥'을『시경』의 육의설(六義說)이라고 한다.

　　『시경』의 내용은 크게 서정시·서사시·사회시·풍속시로 나누어 볼 수 있다. 서정시로는 열렬한 사랑을 묘사한 「정녀(靜女)」[「邶風」], 부모를 애도하는 「요아(蓼莪)」[「小雅」], 몹쓸 애인을 원망하는 **「건상(褰裳)」**[「鄭風」] 등을 들 수 있다. 서사시로는 후직(后稷)의 탄생을 묘사한 「생민(生民)」[「大雅」], 무왕(武王)의 벌주(伐紂)를 묘사한 「대명(大明)」[「大雅」] 등을 들 수 있다. 사회시로는 망국의 슬픔을 묘사한 「서리(黍離)」[「王風」], 백성의 고통을 묘사한 「벌단(伐檀)」[「魏風」], 귀족들의 가렴주구를 풍자한 「석서(碩

鼠)」「魏風」, 농사짓는 것을 묘사한 「칠월(七月)」「豳風」 등을 들 수 있다. 풍속시로는 결혼을 축하하는 「관저(關雎)」·「도요(桃夭)」「周南」, 자손 많음을 축하하는 「종사(螽斯)」·「인지지(麟之趾)」「周南」 등을 들 수 있다.

「징경이의 노래[關雎]」

관-관- 암수 징경이,	關關雎鳩
하수 모래톱에서 정답고요.	在河之洲
덕성 어린 고운 아가씨,	窈窕淑女
님의 좋은 짝이지요.	君子好逑
들쭉날쭉 마름잎,	參差荇菜
물길 따라 찾고요.	左右流之
덕성 어린 고운 아가씨,	窈窕淑女
자나 깨나 찾지요.	寤寐求之
찾아도 만나지 못해,	求之不得
자나 깨나 가슴에 새기지요.	寤寐思服
오래도록 오래도록,	悠哉悠哉
이리저리 뒤척이네요.	輾轉反側
들쭉날쭉 마름잎,	參差荇菜
여기저기서 캐고요.	左右采之
덕성 어린 고운 아가씨,	窈窕淑女
금슬로 벗하지요.	琴瑟友之
들쭉날쭉 마름잎,	參差荇菜
여기저기서 고르고요.	左右芼之
덕성 어린 고운 아가씨,	窈窕淑女
종과 북으로 즐기지요.	鍾鼓樂之

「國風·周南」

關雎圖

「치마 걷고[褰裳]」

그대가 날 생각해 준다면야,	子惠思我
치마 걷고 진수라도 건너겠지만,	褰裳涉溱
그대가 날 생각 안 해주니,	子不我思
어찌 다른 사내 없으랴?	豈無他人
별 미친 녀석 다 보겠네!	狂童之狂也且
그대가 날 생각해 준다면야,	子惠思我
치마 걷고 유수라도 건너겠지만,	褰裳涉洧
그대가 날 생각 안 해주니,	子不我思
어찌 다른 사내 없으랴?	豈無他士
별 미친 녀석 다 보겠네!	狂童之狂也且

[「國風·鄭風」]

「큰 쥐[碩鼠]」

큰 쥐야, 큰 쥐야,	碩鼠碩鼠
우리 기장 그만 먹어라.	無食我黍
삼 년 동안 너를 모셨는데,	三歲貫女
그래 날 좀 못 봐주겠니?	莫我肯顧
가련다, 너를 버리고,	逝將去女
저 즐거운 땅으로 가버리련다.	適彼樂土
즐거운 땅, 즐거운 땅,	樂土樂土
그곳에선 내 설 곳 찾겠지.	爰得我所
큰 쥐야, 큰 쥐야,	碩鼠碩鼠
우리 보리 그만 먹어라.	無食我麥
삼 년 동안 너를 모셨는데,	三歲貫女
그래 나에게 선심 좀 못 써주겠니?	莫我肯德
가련다, 너를 버리고,	逝將去女
저 즐거운 나라로 가버리련다.	適彼樂國

즐거운 나라, 즐거운 나라,	樂國樂國
그곳에선 대접받고 살겠지.	爰得我直
큰 쥐야, 큰 쥐야,	碩鼠碩鼠
우리 나락 그만 먹어라.	無食我苗
삼 년 동안 너를 모셨는데,	三歲貫女
그래 날 좀 못 달래주겠니?	莫我肯勞
가련다, 너를 버리고,	逝將去女
저 즐거운 들로 가버리련다.	適彼樂郊
즐거운 들, 즐거운 들,	樂郊樂郊
그곳에선 아무도 탄식할 사람 없겠지.	誰之永號

[「國風·魏風」]

『시경』은 북방의 민가로서 내용이 인사와 실제에 치중되어 있으며 현실성이 강한 점이 특징이다. 형식상으로는 묘사가 소박하고 4자 위주의 단구로서 쌍성(雙聲)·첩자(疊字)·첩구(疊句)·첩운(疊韻)이 많다는 점을 특징으로 들 수 있다. 『시경』은 중국 최초의 시가 총집으로 후대 각종 운문의 시조가 되었는데, 그 중에서도 5·7언시와 악부(樂府) 등 주로 민간가요에 영향을 미쳤다.

악 부

'악부(樂府)'는 본래 한 무제 원삭(元朔) 3년(BC126)에 설치한 음악을 관장하던 관청 이름이었다. 조정에서는 '악부령(令)'을 두어 전문적으로 민간가요를 채집·정리하고 음악에 맞춰 넣게 했는데, 이러한 과정을 거친 민가를 '악부시', 또는 줄여서 '악부'라고 불렀다. 나중에는 채집한 민가를 모방하여 지은 문인의 작품까지도 모두 '악부'라고 불렀다.

악부시의 분류는 매우 복잡한데 역대로 가장 타당하게 분류했다고 인정받고 있는 송대 곽무천(郭茂倩)의 『악부시집(樂府詩集)』에서는 전체 악부시를 총 12가지로 분류했다. 즉 교묘가사(郊廟歌辭: 祭禮樂), 연사가사(燕射歌辭: 宴會樂), 고취곡사(鼓吹曲辭: 軍樂), 횡취곡사(橫吹曲辭: 軍樂), 상화가사(相和歌辭: 民樂), 청상곡사(淸商曲辭: 民樂), 무곡가사(舞曲歌辭: 舞樂), 금곡사가(琴曲歌辭: 琴樂), 잡곡가사(雜曲歌辭: 民樂), 근대곡사(近代曲辭: 隋唐代의 雜曲歌辭), 잡가요사(雜歌謠辭: 俗謠), 신악부사(新樂府辭: 唐代의 新樂府詩)가 그것이다. 이 중에서 문학성과 예술성이 뛰어난 작품은 대부분 상화가사·잡곡가사·청상곡사·횡취곡사에 들어 있으며, 우리가 일반적으로 말하는 악부민가는 바로 이 4부류에 대부분 속해 있다.

악부민가의 예술적인 특징으로는 참신하고 다양한 형식, 정채로운 서사수법, 질박하고 자연스러운 언어풍격 등을 들 수 있다.

『시경』의 영향을 받아 생겨난 악부민가는 가깝게는 5언시의 발생과 발전에 직접적인 영향을 주었고, 멀리는 당대 백거이(白居易)의 '신악부운동'에 영향을 미쳤다.

한대 악부

한대 악부민가의 주요 작품에는 「전성남(戰城南)」·「십오종군정(十五從軍征)」·「부병행(婦病行)」·「고아행(孤兒行)」·「상산채미무(上山采蘼蕪)」·「맥상상(陌上桑)」·**「공작동남비(孔雀東南飛)」** 등이 있다.

「공작동남비」는 본래 제목이 「고시, 초중경의 처를 위하여 지음[古詩爲焦仲卿妻作]」이며, 총 353구 1765자로 된 중국 고대의 가장 장편이자 가장 뛰어난 서사시로서, 한대 말기에 지어진 것으로 보인다. 내용은 봉건적인 가족제도와 전통적인 윤리도덕 때문에 희생된 초중경(焦仲卿)과 유란지(劉蘭芝)라는 젊은 부부의 슬픈 사랑 이야기이다.

「공작새는 동남쪽으로 날아가고[孔雀東南飛]」

한나라 말 건안 연간에 여강부의 소관(小官) 초중경의 처 유씨가 초중경의 모친에게 내침을 당했다. 유씨는 개가하지 않겠다고 스스로 맹세했지만 그녀의 집에서 개가하라고 강요하자 강물에 몸을 던져 죽었다. 초중경은 그 소문을 듣고 역시 정원의 나무에 스스로 목을 매었다. 당시 사람들이 이를 슬퍼하여 다음과 같이 시를 지었다.
공작새는 동남쪽으로 날아가며, 5리마다 한 번씩 배회하네.
"13살엔 비단 짤 수 있었고, 14살엔 옷 짓는 걸 배웠어요.
15살엔 공후를 탔고, 16살엔 시·서를 읊었지요.
17살에 당신의 아내 되었지만, 마음속은 늘 괴롭고 슬퍼요.
당신은 부리가 되어, 절조 지키며 딴 마음 먹지 않지만,
천첩은 빈방에 남아, 서로 만나는 날이 늘 드물어요.
닭 울 때 베틀에 올라, 밤늦도록 쉬지도 못한 채,
사흘에 다섯 필씩 끊어내도, 어르신은 일부러 늦는다고 탓하세요.
베 짜기가 늦는 게 아니라, 당신 집의 며느리 노릇하기가 어렵네요.
천첩을 부릴 만하지 않다면, 공연히 놔두어봤자 쓸모도 없으니,
부모님께 얼른 말씀 드려서, 일찌감치 돌려보내주세요."
부리는 그 말 듣고, 안채로 올라가 어머님께 아뢰었네.
"소자는 박복한 팔자인데도, 다행히 이 아내를 얻었습니다.
머리 얹고 부부가 된 것은, 황천까지 함께 갈 생각이었습니다.
함께 부모님 모신 지 두세 해, 이제 막 시작이고 오래되지도 않았습니다.

아내의 행실에 잘못도 없는데, 어찌하여 야박하게 하십니까?"
어머님은 부리에게 이르셨네. "어찌하여 그다지도 용렬하냐?
네 처는 예절도 없고, 거동도 제멋대로로다.
내가 분을 품은 지 오래되었는데, 네가 어찌 마음대로 하려 드느냐?
동쪽 집에 참한 색시가 있는데, 진라부라고 한단다.
어여쁜 몸매가 그만이니, 어미가 널 위해 얻어주마.
그러니 속히 네 처를 쫓아내고, 다시는 들일 생각 말아라."
부리는 한참을 꿇어앉아 말씀드렸네. "삼가 엎드려 어머님께 아룁니다.
지금 만약 이 처를 쫓아내신다면, 늙어 죽도록 장가들지 않겠습니다."
어머니는 이 말 듣고, 마루를 치며 대노하셨네.
"이놈이 두려운 게 없구나! 어찌 감히 계집의 역성을 드는 거냐?

孔雀東南飛圖

나는 이미 은의를 잃었으니, 절대로 허락할 수 없다!"

……(중략)……

부리의 말은 앞장서고, 신부의 수레는 뒤따랐네.

삐걱삐걱 또 느릿느릿, 함께 큰길 어귀에 다다랐네.

말에서 내려 수레 안으로 들어가, 머리 숙이고 귀에다 말했네.

"맹세코 당신과 헤어지지 않으리니, 잠시만 친정으로 돌아가 있으시오.

나는 지금 관청으로 가야 하니, 오래지 않아 틀림없이 돌아오겠소.

하늘에 맹세코 저버리지 않겠소."

신부가 부리에게 말했네. "당신의 절실한 마음이 사무쳐요.

당신이 저를 거두어 주신다니, 머지않아 당신이 오시길 기다리겠어요.

당신은 반석이 되시고, 소첩은 갈대가 되겠어요.

갈대는 실처럼 질기고, 반석은 꿈쩍도 않지요.

저의 아버님과 오라버님은, 성격이 천둥처럼 급하시니,

아마도 제 뜻대로 두시지 않고, 오히려 제 마음을 태울 거예요."

손들어 오래오래 흔드니, 두 마음 모두 아련했네.

……(중략)……

부리는 집으로 돌아가, 안채로 올라가 어머님께 절했네.

"오늘 큰바람이 차갑게 부니, 찬바람에 나무가 꺾이고, 서릿발이 마당의 난초에 맺혔습니다.

소자는 오늘 저 어두운 곳으로 갑니다. 어머님을 뒤에 홀로 남겨 두고.

일부러 못난 일을 하는 것이니, 더 이상 귀신일랑 원망 마십시오.

남산의 바위처럼 장수하시고, 옥체만강하십시오."

어머님은 이 말 듣고, 눈물 흘리며 대답했네.

"너는 대갓집 자식으로, 관청에서 벼슬하는 몸이다.

제발 계집 때문에 죽지 마라. 귀천이 다른데 무엇이 박정하단 말이냐?

동쪽 집에 참한 색시 있는데, 아리따움이 온 성에 소문났단다.

어미가 널 위해 얻어줄 테니, 잠시만 기다려라."

부리는 두 번 절하고 돌아와, 빈방에서 길게 탄식하며, 계획을 세운 뒤 일어났네.

고개 돌려 방안을 둘러보니, 점점 서글픔이 밀려들었네.

그날 소와 말이 울 때, 신부는 초례청으로 들어갔네.
어둑어둑 황혼 진 뒤, 고요하게 인적 끊길 때,
"내 목숨 오늘 끊어지리니, 넋은 떠나고 주검만 남으리."
치마 걷고 명주 신발 벗어 놓고, 몸 들어 맑은 연못에 뛰어들었네.
부리는 그 일 듣고, 영원히 이별한 것을 알았네.
나무 밑에서 배회하다가, 동남쪽 가지에 스스로 목을 매었네.
두 집안에서 합장하자고 요구하여, 화산 곁에 합장했네.
동서로는 소나무·측백나무 심고, 좌우로는 오동나무 심었네.
가지와 가지가 서로 덮고, 잎과 잎이 서로 얽혔네.
그 안의 새 한 쌍, 원앙새라 불렸네.
고개 들어 서로 바라보며 우는데, 밤마다 오경까지 이어졌네.
행인은 걸음 멈추고 듣고, 과부는 일어나 방황했네.
거듭 말하노니 후세 사람들이여, 거울삼아 삼가 잊지 마시라.

漢末建安中, 廬江府小吏焦仲卿妻劉氏, 爲仲卿母所遣. 自誓不嫁, 其家逼
之, 乃投水而死. 仲卿聞之, 亦自縊於庭樹. 時人傷之, 爲詩云爾:

孔雀東南飛, 五里一裴徊.
"十三能織素, 十四學裁衣.
十五彈箜篌, 十六誦詩書.
十七爲君婦, 心中常苦悲.
君旣爲府吏, 守節情不移.
賤妾留空房, 相見常日稀.
雞鳴入機織, 夜夜不得息,
三日斷五疋, 大人故嫌遲.
非爲織作遲, 君家婦難爲.
妾不堪驅使, 徒留無所施.
便可白公姥, 及時相遣歸."
府吏得聞之, 堂上啓阿母.
"兒已薄祿相, 幸復得此婦.
結髮同枕席, 黃泉共爲友.
共事三二年, 始爾未爲久.

女行無偏斜, 何意致不厚?"

阿母謂府吏, "何乃太區區?

此婦無禮節, 舉動自專由.

吾意久懷忿, 汝豈得自由?

東家有賢女, 自名秦羅敷.

可憐體無比, 阿母爲汝求.

便可速遣之, 遣去愼莫留."

府吏長跪告, "伏惟啓阿母.

今若遣此婦, 終老不復取."

阿母得聞之, 椎牀便大怒.

"小子無所畏, 何敢助婦語?

吾已失恩義, 會不相從許."

　　……(中略)……

府吏馬在前, 新婦車在後.

隱隱何甸甸, 俱會大道口.

下馬入車中, 低頭共耳語.

"誓不相隔卿, 且暫還家去.

吾今且赴府, 不久當還歸. 誓天不相負."

新婦謂府吏, "感君區區懷.

君旣若見錄, 不久望君來.

君當作盤石, 妾當作蒲葦.

蒲葦紉如絲, 盤石無轉移.

我有親父兄, 性行暴如雷.

恐不任我意, 逆以煎我懷."

舉手長勞勞, 二情同依依.

　　……(中略)……

府吏還家去, 上堂拜阿母.

"今日大風寒, 寒風摧樹木, 嚴霜結庭蘭.

兒今日冥冥, 令母在後單.

故作不良計, 勿復怨鬼神.

命如南山石, 四體康且直."

阿母得聞之, 零淚應聲落.

"汝是大家子, 仕宦於臺閣.

慎勿爲婦死, 貴賤情何薄?

東家有賢女, 窈窕艷城郭.

阿母爲汝求, 便復在旦夕."

府吏再拜還, 長歎空房中, 作計乃爾立.

轉頭向戶裏, 漸見愁煎迫.

其日牛馬嘶, 新婦入靑廬.

奄奄黃昏後, 寂寂人定初,

我命絶今日, 魂去尸長留.

攬裙脫絲履, 擧身赴淸池.

府吏聞此事, 心知長別離.

徘徊顧樹下, 自掛東南枝.

兩家求合葬, 合葬華山傍.

東西植松柏, 左右種梧桐.

枝枝相覆蓋, 葉葉相交通.

中有雙飛鳥, 自名爲鴛鴦.

仰頭相向鳴, 夜夜達五更.

行人駐足聽, 寡婦起彷徨.

多謝後世人, 戒之愼勿忘.

[『玉臺新詠』]

위진남북조 악부

위진남북조 시기에는 악부민가에 많은 발전이 있었다. 위(魏)에서 서진(西晉)에 이르기까지 비록 악부의 기구가 있긴 했지만 당시의 사회적인 혼란으로 인하여 민가를 채록하지 못했다. 따라서 당시의 악부는 대부분 문인의 모방작이었으며 진정한 민가는 매우 드물었다. 그 후 동진(東晉)에서 남북조(南北朝)에 이르러서야 비로소 많은 민간악부가 출현하여 감정을 솔직하게 표현하고 조탁을 일삼지 않는 일종의 민간문학을 형성했다. 일반문인들도 그러한 형식을 빌어서 시가를 창작했는데 비록 입악(入樂)할 수는 없었지만 모두 '악부'라고 불렀다.

남조 악부민가의 내용은 대부분 남녀간의 연정을 묘사한 것으로 서정성이 강하다. 그 특징은 편폭이 짧고 대부분 5언 4구이고, 언어가 청신하고 자연스러우며, 성음의 조화와 이중의 뜻을 지닌 쌍관어(雙關語)를 즐겨 사용했다. 또한 기세가 온유하고 정감이 섬세하며 격조가 청신하고 음률이 구성진 풍격을 지니고 있다. 주된 곡류(曲類)는 청상곡사(淸商曲辭)이며, 「**자야가(子夜歌)**」·「삼주가(三洲歌)」 등 400여 수가 현존한다.

「**자야의 노래**[子夜歌]」

처음 님과 사귀고자 할 땐,	始欲識郎時
두 마음 하나이길 바랐지요.	兩心望如一
실 다듬어 짜다 둔 베틀에 넣지만,	理絲入殘機
한 필도 못 짤 줄 어찌 알았겠어요?	何悟不成匹

북조 악부민가의 내용은 서사성이 강하며 무용(武勇)을 노래한 것이 대부분이지만, 전쟁의 참상, 종군(從軍)의 고달픔, 목축생활 등을 묘사하거나 연정을 노래한 것도 있다. 그 특징은 체제상 5언 4구 외에 7언 4구의 칠절체(七絶體)의 발전도 보이며, 언어상 표현이 솔직담백하다. 또한 기세가 호방하고 감정이 격앙되고 격조가 질박하고 음률이 소박한 풍격을 지니고 있다. 주된 곡류는 고각횡취곡(鼓角橫吹曲)과 잡곡가사(雜曲歌辭)이며, 「**칙륵가(勅勒歌)**」·「목란시(木蘭詩)」 등 70여 수가 현존한다.

「칙륵의 노래[勅勒歌]」

칙륵의 냇가,	勅勒川
음산의 아래.	陰山下
하늘은 둥근 천막 같이,	天似穹廬
사방 들판을 뒤덮고 있네.	籠蓋四野
하늘은 푸르고 푸르고,	天蒼蒼
들판은 아득하고 아득한데,	野茫茫
바람 불어 풀 누우니 소와 양이 보이네.	風吹草低見牛羊

위진남북조 악부민가는 체제상 5·7언 절구체의 출현으로 짧은 서정시의 새로운 길을 열어 주었으며, 표현수법상 대구법과 쌍관어의 사용 및 정련된 구어의 운용 등은 후대 시인들에게 많은 영향을 미쳤다. 또한 연정을 노래한 남조의 '염곡(艶曲)'은 양·진대 궁체시의 형성과 발전에 영향을 미쳤으며, 당대 이후 남녀 연정시의 의경(意境)과 언어 방면에도 영향을 미쳤다.

당대 악부

당대에는 근체시 외에 악부시의 형식도 유행했는데, 크게 의악부(擬樂府)와 신악부(新樂府) 두 종류가 쓰였다. 의악부는 옛 악부의 제목을 빌어 자신의 감정을 펴내는 것으로 자수(字數)와 구수(句數)의 제약을 받지 않는다. 한대 악부 가운데 고취요가곡(鼓吹鐃歌曲)의 형식을 빌려 쓴 이백(李白: 701~762)의 「장진주(將進酒)」 등이 여기에 속한다.

「술잔을 드리며[將進酒]」

그대는 보지 못하는가?
황하 물이 하늘에서 내려와,
바다로 세차게 흘러가면 다시 돌아오지 못함을!
그대는 보지 못하는가?
고대광실 맑은 거울 속의 슬픈 백발이,
아침엔 검푸른 비단실 같더니 저녁엔 눈발 날림을!
인생이란 뜻대로 될 때 모름지기 즐겨야 하니,
황금 술단지를 달 아래 그냥 두지 마시게.
하늘이 내게 주신 재주는 반드시 쓰임이 있을 것이요,
천금도 다 써버리면 다시 돌아온다네.
양 삶고 소 잡아 잠시 즐거움 누리나니,
모름지기 한 번에 삼백 잔은 마셔야지.
잠 선생, 단구 선생,
드리는 술잔 그대는 멈추지 마시게.
그댈 위해 노래 한 곡 부르리니,
그댄 날 위해 귀 좀 기울여주시게.
멋진 풍악도 맛난 음식도 귀한 게 아니니,
다만 오래도록 취하여 깨지 말기만 바라네.
자고로 성현님 네는 모두 쓸쓸했나니,

오직 마시는 자만 그 이름 남겼다네.
진왕은 옛날 평락관에서 잔치 벌릴 때,
한 말에 만 냥짜리 술을 마음껏 즐겼다네.
주인장은 어찌하여 돈 적다하시는가?
곧장 술 받아와 그대와 대작해야겠네.
오화의 말, 천금의 갖옷.
아이 불러 가져다가 좋은 술로 바꿔 와서,
그대와 함께 만고의 시름 풀어보리라.

君不見,

黃河之水天上來, 奔流到海不復回.

君不見,

高堂明鏡悲白髮, 朝如靑絲暮成雪.

人生得意須盡歡, 莫使金樽空對月.

天生我材必有用, 千金散盡還復來.

烹羊宰牛且爲樂, 會須一飮三百杯.

岑夫子·丹丘生, 進酒君莫停.

與君歌一曲, 請君爲我傾耳聽.

鐘鼓饌玉不足貴, 但願長醉不用醒.

古來聖賢皆寂寞, 惟有飮者留其名.

陳王昔時宴平樂, 斗酒十千恣歡謔.

主人何爲言少錢, 徑須沽取對君酌.

五花馬·千金裘.

呼兒將出換美酒, 與爾同銷萬古愁.

　　신악부는 가사는 악부와 비슷하지만 '입악'(入樂)의 과정을 거치
지 않기 때문에 '신악부'라고 하며, 옛 제목을 답습하지 않고 새로운
제목을 붙이기도 했다. 두보(杜甫: 712~770)의 「여인행(麗人行)」
과 백거이(白居易: 772~846)의 「**신악부(新樂府)**」 50수 등이 여기
에 속한다.

「숯쟁이 노인[賣炭翁]」 白居易

숯쟁이 노인,

남산 속에서 나무 베어 숯을 굽네.

재 뒤집어쓴 얼굴은 온통 그을음 색,

양 귀밑머리는 희끗희끗하고 열 손가락은 새까맣네.

숯 팔아 번 돈으로 무얼 하나?

몸 위의 옷과 입 속의 밥을 사네.

가련하게도 몸에는 홑옷 달랑 걸쳤지만,

숯 값 싸진다고 걱정하여 날씨 춥기만 바라네.

밤사이 성밖에 눈이 한 자나 쌓이니,

새벽에 숯 수레 몰고 빙판을 구르네.

소는 지치고 사람은 배고픈데 해는 이미 중천에 떠 있어,

저자 남문 밖 진흙탕 속에서 쉬네.

펄렁거리며 말 타고 달려오는 저 두 사람은 누굴까?

노란 옷 입은 관리와 흰 옷 입은 아이라네.

손에 문서 들고 어명이라 소리치며,

수레를 돌리고 소를 채찍질하여 북쪽으로 끌고 가네.

수레 가득 실은 숯 천 근이 넘지만,

궁중 관리가 끌고 가니 아깝지만 할 수 없네.

붉은 생명주 반 필과 능라 한 장,

소머리에 매어주며 숯 값으로 치라네.

賣炭翁, 伐薪燒炭南山中.

滿面塵灰煙火色, 兩鬢蒼蒼十指黑.

賣炭得錢何所營, 身上衣裳口中食.

可憐身上衣正單, 心憂炭賤願天寒.

夜來城外一尺雪, 曉駕炭車輾氷轍.

牛困人飢日已高, 市南門外泥中歇.

翩翩兩騎來是誰, 黃衣使者白衫兒.

手把文書口稱勅, 廻車叱牛牽向北.

賣炭翁圖

一車炭重千餘斤, 宮使驅將惜不得.
半疋紅綃一丈綾, 繫向牛頭充炭直.

[「新樂府」 第32首]

　　그러나 당대의 악부시는 음악을 전제로 한 민가의 가사라는
'악부'의 본래 성격에서 이미 벗어나 사대부 계층의 시가로 바뀌
었기 때문에 진정한 악부시의 전통은 그 명맥이 사실상 끊어졌다
고 할 수 있다.
　　악부시의 전통은 당대 이후 민가로 이어졌는데, 송·금·원대를
거쳐 명대에 이르러 많은 민가들이 정리·편찬되었다.

명대 민가

　　명대 민간문학 가운데서 두드러진 발전을 보인 것은 민가였다.
명대의 산곡(散曲) 중에도 백화로 씌어진 것이 있긴 했지만 수량
이 많지 않았고, 산곡이 전아함을 추구함으로써 민간의 감정을
담아낼 수 없게 되어 민중과 멀어지자, 잡곡(雜曲)과 소곡(小曲)을
위주로 한 민가가 유행하게 되었다. 오(吳) 지방을 중심으로 발달
한 민가의 풍격은 전아한 산곡과는 달리 소박하고 통속적이며,
내용은 남녀의 애정을 묘사한 것이 대부분이다. 또한 형식은 7언
이 기본이지만 자구가 자유로운 소곡을 중심으로 하며, 언어는
생동감 넘치는 백화를 사용하여 표현력이 강하다.
　　명대 전기의 민가는 대부분 민간의 창기(娼妓)들에 의하여 불
린 것으로 질박하고 음악성이 비교적 강조되었지만, 후기의 민가
는 민간의 소곡이 널리 유행함에 따라 점차 문인들이 참여하게
되어 본래의 면모를 잃게 되었다.

주요 민가집에는 『산가(山歌)』 외에 『괘지아(掛枝兒)』·『벽파옥(劈破玉)』 등이 있다. 『산가』(10권)는 풍몽룡(馮夢龍: 1574~1645)이 엮였으며, 명대의 민가를 가장 많이 수록한 책으로 총 345수가 실려 있다. 가장 짧은 것은 7언 4구이며 가장 긴 것은 1400여 자에 달하는 것도 있다.

「산가(山歌)」

님에게 마음이 있고,

저에게 마음이 있다면,

사람이 많고 집이 깊숙한들 무엇이 두렵겠어요?

사람이 많다한들 천 개의 눈이 있으려고요?

집이 깊숙한들 만 겹의 문이 있으려고요?

郎有心, 姐有心, 羅怕人多屋又深?

人多那有千隻眼? 屋深那有萬重門?

[馮夢龍 『山歌』]

「오가(吳歌)」

달 뜰 때 만나자고 님과 약속했는데,

기다리다 보니 달이 이미 서산으로 넘어가네요.

모를 괘라, 나 있는 곳의 산이 낮아서 달이 일찍 뜨는 건지,

아니면 님 계신 곳의 산이 높아서 달이 더디 뜨는 건지.

約郎約到月上時, 看看等到月蹉西.

不知奴處山低月出早, 還是郎處山高月出遲?

[田汝成 『西湖遊覽志餘』]

청대 민가

청대 민가의 종류는 주로 도시의 기루(妓樓)나 찻집 등에서 유행한 시민계층의 노래로서 그 수량이 가장 많은 시조소곡(時調小曲: 俗曲), 동남 지방의 민가로서 농촌의 순박한 민중 노래인 월가(粤歌), 서남 지방의 민가인 사천산가(四川山歌) 등이 있다. 이러한 민가의 체재는 짧은 것은 산곡(散曲) 중의 소령(小令)과 비슷하고, 긴 것은 투곡(套曲)과 비슷하며, 대화를 삽입한 것은 희곡과 비슷한 특성을 지니고 있다. 주요 민가집에는 『예상속보(霓裳續譜)』·『월풍(粤風)』·『심양시고(潯陽詩稿)』 등이 있는데, 그 내용은 남녀의 애정을 노래한 것이 대부분이며 사회현실을 반영한 것도 있다.

「더부살이 풀[寄生草]」

연애편지를 쓰고자 하나,
나는 글자를 몰라요.
번거롭게 남에게,
부탁할 수도 없는 노릇이지요.
하는 수 없이 동그라미 몇 개 그려 표기하지요.
이 편지는 오직 님만이 이 뜻을 알 거예요.
홑 동그라미는 저구요,
겹 동그라미는 당신이에요.
말로 다할 수 없는 괴로움,
한 줄기 동그라미만 자꾸 그려가네요.

欲寫情書, 我可不識字.
煩個人兒, 使不的!
無奈何畵幾個圈兒爲表記.
此封書惟有情人知此意.

單圈是奴家, 雙圈是你.

訴不盡的苦, 一溜圈兒圈下去.

[顔自德『霓裳續譜』]

　　한편 청대에는 산곡 계통의 민간가요인 도정(道情)이 널리 유
행했는데, 대부분 한적함과 안빈낙도를 묘사한 내용과 말이 많이
들어 있기 때문에 '도정'이란 명칭이 붙었다. 주요작가로는 정섭
(鄭燮)·서대춘(徐大春)이 있다. 특히 서대춘(1693~1711)은 창조
성을 발휘하여 도정의 내용과 형식을 확충시켜 일종의 새로운 운
문 체재를 이루었는데, 그의 도정 작품은 민요의 정취를 살려 표
현이 통속적이고 생동감이 넘친다. 도정집으로『회계도정(洄溪道
情)』이 있다.

서대춘「산 나들이의 즐거움[遊山樂]」

산속에 들어서면,
바로 신선이 되네.
만 그루 나무엔 소나무 바람소리,
백 줄기 폭포수.
또한 저 산새들은 사람 불러,
승방과 대나무 정원으로 날 인도하네.
기이한 향초와 그윽한 꽃향기는 뼈에 스며들고,
기암괴석은 가파르게 하늘까지 솟았네.
한 걸음 옮길 때마다 머리 돌려보면,
경치는 그때마다 변하네.
걸어갈수록 길은 험해지지만,
말을 탈수록 정신은 건강해지네.
저 산 끝 물줄기 굽이진 곳에 이르니,

또 다른 별천치 있네.

맑은 바람 나에게 불어와 속세의 마음 씻어주니,

오늘 저녁이 어느 해인지 모르겠네.

저 멀리 목동과 나무꾼 바라보며,

맑은 샘물에 발 씻네.

그들에게 말을 걸었더니,

당·송·원·명을 까맣게 모르네.

맑은 연못에서 해질 때까지 줄곧 얘기하다가,

초가집 빌려 머물자니,

꽃 앞에서 차 따르고 한 그릇 정갈한 밥 차려주네.

머리 들어 쳐다보니,

등나무에 걸렸던 달이 천만 산봉우리 끝에 걸렸네.

到山中，便是仙.

萬樹松風，百道飛泉.

更有那野鳥呼人，引我到僧房竹院.

異草幽花香入骨，奇峰怪石峭嶙天.

一步一回頭，景象時時變.

越走得路崎嶇，越騙得精神健.

到了那山窮水轉，又是個別有洞天.

清風吹我塵心斷，不知今夕是何年.

遙望着牧豎樵夫，洗足淸泉.

與他言，竟不曉得唐宋明元

直說到日落虞淵，借宿在草閣茅軒，花前茶澆一椀淸晶飯.

擡頭看，只見藤蘿月郤掛在萬峰尖.

고체시와 근체시

고체시

고체시는 엄격한 격률의 제한을 받지 않는 당대 이전의 시체(詩體)를 말하는데, '고체' 또는 '고시'라고도 한다.

근체시와 비교하여 고체시의 형식상 주요 특징을 살펴보면 다음과 같다. 첫째, 구법(句法)에 제한이 없다. 고체시는 매수의 구수(句數)와 매구의 자수에 제한이 없으며, 시인이 표현하고자 하는 내용의 필요에 따라 임의로 안배할 수 있다. 둘째, 평측(平仄)이 자유롭다. 당대 이전의 고체시는 평측 방면에 있어서 어떠한 제한도 없다. 근체시가 출현한 이후에 일부 시인들이 고체시를 지으면서 평측을 따지는 경우도 있었으나 근체시와는 엄연한 차이가 있다. 셋째, 대우(對偶)의 구속을 받지 않는다. 고체시는 일반적으로 대우를 맞추지 않는데, 설령 대우를 맞춘다 하더라도 격률이나 평측 등을 따지지 않고 고정된 위치도 없으며 정해진 구수도 없다. 넷째, 용운(用韻)이 자유롭다. 고체시는 압운을 하더라도 운자에 평측의 제한을 받지 않아 평성자와 측성자를 모두 압운할 수 있다. 또한 매구마다 압운하거나 몇 구마다 압운할 수도 있으며, 하나의 운을 끝까지 사용할 수도 있고 중간에서 환운(換韻)할 수도 있다.

악부와 고시를 비교해 보면, 본질상 악부는 민간문학이 일정한 과정을 거쳐 정리된 것이지만, 고시는 민간에서 자연적으로 발전했다. 형식상 악부는 장단구가 많지만, 고시는 오언이나 칠언으로 자구가 일정하다. 내용상 악부는 서사성이 강하지만, 고시는 서정성이 강하다. 리듬상 악부는 노래 부를 수 있으나, 고시는 노래 부를 수 없다. 풍격상 악부는 질박하고 강건한 반면에, 고시는 부드럽고 온아하다. 작자상 악부는 대부분 민간의 가요이지만, 고시는 대부분 문인의 작품이다.

고체시는 시구의 자수에 따라 사언시·오언고시·칠언고시·잡언시(雜言詩) 등으로 나눌 수 있는데, 그 중에서 오언고시와 칠언고시가 주류를 이룬다.

근체시

근체시는 중국 시가 중에서 가장 정형화된 형식으로, 위진남북조시대에 발달한 오·칠언고시를 바탕으로 하여 당대에 완성되었다.

근체시는 크게 율시(律詩)와 절구(絶句)의 두 가지 종류를 포함하고 있다. 율시는 격률이 들어 있는 시라는 뜻이고, 절구는 절구(截句)·단구(斷句)라고도 하는데 율시 가운데 일부분을 절취하여 만들어졌기 때문에 그런 명칭이 생겼다는 설도 있다.

절구는 4구로 구성되고 율시는 8구로 구성된다. 절구는 오언과 칠언 두 종류가 있으며, 대구는 반드시 지키지 않아도 되지만 평측은 정해져 있다. 율시는 오언·칠언·배율(排律)의 3종류가 있는데, 배율은 일반적으로 오언이 많으며 구수(句數)는 정해져 있지 않지만 최소한 10구 이상이고 많게는 200구가 넘는 경우도 있다. 근체시는 구법(句法)·평측(平仄)·대우(對偶)·용운(用韻) 등에서 엄격한 규정이 있다.

구법

한 수의 시에는 정해진 구수(句數)가 있고 각 구에는 정해진 자수(字數)가 있어서 마음대로 증감할 수 없다. 예를 들어 오언절구는 4구 20자, 칠언절구는 4구 28자, 오언율시는 8구 40자, 칠언율시는 8구 56자로 구성된다. 또한 절구와 율시를 막론하고 오언시는 일반적으로 각 구가 의미상 2자와 3자로 끊어지며, 칠언시는 4자와 3자로 끊어진다.

평측

각 구의 글자는 모두 정해진 규칙에 따라 평성 또는 측성을 사용해야 하며 마음대로 바꿀 수가 없다. 당시의 한자는 평(平)·상(上)·거(去)·입(入)의 사성(四聲) 가운데 하나에 속했는데, 평성을 평성이라 하고 나머지 상·거·입성을 측성이라 한다. 율시의 경우 각 구의 제1·3·5자는 평측을 혼용할 수 있고 제2·4·6자는 평측이 분명히 정해져 있는데, 이것을 '일삼오불론(一三五不論)', '이사륙분명(二四六分明)'이라 한다. 또한 시의 두 번째 글자가 평성으로 시작되면 평기식(平起式)이라 하고, 측성으로 시작되면 측기식(仄起式)이라 하는데, 일반적으로 율시의 경우 오언율시는 측기식이 정격(正格)이고 칠언율시는 평기식이 정격이다. 물론 이러한 평측의 규정에서 어긋난 시도 있지만 그것은 매우 드문 경우이다. 이밖에도 평측에 관계된 것으로 '이사부동, 이륙대(二四不同, 二六對)', 반법(反法), 점법(黏法), 고평(孤平)·고측(孤仄)·하삼련(下三連)의 금지 등과 같은 까다로운 규정이 있다.

대우

대우는 두 구가 서로 문자상 또는 의미상으로 짝을 이루는 것을 말하며, '대장(對仗)'이라고도 한다. 짝이 되는 두 구 가운데 앞 구를 출구(出句)라 하고 뒤 구를 대구(對句)라 한다. 근체시의 대우는 주로 율시에서 사용한다. 율시의 전체 8구는 제1·2구를 수련(首聯), 제3·4구를 함련(頷聯), 제5·6구를 경련(頸聯), 제7·8구를 미련(尾聯)이라 하는데, 이를 다시 차례대로 기(起)·승(承)·전(轉)·결(結)이라고도 한다. 이 중에서 함련과 경련은 반드시 대우를 맞추어야 하며, 수련과 미련은 대우를 맞추어도 되고 안 맞추어도 되는데 일반적으로 맞추지 않는다. 대우의 규정은 매우 엄격하여 출구와 대구의 품사까지도 구조적인 대응관계를 이루어야 한다.

용운

용운은 바로 운을 맞추는 것을 말하는데, '압운(押韻)'·'협운(協韻)'·'협운(叶韻)'이라고도 한다. 근체시의 압운 규정 역시 매우 엄격하여 반드시 지켜야 할 몇 가지 사항이 있다. 첫째, 반드시 평성으로 압운을 해야 한다. 간혹 측성으로 압운을 하기도 하지만 이것은 어디까지나 특수한 경우에 속한다. 둘째, 반드시 하나의 운을 끝까지 사용해야 하며 중간에서 운을 바꿀 수 없다. 이를 한 운으로 끝까지 간다는 의미에서 '일운도저(一韻到底)'라고 한다. 셋째, 짝수 구의 마지막 글자에 압운한다. 이를 한 구씩 건너뛰어서 압운한다는 뜻에서 '격구운(隔句韻)'이라고 한다. 간혹 맨 첫 구에 압운을 하는 경우도 있다. 넷째, 반드시 동일한 운부(韻部)에 속하는 운자(韻字)를 써야 하며 다른 운부의 운자와 통압(通押)해서는 안 된다. 다섯째, 운자를 중복해서 쓸 수 없다.

이상에서 살펴본 근체시의 작시 규정을 보다 쉽게 이해하기 위하여 칠언율시 평기식의 예를 그림으로 나타내면 다음 표와 같다.

		1	2	3	4	5	6	7	
首聯(起)	1	○	○	◐	●	◐	○	◉	押韻可
	2	◐	●	◐	●	◐	●	◎	押韻
頷聯(承)	3	◐	●	◐	○	◐	●	○	
	4	◐	○	◐	●	◐	○	◎	押韻
頸聯(轉)	5	◐	○	◐	●	◐	○	●	
	6	◐	●	◐	●	◐	●	◎	押韻
尾聯(結)	7	◐	●	◐	○	◐	●	○	
	8	◐	○	◐	●	◐	○	◎	押韻

(○ : 평성, ● : 측성, ◐ : 평측 혼용, ◎ : 운)

근체시의 출현은 중국 시가에 비약적인 발전을 가져와 중국문학사상 심원한 영향을 미쳤다. 이때부터 중국 고전시가는 형식상으로 더욱 정제되어, 근체시는 지금까지 사람들이 가장 널리 사랑하는 시가형식 가운데 하나가 되었다.

한대 시

한대는 중국시가 발전의 역사에 있어서 시의 형태가 오언과 칠언으로 정형화되기 시작한 단계이다.

오언고시의 기원에 대해서는 서한 때 이릉(李陵)과 소무(蘇武)의 화답시(和答詩)에서 비롯되었다는 설, 「고시십구수(古詩十九首)」 가운데 매승(枚乘)이 지었다고 하는 9수의 시에서 비롯되었다는 설, 서한 때 민가에서 자연적으로 발생하여 동한 때 발전했다는 설 등이 있다.

오언고시는 자연스럽고 간결하고 생동감 넘치는 묘사와 평이하고 솔직한 표현을 그 특징으로 한다.

주요 작품에는 「고시십구수(古詩十九首)」가 있다. 「고시십구수」의 작자는 미상이며, 내용으로 보아 한대 말기의 중하층 문인들이 지은 것으로 보인다. 내용은 어지러운 동한 말의 사회를 배경으로 한 남녀의 사랑을 노래한 것이 대부분인데, 세련된 오언과 진솔한 서정성이 탁월하여 한대 오언고시의 대표작으로 꼽힌다.

「가고 또 가고[行行重行行]」

行行重行圖

가고 가고 또 가고 가서,	行行重行行
님과 생이별했어요.	與君生別離
서로 만여 리나 떨어져,	相去萬餘里
각각 하늘가에 있어요.	各在天一涯
길은 험하고도 머니,	道路阻且長
만날 날을 어찌 알겠어요?	會面安可知
오랑캐 말은 북풍에 기대고,	胡馬依北風
월나라 새는 남쪽 가지에 깃들지요.	越鳥巢南枝
서로 떨어져 날로 멀어지니,	相去日已遠
허리띠는 날로 느슨해져요.	衣帶日已緩
뜬구름이 밝은 해를 가렸기에,	浮雲蔽白日
떠난 님은 돌아올 생각도 안 해요.	遊子不顧返
님 생각에 사람은 늙는데,	思君令人老
세월은 어느덧 저물어가요.	歲月忽已晚
버려진 이 몸 더 이상 말씀 마시고,	棄捐勿復道
열심히 식사나 잘 하세요.	努力加餐飯

[「古詩十九首」 第1首]

「교교한 달빛[明月何皎皎]」

밝고 맑은 저 달빛,	明月何皎皎
나의 비단 침상 휘장 비추네요.	照我羅牀幃
근심과 시름에 잠들 수 없어,	憂愁不能寐
옷 걸치고 일어나 배회해요.	攬衣起徘徊
나그네 길 즐겁다고 말하지만,	客行雖云樂
일찍 돌아오는 것만 못할 거예요.	不如早旋歸
방문 나서서 혼자 방황하니,	出戶獨彷徨
이 시름 누구에게 말할까요?	愁思當告誰
목 빼고 기다리다 도로 방으로 들어오니,	引領還入房
흐르는 눈물 옷을 적시네요.	淚下霑裳衣

[「古詩十九首」 第19首]

악부시에서 발달한 오언고시는 가벼운 리듬과 청신한 문장으로 새로운 서정의 세계를 개척하여 후대 중국 서정시의 발전에 지대한 영향을 미쳤다.

칠언고시의 기원에 대해서는 서한 무제가 신하들과 함께 지은 「백량대시(柏梁臺詩)」에서 비롯되었다는 설과 동한 장형(張衡)의 「사수시(四愁詩)」[我所思兮在泰山, 欲往從之梁父艱, 側身東望兮涕霑翰]에서 비롯되었다는 설이 있다. 칠언고시는 오언고시에 비하여 리듬이 장중하고 표현이 수식적이라는 점을 그 특징으로 한다.

초사와 한부(漢賦)에서 부분적으로 영향을 받은 한대의 칠언고시는 아직은 미숙하지만 이미 하나의 시체(詩體)를 이루었으며, 위진남북조에서 성행한 유미주의 문학풍조 아래서 수사기교를 다진 뒤 당대 초기에 이르러 근체시로 발전하게 된다.

오언고시와 칠언고시를 중심으로 한 고체시는 위진남북조시대에 이르러 문학성과 예술성이 크게 발전했다.

위진남북조 시

위진남북조 초기의 시는 한대 말에서 위대(魏代) 초에 형성되었던 건안(建安) 시가에서 시작되었다. 건안 시가는 공융(孔融)·진림(陳琳)·왕찬(王粲)·서간(徐幹)·완우(阮瑀)·응창(應瑒)·유정(劉楨)의 이른바 건안칠자(建安七子)에 의해 주도되었는데, 이들은 모두 동한 헌제(獻帝) 건안 연간(196~219)에 살았기 때문에 '건안칠자'라고 하며, 또한 모두 위(魏)의 수도 업(鄴)에서 살았기 때문에 '업중칠자(鄴中七子)'라고도 한다.

건안 시가를 대표하는 또 다른 일파는 '삼조(三曹)'로 병칭되는 조조(曹操)와 그의 두 아들 조비(曹丕)·조식(曹植)인데, 이 중에서 조식이 가장 뛰어났다.

조조(155~220)는 자가 맹덕(孟德)이고 시호가 무제이며, 위나라의 개국시조이다. 그의 시는 기상이 웅혼한 특색을 지니고 있는데, 대표작인 「단가행(短歌行)」은 영웅적인 기백과 허무한 인생에 대한 애수를 잘 표현했다.

「단가행」 (四言)

술 대하고 노래 부르니,	對酒當歌
인생살이 그 얼마나 되리?	人生幾何
마치 아침이슬 같은 것,	譬如朝露
지난날은 괴로움도 많았네.	去日苦多
격앙되고 강개하나니,	慨當以慷
근심스런 생각 잊기 어렵네.	幽思難忘
무엇으로 근심을 푸나?	何以解憂
오로지 술뿐이라네.	唯有杜康
"푸르른 그대의 옷깃,	靑靑子衿

短歌行圖

아련한 나의 마음."	悠悠我心
단지 그대 때문에,	但爲君故
지금까지 나지막이 읊조린다네.	沈吟至今
"유! 유! 하고 우는 사슴,	呦呦鹿鳴
들녘 쑥풀을 먹네.	食野之苹
나에게 훌륭하신 손님 있으니,	我有嘉賓
슬을 타고 생황을 부네."	鼓瑟吹笙
밝디 밝은 저 달,	明明如月
언제나 딸 수 있을까?	何時可掇
가슴 속 근심,	憂從中來
끊을 수 없다네.	不可斷絶
밭두렁 넘고 논두렁 건너,	越陌度阡
일부러 찾아와 안부 묻네.	枉用相存
헤어졌다 다시 만나 잔치 벌리며,	契闊談讌
마음속으로 옛 은덕 기리네.	心念舊恩
달빛 밝아 별빛 성기니,	月明星稀

까막까치는 남쪽으로 날아가네.	烏鵲南飛
나무를 세 바퀴나 돌지만,	繞樹三匝
어느 가지에 앉을런가?	何枝可依
산은 높은 것 싫어 않고,	山不厭高
바다는 깊은 것 싫어 않듯이,	海不厭深
주공은 식사하다 말고 손님 맞이하여,	周公吐哺
천하의 마음 돌아오게 했다네.	天下歸心

조비(187~226)는 자가 자환(子桓)이고 시호가 문제이며, 조조의 장남이다. 그의 시는 완약(婉弱)하고 우아한 특색을 지니고 있는데, 대표작인 「연가행(燕歌行)」은 남편을 그리는 부인의 마음을 노래한 것으로 초기 7언시의 명작으로 손꼽힌다.

「제비의 노래[燕歌行]」 (七古)

가을바람 소슬하니 날씨 서늘하고,
초목 시드니 이슬이 서리되네.
제비 떼 돌아가고 기러기도 남쪽으로 날아가니,
객지로 길 떠난 님 생각에 애간장 끊어지네.
불편한 마음에 돌아올 생각하며 고향 그리는 법인데,
님은 어이하여 타향에 오래 머무시는가?
소첩은 고독하게 빈방 지키며,
님 걱정 그리움 떨쳐버릴 수 없으니,
나도 모르게 흐르는 눈물 옷을 적시네.
금 당겨 현 뜯으며 청상곡 연주하나,
가만히 부르는 단가 소리 오래 가지 않네.
밝은 달은 교교하게 내 침상 비추고,
은하수는 서쪽으로 흐르지만 밤은 아직 끝나지 않았네.

견우와 직녀 멀리서 서로 바라보고만 있으니,
당신들은 무슨 죄로 다리를 사이에 두고 있소?

秋風蕭瑟天氣涼, 草木搖落露爲霜.

群燕辭歸雁南翔, 念君客遊思斷腸.

慊慊思歸戀故鄉, 君何淹留寄他方.

賤妾煢煢守空房, 憂來思君不敢忘,

不覺淚下霑衣裳.

援琴鳴絃發淸商, 短歌微吟不能長.

明月皎皎照我床, 星漢西流夜未央.

牽牛織女遙相望, 爾獨何辜限河梁.

조식(192~232)은 자가 자건(子建)이고 진사왕(陳思王)이라고 부르며, 조조의 셋째 아들이다. '삼조' 가운데서 문학적 재능이 가장 뛰어났다. 그의 시는 침통·화려·섬세·웅혼 등 풍격이 다양하고, 비유와 상징의 표현수법이 풍부하며, 내적인 감정을 예술적으로 표현하여 시적 서정의 세계를 확대했다. 대표작에는 「백마편(白馬篇)」·「원가행(怨歌行)」·「**칠애시(七哀詩)**」 등이 있다.

「**칠애시**」 (五古)

밝은 달은 높다란 누각을 비추고,
흐르는 빛은 한창 어슬렁거리네.
그 위에 시름에 잠긴 색시,
슬픈 탄식에 애처로움 넘치네.
탄식하는 사람이 누구냐고 물으니,
길 떠난 나그네의 아내라네.
님 가신지 10년이 넘는데,
외로운 소첩은 늘 혼자 지내요.

님은 맑은 길의 먼지라면,
소첩은 흐린 물의 진흙이지요.
뜨고 가라앉는 형세 각자 다르니,
언제 만나 화목하게 될까요?
서남풍이 되어,
멀리 날아가 님의 품속으로 들어가고 싶어요.
님의 품 열리지 않는다면,
소첩은 어디에 의지해야 하나요?

明月照高樓, 流光正徘徊.
上有愁思婦, 悲歎有餘哀.
借問歎者誰, 言是宕子妻.
君行踰十年, 孤妾常獨棲.
君若淸路塵, 妾若濁水泥.
浮沈各異勢, 會合何時諧.
願爲西南風, 長逝入君懷.
君懷良不開, 賤妾當何依.

건안 시가는 풍격상으로는 비분강개하고 격앙된 정조로 당시의 혼란한 사회상과 백성들의 비참한 생활을 반영했는데, 이를 '건안풍골(建安風骨)'이라 한다. 형식상으로는 편폭이 길어지고 문인들의 참여로 세련되고 화려해졌으며, 내용상으로는 악부의 사실주의 정신을 보존했다.

위대(魏代)의 시가는 정시(正始: 240~248, 魏 廢帝 曹芳의 연호) 문학이라고도 하며, 완적(阮籍)·혜강(嵇康)·유영(劉伶)·상수(向秀)·산도(山濤)·왕융(王戎)·완함(阮咸)의 이른바 '죽림칠현(竹林七賢)'에 의해 주도되었다. 죽림칠현이 모두 시에 능했던 것은 아니지만 대부분 방탄적(放誕的)이고 허무적인 색채가 농후하며, 현묘한 이치를 담론하고 전통적인 예교를 타파하고 유학사상의 구속에서 벗어나 청담(淸談)의 기풍을 조성했다.

이중에서 대표적인 시인은 「영회시(詠懷詩)」 82수로 유명한 완적이다.

「회포를 노래하며[詠懷詩]」(五古)

밤중에 잠들 수 없어,
일어나 앉아 거문고 타네.
얇은 휘장엔 밝은 달빛 비치고,
맑은 바람은 내 옷깃 스치네.
외로운 기러기는 들녘에서 울고,
삭방의 새는 북쪽 숲에서 우네.
배회한들 무엇을 보겠는가?
근심 걱정에 홀로 마음만 아프네.

夜中不能寐, 起坐彈鳴琴.

薄帷鑑明月, 淸風吹我衿.

孤鴻號外野, 朔鳥鳴北林.

徘徊將何見, 憂思獨傷心. [제1수]

서진(西晉)의 시가는 태강(太康: 280~289, 西晉 武帝 司馬炎의 연호) 또는 원강(元康: 291~299, 西晉 惠帝 司馬衷의 연호) 문학이라고도 하며, 이른바 삼장(三張: 張華·張載·張協), 이육(二陸: 陸機·陸雲), 양반(兩潘: 潘岳·潘尼), 일좌(一左: 左思)에 의해 주도되었다.

이 중에서 육기(261~303)는 화려한 시어, 자구의 조탁, 대우의 중시 등 수사에 치중하고 부와 변려문에도 뛰어났으며, 연련주(演連珠)라는 새로운 형

竹林七賢圖

식으로 시(詩)와 부(賦)의 일체를 꾀했는데,「의고시(擬古詩)」가 유명하다. 반악(潘岳)(247~300)은 시어가 화려하고 상심과 비애의 감정을 잘 표현했으며「도망시(悼亡詩)」가 유명하다.

좌사(250?~305?)는 시풍이 기개와 박력이 넘치고 시어가 순박하다. 고금의 인물을 통하여 자신의 불우함을 표현하고 당시의 문벌제도에 불만을 토로한「영사시(詠史詩)」8수가 유명하다.

「역사를 노래하며[詠史詩]」 (五古)

형가가 연의 저자에서 술 마시는데,
술기운 오르자 호기 더욱 떨쳤네.
슬픈 노래로 고점리에게 화답하는데,
마치 옆에 아무도 없는 듯 했네.
비록 장사의 위업은 이루지 못했지만,
세인들과는 역시 크게 달랐네.
고고하게 저 아득한 세상 흘겨보았으니,
명문고관일랑 어찌 말할 게 있으랴?
부귀한 자는 자신을 귀하다 하지만,
그는 티끌 바라보듯 했네.
미천한 자는 자신을 천하다 하지만,
그는 3만 근처럼 중히 여겼네.

荊軻飮燕市, 酒酣氣益震.

哀歌和漸離, 謂若傍無人.

雖無壯士節, 與世亦殊倫.

高眄邈四海, 豪右何足陳.

貴者雖自貴, 視之若埃塵.

賤者雖自賤, 重之若千鈞. [제6수]

서진 시가의 풍격은 작품의 내용보다는 형식에 치중하여 형식주의·수사주의의 방향으로 발전했다. 즉 문채는 정시보다 화려하고 힘은 건안보다 유약하다고 할 수 있다.

동진(東晉)의 시가는 유곤(劉琨)·곽박(郭璞)·도잠(陶潛)에 의해 주도되었는데, 이 중에서 도잠이 가장 뛰어나다.

곽박(276~324)의 시는 대부분 환상적·현허적(玄虛的)이고 신선세계에 대한 동경을 그린 것으로 현언시(玄言詩)의 발전을 가져왔는데, 「유선시(遊仙詩)」 14수가 유명하다.

도잠(365~427)은 자가 연명(淵明)이고 호는 정절선생(靖節先生)이며, 벼슬을 그만두고 전원에 은거하면서 평생 명리를 멀리하고 시와 술로써 유유자적했다. 도잠의 시는 전원시와 영회시·영사시로 분류할 수 있는데, 전원시는 농촌의 한가한 정취와 자신의 유연자득(悠然自得)한 심경을 묘사하고 농촌의 퇴락(頹落)함과 자신의 곤궁한 생활을 반영한 것으로, **「귀원전거(歸園田居)」** 5수와 **「음주(飮酒)」** 20수가 대표적이다. 영회시·영사시는 완적과 좌사의 전통을 계승하여 출사(出仕)와 은일(隱逸)의 모순 속에서 이상을 실현할 수 없는 고민을 표현한 것으로, 「잡시(雜詩)」와 「독산해경(讀山海經)」이 대표적이다. 그의 시풍은 평담(平淡)함과 자연스러움을 통일하여 평담한 가운데 웅건함이 있고 자연스러운 가운데 정교함이 있으며, 정(情)·경(景)·이(理)의 융합을 이루었다. 중국 전원시의 새로운 발전을 이룩한 그의 시는 당대의 왕유(王維)·유종원(柳宗元)·위응물(韋應物), 송대의 소식(蘇軾) 등에 모두 많은 영향을 미쳤다.

陶淵明

「전원으로 돌아와 거하며[歸園田居]」 (五古)

젊어서부터 세속에 적응하지 못했으니,	少無適俗韻
성격이 본래 산천을 좋아했네.	性本愛丘山
속진의 그물에 잘못 빠져,	誤落塵網中
내처 30년이나 지났네.	一去三十年
조롱의 새는 옛 숲 그리워하고,	羈鳥戀舊林
못의 고기는 옛 연못 생각하네.	池魚思故淵
남쪽 들녘에서 황무지 개간하고,	開荒南野際
고졸(古拙)함 지키며 전원으로 돌아오네.	守拙歸園田
마당은 천여 평,	方宅十餘畝
초가는 여덟아홉 칸.	草屋八九間
느릅나무 버드나무는 뒤 처마 그늘 지우고,	楡柳蔭後簷
오얏나무 복사나무는 대청 앞에 늘어섰네.	桃李羅堂前
가물가물 저 먼 촌락,	曖曖遠人村
하늘하늘 마을의 연기.	依依墟里煙
개는 깊은 골목에서 짖고,	狗吠深巷中
닭은 뽕나무 위에서 우네.	鷄鳴桑樹顚
집안에 속진의 번잡함 없으니,	戶庭無塵雜
빈방에 한가로움 넘치네.	虛室有餘閒
오랫동안 새장 속에 있다가,	久在樊籠裏
다시 자연으로 돌아왔다네!	復得返自然
	[제1수]

「술 마시며[飮酒]」 (五古)

사람 사는 곳에 초가집 얽어놓았지만,	結廬在人境
수레와 말의 시끄러운 소리 없네.	而無車馬喧
그대에게 묻노니, 어떻게 그럴 수 있소?	問君何能爾
마음이 멀어지면 땅도 절로 외지는 법이라오.	心遠地自偏
동쪽 울타리 아래에서 국화를 따드니,	采菊東籬下

飲酒圖

유연히 남산이 눈에 들어오네.	悠然見南山
산기운은 해질녘이 아름다우니,	山氣日夕佳
나는 새도 무리지어 돌아오네.	飛鳥相與還
이 속에 참 뜻 있으니,	此中有眞意
형언하려 하나 이미 할 말을 잊었네.	欲辯已忘言

[제5수]

　　남조(南朝)의 시가는 다시 원가(元嘉: 424～453, 宋 文帝 劉義隆의 연호) 문학, 영명(永明: 483～493, 齊 武帝 蕭賾의 연호) 문학, 궁체 문학으로 나눌 수 있다.

　　원가문학은 사령운(謝靈運)과 포조(鮑照)에 의해 주도되었는데, 사령운(385～433)은 산수의 아름다운 풍광을 화려하게 묘사하여 중국 산수시의 새로운 장을 개척했다. 원가문학 시기에는 현언시(玄言詩)가 퇴조하고 산수시가 흥성했으며 대우, 신기한 표현, 화려한 묘사 등 유미주의적인 형식미를 중시했다.

영명문학은 사조(謝朓)와 심약(沈約) 등에 의해 주도되었는데 이들의 시체를 '영명체'라고도 한다. 이 중에서 심약(441~513)은 사성팔병설(四聲八病說)을 주장하여 엄정한 음률미를 추구함으로써 당대 근체시의 성립에 직접적인 영향을 미쳤다. 영명문학은 작품의 내용보다는 정교한 대구나 화려한 음률 등 표현상의 기교를 중시했다.

위진남북조 말에 형성된 궁체문학은 유신(庾信)과 서릉(徐陵)에 의해 주도되었는데, 궁체시는 여성의 아름다운 자태와 염정(艷情)을 묘사한 관능적인 염정시로서 극도의 섬세함과 화려함을 추구했으며 일부 퇴폐적인 경향도 띠었다. 서릉(507~583)이 엮은 『옥대신영(玉臺新詠)』 10권은 한대부터 양대까지의 5언시·악부·가행(歌行)에서 가려 뽑은 염정시선집으로, 당시의 유미주의적인 궁체문학의 영향으로 문사상의 염려(艷麗)한 시만을 집록했다. 『옥대신영』은 중국 시가발전사상 유미주의·수사주의 절정기의 작품을 집대성했다는 데 그 의의가 있다.

당대 시

당대 문학의 핵심을 이루고 있는 것은 시이며, 나아가 중국 시가의 황금기 역시 당대이다.

당시가 번성하게 된 원인으로는 우선 시가 자체의 발전을 들 수 있다. 내용상 『시경』과 한대 악부의 현실주의 정신, 『초사』의 낭만주의 정신, 위진남북조의 전원·산수시 등이 당시의 내용 확대에 영향을 미쳤으며, 형식상 전대에 이미 사용되었던 4·5·7언시(고시), 소체(騷體), 악부체 등의 다양한 시체가 당대 근체시 발전에 영향을 미쳤다. 다음으로는 사회적 원인을 들 수 있다. 제국의 통일과 번영으로 시인들이 전국을 주유하면서 다양한 사회생활을 경험하고 수려한 산천경개를 유람함으로써 안목과 시정(詩情)이 증대되었고, 외국과의 빈번한 교류로 시인들의 정신생활과 예술경험이 더욱 풍부해졌으며, 안·사(安史)의 난 등과 같은 대변란이 창작의 영감을 자극하고 풍부한 소재를 제공했다. 또한 시·부로써 인재를 뽑는 과거제도의 시행으로 시인의 저변이 확대되어 시가의 내용과 형식이 풍부해졌다.

그 성취면에서 보면, 당시는 수량상 2,200여 명의 48,900여 수가 창작되었고 [『全唐詩』에 근거함], 질량상 중국 시가를 대표할 수 있는 뛰어난 작가와 작품들이 많이 배출되어 중국 시가의 사상성과 예술성이 최고의 수준에 도달했으며, 형식상 고시·율시·절구 등 다양한 시체가 완비되었다.

당시는 일반적으로 명대 고병(高棅)의 『당시품휘(唐詩品彙)』에서 나눈 초당(初唐)·성당(盛唐)·중당(中唐)·만당(晚唐)의 4시기로 구분한다.

초당은 고조(高祖) 무덕(武德) 원년(618)에서 예종(睿宗) 태극(太極) 원년(712)까지를 말하는데, 당시의 맹아시기로서 내용과 형식상 당시의 기틀을 마련한 시기이다. 이 시기를 대표하는 시인은 화려함과 질박함을 조화시켜 새로운 풍격을 창출하면서 비교적 깊이 있는 정감과 통속적인 시어를 사용하여 작자의 재능을 발휘한 '초당4걸'(初唐四傑: 王勃·楊炯·盧照隣·駱賓王)과, 시가의 격률운동에 힘을 써 엄격한 격률과 치밀한 구성으로 당대 근체시의 형식을 확정한 '심·송'(沈宋: 沈佺期·宋之問)을 들 수 있다. 그밖에 진자앙(陳子昂)을 비롯한 장열(張說)·장구령(張九齡) 등은 자유로운 운율을 추구하고 자유분방한 감정을 표현하여 초당 시단에 남아 있던 제(齊)·양(梁)의 화려한 기풍을 일소하고 '건안풍골(建安風骨)'을 제창함으로써, 시가의 형식화와 수사미에 반대했다.

왕발(王勃) 「산중(山中)」 (五絕)

장강은 슬픔으로 이미 막혔으니,　　　　　　　　　　長江悲已滯
만 리 밖에서 장차 돌아 갈 생각하네.　　　　　　　萬里念將歸
게다가 세찬 바람 부는 저녁이라,　　　　　　　　　況屬高風晚
산마다 누런 낙엽만 날리네.　　　　　　　　　　　　山山黃葉飛

성당은 현종(玄宗) 개원(開元) 원년(713)에서 대종(代宗) 영태(永泰) 원년(765)까지를 말하는데, 시의 격률이 이미 정형을 이루었고 시론 역시 진일보하여 당시를 최고의 경지로 끌어올린 시기이다. 이 시기를 대표하는 시인은 시불(詩佛) 왕유(王維), 시선(詩仙) 이백(李白), 시성(詩聖) 두보(杜甫)이다.

왕유(701~761)의 시는 전원·산수의 정취와 농촌생활을 노래하여 평담한 풍격으로 천지자연 속에서 정신적인 해탈을 추구했다. 그의 시는 회화성이 뛰어나 예로부터 "시 가운데에 그림이 있고 그림 가운데에 시가 있다[詩中有畵, 畵中有詩]"고 평가받았다. 대표작으로는 「녹시(鹿柴)」·**「죽리관(竹里館)」·「산거추명(山居秋暝)」** 등이 있다.

「**대숲 별관**[竹里館]」 (五絕)

홀로 그윽한 대나무 숲속에 앉아,　　　　　　　　獨坐幽篁裏
금을 타며 길게 휘파람 부네.　　　　　　　　　　　彈琴復長嘯
깊은 숲이라 다른 사람은 알 리 없고,　　　　　　深林人不知
밝은 달만 내려와 비추네.　　　　　　　　　　　　明月來相照

山居秋暝圖

「산속의 가을 저녁[山居秋暝]」 (五津)

빈 산 새로 비 온 뒤,	空山新雨後
가을 저녁의 날씨.	天氣晩來秋
밝은 달은 소나무 사이로 비추고,	明月松間照
맑은 샘은 바위 위로 흐르네.	淸泉石上流
대숲 소란스럽더니 빨래하는 아낙들 돌아가고,	竹喧歸浣女
연잎 흔들리더니 고기잡이 배 내려가네.	蓮動下漁舟
제멋대로 봄 향기 풀은 지지만,	隨意春芳歇
왕손은 그래도 남을 것이라네.	王孫自可留

　이백(701~762)의 시는 열렬한 정감과 강렬한 개성으로 자아 표현의 주관적인 색채가 농후하고, 대담한 과장, 교묘한 비유, 미려한 신화전설, 기이한 환상을 운용하여 정감을 거침없이 표현했는데, 풍격은 호방(豪放)하고 표일(飄逸)하며 시어는 청신하고 자연스럽다. 이백은 굴원의 뒤를 이어 중국 시가의 낭만주의 전통을 발양광대(發揚廣大)시키고, 시가 창작의 이론과 실천을 겸비하여 육조의 화려하고 유약한 시풍을 일소하고 시가 혁신의 위업을 완성했다. 또한 악부민가의 정신과 건안 이후의 우수한 시가 예

술기교를 흡수하여 중국 시가의 내용과 형식을 창조적으로 발전시킴으로써, 두보와 함께 중국 고전시가의 황금시대를 개척했다. 대표작으로 「고풍(古風)」・**「월하독작(月下獨酌)」**・「산중문답(山中問答)」**・「망여산폭포(望廬山瀑布)」 등이 있다.

「달 아래서 혼자 술 마시며 [月下獨酌]」 (五古)

꽃 사이에 술 한 병 놓고,	花間一壺酒
친구도 없이 혼자 마시네.	獨酌無相親
술잔 들어 밝은 달 초대하니,	擧杯邀明月
그림자랑 함께 세 사람 되었네.	對影成三人
달은 본시 술 마실 줄 모르고,	月既不解飮
그림자는 내 몸만 따라다닐 뿐이네.	影徒隨我身
잠시 달이랑 그림자랑 어울려,	暫伴月將影
봄날에 맞춰 모름지기 즐겨야지.	行樂須及春
내가 노래하니 달이 서성이고,	我歌月徘徊
내가 춤추니 그림자가 어지럽게 흔들리네.	我舞影零亂
깨어 있을 땐 함께 기쁨 나누지만,	醒時同交歡
취한 뒤엔 각자 나누어 흩어지네.	醉後各分散
영원히 맺은 고상한 우정,	永結無情遊
저 아득한 은하수에 기약하네.	相期邈雲漢

「산중의 문답 [山中問答]」 (七絶)

무슨 심사로 푸른 산에서 사냐고 나에게 묻지만,
빙긋 웃으며 대답 않으니 마음은 절로 한가롭네.
복사꽃 떠 있는 물 아련히 흘러가니,
여기는 인간세상이 아닌 또 다른 천지라네.

問余何事棲碧山, 笑而不答心自閑.
桃花流水杳然去, 別有天地非人間.

花間一壺酒獨酌無
明月對影成三人
相親舉杯邀
李白月下獨酌詩意 癸酉新春 黃均
詩意

月下獨酌圖

두보(712~770)의 시는 현실생활의 중대한 문제들과 사물의 본질을 예술적으로 반영하고, 웅혼하고 장대한 예술경지로 경물을 치밀하게 묘사하여 내면의 정감을 속속들이 표현했으며, 풍격이 침울·비장하다. 또한 언어구사가 정확하고 생동감 넘치며 글자마다 깊은 의미를 함축하고 있다. 두보는 『시경』과 한대 악부의 현실주의 전통을 계승하고 동시에 육조 이래 시가의 음률·격률·조구(造句) 등 예술기교를 비판적으로 흡수하여 중국 현실주의 시가를 집대성했으며, 그의 현실주의 정신 및 대상을 사실적으로 묘사한 신악부시는 중당의 신악부운동을 직접 계도했다. 특히 그의 충군·애국·애민정신은 이후 역대 애국시인들에게 많은 영향을 미쳤다. 대표작으로 「춘망(春望)」, 「추흥(秋興)」, 3리(三吏: 「新安吏」·「潼關吏」·「石壕吏」), 3별(三別: 「新婚別」·「無家別」·「垂老別」) 등이 있다.

「봄날의 전망[春望]」 (五津)

나라는 망했어도 산하는 남아 있어,	國破山河在
성에는 봄이라 초목이 우거졌네.	城春草木深
시절을 슬퍼하여 꽃도 눈물 떨구고,	感時花濺淚
이별을 한스러워하여 새도 마음 졸이네.	恨別鳥驚心
봉화가 석 달이나 이어지니,	烽火連三月
집에서 온 편지는 만 금이나 나가네.	家書抵萬金
흰머리 긁어 더욱 짧아지니,	白頭搔更短
아무래도 상투꽂이조차 이기지 못할 듯하네.	渾欲不勝簪

春望

国破山河在，城春草木深。感时花溅泪，恨别鸟惊心。烽火连三月，家书抵万金。白头搔更短，浑欲不胜簪。

乙亥之冬写杜甫春望诗三书唐都长安王百战

春望图

「석호 마을의 관리[石壕吏]」 (五古)

저녁에 석호 마을에 투숙했더니,	暮投石壕村
관리가 밤에 사람 잡으러 왔네.	有吏夜捉人
할아범은 담 넘어 도망쳤고,	老翁踰墻走
할멈이 문을 나서 맞았네.	老婦出門看
관리의 호통은 어찌 그리도 사나운지,	吏呼一何怒
할멈의 울음은 어찌 그리도 서글픈지.	婦啼一何苦
할멈이 나서서 하는 말 들었더니,	聽婦前致詞
"세 아들이 업성에서 수자리 서고 있는데,	三男鄴城戍
한 아들이 부쳐온 편지에,	一男附書至
두 아들이 새로 전사했다는군요.	二男新戰死
살아남은 놈은 겨우 목숨만 건졌지만,	存者且偸生
죽은 놈은 영영 그만이지요.	死者長已矣
집안엔 더 이상 사람은 없고,	室中更無人
오직 젖먹이 손자만 있어요.	惟有乳下孫
손자에겐 아직 집 나가지 않은 어미가 있지만,	孫有母未去
나들이할 때 온전한 치마조차 없어요.	出入無完裙
이 늙은 할망구가 기운은 쇠했지만,	老嫗力雖衰
나으리 따라 밤 도타 돌아가,	請從吏夜歸
급히 하양의 전장에 댄다면,	急應河陽役
새벽밥만큼은 지을 수 있어요."	猶得備晨炊
밤 깊어 말소리 끊겼지만,	夜久語聲絶
목메어 흐느끼는 소리 들리는 듯하네.	如聞泣幽咽
날 밝아 갈 길에 올랐을 때,	天明登前途
홀로 할아범하고만 작별했네.	獨與老翁別

그밖에 고적(高適: 702∼765)·잠삼(岑參: 715∼770) 등은 변새 생활에서 제재를 취하여 변방의 경치와 이국적인 정조, 비참한

전쟁장면, 병사들의 향수와 고생 등을 비장하고 호방한 풍격으로 묘사했다.

중당은 대종(代宗) 대력(大曆) 원년(766)에서 문종(文宗) 태화(太和) 9년(835)까지를 말하는데, 내용과 기교상 모두 다시 한 번 진일보하여 당시 발전의 중요한 단계가 된 시기이다. 이 시기를 대표하는 시인은 백거이(白居易)이다. 백거이(772~846)는 두보의 사회시를 계승하여 문학의 사회적 작용을 중시했으며, 신악부 운동의 중심인물로서 시어의 의식적인 통속화에 힘을 썼다. 대표작으로 「장한가(長恨歌)」·「**비파행(琵琶行)**」 등이 있다.

「비파의 노래[琵琶行]」 (七古)

원화 10년(815)에 나는 구강군의 사마로 좌천되었다. 이듬해 가을에 손님을 분포구에서 전송하게 되었는데, 어떤 배 안에서 밤에 비파 타는 소리가 들렸다. 그 소리를 들어보니 맑고 낭랑하여 서울의 가락이 담겨 있었다. 그 사람에 대해서 물어보았더니, 본래 장안의 기생으로 일찍이 목과 조 두 선재에게서 비파를 배웠는데 나이 들어 미색이 이울자 몸을 맡겨 상인의 아내가 되었다고 했다. 그래서 술을 차려오라 명하고 속히 몇 곡을 타보라고 했다. 곡이 끝나자 가엾게도 젊었을 적의 즐거웠던 일과 지금의 초췌한 모습으로 강호 사이를 이리저리 떠돌아다니고 있는 신세를 스스로 이야기했다. 나는 지방으로 전출된 지 2년 동안 조용하고 편안한 마음으로 지내왔는데, 이 여인의 말에 마음이 흔들려 이날 저녁에야 비로소 좌천의 감정을 느끼게 되었다. 그래서 장편의 노래를 지어 그녀에게 주었으니, 모두 616자로 '비파의 노래'라고 제목을 붙였다.

심양강 어귀에서 밤에 손님을 전송하니,
단풍잎과 갈꽃 우거진 쓸쓸한 가을이었네.
주인은 말에서 내리고 손님은 배안에 있는데,
술 들어 마시려 해도 음악이 없었네.

琵琶行圖

취해도 즐겁기는커녕 이별에 가슴 아프니,
이별할 제 아득한 강물이 달빛에 젖었네.
문득 강물 위에서 비파 소리 들려오니,
주인은 돌아가길 잊고 손님도 떠나지 못했네.
소리 찾아 비파 타는 사람 누구냐고 살며시 물었더니,
비파 소리 멈춘 채 대답하려 하나 더디었네.
배 옮겨 가까이 다가가 만나보길 청하며,
술 더하고 등불 돌려 다시 잔치 벌렸네.
천 번 만 번 부르고서야 비로소 나왔는데,
비파를 안고 있어서 얼굴이 반쯤 가려졌네.
축을 돌려 줄을 튕겨 두세 소리 내보지만,
곡조를 채 이루기도 전에 정이 앞섰네.
누르는 줄마다 그 소리 상념에 잠겨,
한평생 못 이룬 뜻을 하소연하는 듯했네.
머리 숙여 손 가는대로 연달아 타며,
마음속의 무한한 일을 다 이야기했네.
가볍게 누르고 천천히 매만지며 비틀었다 다시 튕기니,
처음엔 「예상」의 곡조요 나중엔 「육요」의 곡조였네.
굵은 줄은 둥기덩기 급한 소나기 소리 같고,

가는 줄은 통기탕기 귀엣말 같았네.
둥기덩기 통기탕기 뒤섞여 타니,
큰 구슬 작은 구슬 옥 쟁반에 떨어졌네.
지저귀는 꾀꼬리 소리 꽃 아래서 매끄럽고,
흐느끼는 샘물 소리 얼음 밑에서 잠겼네.
샘물 차가우니 현도 얼어붙고,
얼어붙어 막히니 소리 잠시 끊겼네.
달리 깊은 시름과 남모르는 한이 생겨나니,
이때의 소리 없음은 있는 것보다 나았네.
은병이 갑자기 깨지며 물이 쏟아지고,
철갑 기병이 갑자기 튀어나오며 칼이 부딪혔네.
곡이 끝나자 발목(撥木) 거두어 가운데를 그으니,
넉 줄이 한 소리로 비단 찢는 듯했네.
동쪽 배 서쪽 배는 소리 없이 조용한데,
오직 강 복판에 가을달만 하 었네.
깊은 생각에 잠겨 발목 거두어 줄 가운데에 꽂고,
옷깃 여미며 일어나 얼굴빛 가다듬었네.
스스로 말하길, "본래는 서울 여자로,
하마릉 아래에 집이 있었지요.
열세 살 때 비파를 완전히 배워,
이름이 교방에서 첫째로 꼽혔지요.
연주가 끝나면 선재님도 탄복했고,
화장을 하면 추낭이도 시샘하곤 했지요.
오릉의 젊은 귀공자들 다투어 선물 보내,
한 곡조에 붉은 생초가 셀 수도 없었지요.
자개 박은 구름 빗치개 장단 맞추다 부서지고,
선홍색 비단 치마 술 엎질러 더럽혔지요.
금년도 웃음으로 또 명년도 마찬가지,
가을 달 봄 바람을 등한히 보냈지요.
동생은 군대 가고 양어머닌 돌아가시고,

저녁 가고 아침 오는 중에 얼굴도 늙었지요.
문 앞은 쓸쓸하게도 귀한 손님 드물어,
나이든 몸으로 시집가 상인의 아내 되었지요.
상인은 이문만 중히 여기고 이별 따윈 가볍게 여기니,
지난달에 부량으로 차 사러 떠났지요.
떠나간 뒤로 강어귀에서 빈 배만 지키자니,
배 둘레로 달은 밝고 강물은 차가웠지요.
밤 깊어 문득 젊었을 적 일을 꿈꾸다가,
꿈속에 울다보니 화장 묻은 눈물 붉게 흘렀지요."
나는 비파 소리 듣고 벌써 탄식하고 있었는데,
다시 이 얘기 듣곤 연신 쯧! 쯧! 했네.
똑같이 하늘 끝에서 처량하게 떠도는 사람이니,
서로 만남에 어찌 반드시 옛 친구라야만 하리?
나는 작년에 서울을 떠나온 뒤로,
귀양살이하며 심양성에서 병들어 누웠네.
심양 땅은 궁벽한 곳이라 음악이 없어,
일년 내내 악기 소리 듣질 못했네.
거처하는 곳은 분강에 가까워 땅이 낮고 습하며,
누런 갈대와 참대가 집 둘레에 자라났네.
그 사이에서 아침저녁으로 무슨 소리 들리나?
피맺힌 두견새 울음과 애달픈 잔나비 울음뿐이라네.
봄 강에 꽃핀 아침이나 가을 달 밝은 밤이면,
가끔 술잔 들어 혼자 기울였네.
어찌 초동의 노래나 목동의 피리 소리가 없으랴 만은,
시끌시끌 조잘조잘 귀에 거슬렸네.
오늘밤 그대의 비파 소리 들으니,
신선의 음악 듣는 듯 잠시 귀가 밝아지네.
사양치 말고 다시 앉아 한 곡 타시게!
그대 위해 「비파의 노래」 지어볼 테니.
나의 이 말에 감동되어 한참을 서 있다가,
물러앉아 줄 조이니 줄은 다시 팽팽해졌네.

그 처절함이 이전의 소리와 다르니,
온 좌중의 다시 듣는 사람 모두 눈물 훔쳤네.
그 중에서 누가 가장 많이 눈물 흘렸는가?
강주사마의 푸른 적삼이 흠뻑 젖었다네.

元和十年, 予左遷九江郡司馬. 明年秋, 送客湓浦口, 聞舟中夜彈琵琶者. 聽
其音錚錚然, 有京都聲. 問其人, 本長安倡女, 嘗學琵琶於穆曹二善才, 年長
色衰, 委身爲賈人婦. 遂命酒, 使快彈數曲. 曲罷憫然自敍少小時歡樂事, 今
漂淪顦顇轉徙於江湖間. 予出官二年, 恬然自安, 感斯人言, 是夕始覺有遷
謫意. 因爲長句歌以贈之, 凡六百一十六言, 命曰琵琶行.

潯陽江頭夜送客, 楓葉荻花秋瑟瑟.
主人下馬客在船, 擧酒欲飮無管絃.
醉不成歡慘將別, 別時茫茫江浸月.
忽聞水上琵琶聲, 主人忘歸客不發.
尋聲暗問彈者誰, 琵琶聲停欲語遲.
移船相近邀相見, 添酒回燈重開宴.
千呼萬喚始出來, 猶抱琵琶半遮面.
轉軸撥絃三兩聲, 未成曲調先有情.
絃絃掩抑聲聲思, 似訴平生不得志.
低眉信手續續彈, 說盡心中無限事.
輕攏慢撚抹復挑, 初爲霓裳後六幺.
大絃嘈嘈如急雨, 小絃切切如私語.
嘈嘈切切錯雜彈, 大珠小珠落玉盤.
間關鶯語花底滑, 幽咽泉流氷下難.
水泉冷澁絃凝絶, 凝絶不通聲暫歇.
別有幽愁暗恨生, 此時無聲勝有聲.
銀甁乍破水漿迸, 鐵騎突出刀鎗鳴.
曲終收撥當心畫, 四絃一聲如裂帛.
東船西舫悄無言, 唯見江心秋月白.
沈吟收撥插絃中, 整頓衣裳起斂容.
自言本是京城女, 家在蝦蟆陵下住.
十三學得琵琶成, 名屬敎坊第一部.

曲罷曾教善方服, 粧成每被秋娘妬.
五陵年少爭纏頭, 一曲紅綃不知數.
鈿頭銀篦擊節碎, 血色羅裙翻酒污.
今年歡笑復明年, 秋月春風等閒度.
弟走從軍阿姨死, 暮去朝來顔色故.
門前冷落鞍馬稀, 老人嫁作商人婦.
商人重利輕別離, 前月浮梁買茶去.
去來江口守空船, 遶船明月江水寒.
夜深忽夢少年事, 夢啼粧淚紅闌干.
我聞琵琶已歎息, 又聞此語重唧唧.
同是天涯淪落人, 相逢何必曾相識.
我從去年辭帝京, 謫居臥病潯陽城.
潯陽地僻無音樂, 終歲不聞絲竹聲.
住近湓江地低濕, 黃蘆苦竹繞宅生.
其閒旦暮聞何物, 杜鵑啼血猿哀鳴.
春江花朝秋月夜, 往往取酒還獨傾.
豈無山歌與村笛, 嘔啞嘲哳難爲聽.
今夜聞君琵琶語, 如聽仙樂耳暫明.
莫辭更坐彈一曲, 爲君翻作琵琶行.
感我此言良久立, 卻坐促絃絃轉急.
凄凄不似向前聲, 滿座重聞皆掩泣.
就中泣下誰最多, 江州司馬青衫濕.

　　그밖에 한적한 심경과 산수자연의 풍
경을 잘 묘사한 위응물(韋應物: 737～
789)·유종원(柳宗元: 773～819)과, 의식
적으로 예술적인 기교에 치중하고 기이
한 표현을 좋아하여 난삽하고 괴팍한 시
풍을 조성한 한유(韓愈: 768～824) 등이
있다.

琵琶行圖

유종원 「강의 눈[江雪]」 (五絕)

온 산에 새도 날지 않고,
온 길에 사람 흔적 없네.
외로운 배에 도롱이 쓴 노인,
홀로 눈 쌓인 추운 강에서 낚시질하네.

千山鳥飛絶, 萬徑人蹤滅.

孤舟蓑笠翁, 獨釣寒江雪.

한유 「산의 돌[山石]」 (七古)

산의 돌은 울퉁불퉁 길은 좁은데,
황혼녘 산사에 도착하니 박쥐가 나네.
불당에 올라 섬돌에 앉으니 새 비가 흡족히 내려,
파초 잎은 커다랗고 치자는 통통하네.
스님은 옛 벽의 불화가 좋다고 하면서,
불을 가져와 비추는데 보이는 건 희미하네.
평상 펴고 자리 털고 국과 밥 차려놓는데,
거친 밥이지만 그래도 내 시장기를 채우기에 충분하네.
밤 깊어 조용히 누우니 온갖 벌레소리 끊어지고,
맑은 달 산마루로 떠올라 방문으로 달빛 들어오네.
날 밝아 홀로 떠나는데 길을 찾을 수 없어,
들락날락 오르락내리락 안개 속을 헤매네.
붉은 산과 푸른 개울 한데 어울려 찬란한데,
가끔 보이는 소나무와 상수리나무는 모두 열 아름이나 되네.

물가에서 맨발로 개울 돌 밟을 적에,
물소리 콸콸 바람이 옷깃 날리네.
인생살이 이만하면 절로 즐길 만한데,
어찌하여 구속되어 남에게 얽매이는가?
아아! 나의 벗들이여,
어찌하여 늙도록 돌아가지 않는가?

山石犖确行徑微, 黃昏到寺蝙蝠飛.
升堂坐階新雨足, 芭蕉葉大支子肥.
僧言古壁佛畵好, 以火來照所見稀.
鋪牀拂席置羹飯, 疏糲亦足飽我飢.
夜深靜臥百蟲絶, 淸月出嶺光入扉.
天明獨去無道路, 出入高下窮煙飛.
山紅澗碧紛爛漫, 時見松櫪皆十圍.
當流赤足蹋澗石, 水聲激激風吹衣.
人生如此自可樂, 豈必局束爲人鞿.
嗟哉吾黨二三子, 安得至老不更歸.

李商隱

만당은 문종(文宗) 개성(開成) 원년(836)에서 애제(哀帝) 천우(天祐) 4년(907)까지를 말하는데, 당시의 수확단계로서 풍격변화가 더욱 다양해지고 내용이 더욱 풍부해지고 기교가 더욱 세밀해진 시기이다. 이 시기를 대표하는 시인은 이상은(李商隱)이다.

이상은(813~858)의 시는 형식주의와 유미주의에 치중하여 신비주의적인 경향으로 흘렀는데, 대부분 제재가 화려하고 내용이 은약(隱約)하며 사용한 전고가 괴벽(怪癖)하여 뜻을 이해하기가 힘든 경우가 많다.

「비단 금슬[錦瑟]」 (七律)

비단 금슬은 까닭 없이 쉰 줄,	錦瑟無端五十絃
한 줄 한 괘마다 꽃답던 시절 생각나네.	一絃一柱思華年
장자는 새벽꿈에 나비인 줄 헤맸고,	莊生曉夢迷蝴蝶
망제는 봄 마음을 두견새에게 기탁했네.	望帝春心託杜鵑
창해에 달 밝을 때 진주에 눈물 고이고,	滄海月明珠有淚
남전에 햇볕 따뜻할 때 옥에서 연기 피어나네.	藍田日暖玉生煙
이 마음 추억되길 기다릴 만도 하지만,	此情可待成追憶
그저 당시엔 이미 망연했던 걸.	只是當時已惘然

그 밖에 귀재시인(鬼才詩人)으로 불리는 이하(李賀: 790~816)와 풍류시인으로 불리는 두목(杜牧: 803~852)은 시가의 기교지상(技巧至上) 관점을 계승하여 미려한 시구 중에 청신한 풍격을 갖추고자 했다.

이하「가을바람에 부치는 감상[感諷]」 (五排)

남산은 어찌 그리도 슬픈가?	南山何其悲
귀신 비가 빈 풀밭에 뿌리네.	鬼雨灑空草
장안의 가을 깊은 밤,	長安夜半秋
바람 앞에서 몇 사람이나 늙어가나?	風前幾人老
어슴푸레한 황혼녘 오솔길,	低迷黃昏逕
하늘거리는 푸른 상수리나무 길.	裊裊青櫟道
달은 높아 나무에 그림자 없고,	月午樹無影
온 산은 오직 하얀 새벽이네.	一山唯白曉
옻칠 같은 횃불이 새 사람 맞이하는데,	漆炬迎新人
무덤구덩이엔 반딧불이 어지럽게 날리네.	幽壙螢擾擾
	[제3수]

송·금·원대 시

송시는 당시를 계승하여 발전했지만 당시와는 다른 특색을 지니고 있다. 격조상 당시는 웅혼(雄渾)한 맛이 있는 반면에 송시는 섬세하고 공교(工巧)로우며, 수법상 당시는 순수한 서정을 솔직히 펴낸 반면에 송시는 송대 이학(理學)의 영향을 받아 설리(說理)에 치중했으며, 경향상 당시는 시로 시를 지은[以詩爲詩] 순수한 시가인 반면에 송시는 산문으로 시를 지은[以文爲詩] 산문화된 시가라고 할 수 있다. 다시 말해 송시는 평담화(平淡化)·철리화(哲理化)·산문화(散文化)를 그 특징으로 하고 있다.

송시의 발전은 크게 북송과 남송으로 나누어 살펴볼 수 있다. 북송의 시단은 그 유파에 따라 다시 서곤파(西崑派)·반서곤파(反西崑派)·강서시파(江西詩派)로 대별된다.

서곤파는 만당 이상은(李商隱)의 시풍을 이어받은 유파로, 송초의 양억(楊億)·유균(劉筠)·전유연(錢惟演) 등이 대표한다. 이들이 서로 주고받은 시를 모아 『서곤수창집(西崑酬唱集)』이라 했는데, 여기에서 '서곤'이란 명칭이 유래되었다. 서곤파의 시는 대우·전고를 중시하고 섬세함과 아름다운 표현을 숭상하여 겉으로는 지극히 화미(華美)하지만 안으로는 내용이 없어 공허한 경향을 띠었다.

반서곤파는 당대 한유(韓愈)·유종원(柳宗元)이 주장한 고문운동의 영향을 받아 형성된 유파로, 구양수(歐陽修)·소순흠(蘇舜欽)·매요신(梅堯臣) 등이 앞장서고 왕안석(王安石)·소식(蘇軾) 등이 뒷받침하여 서곤파를 압도하는 형세를 이루었다.

구양수(1007~1072)는 새로운 풍격의 송시를 개척한 시인으로, 중국 최초의 시화집(詩話集)인 『육일시화(六一詩話)』를 지었다. 그의 시는 형식보다는 내용을 중시하고 수사보다는 기세와 풍격을 중시했으며, 이론의 전개를 허용하고 묘사대상을 가리지 않는 특색을 지니고 있다.

東坡先生像贊
岷山峨々江水所出鍾爲異人生
此王國東帝抒機翩嚴萬物其文
如栗帛之有用其言猶河漢之無
極若夫紫微玉堂璚庄赤壁閬富
貴於春夢等榮名於戲劇忠君之

蘇軾

「풍락정의 봄나들이[豐樂亭遊春]」 (七絶)

붉은 나무 푸른 산 해는 뉘엿뉘엿,
기다란 들녘에 풀빛은 끝없이 푸르네.
나들이 꾼은 봄 가는 것 아랑곳하지 않고,
풍락정 앞을 왔다 갔다 하며 떨어진 꽃만 밟네.

紅樹靑山日欲斜, 長郊草色綠無涯.
遊人不管春將老, 來往亭前踏落花.

　소식(1037～1101)은 구양수의 제자로서 송시의 영역을 확대시
켰으며, 서곤체의 화미함과 만당의 유약함을 반대하고 청신·평
담·웅방함 등을 추구하여 송시의 혁신을 꾀했다. 또한 풍부한 상
상력, 치밀한 관찰력과 침착한 구상, 정(情)·경(景)·이(理)의 융
화, 유·불·도의 사상적 조화를 그 특색으로 하고 있다.

「금산사 나들이[遊金山寺]」 (七古)

내 집은 장강이 처음 발원하는 곳,
벼슬하느라 곧장 장강이 바다로 들어가는 곳으로 왔네.
듣자하니 조수 높이가 한 길이나 되고,
추운 날씨에도 모래 흔적 남아 있다네.
중령천(中泠泉) 남쪽 기슭의 석반타는,
예로부터 파도 높이 따라 나타났다 잠겼다 한다네.
시험 삼아 산꼭대기에 올라 고향을 바라보니,
장강의 남북으로 푸른 산 많기도 하네.
나그네 수심에 저녁이 두려워 돌아갈 배 찾으니,
산사의 스님이 한사코 붙잡으며 낙조를 보라 하네.
미풍은 넓디넓은 강물에 고운 무늬 짓고,
반쪽 하늘에 걸린 조각 노을은 물고기 꼬리처럼 붉네.
이때 강 위로 초사흘 초승달 뜨더니,
이경에 달이 지니 하늘은 캄캄하네.
강 한복판에 횃불처럼 밝은 게 나타나는 듯하더니,
나는 화염이 산을 비춰 잠든 까마귀 놀라게 하네.
석연찮은 마음으로 돌아와 누워 생각하나 알 수 없으니,
귀신도 아니고 사람도 아니고 도대체 무엇인가?
강산이 이와 같은데도 고향으로 돌아가지 않으니,
강신이 괴이함 보여 나의 완고함 깨우치려나 보네.
내 강신에게 말하노니, "어쩔 수 없네.
밭이 있어도 돌아가지 못함이 저 강물과 같은 걸."

我家江水初發源, 宦遊直送江入海.
聞道潮頭一丈高, 天寒尙有沙痕在.
中泠南畔石盤陀, 古來出沒隨濤波.
試登絶頂望鄕國, 江南江北靑山多.
羈愁畏晚尋歸楫, 山僧苦留看落日.
微風萬頃靴紋細, 斷霞半空魚尾赤.

是時江月初生魄, 二更月落天深黑.
江心似有炬火明, 飛焰照山棲烏驚.
悵然歸臥心莫識, 非鬼非人竟何物.
江山如此不歸山, 江神見怪驚我頑.
我謝江神豈得已, 有田不歸如江水.

 강서시파는 송대 전체에 가장 큰 영향력을 행사한 유파로서,
특히 남송대의 시인 대부분에게 지대한 영향을 미쳤다. 남송의
여거인(呂居仁)이 『강서종파도(江西宗派圖)』에 황정견(黃庭堅) 아
래에 25명의 시인을 열거했는데, 여기에서 '강서'라는 명칭이 유
래되었다. 황정견을 우두머리로 하여 진사도(陳師道)·진여의(陳
與義) 등이 이 유파를 대표하는데, 원대(元代) 방회(方回)는 이들
이 모두 두보(杜甫)를 배우려 했다고 해서 이들을 '일조삼종(一祖
三宗)'이라고 했다.
 황정견(1045~1105)은 소식의 제자로서 송시를 한 차원 높은
경지에 올려놓은 시인이다. 그의 시론은 조구법(造句法)으로서 환
골법(換骨法)과 탈태법(脫胎法)을 운용한 외에, 평측이 격률에 어
긋나는 요체(拗體)를 사용하여 새로운 리듬을 추구하고, 진부하고
속된 표현을 배척하고 특이하고 억센 표현을 추구했으며, 한 글
자 한 글자마다 그 내원을 밝혀야 한다고 주장했다. 그러나 그가
제시한 환골법과 탈태법은 표절의 우려가 있으며, 문학의 사상과
내용을 경시하고 형식주의에 매달릴 우려가 있었다. 사실 황정견
자신도 이론과 실천을 일치시키지 못했다는 평가를 받았다.

「쾌각에 올라[登快閣]」(七津)

미련한 아이처럼 관청 일 끝내고,
쾌각에서 동서로 맑은 저녁 맞이하네.
낙엽 진 온 산 위로 하늘은 드넓고,
맑은 강 한 가닥 위로 달은 또렷하네.
이미 고운 님 때문에 붉은 거문고 줄 끊어버렸지만,
애오라지 맛난 술로 인해 반가운 눈 한다네.
만 리에서 돌아오는 배 피리 소리 울리니,
이 마음은 나와 흰 갈매기의 맹세라네.

痴兒了却公家事, 快閣東西倚晚晴.

落木千山天遠大, 澄江一道月分明.

朱絃已爲佳人絶, 靑眼聊因美酒橫.

萬里歸船弄長笛, 此心吾與白鷗盟.

陸游

남송의 시단은 다시 남송 4대가, 영가사령(永嘉四靈), 강호파(江湖派), 유민시(遺民詩)로 나누어 살펴볼 수 있다.

남송 4대가는 남송 초기의 시단을 대표하는 4명의 시인으로, 육유(陸游)·양만리(楊萬里)·범성대(范成大)·우무(尤袤)를 말한다.

육유(1125~1210)는 중국 최대의 다작 시인으로 1만여 수를 지었다. 초기의 시는 호탕하고 분방했으나 후기에는 한적하고 담백하게 바뀌었으며, 능히 일가(一家)를 이루어 강서시파를 답습하지 않았다.

「분한 마음 적으며[書憤]」 (七律)

어렸을 땐 어찌 세상사 어렵단 걸 알았겠는가?
북쪽으로 중원을 바라보니 분기(憤氣)가 산과 같네.
전선(戰船)은 눈 오는 밤에 과주를 건넜고,
철마는 바람 부는 가을에 대산관을 넘었네.
변방의 장성이라고 공연히 스스로 자부하지만,
거울 속의 센 귀밑털은 벌써 반백이네.
「출사표」 하나로 세상에 참된 명성 드리웠으니,
천년토록 뉘라서 우열을 다투리오!

早歲那知世事艱, 中原北望氣如山.
樓船夜雪瓜洲渡, 鐵馬秋風大散關.
塞上長城空自許, 鏡中衰鬢已先斑.
出師一表眞名世, 千載誰堪伯仲間.

　　그밖에 양만리의 시는 전원의 맛이 나며 유머와 해학이 가미되어 통속적이고 이해하기 쉽다. 범성대의 시는 담담하고 청신하며 전원과 산수의 경물을 묘사한 것이 많다. 우무의 시는 평담하고 질박하며 시절을 슬퍼한 작품이 많다.

　　남송 4대가를 이어 영가사령(永嘉四靈)이 등장하여 한동안 남송 시단을 대표했다. 영가사령은 서조(徐照: 靈輝)·서기(徐璣: 靈淵)·옹권(翁卷: 靈舒)·조사수(趙師秀: 靈秀)를 말하는데, 이들은 모두 영가 지방 출신이고 자나 호에 모두 '영(靈)'자가 있어서 그렇게 불렸다. 이들은 백화체로 시를 짓고 청신함과 유창함을 주장하여 강서시파에 반대했으나 성과는 별로 거두지 못했다.

옹권 「향촌의 사월[鄕村四月]」 (七絶)

초록빛 질펀한 산 들녘, 흰 물결 가득한 내,
자규 소리 속에 안개 같은 비.
향촌의 사월엔 한가한 사람 적으니,
누에치기 겨우 끝내곤 또 밭에 가래질하네.

綠遍山原白滿川,
子規聲裏雨如烟.
鄕村四月閑人少,
纔了蠶桑又揷田.

다음으로 강호파가 등장했는데, 진기(陳起)가 펴낸 『강호집(江湖集)』과 『강호후집(江湖後集)』에서 그 명칭이 유래되었다. 강기(姜夔)·유극장(劉克莊)·대복고(戴復古) 등이 이 유파를 대표하는 시인이다. 이 중에서 강기(1155?~1235?)는 독창(獨創)·고묘(高妙)·풍격(風格)을 귀하게 여겨야 한다고 주장하여 특색을 보였다. 이들은 강서시파에 염증을 느끼고 의식적으로 재야의 시인임을 내세웠으나 그다지 큰 성과는 없었다.

강기 「수홍교를 지나며[過垂虹]」 (七絶)

자작 신곡의 운치 최고로 멋들어지니,
소홍이 나지막이 노래 부르고 내가 퉁소 부네.
곡이 끝날 즈음 송릉의 길 다 지났으니,
고개 돌려 안개 낀 물결 속 열네 개 다리 보네.

自作新詞韻最嬌,
小紅低唱我吹簫.
曲終過盡松陵路,
回首烟波十四橋.

마지막으로 남송이 원(元)에게 멸망당한 뒤에도 숨어서 침통한 망국의 한을 노래한 유민시 일파가 있다. 문천상(文天祥)·사고(謝翺)·임경희(林景熙) 등이 대표적인 시인인데, 이들의 시는 대부분 망국의 통한과 비분이 충만해 있다. 특히 문천상(1236〜1283)은 송시의 마지막을 장식한 시인으로, 그의 **「정기가(正氣歌)」**는 고금의 명시로 인정받고 있다.

「정기가」 (五古)

천지에 바른 기운 있어,
한데 뒤섞여 만물을 빚어냈네.
아래로는 강과 산악 되고,
위로는 해와 별 되었네.
사람에게 있는 건 호연지기라고 하니,
왕성하게 천지간에 가득 찼네.
나라 다스릴 제 태평성세 만나면,
훌륭한 조정을 머금었다 토해냈고,
시절이 곤궁하면 절개로 드러나,
한결같이 변함없는 충정 드리웠네.
제나라에선 태사[崔杼]의 죽간 되고,
진(晉)나라에선 동호의 붓 되고,
진(秦)나라에선 장량의 몽둥이 되고,
한나라에선 소무의 절개 되었네.
엄장군[嚴顔]의 머리 되고,
혜시중[嵇康]의 피 되고,
장휴양[張巡]의 치아 되고,
안상산[顔杲]의 혀 되었네.
혹은 요동 관녕(管寧)의 모자 되어,
맑은 지조 얼음 눈처럼 매서웠고,

혹은 제갈량(諸葛亮)의 「출사표」 되어,
귀신도 그 장렬함에 울었고,
혹은 조적(祖逖)이 도강할 때의 노 되어,
분격함으로 오랑캐 삼켰고,
혹은 단수실(段秀實)이 역적을 내리칠 때의 홀 되어,
역모의 괴수 머리 깨버렸네.
이 기운 충만한 것은,
장엄하게 만고에 남아 있네.
이것이 해와 달 관통할 땐,
생사 따윈 어찌 논할 만하리오!
땅 줄은 이것에 의지해 서고,
하늘 기둥은 이것에 의지해 높아지네.
삼강은 이것의 명이고,
도의는 이것을 근본으로 하네.
아! 내가 액운을 당하니,
부하들도 힘을 쓰지 못했네.
초나라 죄수처럼 그 관(冠)을 매고,
호송 수레에 실려 외진 북쪽으로 보내졌네.
팽형(烹刑)을 당해도 엿처럼 달게 여길 텐데,
죽고자 해도 그럴 수 없네.
감옥은 음침하여 도깨비 불 떠돌고,
춘원(春院)은 닫혀 하늘조차 어둡네.
소와 천리마가 같은 구유에서 먹고,
닭과 봉황이 함께 섞여 먹네.
하루아침에 초로(草露)의 객 될 테니,
생각하니 도랑 속의 뼈다귀 되겠지.
이처럼 추위와 더위 두 번이나 지났지만,
모든 질병 저절로 피해가네.
슬프구나! 낮고 음습한 곳도,

나에게 안락한 나라 되네.
무슨 다른 뾰족한 수 있으랴?
음양도 나를 해칠 수 없다네.
다만 이렇게 꼿꼿이 살아남아,
우러러 보니 흰 구름만 떠다니네.
내 마음의 슬픔 아득하니,
푸른 하늘은 어디에 끝이 있는가?
성현은 날마다 나에게서 멀어지지만,
그 모범은 어제오늘에 있다네.
바람 이는 처마[감옥]에서 책 펼쳐 읽나니,
옛 성현의 도(道)가 내 얼굴 비추네.

正氣歌圖

天地有正氣, 雜然賦流形.　　下則爲河岳, 上則爲日星.
於人曰浩然, 沛乎塞蒼冥.　　皇路當淸夷, 含和吐明庭.
時窮節乃現, 一一垂丹靑.　　在齊太史簡, 在晉董狐筆.
在秦張良椎, 在漢蘇武節.　　爲嚴將軍頭, 爲嵇侍中血.
爲張睢陽齒, 爲顏常山舌.　　或爲遼東帽, 淸操厲冰雪.
或爲出師表, 鬼神泣壯烈.　　或爲渡江楫, 慷慨吞胡羯.
或爲擊賊笏, 逆竪頭破裂.　　是氣所旁薄, 凜烈萬古存.
當其貫日月, 生死安足論.　　地維賴以立, 天柱賴以尊.
三綱實系命, 道義爲之根.　　嗟余遘陽九, 隷也實不力.
楚囚纓其冠, 傳車送窮北.　　鼎鑊甘如飴, 求之不可得.
陰房閴鬼火, 春院閟天黑.　　牛驥同一皁, 鷄棲鳳凰食.
一朝蒙霧露, 分作溝中瘠.　　如此再寒暑, 百沴自辟易.
哀哉沮洳場, 爲我安樂國.　　豈有他繆巧, 陰陽不能賊.
顧此耿耿存, 仰視浮雲白.　　悠悠我心悲, 蒼天曷有極.
哲人日已遠, 典型在夙昔.　　風檐展書讀, 古道照顏色.

금대의 전통 시문은 전반적으로 저조했다.

　건국 초기에는 금나라에서 벼슬한 요(遼)·송(宋)의 구신(舊臣)들이 고국에 대한 그리움과 심적 고통을 주로 묘사했는데, 주요 작가로는 우문허중(于文虛中)을 들 수 있다.

　다음으로 남송과의 화친 시기에는 조탁과 모방으로 내용이 빈곤한 작품이 많이 나왔다. 주요 작가로는 왕약허(王若虛)를 들 수 있는데, 왕약허는 『호남시화(滹南詩話)』를 지어 문장자득(文章自得)을 주장하고 지나친 조탁을 일삼는 시풍에 반대했다.

　마지막으로 쇠망기에는 국세가 기울고 사회가 불안하여 어지러운 시대를 상심하는 내용이 주조를 이루었는데, 주요 작가로는 원호문(元好問: 1190~1257)을 들 수 있다. 원호문은 그의 대표작인 「논시절구삼십수(論詩絶句三十首)」를 지어 한(漢)·위(魏)에서 당·송에 이르는 역대 시인들의 작품을 비평했는데, 비평의 표준으로 천연(天然)·고아(高雅)·풍골(風骨)·호방(豪放)·청신(淸新)·청담(淸淡)·독창(獨創)·진성(眞誠) 등을 주장한 반면에 조탁(雕琢)·비속(卑俗)·화미(華靡)·섬약(纖弱)·난삽(難澁)·번잡(煩雜)·답습(踏襲)·가식(假飾) 등을 반대하는 시론을 주장했다.

「논시절구삼십수」 (七絶)

한의 가요 위의 시편(詩篇) 이래 오래도록 어지러웠지만,
올바른 시체(詩體) 함께 자세히 논할 사람 없네.
그 누가 시 중의 길 트는 사람인가?
잠시 경수(涇水)와 위수(渭水)를 각각 맑고 흐리게 하여 보리라.
漢謠魏什久紛紜, 正體無人與細論.
誰是詩中疏鑿手, 暫教涇渭各淸渾. [제1수]

한바탕의 천연한 말씀 만고에 새로우니,
호화로움 다 떨쳐버려야 참됨과 순박함 드러난다네.
남쪽 창 밝은 낮에 복희(伏羲) 이전 사람 되었으니,
도연명이 진나라 사람인 것에 손색없도다.
一語天然萬古新, 豪華落盡見眞淳.
南窓白日羲皇上, 未害淵明是晉人. [제4수]

고아함은 두자미[杜甫]에게 가까이하기 어렵고,
정순함은 이의산[李商隱]의 진실함을 모두 잃었네.
시를 논함에 진실로 부옹[黃庭堅]에게는 절할 수 있으나,
강서시파의 사람은 되지 않으리.
古雅難將子美親, 精純全失義山眞.
論詩寧下涪翁拜, 未作江西社裏人. [제28수]

명대 시

　명대의 시가는 각종 문학유파의 형성·발전과 밀접한 관련이 있긴 하지만, 전체적으로는 소설·희곡 등의 통속문학에 비하여 상대적으로 침체·쇠퇴의 길을 걸었다. 양적인 면에서는 청대 주이존(朱彝尊)이 편찬한 『명시사(明詩詞)』에 총 3400여 시인의 작품이 수록되어 있으나, 질적인 면에서는 전문적인 시인이나 일가를 이룬 작가가 드물었으며 복고의 성향이 강했기 때문에 중국시가사상 낙후된 시기였다고 할 수 있다.

　명대 시단의 흐름을 시기별로 살펴보면 대체로 문단의 상황과 비슷하게 전개된 것을 알 수 있다.

　먼저 명초에는 오중사걸(吳中四傑)로 불리는 고계(高啓)·양기(楊基)·서분(徐賁)·장우(張羽)가 등장하여 시단을 주도했는데, 이 중에서 고계가 가장 뛰어났다. 고계(1336~1375)는 청신하고 준일(俊逸)한 시풍으로 성당시의 풍격에 가까운 시를 지었는데, 여러 시체에 뛰어났으며 총 2,000여 수의 작품을 남겨 명대의 대표적인 시인으로 손꼽힌다.

　　고계 「전가행(田歌行)」 (雜言)

　풀은 망망하고, 물은 콸콸.
　위 밭은 잡초 무성하고, 아래 밭은 물에 잠겼네.
　가운데 밭엔 벼이삭 자라지 않고,
　흩어진 낟알은 오리와 기러기의 먹이일 뿐.
　빗속에 이삭 줍다 반쯤 젖은 몸으로 돌아오니,
　부인은 절구질하여 밥 짓고 아이는 밤에 우네.
　草茫茫, 水汨汨. 上田蕪, 下田沒.
　中田有禾穗不長, 狼藉只供鳧雁糧.
　雨中摘歸半身濕, 新婦舂炊兒夜泣.

양사기(楊士奇)로 대표되는 대각체(大閣體) 시는 가송(歌頌)·응제(應制)·수창(酬唱)의 작품이 대부분이며 문학성이 결여되어 있다.

다릉시파(茶陵詩派)의 대표인물인 이동양(李東陽: 1447~1516)은 전아(典雅)하고 청려(淸麗)한 풍격의 시를 지었으며,『회록당시화(懷麓堂詩話)』를 지어 오랫동안 단절되었던 시화문학을 부활시켰다.

이동양「구월 구일에 장강을 건너며[九日渡江]」(七津)

가을바람 강어귀에 불고 빈랑나무 막대 두드리는 소리 들리니,
먼 길 떠나온 나그네의 향수 아련하기만 하네.
만 리 천지로 이 강물 흘러가니,
백 년 동안 아름다운 중양절의 풍광 몇 번이나 될까?
안개 속 나무 빛은 과보진(瓜步鎭)에 뜨고,
성 위 산세는 건강을 둘렀네.
곧장 진주 지나 다시 동쪽으로 내려가니,
깊은 밤 등불 그림자만 유양에 잠드네.

秋風江口聽鳴榔, 遠客歸心正渺茫.
萬里乾坤此江水, 百年風日幾重陽.
烟中樹色浮瓜步, 城上山形繞建康.
直過眞州更東下, 夜深燈影宿維揚.

이몽양(李夢陽: 1473~1530)·하경명(何景明: 1483~1521)으로 대표되는 전칠자(前七子)의 시인은 "시는 반드시 성당을 따라야 한다[詩必盛唐]"는 기치 아래 엄숙한 창작태도를 견지하며 복고를 주장했다. 이몽양은 시풍이 웅혼·진중하고 격률이 정제되었으며, 하경명은 복고적인 경향이 농후했지만 독창성도 존중했다.

이몽양 「가을의 전망[秋望]」 (七津)

황하 물은 한나라 궁전 담 감돌아 흐르는데,
강가 가을바람 속에 기러기 떼 몇 번이나 지나갔나?
나그네는 성밖 해자 지나며 아지랑이 쫓는데,
장군은 화살집 메고 천랑성(天狼星) 쏘네.
누런 먼지 이는 옛 나루터엔 길 잃은 급한 수레,
흰 달 가로지른 하늘 아랜 썰렁한 전쟁터.
듣자하니 북방엔 지략 갖춘 용사들 많다고 하는데,
오늘날의 곽분양[郭子儀]은 누구던고?

黃河水繞漢宮墻, 河上秋風雁幾行.
客子過壕追野馬, 將軍韜箭射天狼.
黃塵古渡迷飛挽, 白月橫空冷戰場.
聞道朔方多勇略, 只今誰是郭汾陽?

심주(沈周: 1427∼1509)와 오중사재자(吳中四才子: 唐寅·祝允明·文徵明·徐禎卿)는 모두 다재다능한 시·서·화가로서, 복고의 문풍을 반대하고 개성적인 표현으로 현실을 반영하고자 했다.

후칠자(後七子)의 시인은 이반룡(李攀龍: 1514∼1570)·왕세정(王世貞: 1526∼1590)으로 대표되는데, 왕세정은 평담하고 자연스러운 풍격을 지향하고 지나친 모방을 반대했으며 시문평론집인 『예원치언(藝苑巵言)』을 지었다.

왕세정 「태백루에 올라[登太白樓]」 (五津)

듣자하니 옛날에 이공봉[李白]이,	昔聞李供奉
이 누대에 홀로 올라 길게 시 읊조렸다지.	長嘯獨登樓
이 곳을 직접 한 번 둘러본 뒤로,	此地一垂顧
위대한 명성 백대에 남겼다네.	高名百代留

흰 구름 낀 해변의 새벽,	白雲海色曙
밝은 달 뜬 천문의 가을.	明月天門秋
다시 찾아오는 사람 찾고자 하나,	欲覓重來者
퀄퀄퀄 제수만 흐르네.	潺湲濟水流

이지(李贄)와 서위(徐渭)의 시는 모두 공안파에 영향을 미쳤는데, 이지는 평이하고 자연스러운 풍격으로 독특한 풍취를 이루었으며, 서위는 자유분방한 풍격으로 모방을 반대하고 독창성을 강조했다.

공안파(公安派)와 경릉파(竟陵派)의 시인은 성령(性靈)의 표현을 주장했으며, 청신하고 준일한 풍격으로 모방과 난삽한 표현을 일삼는 당시의 시풍을 개혁하고자 했다.

원굉도(袁宏道) 「죽지사(竹枝詞)」 (七絶)

장사치들 서로 만나면 멍한 마음 배가 되고,	賈客相逢倍惘然
편·남·기·재나무 서쪽 사천(四川)에서 내려오네.	楩楠杞梓下西川
맑은 하늘 아래 도처에서 환관들 날뛰니,	靑天處處橫璫虎
딸 팔고 아들 보태 세금 낸다네.	鬻女陪男償稅錢

마지막으로 기사(幾社)와 복사(復社)의 시인이 등장하여 명말의 시단을 이끌었다. 기사는 진자룡(陳子龍: 1608~1647)을 중심으로 한 문인 결사(結社)였다. 진자룡은 남명(南明)의 항청(抗淸) 인사로서 순국했는데, 그의 시풍은 비분·처량하며 국사를 근심하고 백성을 걱정하는 작품을 많이 지었다. 복사는 명말 최대의 문인 결사로서 장부(張溥)가 중심인물이다. 장부는 복사를 조직하여 환관의 정치활동에 반대하고 반청운동에 가담했는데, 문학상으로는 전·후칠자의 복고주의를 지지했지만 창작상으로는 대부분 현실사회의 다양한 생활상을 반영했다.

청대 시

　청대 전기의 시단은 고증학(考證學)의 복고적인 조류 속에서 시인들이 저마다의 기호에 따라 이전 시대의 작가와 작품을 규범으로 삼아 창작함으로써 여러 유파로 나뉘게 되었다. 이러한 유파는 당시(唐詩)를 숭상하는 종당파(宗唐派)와 송시(宋詩)를 숭상하는 종송파(宗宋派)로 대별된다.

　종당파는 당시를 표준으로 삼아 그 웅혼한 시풍을 추구한 일파로, 주창자는 오위업(吳偉業: 1609~1671)이다. 그는 초당사걸의 격률에 근거를 두고 백거이(白居易)의 시법(詩法)을 본받아 종당파의 선구자가 되었다.

　종당파의 주요 시인과 시론에는 왕사정(王士禎: 1634~1711)의 신운설(神韻說), 심덕잠(沈德潛: 1673~1769)의 격조설(格調說), 원매(袁枚: 1716~1797)의 성령설(性靈說), 옹방강(翁方綱: 1733~1818)의 기리설(肌理說) 등이 있다.

　왕사정의 신운설은 송대 엄우(嚴羽)의 『창랑시화(滄浪詩話)』의 이론을 계승한 것으로, 인위적인 수식이나 논리를 반대하고 자연스럽고 청신한 신정(神情)과 운미(韻味)를 추구하여 시와 선(禪)의 일치를 주장했다. 그러나 지나친 '언외지미(言外之味)'의 추구로 내용이 공소해지는 결점이 있었다.

　　「진주절구(眞州絶句)」 (七絶)

　　강가엔 낚시꾼 집 많기도 하지만,
　　버들 두렁길과 마름 연못 일대는 듬성듬성하네.
　　제일 멋있는 건 해 기울고 바람 잔 뒤에,
　　강둑 반쪽 단풍든 나무 아래에서 농어 파는 정경이라네.
　　江干多是釣人居, 柳陌菱塘一帶疏.
　　好是日斜風定後, 半江紅樹賣鱸魚. [제4수]

심덕잠의 격조설은 사상표현의 양식인 '격(格)'과 언어적인 음조인 '조(調)'를 중시한 것으로, 시의 형식적·외면적인 요소, 즉 작시법상의 기교를 논했다. 그러나 시정(詩情)의 다양성이 부족하고 도학자적인 색채가 농후하다는 비판을 받았다.

眞州絶句圖

「허주를 지나며[過許州]」 (七絶)

여기저기 연못에선 졸졸졸 물 흐르고,
버드나무 늘어진 백 리 길 평야를 덮고 있네.
나그네는 문득 수염과 눈썹까지 파래짐을 느끼며,
가는 길 내내 매미 소리 들으며 허주를 지나네.

到處陂塘決決流, 垂楊百里罨平疇.
行人便覺須眉綠, 一路蟬聲過許州.

　　원매의 성령설은 명대 공안파(公安派)의 낭만주의 이론을 계승
한 것으로, 기성의 격률에 구애받지 않고 작자의 솔직한 정감과
개성을 꾸밈없이 표현할 것을 주장했다. 그러나 그의 시는 당시
에는 천박하다는 비판을 받았다.

袁枚

「서호(西湖) 가에서[湖上雜詩]」

갈령에 꽃 핀 이월의 어느 날,
놀러 나온 사람들 왕래하며 신선을 얘기하네.
이 늙은이의 마음은 저 놀러 나온 사람들과는 다르니,
신선이 부러운 게 아니라 젊은이가 부럽다네.

葛嶺花開二月天, 遊人來往說神仙.
老夫心與遊人異, 不羨神仙羨少年. [제10수]

　　옹방강의 기리설은 신운설의 공소한 결점을 보완하기 위하여
학문의 배양을 바탕으로 한 개성적인 시리(詩理)를 주장했다.
　　다음으로 종송파는 송시를 표준으로 삼아 그 치밀하고 섬세한
풍격을 추구한 일파로, 주창자는 전겸익(錢謙益: 1582~1664)이
다. 그는 송대 소식(蘇軾)·육유(陸游)와 원대 원호문(元好問)의 시

를 추숭하여 종송파의 선구자가 되었다. 주요 인물에는 송락(宋犖)·사신행(查信行)·여악(厲鶚) 등이 있는데, 이 중에서 『송시기사(宋詩紀事)』 100권을 지어 송시 연구에 이바지한 여악(1692~1753)이 특기할 만하다.

청대 후기의 시단 역시 전기와 마찬가지로 시인들의 기호에 따라 여러 유파로 나뉘었는데, 그 주요 유파에는 사회파(社會派)·의고파(擬古派)·강서파(江西派)·혁신파(革新派) 등이 있다.

사회파는 공자진(龔自珍: 1792~1841)으로 대표된다. 그는 창작을 통하여 현실주의 비판정신과 낭만주의 표현수법의 결합을 시도한 작가로, 시가의 사회적 작용을 중시하여 폭넓은 사회생활을 시에 반영할 것을 주장하고, 작자의 개성표현을 중시하여 장자(莊子)·굴원(屈原)·이백(李白)의 낭만주의 전통을 높이 평가했다.

「기해년(1839)에[己亥雜詩]」(七絶)

　온 나라의 생명력은 바람과 천둥에 의지하나니,
　모든 말이 한결같이 벙어리 되니 결국 애처롭구나!
　나는 하느님께 권하오니, 다시금 분발하시어,
　격식에 구애받지 마시고 인재를 내려주옵소서!

　九州生氣恃風雷, 萬馬齊瘖究可哀
　我勸天公重抖擻, 不拘一格降人才. [제125수]

의고파는 왕개운(王闓運)으로 대표되는데, 그는 한·위·육조로부터 소급하여 『시경』·『초사』에 이르는 고체시에 관심을 두고 의고적인 작품을 썼다.

강서파는 진립삼(陳立三: 1852~1936)·진연(陳衍: 1856~1938)

을 대표로 한 동광체(同光體) 시인들이 중심이 되어 청말에 송시 존중의 기풍을 다시 일으켰는데, 그들은 송시 중에서도 소식과 황정견의 시를 숭상하여 '강서파'라고 부른다.

혁신파의 주요 시인은 황준헌(黃遵憲: 1848~1905)·양계초(梁啓超: 1873~1929)·담사동(譚嗣同: 1865~1898) 등인데, 이 중에서 황준헌은 이른바 '시계혁명(詩界革命)'을 주장하면서 옛 시의 구속에서 벗어나려고 노력했다. 그는 전통 시단의 의고주의에 반대하고 "내 손으로 내 입에서 나오는 말을 써야 한다[我手寫我口]"고 주장했으며, 시에 현실생활과 투쟁을 반영할 것을 주장하여 시가 창작의 현실주의 정신을 제창했다. 또한 표현상 전대의 우수한 예술전통을 이용하여 다양한 변화를 추구했으며, 옛 격조에 속어·신언어·신사상을 주입하여 조화를 추구했다. 그러나 이러한 주장은 중국 전통시의 골격을 완전히 혁신하지는 못하고 개량주의적인 수준에 머물러 있었다.

黃遵憲

황준헌 「감회(感懷)」 (五古)

세상 학자들 시서를 암송하며,	世儒誦詩書
종종 자신의 재주를 뽐내네.	往往矜爪嘴
머리 들어 상고시대를 언급하고,	昂頭道皇古
손바닥 치며 치국평천하를 설명하네.	拊掌說平治
처음엔 삼대의 융성함 얘기하고,	上言三代隆
나중엔 백 대의 제후를 얘기하고,	下言百世侯
중간엔 오늘의 난리를 얘기하며,	中言今日亂
눈물 콧물 흘리며 통곡하네.	痛哭繼流涕
거전법(車戰法) 도면 베껴 그리는데,	摹寫車戰圖
백 장 넘어가니 굳은살 박이고,	胼胝過百紙
손에 정전법(井田法) 지도 들고서,	手持井田譜
한번 시행해 볼 요량으로 땅에 그리네.	畫地期一試
옛 사람이 어찌 우리를 속이랴 만은,	古人豈我欺
옛날과 지금의 형세가 다르니 어쩌랴!	今昔奈勢異
문밖을 나서보지 않은 학자님들,	儒生不出門
당세의 일일랑 논하지 마시라.	勿論當世事
시대를 파악하려면 지금을 아는 게 중요하고,	識時貴知今
정세에 통달하려면 세태를 겪는 게 중요하네.	通情貴閱世
위대하도다! 천고의 성현들이시여,	卓哉千古賢
당신들만이 시대의 병폐를 고칠 수 있었네.	獨能救時弊
가생[賈誼]의 정치사회 안정책과,	賈生治安策
강통의 외래 민족 추방론처럼.	江統徙戎議

[제1수]

詞

사

梧桐更兼細雨
到黃昏
點點滴滴
這次第
怎一個愁字了得

'사'는 당말(唐末)·오대(五代)에 발생하여 송대(宋代)에서 화려하게 꽃을 피운 시가의 일종으로, 그 구성 형식과 음악적 특성에 따라 곡자사(曲子詞)·악부(樂府)·신성(新聲)·여음(餘音)·별조(別調)·전사(塡詞)·장단구(長短句)·시여(詩餘) 등 여러 가지 별칭이 있다.

사는 시와는 다른 형식상 특색을 보이는데 무엇보다도 음악성이 강조되었다. 첫째, 매수의 사에는 모두 음악적인 곡조[이를 사조(詞調)라고 함]를 나타내는 사패(詞牌)가 있는데, 이 사패는 사의 제목이 아니다. 정작 사의 제목은 사패 뒤에 병기(倂記)하는 부제(副題)라고 할 수 있다. 일반적으로 사는 이미 작곡된 이러한 사패에 맞춰 가사를 집어넣기 때문에 사 짓는 것을 '의성전사(倚聲塡詞)'한다고 말한다. 둘째, 각 사패에는 정해진 구수(句數)가 있고 각 구에는 정해진 자수(字數)가 있으며 각 자에는 정해진 성조(聲調)가 있다. 또한 각 구의 길이는 일정치 않아 긴 것은 10여

자에 이르기도 하고 짧은 것은 1자뿐인 경우도 있다. 셋째, 사는 작품의 길이에 따라 짧은 소령(小令)과 긴 대령(大令)으로 나뉘는데, 소령은 소사(小詞)·단사(短詞)라고도 하며 대령은 만사(慢詞)·장사(長詞)라고도 한다. 한편 구체적인 글자수를 기준으로 하여 단조(短調: 58자 이하), 중조(中調: 59자~90자 사이), 장조(長調: 91자 이상)로 나누기도 하지만 이러한 글자수에 따른 분류는 그다지 큰 의미는 없다고 할 수 있다. 넷째, 한 수의 사는 대부분 몇 개의 편(片)으로 나눠지는데, 이것은 오늘날 노래 가사의 절(節)과 비슷한 의미이다. 편은 단(段) 또는 결(闋)이라고도 한다. 현재 남아 있는 사는 1편으로 된 것부터 4편으로 된 것까지 있는데, 이중에서 2편으로 된 것이 가장 많다. 편수(片數)에 따라 이를 다시 단조(單調: 1편), 쌍조(雙調: 2편), 삼첩(三疊: 3편), 사첩(四疊: 4편)이라고도 한다. 또한 쌍조의 경우 앞 편은 상편(上片)이라 하고, 뒤 편은 하편(下片)이라고 한다. 다섯째, 일반적으로 쌍조의 사는 상편과 하편이 같은 형식이지만 경우에 따라서는 하편의 첫머리[이를 과편(過片)이라 함] 부분의 글자나 평측 등에 변화를 주기도 하는데, 이러한 변화가 있는 경우를 환두(換頭) 또는 과변(過變)이라 하고 전혀 변화가 없는 경우를 불환두(不換頭)라고 한다. 여섯째, 사는 사조에 따라 압운의 위치가 일정치 않아 근체시에서 사용하는 격구운(隔句韻)과는 다르다. 많은 경우는 매구마다 압운하기도 하며, 적은 경우는 전체 가운데 5~6군데만 압운하기도 한다. 또한 압운할 때 사용하는 운자(韻字)도 근체시에서 평성자로만 압운하는 것과는 달리, 사에서는 평성과 측성을 모두 사용할 수 있으며 중간에 전운(轉韻)할 수도 있다.

　사의 기원에 대해서는 여러 가지 설이 있는데, 『시경』의 구식(句式)이 자유롭고 사와 마찬가지로 노래의 가사였다는 점에서 『시경』에 그 근원을 두는 설, 한·위·진·남북조 고악부의 장단구를 이어받아 형성되었다는 설, 당대 근체시가 가창할 수 있도록 장단구로 변했다는 설, 외국에서 전래된 호악(胡樂)과 민간 가곡인 속악(俗樂)의 영향으로 형성되었다는 설 등이 거론되고 있다.

사의 출현에 대해서는 성당의 이백이 지었다고 하는 【보살만(菩薩蠻)】, 중당 장지화(張志和)의 【어가자(漁歌子)】와 백거이(白居易)의 【장상사(長相思)】를 비롯하여 그 밖에 사와 근접한 많은 작품이 지어진 것으로 보아 성당과 중당 시기에 성립된 것으로 보인다.

사는 처음에는 주로 민간에서 널리 유행하여, 평이하고 소박한 정감으로 병사의 고통, 남편을 그리는 아내의 슬픔, 남녀의 연정, 기녀의 신세, 강호에 숨어사는 은자의 생활 등을 읊었는데, 이러한 경향은 돈황(敦煌)의 민간사에 잘 나타나 있다.

만당·오대 사

만당은 사의 초창기로서 민간사가 유행함에 따라 문인들도 참여하게 되었는데, 그 대표적인 인물은 온정균(溫庭筠: 812~870)이다. 그의 사는 언어가 농염하고 섬세하며 표현기교가 은유적이고 함축적인 특색을 지니고 있는데, 『화간집(花間集)』이라는 사집에 66수가 수록되어 전한다. 온정균은 최초의 전문적인 사 작가로서, 그에 의하여 사가 정식 문학양식으로 성립되어 운문사상 시와 대등한 위치를 차지할 수 있게 되었으며, 수사(修辭)와 의경(意境) 면에서 시와는 판이하게 다른 사 작품이 창작되었다.

小山重疊金明滅鬢雲欲
度香腮雪懶起畫蛾眉弄
妝梳洗遲 照花前後鏡花
面交相映新帖繡羅襦雙雙
金鷓鴣 劉旦宅時在滬上

溫庭筠 菩薩蠻圖

온정균 【보살만(菩薩蠻)】

* 병풍 속 중첩된 작은 산에 반짝이는 금빛,
  구름 같은 귀밑머리 향긋한 눈빛 뺨에 닿을락 말락.
  나른하게 일어나 고운 눈썹 그리고,
  예쁘게 단장하지만 머리 손질 더디네.

* 앞 뒤 거울에 비치는 꽃,
  꽃과 얼굴 서로 어울려 빛나네.
  새로 지은 수놓은 비단 저고리엔,
  쌍쌍이 나는 황금빛 자고새.

* 小山重疊金明滅, 鬢雲欲度香腮雪.
  懶起畵蛾眉, 弄妝梳洗遲.

* 照花前後鏡, 花面交相映.
  新貼繡羅襦, 雙雙金鷓鴣.

오대는 사의 발달기로서 중국 최초의 사집(詞集)인 『화간집(花間集)』과 뛰어난 사인이 배출되었다. 『화간집』은 후촉(後蜀)의 조숭조(趙崇祚)가 편찬한 사집으로, 18명 작가의 500수를 수록하고 있다. 그들의 사풍은 온정균의 사풍을 모방하여 대부분 염려(艷麗)하고 여성적인 성향이 강한데, 후대에 이들을 '화간파'라 부른다. 이 시기의 사는 만당 온정균의 사풍을 계승·발전시켜 사의 독립된 지위를 강화하고, 중국 사의 전성기인 송대의 사인과 작품에 많은 영향을 미쳤다는 데에서 그 의의를 찾을 수 있다.

주요 작가에는 위장(韋莊)·풍연사(馮延巳)·이경(李璟)·이욱(李煜) 등이 있는데, 이 중에서 이욱이 가장 뛰어났다. 이욱(937~978)은 남당(南唐)의 후주(後主)로서, 망국 이전의 작품은 온화하고 미려하나 망국 이후의 작품은 비장하고 애수에 차 있다. 그의 작품 가운데 【낭도사(浪淘沙)】·【우미인(虞美人)】 등은 당시의 독보적인 작품으로 '사성(詞聖)'이라는 칭송을 받았다. 『남당이주사(南唐二主詞)』에 40여 수가 수록되어 전한다.

이욱 【낭도사(浪淘沙)】

* 발 밖엔 비가 추적추적,	* 簾外雨潺潺
봄뜻은 시들시들.	春意闌珊
비단 이불로도 오경의 추위 이겨내지 못하네.	羅衾不耐五更寒
꿈속에선 이 몸이 나그네인 줄도 모르고,	夢裏不知身是客
잠깐 동안 즐거움 탐했네.	一晌貪歡
* 혼자 난간에 기대지 마소라!	* 獨自莫憑闌
끝없이 펼쳐진 저 강산.	無限江山
헤어지긴 쉽지만 만나긴 어렵네.	別時容易見時難
흐르는 물 지는 꽃에 봄날은 가버렸나니,	流水落花春去也
천상의 세상으로.	天上人間

李煜 浪淘沙圖

송대 사

당대 중엽에 발생하여 당말·오대에 발전하기 시작한 사는 송대에서 전성기를 맞이했으며, 송대를 대표하는 문학형식으로 자리 잡았다.

사가 송대에 전성기를 맞이하게 된 데에는 다음의 몇 가지 요인을 들 수 있다. 첫째, 사체(詞體) 자체의 발전이다. 중국 시는 당대에서 내용과 형식을 막론하고 더 이상 발전할 여지가 없을 정도로 최고의 경지에 도달했기 때문에 문인들이 부득이 새로운 형식을 모색할 수밖에 없게 되었는데, 여기에서 송대의 사가 새롭게 발전할 계기가 조성되었다. 둘째, 사패(詞牌) 수량의 증가이다. 소령(小令)은 물론이고 편폭이 긴 장조(長調: 大令)의 사가 대부분 송대에 지어졌으며, 음률에 정통한 사인들이 새로운 곡조를 창작할 수 있게 됨에 따라 질적·양적으로 급속히 발전했다. 셋째, 상업경제의 발달이다. 송대에는 도시경제가 발달함에 따라 가무와 연희가 성행했는데, 사는 원래 음악과 밀접한 관계가 있기 때문에 이러한 사회 환경을 바탕으로 사 작가와 사의 감상층이 확대되었다. 넷째, 군주와 귀족의 적극적인 제창이다. 송대의 군주와 귀족들이 다투어 사를 짓고 사인들을 장려함에 따라 송사가 번성하게 되었다. 다섯째, 도학에 대한 반작용이다. 송대의 사상계를 지배한 도학자들의 도학관념이 순수한 시문의 창달을 구속하자 이에 대한 반동으로서 사가 발전하게 되었다.

송사의 발전은 크게 북송과 남송으로 나누어 살펴볼 수 있다.

북송의 사는 일반적으로 다음의 몇 시기로 구분한다.

제1기는 오대의 여향기(餘響期)로서, 송사가 발전하기 시작한 시기이다. 이 시기의 사풍은 청절(淸切)·완려(婉麗)·완약(婉約)한 특색을 지니고 있으며, 오대 사단(詞壇)의 영향에서 아직 벗어나지 못한 상태였다. 형식은 짧은 소사(小詞: 小令)가 주류를 이루었으며, 내용은 대부분 완약한 서정을 노래한 귀족문학적인 성격을 띠고 있었다. 구양수(歐陽修)·안수(晏殊)·안기도(晏幾道) 등이 이 시기를 대표하는 사인이다.

구양수(1007~1072)는 완약파의 대가로서, 그의 사에는 여성적인 서정과 섬세한 감상 및 유염(柔艶)한 정조가 깃들어 있다. 사집으로『육일거사사(六一居士詞)』와『취옹금취외편(醉翁琴趣外篇)』이 있다.

【완랑귀(阮郎歸)】

* 남쪽 동산 봄날 답청 놀이할 때,
  온화한 바람 속에 말 우는 소리 들려오네.
  푸른 매실은 콩만 하고 버들은 눈썹 같은데,
  긴 낮에 나비 날아다니네.
* 꽃 이슬은 무겁고, 풀 안개는 나지막한데,
  인가엔 주렴과 휘장 내려져 있네.
  그네 타다 답답한지 비단 저고리 풀었고,
  채색 들보엔 제비 한 쌍 깃들어 있네.
* 南園春半踏靑時,
  風和聞馬嘶.
  靑梅如豆柳如眉,
  日長蝴蝶飛.
* 花露重, 草烟低,
  人家簾幕垂.
  鞦韆慵困解羅衣,
  畵梁雙燕棲.

歐陽修 阮郎歸圖

제2기는 형식의 전변기(轉變期)로서, 형식상 화려함을 추구한 시기이다. 이시기의 사풍은 섬약(纖約)·기려(綺麗)·비량(悲涼)한 특색을 지니고 있으며, 형식은 긴 만사(慢詞)가 주류를 이루었고 사패 아래에 부제(副題)를 달기도 했다. 내용은 도시인들의 사랑과 애환을 노래한 민중문학적 성격을 띠고 있었으며, 시정에서 쓰는 속어를 거침없이 사용했다. 유영(柳永)·장선(張先) 등이 이 시기를 대표하는 사인이다.

유영(1045전후)은 만사의 창시자로 평생 사작(詞作)에 몰두했으며, 우리나라『고려사(高麗史)』「악지(樂志)」에도 그의 사가 실려 있다. 사집으로『악장집(樂章集)』이 있다. 그의 사는 기녀들의 생활을 묘사하여 그들의 고통과 소망을 반영하고, 객지생활을 묘사하여 강호를 유랑하는 감상을 펴냈으며, 도시의 번영을 묘사하여 민간의 풍속을 반영했다. 그 특징은 사의 제재 확대, 대량의 만사 창작, 사의 표현기교 발전, 음률의 조화와 속어의 사용 등을 들 수 있다. 그의 사는 내용상의 혁신과 예술상의 성공으로 소식(蘇軾)·진관(秦觀)·주방언(周邦彦)·신기질(辛棄疾) 등 후대 사인에게 영향을 미쳤고, 언어의 통속화로 새로운 악곡의 창작을 촉진시켰으며, 강창문학과 희곡문학에도 영향을 미쳤다.

【우림령(雨霖鈴)】

* 가을 매미 쓸쓸히 우는데,
  역 마을의 저녁 대하니,
  소낙비 막 그치네.
  성문 밖 전별연의 심란한 마음,
  아직도 미련이 남았는데,
  목련 배는 떠나자고 재촉하네.
  손잡고 서로 쳐다보는 눈물어린 눈,
  끝내 말없이 목이 메네.
  떠날 걸 생각하니 천릿길 안개 낀 저 물결,
  저녁노을 짙게 깔린 초 땅의 광활한 하늘.
* 다정한 사람들은 예로부터 이별에 마음 아팠거늘,
  더욱이 썰렁하게 맑디맑은 이 가을을 어떻게 견디란 말인가?
  오늘밤은 어느 곳에서 술이 깰까?
  버드나무 강기슭 새벽바람에 기운 달.
  이번에 떠나면 해를 넘길 테니,
  응당 좋은 시절 아름다운 경치 헛되이 펼쳐지겠지.
  설사 천 갈래 애정이 있다한들,
  다시 누구에게 얘기할까?

* 寒蟬淒切. 對長亭晚, 驟雨初歇.
  都門帳飲無緒, 方留戀處, 蘭舟催發.
  執手相看淚眼, 竟無語凝噎.
  念去去千里烟波, 暮靄沈沈楚天闊.
* 多情自古傷離別. 更哪堪, 冷落淸秋節.
  今宵酒醒何處, 楊柳岸, 曉風殘月.
  此去經年, 應是良辰好景虛設.
  便縱有千種風情, 更與何人說.

寒蟬淒切對長亭晚驟雨初歇都門帳飲無緒留戀處
蘭舟催發執手相看淚眼竟無語凝噎念去去千里煙
波暮靄沈沈楚天闊　多情自古傷離別更那堪冷落清秋
節今宵酒醒何處楊柳岸曉風殘月此去經年應

柳永　雨霖鈴圖

장선(990~1078)은 소령은 안수·구양수 등과 병칭(並稱)되고 만사는 유영과 병칭되며, 사재(詞才)는 유영보다 못하지만 사운(詞韻)은 그보다 뛰어나 '운고(韻高)'라고 칭송된다. 사집으로『장자야사(張子野詞)』[일명 『安陵詞』]가 있다.

【옥루춘(玉樓春)】 −을묘년 오흥에서의 한식(乙卯吳興寒食)

* 용머리 장식한 날쌘 배 몰며 오흥의 소년들 경주하고,
  대나무 사이에 매단 그네 타며 나들이 소녀들 시합하네.
  방초 우거진 모래톱에서 물총새 털 줍느라,
  해 저물도록 돌아갈 줄 모르고,
  아름다운 들녘에서 답청 놀이하는 사람들 끊임없이 찾아오네.
* 구름 같은 소녀들 떠난 뒤 저 먼 산은 어두워지고,
  생황 노래 소리 그치니 연못 정원 고요하네.
  정원 안에 뜬 달빛 정말 맑고 밝은데,
  무수한 버들꽃 그림자도 없이 떠다니네.

* 龍頭舴艋吳兒競, 筍柱鞦韆遊女幷.
  芳洲拾翠暮忘歸, 秀野踏靑來不定.
* 行雲去後遙山暝, 已放笙歌池院靜.
  中庭月色正淸明, 無數楊花過無影.

제3기는 사풍의 전변기로, 풍격상 호방함을 추구한 시기이다. 이 시기의 사풍은 호방(豪放)·광달(曠達)한 특색을 지니고 있다. 소식(蘇軾)이 이 시기를 대표하는 사인이다.

소식(1037~1101)은 호방파의 대가이며, 사집으로『동파악부(東坡樂府)』가 있다. 그의 사는 형식상 만사의 형식을 계승했지만 전고, 산문적인 표현, 구어, 허사 등을 운용하여 음률의 제한을 과감히 돌파했으며, 풍격상 이전 사인들의 완약한 정서를 떨쳐버

리고 분방하고 웅장한 기풍을 수립했다. 그 특징은 사와 음악을
분리시켜 읽는 사를 지어 사의 시화(詩化)를 추구하고, 사경(詞境)
의 확대와 개성이 뚜렷한 표현에 힘썼다.

【염노교(念奴嬌)】 −적벽에서의 회고(赤壁懷古)

　* 큰 강물 동쪽으로 흘러 흘러,
　　도도한 물결과 함께,
　　천고의 풍류 인물들을 쓸어가 버렸네.
　　옛 보루의 서쪽을,
　　사람들은 말하네,
　　삼국시대 주랑[周瑜]의 적벽이라고.
　　구름 무너뜨릴 듯한 어지럽게 솟은 바위,
　　강기슭 찢는 듯한 놀란 파도,
　　천 무더기 눈을 말아 올리는 듯하네.

蘇軾 念奴嬌圖

강산은 그림 같은데,

한때의 영웅호걸들 그 얼마였던가?

* 공근[周瑜]의 한창 때를 아련히 떠올리니,

소교가 갓 시집왔었고,

영웅다운 자태 빼어났었지.

깃털 부채 들고 푸른 두건 두른 채,

담소하는 사이에,

강한 적들 재 되어 날리고 연기 되어 사라졌네.

생각으로나마 고향 길 찾아가니,

다정한 이는 틀림없이 날보고 웃겠지,

벌써 머리에 꽃이 피었다고.

인생이란 꿈과 같은 것,

한 잔 술을 강물에 비친 달에 따르네.

* 大江東去, 浪淘盡, 千古風流人物.

故壘西邊, 人道是, 三國周郎赤壁.

亂石崩雲, 驚濤裂岸, 捲起千堆雪.

江山如畵, 一時多少豪傑.

* 遙想公瑾當年, 小喬初嫁了, 雄姿英發.

羽扇綸巾, 談笑間, 强虜灰飛烟滅.

故國神遊, 多情應笑我, 早生華髮.

人間如夢, 一尊還酹江月.

제4기는 사율의 발전기로, 음률상 격률미를 추구한 시기이다. 이 시기의 사풍은 아정(雅正)·전아(典雅)한 특색을 지니고 있으며, 내용은 완약하면서도 표현은 아정한 작품을 쓰려고 했다. 또한 형식은 사의 성률과 격조를 존중하고 사와 악부를 다시 결합했다. 진관(秦觀)·하주(賀鑄)·주방언(周邦彦)·이청조(李淸照) 등이 이 시기를 대표하는 사인이다. 이들은 송사의 정통파로서 '격률사파' 또는 '악부사파'라고도 불린다.

주방언(1056~1121)은 격률사파의 대가이자 송사의 집대성자로 평가받으며, 사집으로『청진사집(淸眞詞集)』[일명『片玉集』]이 있다. 그의 사는 형식상 엄정한 사율을 완성했고, 표현상 의상(意象)에만 치중하지 않고 언어의 단련과 음률의 조화에 힘씀으로써 정교하고 전아한 기풍을 이루었으며, 내용상 영물사(詠物詞)가 대부분이다. 그러나 그의 사는 엄정한 격률이 작자의 개성이나 창의성을 제약하여 내용이 다양하지 못하다는 결점을 지니고 있기도 하다.

【접련화(蝶戀花)】 -새벽길[무行]

* 환한 달빛에 놀란 까마귀 깃들어 있지 못하네.
  물시계도 그치려 하는데,
  삐걱삐걱 우물물 긷는 소리.
  불러일으키니 두 눈동자는 초롱초롱,
  눈물 꽃송이 떨어진 붉은 비단 베개만 차갑네.
* 손 맞잡으니 서릿바람 귀밑머리에 부네.
  마음은 떠나야 하지만 몸은 배회하니,
  수심어린 이별의 말 차마 듣기 어렵네.
  누대 위 난간에 북두칠성 가로질렀는데,
  이슬은 차갑고 사람은 멀어지고 닭은 따라 우네.

周邦彦 蝶戀花圖

* 月皎驚烏棲不定.
  更漏將闌, 轤轆牽金井.
  喚起兩眸清炯炯.
  淚花落枕紅綿冷.
* 執手霜風吹鬢影.
  去意徊徨, 別語愁難聽.
  樓上欄干橫斗柄.
  露寒人遠鷄相應.

이청조(1084~1140?)는 전기의 사풍은 청신하고 발랄하나 후기의 사풍은 침통하고 처량한 특색을 지니고 있으며, 사집으로 『수옥사(漱玉詞)』가 있다. 그녀는 사의 '별시일가(別是一家)'를 강조하고, 고아(高雅)·혼성(渾成)·협률(協律)·전중(典重)·포서(鋪敍)·고실(故實)을 주장하는 사론(詞論)을 전개했다.

【성성만(聲聲慢)】 —가을의 상념[秋情]

* 더듬더듬 뒤적뒤적.
썰렁썰렁 섬뜩섬뜩,
처량하고 비참하고 애처로워요.
언뜻 따뜻했다 다시 추워지는 이 때,
편안히 쉬기가 가장 어려워요.
두세 잔 약한 술로는,
어떻게 견디겠어요?
밤에 불어오는 세찬 바람을.
지나가는 기러기,
정작 내 마음 아프게 하니,
그래도 옛날엔 서로 아는 사이였지요.
* 땅에 가득 노란 꽃 쌓여요.
시들어 떨어졌으니,
지금 같다면 그 누가 따주겠어요?
창문을 지키고 있자니,
혼자 이 까만 밤을 어떻게 보낼 수 있겠어요?
그 널따란 오동나무에 가랑비까지 내려,
황혼녘 되니 방울방울 뚝뚝.
이러한 때를,
어떻게 근심 '수'자 하나로 당해낼 수 있겠어요?
* 尋尋覓覓. 冷冷淸淸,
凄凄慘慘戚戚.

乍暖還寒時候，最難將息．

三杯兩盞淡酒，怎敵他，晚來風急．

雁過也，正傷心，却是舊時相識．

* 滿地黃花堆積．憔悴損，

如今有誰堪摘

守着窗兒，獨自怎生得黑．

梧桐更兼細雨，到黃昏，點點滴滴．

這次第，怎一個愁字了得．

李清照 聲聲慢圖

다음으로 남송의 사는 크게 전기와 후기로 나누어 살펴볼 수 있다.

전기는 북송이 금(金)나라에게 멸망하여 비분강개의 격정이 끓어오르던 시대적인 환경을 지닌 시기이다. 이 시기의 사풍은 소식의 사풍이 부활하여 격정적이면서도 비애미가 감돌고, 내용은 애국적인 충정과 나라를 잃은 비통함을 노래한 것이 대부분이며, 형식은 산문화 또는 백화화의 경향을 보였다. 주돈유(朱敦儒)·신기질(辛棄疾)·육유(陸游) 등이 이 시기를 대표하는 사인인데, 이들은 '백화사파'라고도 불린다.

신기질(1140~1207)은 호방한 필치로 애국충정을 표현했으며, 사집으로 『가헌장단구(稼軒長短句)』가 있다. 그의 사는 형식상 시·사의 한계를 타파하고 나아가 시·사·산문을 종합하여 사의 형식을 해방했으며, 내용상 구세애국(救世愛國)의 열정에서부터 인도주의 사상, 정치, 산수 등의 묘사에 이르기까지 내용을 확대했다. 따라서 그 사풍은 호방한 기백, 온유한 감정 및 진지한 문학정신으로 풍격의 다양화를 이루었다.

【파진자(破陣子)】

─진동보를 위해 씩씩한 노래 지어 부치며[爲陳同甫賦壯詞以寄]

* 취중에 등잔 돋우어 장검 살펴보고,
  꿈속에 뿔피리 불어 진영 연결하네.
  얼룩소 잡아 휘하 장병에게 구운 고기 나눠주고,
  오십 줄 거문고로 변방의 노래 연주하네.
  병사 점호하는 사막의 가을 전장.
* 말은 적로처럼 나는 듯 빠르고,
  활은 벽력처럼 시위가 놀라네.
  군왕 위해 천하의 일 완수하니,
  살아생전에 죽은 후의 명성 얻네.

가련하게도 마구 생겨나는 백발.

* 醉裏挑燈看劍, 夢回吹角連營.

　八百里分麾下炙, 五十絃翻塞外聲.

　沙場秋點兵.

* 馬作的盧飛快, 弓如霹靂絃驚.

　了却君王天下事, 赢得生前身後名.

　可憐白髮生.

辛棄疾 破陣子圖

후기는 전란기를 지나 다시 도시경제가 발달하자 문인들 사이에서 망국의 슬픔을 잊고 다시 향락을 추구하는 풍조가 생겨난 시대적 환경을 지닌 시기이다. 따라서 이 시기의 사풍은 주방언의 사풍이 부활하여 단아하고 정교한 특색을 지니고 있고, 내용은 현실이 반영되어 있지 않은 영물사가 대부분이며, 형식은 엄정한 격률과 화려한 조탁을 추구했다. 강기(姜夔)·사달조(史達祖)·오문영(吳文英)·주밀(周密)·장염(張炎) 등이 이 시기를 대표하는 사인인데, 이들은 '격률사파'[또는 '고전사파']라고도 불린다.

강기(1155?∼1235?)는 남송 격률사파의 우두머리로서 중국 사의 형식미를 최고점에 올려놓았으며, 사집으로 『백석사(白石詞)』가 있다. 그는 음악에 정통하여 새로운 곡조를 많이 작곡하고, 자구의 조탁에 힘써 전아한 표현미를 살렸다. 그래서 함축미가 뛰어나고 음운이 매우 조화로우며, 암유(暗喩)와 연상(聯想) 등의 수법을 사용하여 영물과 서정의 조화를 꾀했다. 또한 단행산구(單行散句)를 많이 사용하여 의도적으로 파격미를 살리기도 했다.

【암향(暗香)】

  * 옛날의 달빛.
    몇 번이나 비추었을까?
    매화 옆에서 피리 불던 나를.
    옥 같은 님 불러 일으켜,
    쌀쌀한 추위 아랑곳하지 않고 함께 잡아당겨 땄지.
    하손은 이제 점점 늙어,
    모두 잊어 버렸네,
    봄바람 속에 노래 짓던 붓을.
    그러나 이상하게도,

舊時月色算幾番照我梅
邊吹笛喚起玉人不管清寒
與攀摘何遜而今漸老却
忘卻春風詞筆但怪得竹外疏
花香冷入瑤席
江國正寂寂歎寄與路遙夜雪
初積翠樽易泣紅萼無言耿
耿相憶長記曾攜手處千樹
壓西湖寒碧又片片吹盡也
幾時見得

姜白石自度曲暗香疏影二章
為詠梅絕唱此畫其一也之圖
庚初冬海上知白堂譚劉旦宅

姜夔 暗香圖

대나무 밖의 성긴 꽃,

차가운 향기가 고운 옥 방석에 스며드네.

* 강이 많은 고장이지만, 정작 적적하기만 하네.

부쳐 보내려도 길이 멀어 탄식하는데,

밤사이 눈 내려 쌓이네.

초록빛 술 단지는 쉬이 눈물짓지만,

붉은 꽃받침은 말없이 말똥말똥 생각하네.

일찍이 손 끌어 잡았던 곳 길이 기억하나니,

천 그루 나무에 눌려,

서호는 추워서 파랬었지.

또 조각조각,

바람에 다 날려가 버렸으니,

어느 때나 만나볼 수 있을까?

* 舊時月色. 算幾番照我, 梅邊吹笛.

喚起玉人, 不管淸寒與攀摘

何遜而今漸老, 都忘却, 春風詞筆.

但怪得, 竹外疏花, 香冷入瑤席.

* 江國, 正寂寂. 歎寄與路遙, 夜雪初積.

翠尊易泣, 紅萼無言耿相憶.

長記曾携手處, 千樹壓, 西湖寒碧.

又片片, 吹盡也, 幾時見得.

장염(12480~?)은 송사를 끝맺음한 작가로서, 사집으로는 『산중
백운사(山中白雲詞)』가 있고, 사론집(詞論集)으로는 『사원(詞源)』
이 있다.

송대 이후로 원대와 명대에는 주목할 만한 사 작가나 작품이 나
오질 않았기 때문에 사실상 깊은 침체기에 빠져 있었다고 말할 수
있다. 중국 사는 청대에 이르러서야 다시 부흥기를 맞이하게 된다.

청대 사

청대의 사단은 다른 정통문학과 마찬가지로 고증학의 기풍 아래 복고적인 성향을 띠었는데, 송대의 사와는 달리 음악과 분리된 일종의 문학양식으로서 사보(詞譜)에 따라 사를 짓는 '전사(塡詞)'의 형식이었다. 그러나 청대 사는 전체적으로 보아 중국 사의 부흥시기로서, 사의 창작은 물론이고 사학(詞學)의 연구와 사집(詞集)의 정리·간행에 모두 뛰어난 성취를 이루었다.

청초의 사단을 대표하는 작가는 납란성덕(納蘭性德: 1655～1685)이다. 그는 소령(小令)에 뛰어났으며 변새지방의 풍경과 처량한 비애감을 잘 표현했는데, 명말의 유풍을 계승하여 처완(悽婉)·유미(柔媚)한 특색을 보인다. 사집으로 『음수사(飮水詞)』[원명은 『側帽詞』]가 있다.

【사범령(四犯令)】

* 보리 물결 출렁이는 맑은 날씨에 바람은 버들가지 살랑이는데,
  봄의 아픔 느끼는 계절은 이미 지나갔네.
  어째서 그를 위해 수심에 잠기는가?
  필경은 봄이 내 마음 붙잡고 있기 때문이겠지.
* 붉은 작약꽃 핀 난간 가에서 섬섬옥수 마주 잡으니,
  부드러운 속삭임 술보다 진하네.
  정원의 꽃으로 눈 돌리니 수놓은 듯 깔렸는데,
  봄 이전에 비하여 오히려 더 야위었네.
* 麥浪翻晴風颺柳.   已過傷春候.
  因甚爲他成僝僽.   畢竟是, 春拖逗.
* 紅藥闌邊攜素手.   暖語濃於酒.
  盼到園花鋪似繡.   卻更比, 春前瘦.

납란성덕에 이어 청대 사단은 절서파(浙西派)·양선파(陽羨派)·상주파(常州派)의 3대 유파에 의해 주도되었다.

절서파라는 명칭은 공상린(龔翔麟)의 『절서육가사(浙西六家詞)』에서 비롯되었으며, 대표 작가는 주이존(朱彝尊: 1629~1709)을 중심으로 한 절서육가[주이존·李良年·李符·沈皞日·沈岸登·공상린]이다. 이들은 남송의 강기(姜夔)·장염(張炎) 등의 사를 모범으로 삼아 청려(淸麗)·아정(雅正)한 사풍과 사율을 중시했다.

주이존 【매화성(賣花聲)】 - 우화대(雨花臺)

* 버드나무 시든 백문의 물굽이,
  물결은 성벽 때리며 감돌아 흐르네.
  작은 마을에 큰 마을 이어졌나니,
  노랫가락 맞추던 딱따기와 술집 깃발 모두 없어졌고,
  낚싯대만 남았네.
* 가을 잡초 우거진 육조의 옛 터 쓸쓸하고,
  텅 빈 단에 꽃비만 내리네.
  아무도 없는 곳 나 혼자 난간에 기대자니,
  제비는 석양에 왔다가 또 가고,
  강산만 이렇게 남았네.

* 衰柳白門灣,
  潮打城還.
  小長干接大長干.
  歌板酒旗零落盡,
  剩有漁竿.
* 秋草六朝寒,
  花雨空壇.
  更無人處一憑闌.
  燕子斜陽來又去,
  如此江山.

　　양선파의 대표 작가는 진유숭(陳維崧: 1625~1682)을 중심으로
조정길(曹貞吉)·만수(萬樹)·오기(吳綺) 등인데, 이들은 송대 소식
(蘇軾)과 신기질(辛棄疾)의 사를 본받아 재기(才氣)를 존중하고 개
성적이고 호방한 사풍을 중시했다.

　　진유숭 【취락백(醉落魄)】 ─매를 읊으며[詠鷹]

　＊ 차가운 산 몇 겹이나 둘러쳐 있나?
　　낮게 깔린 바람은 중원의 길 깎아 잘게 부수네.
　　가을 하늘은 예나 지금이나 변함없이 온통 푸르기만 하니,
　　취한 김에 담비 갖옷 걷어붙이고,
　　찾아 부르던 곳 기억해보네.
　＊ 사내장부의 솜씨 그 누구와 겨룰 것인가?
　　나이 들었지만 매서운 기운 아직도 드세네.

인간 세상에 교활한 여우와 토끼 그 얼마던가?

달빛 없는 어두운 밤 누런 모래 날리니,

이러한 때 한사코 너를 떠올리네.

* 寒山幾堵.

風低削碎中原路.

秋空一碧無今古.

醉袒貂裘, 略記尋呼處.

* 男兒身手和誰賭.

老來猛氣還軒擧.

人間多少閒狐兔.

月黑沙黃, 此際偏思汝.

상주파의 대표 작가는 장혜언(張惠言: 1761~1802)을 중심으로 주제(周濟)·장기(張琦)·운경(惲敬)·전계중(錢季重) 등인데, 이들은 북송 주방언(周邦彦)의 심미굉약(深美閎約)한 사풍을 본받아 공연한 조탁을 배격하고 『시경』과 『초사』에서처럼 함축된 의미와 은유적인 표현을 중시했다.

장혜언 【수조가두(水調歌頭)】

* 오늘은 어제가 아니니,

내일은 또 어떨까?

지난날에 정말로 후회스러운 건 어떤 일일까?

십 년 동안 공부하지 않은 것이라네.

묻노니 동풍(봄바람)은 늘 불어오지만,

단풍나무 늘어선 강과 난초 핀 오솔길 몇 번이나 지났나?

천릿길 모두 잡초로 우거졌네.

적막한 석양 밖,

아련히 정작 나를 근심에 잠기게 하네.
　* 천고의 뜻,
　그대는 아는가 모르는가?
　모두 잠시 잠깐뿐이라네.
　죽은 뒤 묻히려고 명산 찾아 헤매는 건,
　역시 옛 사람의 어리석음이라 하겠네.
　하룻밤 사이에 뜰 앞이 온통 짙푸르고,
　석 달 빗속에 붉은 꽃 곱게 피며,
　온 천지가 나의 오두막으로 들어오네.
　뭇 꽃들 시들기 쉬우니,
　자규의 우는 소릴랑 듣지 마시라.

* 今日非昨日, 明日復何如.

　　揭來眞悔何事, 不讀十年書.

　　爲問東風吹老, 幾度楓江蘭徑,

　　千里轉平蕪.

　　寂寞斜陽外, 渺渺正愁予.

* 千古意, 君知否, 只斯須.

　　名山料理身後, 也算古人愚.

　　一夜庭前綠遍, 三月雨中紅透,

　　天地入吾廬.

　　容易衆芳歇, 莫聽子規呼.

　　청대 후기의 사단은 장춘림(蔣春霖: 1818~1868)·정문작(鄭文焯: 1856~1918)·황주이(況周頤: 1859~1926)·주조모(朱祖謀: 1857~1931)·왕국유(王國維: 1877~1927) 등에 의해 주도되었는데, 장춘림이 가장 두드러진 활약을 했다. 장춘림은 청말의 어지러운 시대를 근심하고 민생의 고통을 반영한 작품을 많이 창작하여 '사사(詞史)'로 일컬어지며, 침울한 풍격과 내용 및 성률에 모두 특색이 있어서 청대 사단의 주요 인물 가운데 하나이다. 사집으로 『수운루사(水雲樓詞)』가 있다. 이 시기의 사풍은 대부분 상주파의 여류(餘流)이지만 기존의 작법과 이론에 집착하지 않고 개성적인 작품을 창작하여 특색을 갖추었다.

장춘림 【당다령(唐多令)】

* 단풍나무 고목은 붉은 빛 흩뿌리고,
  갈대꽃은 바람에 불려 또 꺾이네.
  조각배 매어 놓고,
  함께 붉은 난간에 기대네.
  젊은 시절 가무 즐기던 곳 같은데,
  낙엽 소리 들으며,
  장안을 떠올리네.
* 애절한 뿔피리 소린 중첩된 관문에서 들려오고,
  서리 짙게 내린 초 땅 강물은 차갑네.
  서풍을 등지고 있자니,
  돌아가는 기러기 소리 서럽기만 하네.
  한 조각 석두성 위의 달,
  정말 비추길 두려워하네,
  저 옛 강과 산을.
* 楓老樹流丹, 蘆花吹又殘.
  繫扁舟, 同倚朱闌.
  還似少年歌舞地, 聽落葉, 憶長安.
* 哀角起重關, 霜深楚水寒.
  背西風, 歸雁聲酸.
  一片石頭城上月, 渾怕照, 舊江山.

한편 청대에는 역대 사 작품을 정리·선별하여 편찬한 사선집 (詞選集)과 중요한 사론(詞論)이 담겨 있는 사화집(詞話集) 등 많은 사학(詞學) 관련 저작들이 나왔다.

먼저 주요 사선집을 살펴보면 다음과 같다.

주이존의 『사종(詞綜)』은 당·오대·송·금·원의 사인 500여 명의 작품을 선집하고 자신의 사론을 피력하여 절서파의 종지를 밝혔다. 장혜언의 『사선(詞選)』은 당·송의 사인 44명의 작품을 선집하여 상주파의 표본으로 삼았다. 주제(1781~1839)의 『송사가사선(宋四家詞選)』은 주방언·신기질·오문영(吳文英)·왕기손(王沂孫)의 작품을 선집하여 상주파의 사통(詞統)을 밝혔다. 주조모의 『강촌총서(疆邨叢書)』는 송·원의 사인 170여 명의 사집을 교감한 것이다.

다음으로 주요 사화집을 살펴보면 다음과 같다.

진정작(陳廷焯)의 『백우재사화(白雨齋詞話)』는 총 8권 696조로 되어 있으며, 상주파 후기 사론의 중요저작으로서 장혜언의 사론을 발전시켜 '온후(溫厚)'·'침울(沈鬱)'을 최고의 경계로 삼았다. 황주이의 『혜풍사화(蕙風詞話)』는 총 5권으로 되어 있으며, 상주파 후기 사론의 중요저작으로서 창작상 '사심(詞心)'의 발로를 중시하고 사풍상 침중함[重]·질박함[拙]·웅대함[大]을 추구했다. 왕국유의 『인간사화(人間詞話)』는 총 112조로 되어 있으며, 최초로 서구의 미학관점을 운용하여 사를 평론한 것으로서 그의 문예미학사상이 잘 반영되어 있다. 그는 경계설(境界說)을 내세워 정경(情景)의 융합, '조경(造境)'과 '사경(寫境)'의 문제, '유아지경'과 '무아지경'의 구별, '격(隔)'과 '불격(不隔)'의 문제 등을 제기하여 많은 반향을 불러일으켰다.

이밖에도 강희제(康熙帝)의 칙명으로 편찬된 『흠정사보(欽定詞譜)』, 만수(萬樹)의 『사율(詞律)』, 과재(戈載)의 『사림정운(詞林正韻)』 등 주목할 만한 사율서(詞律書)와 사보(詞譜)가 많이 간행되었다.

散曲

산곡

愛秋來那些
和露摘黃花
帶霜烹紫蟹
煮酒燒紅葉

산곡

산곡(散曲)은 원대에 등장한 새로운 운문 형식으로 음악성이
보다 강조되었다. 곡조상 희곡인 잡극(雜劇)에서 사용하는 곡패
(曲牌)를 산곡에서도 같이 사용하기 때문에 잡극과 산곡을 통칭
하여 일반적으로 '원곡(元曲)'이라 한다.

원대에 산곡이 등장하여 발전하게 된 원인은 우선 내재적인 요
인으로 송사의 쇠락을 들 수 있다. 본래 민간에서 발생하여 노래
부를 수 있었던 통속문학으로서의 사가 문인들의 참여로 점차 음
률과 수사를 중시하여 귀족의 전유물이 되자, 일반 민중과 가기
(歌妓)들이 새로운 형식의 시가를 찾게 되어 산곡이 생겨나게 되
었다. 다음으로는 외부적인 요인으로 이민족 음악의 영향을 들
수 있다. 여진족(如眞族: 金)과 몽고족(蒙古族: 元)이 차례로 중원
을 차지하면서 그들의 호악(胡樂)이 전입되었는데, 기존의 사로는
더 이상 호악의 리듬과 박자에 맞출 수 없게 되어 자연히 새로운
형식의 산곡이 생겨나게 되었다.

산곡의 체제에는 기본 형식인 소령(小令)과 이것을 연결한 대과곡(帶過曲)과 투곡(套曲)이 있다. 소령은 민간에서 유행하던 소곡(小曲)이 문학적인 도야를 거쳐 완성된 형식으로 내용이 통속적이며 표현이 진지하다. 대과곡은 합조(合調)라고도 하며, 자수(字數)가 짧은 소령으로는 비교적 긴 서술이나 묘사를 하기에 쉽지 않기 때문에 2~3곡을 합쳐 표현하는 형식으로, 경우에 따라서는 소령에 포함시키기도 한다. 투곡은 투수(套數)·산투(散套)·대령(大令)이라고도 하며, 몇 곡의 소령과 합조를 연결한 조곡(組曲)의 형식이다. 투곡은 동일한 궁조(宮調)에 속하는 곡으로 연결해야 하고, 처음부터 끝까지 같은 운(韻)을 사용해야 하며, 각 투곡의 마지막에는 곡의 끝남을 알리는 미성(尾聲)을 붙여야 하는 등 정해진 조건을 갖추어야 한다.

산곡은 사보다 여러 면에서 훨씬 자유로운 특색을 지니고 있다. 형식상 모두 자유로운 장단구의 형식이지만 산곡은 구절마다 정해진 자수 외에 많은 친자(襯字)를 삽입하여 훨씬 변화가 심하고 자유롭다. 용운(用韻)상 사는 평측을 따져 하나의 운만을 사용하지만[만일 2가지 운을 쓰려면 반드시 換韻해야 함], 산곡은 입성이 소실되고 평·상·거 3성을 통압(通押)할 수 있어서 용운이 매우 자연스럽다. 풍격상 사는 전아하지만, 산곡은 매우 통속적이고 대중적이다. 제재상 산곡은 사보다 훨씬 다양하여 표현범위가 확대되었다.

원대 산곡

　원대 산곡의 발전은 잡극과 마찬가지로 크게 전기와 후기로 나누어 살펴볼 수 있다.

　전기의 산곡은 잡극의 경우처럼 솔직하고 질박한 풍격을 지니고 있고, 언어상 자연스러운 백화적인 표현을 사용하여 생동감이 넘치며, 내용상으로도 현실을 반영하는 데 주력했다.

　이 시기의 작가는 아직 전문화되지 않아서 잡극 작가가 대부분을 차지했다. 대표적인 작가에는 관한경(關漢卿: 1246전후), 백박(白樸: 1226~1285?), 왕실보(王實甫: 1234전후), 마치원(馬致遠: 1251전후) 등이 있다. 이 중에서 앞의 세 사람은 청려파(淸麗派)라고 하고 마치원은 호방파(豪放派)로 분류하기도 하는데, 전기의 산곡은 호방파가 주도했으며 마치원에 이르러 곡의 내용과 의경(意境)이 확대되어 산곡의 문학성이 제고되었다.

關漢卿 別情圖

관한경 「이별의 정[別情]」

【남려(南呂)】 【사괴옥(四塊玉)】
　님 떠나보내고서도,
　마음으론 잊기 어려우니,
　한 점 보고픈 마음 어느 때나 끊어질까요?
　난간에 기대어 옷소매로 눈송이 같은 버들 솜 털어요.
　시내는 또 가로 흐르고,
　산은 또 막아서는데도,
　님은 끝내 가버렸어요.

自送別, 心難捨, 一點相思幾時絶?
憑欄袖拂楊花雪.
溪又斜, 山又遮, 人去也.

백박 「어부의 노래[漁父詞]」

【쌍조(雙調)】【심취동풍(沈醉東風)】

강기슭엔 누런 갈대, 나루터 어귀엔 흰 네가래,
강둑엔 푸른 버드나무, 여울목엔 붉은 여뀌.
목숨과 바꿀 친구는 없지만,
세상의 명리 잊은 벗은 있으니,
가을 강에 점점이 노니는 해오라기와 갈매기라네.
그 오기는 인간 세상의 만호후를 깔보나니,
글자도 모르는 안개 낀 파도 속의 고기 낚는 늙은이라네.

黃蘆岸白蘋渡口, 綠楊堤紅蓼灘頭.

雖無刎頸交, 却有忘機友, 點秋江白鷺沙鷗.

傲殺人間萬戶侯, 不識字烟波釣叟.

마치원 「가을 상념[秋思]」

【쌍조(雙調)】【야행선(夜行船)】

백 년 세월은 꿈꾸는 나비와 같은 것,
다시 고개 돌려보니 지난일 한탄스럽네.
오늘 봄이 오지만,
내일 아침엔 꽃이 질 터이니,
밤 깊어 등불 꺼지기 전에 어서 잔이나 드시오.

百歲光陰如夢蝶, 重回首往事堪嗟.

今日春來, 明朝花謝.

急罰盞夜闌燈滅.

馬致遠 秋思圖

【교목사(喬木査)】

생각하니 진(秦)나라 궁전과 한나라 궁궐,

모두 소와 양 뛰노는 시든 풀밭 되었네.

그렇지 않았다면 어부와 나무꾼이 할 얘기 없겠지.

황폐해진 무덤 널브러졌고 동강난 비석 나뒹구니,

어느 게 용인지 뱀인지 가리지 못하겠네.

想秦宮漢闕, 都做了衰草牛羊野.

不恁漁樵無話說.

縱荒墳橫斷碑, 不辨龍蛇.

【경선화(慶宣和)】

여우와 토끼 굴로 던져진,

영웅호걸의 무덤은 얼마나 되나?

삼국이 정립했다가 다시 두 동강났으니,

위나라인가? 진(晉)나라인가?

投至狐踪與兎穴, 多少豪傑.

鼎足三分半腰折, 魏耶, 晉耶.

【낙매풍(落梅風)】

하늘이 부자로 만들었더라도,

너무 호사 부리지 마시라.

밤낮 좋은 시절은 많지 않은 법이니.

수전노의 마음 무쇠처럼 다지다간,

금당의 청풍명월 하릴없이 저버릴 테니.

天教富, 莫太奢.

無多時好天良夜.

看錢奴硬將心似鐵, 空辜負錦堂風月.

【풍입송(風入松)】

눈앞의 붉은 해 또 서쪽으로 기우니,

세월은 비탈길 내려가는 수레처럼 빠르네.

새벽 되어 맑은 거울 속에 흰 눈이 더 내렸으니,

침상에 오를 때면 신발과 하직한다네.

비둘기 집 짓는 솜씨 서툴다고 웃지 마시라,

알 수 없는 꿍꿍이속 한결같이 멍청한 척 할 뿐이라네.

眼前紅日又西斜, 疾似下坡車.

曉來淸鏡添白雪, 上床與鞋履相別.

莫笑鳩巢計拙, 葫蘆提一向裝呆.

【발부단(撥不斷)】

명리도 다하고,

시비도 끊어져,

속세의 티끌일랑 문 앞에서 일지 않네.

푸른 나무는 적당히 집 모퉁이 막았고,

파란 산은 알맞게 무너진 담장 메웠는데,

게다가 대나무 울타리에 초가집도 누릴 수 있다네.

利名竭, 是非絶, 紅塵不向門前惹.

綠樹偏宜屋角遮, 靑山正補墻頭缺, 更那堪竹籬茅舍.

【리정연살(離亭宴煞)】

귀뚜라미 소리 듣고서야 비로소 편히 쉬나니,

닭 울면 온갖 일 시작되어 쉴 틈이 없네.

명리를 다투는 것,

어느 해에나 그치려나?

빽빽하게 둘러쳐서 개미는 전쟁 벌이고,

어지럽게 뒤섞여 벌은 꿀 따 모으고,

시끄럽게 모여들어 파리는 다투어 피를 빠네.

배공[裴度]의 녹야당,

도령[陶潛]의 백련사.

가을 되면 좋아하는 것들은,

이슬 머금은 노란 꽃 따는 것,

서리 맞은 자줏빛 게 삶아 먹는 것,

단풍잎 태워서 술 데워 먹는 것이라네.

인생에는 한정된 술잔 있으니,

몇 번이나 등고절[중양절] 맞을까?

부탁하노니, 미욱한 아이야 기억해 두어라,

설사 공북해[孔融]가 나를 찾아온다 하더라도,

동리[馬致遠]는 이미 취했다고 말하렴.

蛩吟一方寧貼, 鷄鳴萬事無休歇.

爭名利, 何年是徹.

密匝匝蟻排兵, 亂紛紛蜂釀蜜, 鬧攘攘蠅爭血.

裴公綠野堂, 陶令白蓮社.

愛秋來那些, 和露摘黃花, 帶霜烹紫蟹, 煮酒燒紅葉.

人生有限杯, 幾個登高節.

囑咐俺頑童記者, 便北海探吾來, 道東籬醉了也.

후기의 산곡은 시와 사의 영향을 받아 전아하고 미려한 풍격을 지니게 되었고, 언어상 조탁을 추구하고 대우와 성률을 강구하여 형식화되었으며, 내용상으로도 현실에서 벗어난 서정 위주의 작품이 많다.

이 시기에는 전문적인 산곡 작가가 나와 전문화되는 경향을 보였는데, 대표적인 작가에는 관운석(貫雲石)·정광조(鄭光祖)·장가구(張可久)·교길(喬吉) 등이 있다.

장가구(1317전후)는 질량면에서 원대 산곡의 최고봉에 올랐으며, 산곡집으로 『소산악부(小山樂府)』가 있다. 그는 분운(分韻)과 분제(分題)의 형식으로 자신의 곡재(曲才)를 자랑하는 응수작들을 많이 지었고, 서경·서정·영물·송별·회고·설리·증답 등 다양한 내용을 묘사하여 곡의 내용을 확대시켰으며, 조탁·대구·곡률의 추구로 산곡의 아화(雅化)에 많은 영향을 미쳤다. 그는 '고금의 절창(絶唱)'이니 '산곡의 이백과 두보'라는 등의 칭송을 받기도 했지만, 결국 질박하고 생기 있는 산곡 본연의 면모를 잃고 유미주의적인 경향을 띠었다.

장가구 「좋아하는 산 정자 위에서[愛山亭上]」

【쌍조(雙調)】【전전환(殿前歡)】

작은 난간에,

새로운 대나무 장대 두세 개 더 세웠네.

조홀(朝笏) 거꾸로 들고 턱 받친 채 바라보니,

나에게 한가로움 허락해주네.

소나무 바람에 옛 벼루 차갑고,

이끼 덮인 흰 바위 빛나는데,

파초 비에 성긴 꽃 벙글어졌네.

청산은 날 좋아하고,

나는 청산을 좋아하네.

小欄干, 又添新竹兩三竿.

倒持手版搘頤看, 容我偸閒.

松風古硯寒, 蘚上白石爛, 蕉雨疏花綻.

靑山愛我, 我愛靑山.

한편 원대에는 산곡과 희곡 분야에서 매우 중요한 참고가치가 있는 두 권의 책이 나왔는데,『녹귀부(錄鬼簿)』와『중원음운(中原音韻)』이 그것이다.

『녹귀부』는 종사성(鍾嗣成)이 지은 것으로, 원대 초기부터 자기와 같은 시기(1321 전후)까지 107작가의 소전(小傳)과 458종에 달하는 그들의 작품목록을 수록해 놓았는데, 원대 잡극과 산곡 작가 및 그들의 작품을 연구하는 데 필요한 매우 귀중한 자료이다.

『중원음운』은 주덕청(周德淸: 1314전후)이 지은 곡운서(曲韻書)로서, 부록에 작곡법·곡률론·산곡비평 등이 실려 있는데, 원대의 곡률을 연구하는 데 귀중한 자료로 인정받고 있다.

명대 산곡

명대에도 원대 산곡의 전통을 계승하여 많은 작가들이 나왔지만, 그 성격면에서는 원대와 많은 차이를 보였다. 명대 산곡은 명대 중엽에 새롭게 등장한 곡조인 곤강(崑腔)의 유행을 기점으로 하여 그 성격이 크게 변했다. 곤강이 등장하기 이전에 북방에서는 원대 산곡의 기반이 되었던 북곡(北曲)이 널리 유행했으나, 곤강이 등장한 이후로는 북곡이 몰락함에 따라 명대 산곡의 기반이 되는 음악 또한 곤강의 영향을 크게 받았다. 따라서 명대 산곡은 미려하고 수식적인 곤강을 사용함으로 인해 화려하고 수사적인 경향을 띠게 되었다. 이러한 변화는 예술적인 측면에서는 발전이라고 할 수 있지만, 산곡 본래의 질박하고 생기 넘치는 특성을 많이 잃게 되었다고 할 수 있다. 명대는 문학사상 방면에서 복고주의와 예교주의가 주도되던 시대였던 만큼 산곡도 전시대의 작품을 모방하고 답습하는 경향이 강했다.

명대의 산곡은 전체적으로 북방과 남방이 뚜렷한 차이를 보였는데, 강해(康海)·왕구사(王九思)·풍유민(馮惟民) 등의 북방 출신 작가들은 북곡을 바탕으로 한 남성적이고 현실적인 경향의 작품을 많이 지었으며, 양진어(梁辰魚)·심경(沈璟)·시소신(施紹莘) 등의 남방 출신 작가들은 남곡을 바탕으로 한 여성적이고 감성적인 작품을 많이 지었다. 이 중에서 풍유민과 시소신은 명대 산곡을 대표하는 작가로 꼽힌다.

풍유민(1511~1580)은 산동성(山東省) 출신으로, 원대 산곡의 전통을 가장 잘 계승하여 발휘한 작가로 평가받는다. 그의 산곡은 우선 소재와 제재가 다양하여 묘사범위가 넓었고, 방언과 속어를 잘 활용하여 생동감이 넘치며, 북곡과 북방의 굳건한 기풍을 유감없이 발휘하여 힘찬 기세를 잘 표현했다.

「벼슬을 그만 두고 집으로 돌아오다[解官至舍]」

【중려조(中呂調)】【조천자(朝天子)】

청빈한 벼슬 그만 두었나니,

그간 온갖 고생 많이 했네.

천리 밖에 소식 끊어졌고,

오랑캐 땅 먼지는 풀썩풀썩 갈 길은 가물가물한데,

급히 고개 돌려보니 굴레가 없네.

신정에선 눈물 뿌렸으나,

고향에선 마음 즐거우니,

세상 일 길고 짧은 것 상관 않네.

동쪽으로 흐르는 파란 물굽이 돌아,

서산의 푸른 봉우리 보며,

갈매기 몇 마리 찾아 짝으로 삼네.

罷淸貧一官, 受艱辛百般.

千里外音書斷, 胡塵滾滾路漫漫, 急回首無羈絆.

灑淚新亭, 甘心舊瞳, 不關情長共短.

繞東流綠灣, 看西山翠攢, 覺幾個鷗爲伴.

시소신(1581~1640)은 강소성(江蘇省) 출신으로, 명대 산곡의 예술성을 한 차원 높인 작가로 평가받는다. 그는 명말 산곡계의 유미주의적인 편향성을 탈피하여 남방과 북방의 특질을 겸비했으며, 청순하고 소탈한 기풍을 담아냈다. 그는 낭만적인 풍류객으로 서정적인 염곡(艶曲)을 많이 지었으나 서경(敍景)에도 뛰어났다.

「빗속의 풍경[雨景]」

【남상조(南商調)】 【황앵아(黃鶯兒)】

보슬비에 젖는 기름진 밭.

몰려드는 검은 구름,

저물어가는 하늘.

아득한 사방 들판에서 사람 부르는 소리.

서쪽 마을에 걸린 술집 깃발,

동쪽 하늘에 걸린 무지개.

어부가 부르며 그물 말리는 수양버들 강 언덕,

나무다리 근처,

문 두드리는 소리 속,

도롱이 삿갓, 멀리 돌아가는 배.

嫩雨濕肥田. 暗雲堆, 欲暮天.

平迷四野聞人喚. 西村旆懸, 東天鱟懸.

漁歌眼網垂楊岸, 木橋邊.

敲門聲裏, 蓑笠遠歸船.

청대 산곡

　청대의 산곡은 전반적으로 침체상태를 면치 못했다. 그 이유는 여러 가지가 있겠지만, 우선 산곡의 독립성이 약화된 점을 들 수 있다. 원대의 여러 뛰어난 작가들에 의해 독립된 지위를 확보했던 산곡은 명·청대에 이르러 비약적으로 발전한 희곡에 흡수되어 제목소리를 내지 못했던 것이다. 다음으로는 청대 한족 사대부들의 민족주의적 정서를 들 수 있다. 산곡은 이민족 왕조인 원대에 성행했기 때문에 한족 사대부들의 보수적인 문화적 풍토로 인해 서민적이고 통속적인 산곡이 상대적으로 침체되었던 것이다.

산곡은 원래 노래의 가사로서 음악성이 매우 강조되었으나, 청대의 산곡은 사의 경우와 마찬가지로 음악과 분리되어 시처럼 지어져 산곡 본연의 모습에서 멀어져 있었다. 청대 산곡 작가들은 대부분 서민적이고 남성적인 원대 초기의 산곡보다는 세련된 운치를 중시하는 원대 후기의 산곡, 특히 장가구(張可久)와 교길(喬吉)의 산곡을 추종했다.

이들 가운데 원대산곡의 분위기를 가장 잘 살린 작가로는 조경희(趙慶熺)를 꼽을 수 있다.

辭賦

사부

蓋將自其變者而觀之
則天地曾不能以一瞬
自其不變者而觀之
則物與我皆無盡也

사부

초사

　『시경』의 뒤를 이어 초국(楚國)에서 출현한 또 다른 체재의 문학
형식은 '초사(楚辭)'이다. '초사'는 초 땅의 가사라는 뜻이다. 주요한
작가들이 모두 초인(楚人)이었고, 또한 그들의 작품이 대부분 초어
(楚語)와 초성(楚聲)을 사용했으며, 초지(楚地)와 초물(楚物)을 기록
했으므로 '초사'라고 불렀다.[宋代 黃伯思의 『校定楚辭序』] 그러나 '초
사'라는 명칭은 한대에 처음으로 등장하는데, 사마천(司馬遷)의 『사
기(史記)』「혹리열전(酷吏列傳)」에서 "주매신(朱買臣)이 초사로써
장조(莊助)와 함께 총애를 받았다[買臣以楚辭與助俱幸]"고 한 기록이
그것이다. 또한 전한(前漢)의 유향(劉向)은 전국시대 초나라 사람인
굴원(屈原)과 송옥(宋玉) 2사람의 작품을 집록하면서 그들과 같은
시대의 당륵(唐勒)·경차(景差) 및 한대의 장기(莊忌)·동방삭(東方
朔)·회남소산(淮南小山)·왕포(王褒)와 자신의 작품 등 총 16편의

작품을 한데 모아 『초사』라는 제목으로 펴냈다. 후한(後漢)의 왕일(王逸)은 『초사』에다 자신의 작품 1편을 추가하여 총 17편을 수록한 『초사장구(楚辭章句)』를 펴냈다. 따라서 정확히 말하자면 '초사'는 초나라 사람이 이러한 새로운 시가 형식으로 지은 작품뿐만 아니라 한대 사람들이 이러한 형식을 사용하여 지은 작품까지 통틀어 일컫는 명칭이라고 하겠다.

『초사장구』에 수록된 작품을 기준으로 하면, 초사는 전국시대 말기(BC 4세기)에서 전한(前漢) 초기(BC 2세기)까지 약 200여 년 사이에 창작되었는데, 대부분 양자강 유역을 중심으로 발전했으므로 남방문학이라 할 수 있다.

초사의 출현은 중국문학사상 중대한 의의를 지니고 있다. 그것은 4언을 위주로 하고 편폭이 비교적 짧은 『시경』에 비하여 확실히 진일보한 형태를 지녔다. 초사는 확대된 편폭, 풍부한 내용, 화려한 문채, 3언과 6언을 위주로 한 자유로운 구법(句法) 등을 활용하여 비교적 복잡한 사상내용이나 감정의 변화를 낭만적인 수법으로 잘 표현해 냈으며, 서정적인 분위기 또한 뛰어나다.

『초사』의 대표적인 작가는 중국 문학사상 최초의 위대한 시인인 굴원(屈原: BC339?~BC278?)을 들 수 있다. 그의 이름은 평(平) 또는 정칙(正則), 자는 원(原) 또는 영균(靈均)으로 초 왕실과 동성이었다. 회왕(懷王) 초기에는 큰 신임을 받아 삼려대부(三閭大夫)의 지위까지 올랐으나, 나중에는 상관대부(上官大夫)들의 참소를 받아 유배당했으며, 경양왕(頃襄王) 때에 다시 추방당하자 돌을 안고 멱라강(汨羅江)에 투신자살했다. 그는 「**이소(離騷)**」·「**천문(天問)**」·「구가(九歌)」 등을 지었는데, 그의 작품에는 우국애민(憂國愛民)의 열정, 회재불우(懷才不遇)의 비분, 강렬한 정치성향, 불굴의 분투정신 등이 잘 나타나 있다.

초사의 대표작이자 굴원의 대표작인 「이소(離騷)」는 전편 375구

2,461자에 달하는 중국 고대문학 작품 중에서 가장 긴 시이며 가장 뛰어난 개인문학이라 할 수 있다. '이소'라는 명칭에 대해서는 '근심을 떠나다[別愁]', '근심을 만나다[遭憂]', '발음상 牢騷(láosāo)와 비슷하므로 굴원 자신의 불평을 나타낸다' 등의 해석이 있다.

　「이소」는 당시의 남방문학을 대표하는 개인적인 작품으로, 열정적이고 자유분방한 풍격을 지니고 있으며 풍부한 상상력으로 낭만주의 정신을 발휘했다. 또한 무술·미신 등 종교적인 색채가 농후하고, 역사고사·신화·전설 등을 대량으로 수용하여 제재의 폭을 넓혔으며, 초국의 자연환경과 지리적 색채를 잘 묘사했다. 형식상으로는 3자 위주의 장구(長句)로서 중복이 없고 '혜(兮)'·'사(些)'자 등 조자(助字)의 운용이 뛰어나다. 또한 조직적이고 세련된 수식으로 문채가 화려하고, 비유와 상징수법이 뛰어나며, 초성(楚聲)·남음(南音)을 사용한 남방음악의 결정체로서 생동감 넘치는 초국의 방언·구어를 구사했다.

離騷圖

「시름 노래[離騷]」

고양 임금의 먼 자손이며,
나의 아버님은 백용 어른이시네.
인(寅)의 해 바로 첫 정월,
경인 날 내가 태어났네.
아버님이 내가 처음 날 때를 헤아려 보시고,
비로소 내게 아름다운 이름 지어주시니,
이름은 정칙이라 하고,
자는 영균이라 하셨네.
날 적부터 안으로 고운 성품 지녔고,
게다가 뛰어난 재주까지 갖추어,
강리와 벽지 같은 향초를 걸치고,
추란을 엮어 허리에 찼네.
이 몸 닦기를 매양 부족한 양,
행여 저 세월이 나와 함께 하지 않을까,
아침엔 비산의 목란을 캐고,
저녁엔 모래톱의 숙망을 땄네.
······(중략)······
길을 살피지 못한 걸 후회하며,
우두커니 서서 내 장차 돌아갈까 주춤하네.
내 수레 돌려 옛 길로 돌아가니,
길 잘못 든 지 아직 멀지 않았네.
난초 향긋한 못가에서 내 말 걷게 하여,
산초 언덕으로 달려가 잠깐 예서 쉬네.
나아갔으나 들어가지도 못한 채 허물만 만났으니,
물러가 장차 다시 나의 본래 품성이나 닦으리.
마름 연잎 마름질하여 저고리 짓고,
연꽃 모아 치마 짓네.
날 알아주지 않더라도 또한 그만이니,
진실로 내 마음 진정 꽃다운 것이라네.
내 관은 산처럼 우뚝 솟았고,

내 허리띠는 치렁치렁 광채 어렸네.
방향과 악취 섞여 있는 속에서도,
오직 밝은 천성은 아직 이지러지지 않았네.
갑자기 뒤돌아 시선을 흘리며,
장차 사방 끝을 구경하러 갈까 하네.
띠에 고운 것 많이 꾸미니,
꽃다운 향기 서언이 풍기네.
인생은 각자 즐기는 바 있으니,
나는 홀로 결백함 좋아하여 도리로 삼네.
비록 몸이 찢겨져도 변치 않을지니,
어찌 내 마음 고칠 수 있으랴?
이런 날 두고 우리 누님은,
거듭거듭 날 나무라시네.
"곤은 강직함 때문에 몸을 망쳐,
끝내 우산의 들판에서 죽었단다.
네 어이 충직과 결백을 즐겨,
이 어여쁜 절개를 너만이 두느냐?
납가세·꼴·도꼬마리로 집안이 가득한데,
왜 너만 홀로 떨어져 가까이하지 않느냐?
남에게 일일이 말할 수 없으니,
누가 너의 충정을 알아주겠니?
세상은 모두 당파 짓길 좋아하는데,
어쩌자고 너만 홀로 외롭게 내 말 듣지 않니?"
……(중략)……
난에 이르길,
그만 두어라!
나라에 사람 없어,
날 알아주지 않으니,
고국은 생각해서 무얼 하겠나?
이미 함께 바른 정치 펼칠 이 없으니,
내 장차 팽함님 계신 곳으로 가려네.

사부(辭賦)

帝高陽之苗裔兮，朕皇考曰伯庸.

攝提貞于孟陬兮，惟庚寅吾以降.

皇覽揆余初度兮，肇錫余以嘉名.

名余曰正則兮，字余曰靈均.

紛吾既有此內美兮，又重之以脩能.

扈江離與辟芷兮，紉秋蘭以爲佩.

汩余若將不及兮，恐年歲之不吾與.

朝搴阰之木蘭兮，夕攬洲之宿莽.

……(中略)……

悔相道之不察兮，延佇乎吾將反.

回朕車以復路兮，及行迷之未遠.

步余馬於蘭皋兮，馳椒丘且焉止息.

進不入以離尤兮，退將復脩吾初服.

製芰荷以爲衣兮，集芙蓉以爲裳.

不吾知其亦已兮，苟余情其信芳.

高余冠之岌岌兮，長余佩之陸離.

芳與澤其雜糅兮，唯昭質其猶未虧.

忽反顧以遊目兮，將往觀乎四荒.

佩繽紛其繁飾兮，芳菲菲其彌章.

民生各有所樂兮，余獨好脩以爲常.

雖體解吾猶未變兮，豈余心之可懲.

女嬃之嬋媛兮，申申其詈予.

曰鯀婞直以亡身兮，終然殀乎羽之野.

汝何博謇而好脩兮，紛獨有此姱節.

薋菉葹以盈室兮，判獨離而不服.

衆不可戶說兮，孰云察余之中情.

世並舉而好朋兮，夫何煢獨而不予聽.

……(中略)……

亂曰，

已矣哉，國無人兮，莫我知兮，又何懷乎故都.

既莫足與爲美政兮，吾將從彭咸之所居.

離騷圖

「저 하늘에 묻노니[天問]」

아득히 먼 태고 적 일을,	曰, 遂古之初
누가 입 열어 전한 것일까?	誰傳道之?
천지도 아직 나뉘기 전인데,	上下未形,
무얼 가지고 생각해냈을까?	何由考之?
밤낮도 모르던 어두운 적에,	冥昭瞢闇,
누가 이것을 캐냈을까?	誰能極之?
뜬 기운 속에 현상뿐인 것을,	馮翼惟像,
어떻게 해서 알 수 있었을까?	何以識之?
밤낮이 교대로 오가는 것은,	明明闇闇,
무엇 때문에 그런 건가?	惟時何爲?
음양이 어울러 만물을 내니,	陰陽三合,
근본은 뭐고 어떤 게 변화인가?	何本何化?
하늘은 둥글고 아홉 층이라니,	圜則九重,
누가 이것을 설계했을까?	孰營度之?
도대체 이건 누구의 공로며,	惟茲何功,
누가 처음 만들어냈을까?	孰初作之?
수레바퀴 줄은 어디다 맸나?	斡維焉繫?
하늘의 끝은 어디에 있나?	天極焉加?
여덟 기둥은 어디에 닿았나?	八柱何當?
동남쪽 기둥은 왜 이지러졌을까?	東南何虧?
아홉 층 하늘의 경계는,	九天之際,
어디서부터 어디로 이었나?	安放安屬?
너른 천지에 모퉁이도 많을 텐데,	隅隈多有,
그 많은 수를 누가 알려나?	誰知其數?
하늘과 땅은 어디서 겹쳤나?	天何所沓?
열두 진(辰)은 누가 나눠 놓았나?	十二焉分?
해와 달은 어디다 매어 놓았나?	日月安屬?
숱한 별들은 누가 벌려 놓았나?	列星安陳?

天問圖

아침에 해가 탕곡에서 나와,	出自湯谷,
몽수(蒙水) 가에 와 잠자는데,	次于蒙汜,
아침부터 밤까지 가는,	自明及晦,
그 거리는 얼마나 될까?	所行幾里?
무슨 덕(德)이 있어 저 달은,	夜光何德,
죽었다가 다시 살아나나?	死則又育?
이익이 도대체 뭐기에,	厥利維何,
토끼는 달의 뱃속에서 살까?	而顧菟在腹?
여기는 어떻게 지아비도 없이,	女歧無合夫,
아홉 아들을 두었을까?	焉取九子?
백강은 어디서 살고 있나?	伯强何處,
화기(和氣)는 또 어디에 있나?	惠氣安在?
어딜 닫기에 어두워지나?	何闔而晦?
어딜 열기에 밝아지나?	何開而明?
동방의 별 밝기 전에는,	角宿未旦,
태양은 빛을 어디다 감춰 두나?	曜靈安藏?
……(중략)……	…(中略)…
곤륜산 위 현포에,	崑崙縣圃,
신령이 있는 곳 어디일까?	其尻安在?
아홉 층 성을 쌓았다는데,	增城九重,
그 높이는 얼마나 될까?	其高幾里?
곤륜산 사방의 문은,	四方之門,
도대체 누가 드나드는 걸까?	其誰從焉?
서북쪽 문은 열려 있다는데,	西北辟啓,
어떤 바람이 통하는 걸까?	何氣通焉?
해가 어딘들 안 이를까 만은,	日安不到,
용은 왜 횃불을 비출까?	燭龍何照?,
아직 희화도 오르지 않았는데,	羲和之未揚,
약목 꽃은 어떻게 빛날까?	若華何光?
따스한 겨울은 어느 곳에 있을까?	何所冬暖?

사부(辭賦)

추운 여름은 어느 곳에 있을까?	何所夏寒?
어디에 석림이 있을까?	焉有石林?
어떤 짐승이 말을 잘 할까?	何獸能言?
뿔 없는 용이 어디에 있어서,	焉有龍虯,
곰을 업고 노는 것일까?	負熊以遊?
머리 아홉 달린 이무기는,	雄虺九首,
나는 듯 훌쩍 어디 있을까?	儵忽焉在?
불사의 나라는 어디 있을까?	何所不死?
키 큰 사람은 어딜 지킬까?	長人何守?
아홉 갈래로 넌출진 마름,	靡蓱九衢,
수삼 꽃은 또 어디 있을까?	枲華安居?
신령한 뱀이 코끼릴 삼킨다니,	靈蛇吞象,
그 뱀의 크기는 얼마나 될까?	厥大何如?
흑수와 현지산,	黑水玄趾,
그리고 삼위산은 어디에 있을까?	三危安在?
오래 살아서 죽질 않는다니,	年年不死,
수명은 얼마로 끝나는 걸까?	壽何所止?
능어는 바다 어디서 살까?	鯪魚何所?
기작은 또 어디서 살까?	魼堆焉處?
예는 어째서 해를 쏘았나?	羿焉彈日?
까마귀는 어디에 떨어졌을까?	烏焉解羽?
……(후략)……	…(後略)…

초사는 굴원 이후 송옥[「구변(九辯)」·「초혼(招魂)」 등을 지음], 당륵, 경차 등을 거치면서 정식으로 문학상 하나의 문체로 정립된 된 후에, 가의(賈誼)[「석서(惜誓)」 지음], 동방삭[「칠간(七諫)」 지음], 장기[「애시명(哀時命)」 지음], 왕포[「구회(九懷)」 지음], 유향[「구탄(九歎)」 지음], 왕일[「구사(九思)」 지음] 등과 같은 한대의 많은 작가들에 의해 계승·발전되었다.

‘초사’는 후대 부(賦)와 변려문(騈儷文)의 발전을 촉진시켰으며, 특히 7언시의 생성에 많은 영향을 미침으로써, 중국문학사상 중요한 지위를 차지하고 있다.

고부(한부)

고부(古賦)는 초사를 비롯하여 한대(漢代)의 부와 그 후 진대(晉代)까지 통행하던 부를 말하는데, 일반적으로는 한부(漢賦)를 지칭한다.

‘부’는 주로 한대에 성행한 시대적인 특징이 강한 문체이다. 그래서 일반적으로 ‘부’를 언급할 때는 그 앞에 ‘한’자를 붙이곤 하는데, 이것은 바로 한대를 대표하는 문학형식이 ‘부’라는 의미를 담고 있다. 부의 구법은 반문반시(半文半詩)의 형식을 지니고 있다. 즉 구법이 들쭉날쭉하고 장단이 일정하지 않아 산문의 특색이 있는 반면에 성률을 강구하고 압운을 하여 시가의 특색도 함께 지니고 있다. 다시 말해 시와 산문의 경계선상에 있다고 할 수 있다. 부의 구성은 대체로 ‘서(序)’와 ‘본문’, 그리고 ‘난(亂)’ 또는 ‘신(訊)’이라고 부르는 결말의 3부분으로 구성된다. ‘서’에서는 주로 부를 짓게 된 원인을 설명하고, ‘본문’에서는 부의 중심내용을 기술하며, ‘난’에서는 전편의 대의를 개괄하거나 작자의 직접적인 의론을 전개한다.

부의 묘사상 특징은 수많은 아름다운 형용사와 명사·동사 등을 교묘하게 배열하여 수사미를 증가시키고, 하나의 제목 아래 내용과 별로 관계없는 제재까지 모두 끌어들여 나열함으로써, 편폭은 길어졌으나 내용은 공허한 경우가 많다. 또한 작자가 자신

의 학문을 과시하기 위하여 일부러 어려운 전고와 기이한 글자를
사용함으로써 이해하기 힘든 경우가 많다.

이러한 부가 흥성하게 된 원인으로는 우선 문학 진화론적 관점
에서 볼 때『시경』으로부터 초사가 나오고 초사로부터 부가 나왔
다는 문체 자체의 연변(演變)을 들 수 있다. 사회발전에 따른 측
면에서는 정치적·경제적으로 안정됨에 따라 문학적으로도 일종
의 과장되고 미려한 내용을 추구하게 되어 부의 발전을 촉진시켰
다. 학술적으로는 무제(武帝)가 유학을 국시(國是)로 정하고 다른
학술을 통제하자 모든 학자들이 유가 경전의 연구에 매달려 서정
문학이 침체되었는데, 그에 대한 반동으로 부가 발전하게 되었
다. 그밖에 헌부(獻賦)·고부(考賦) 제도의 영향도 들 수 있다.

한대 부의 연변과정은 형성기·전성기·모방기·전변기의 4단
계로 나누어 볼 수 있다. 형성기는 초사의 형식을 답습하여 그 체
재와 수법이 형성된 시기로서, 주요 작품에는 가의(賈誼: BC201
~BC169)의 「조굴원부(弔屈原賦)」 등이 있다.

「굴원을 애도하며[弔屈原賦]」

……(전략)……	…(前略)…
아! 슬프구나!	烏虖哀哉兮,
상서롭지 못한 때를 만나심일세.	逢時不祥.
난새와 봉황은 엎드려 숨어 있고,	鸞鳳伏竄兮,
솔개와 올빼미는 드높이 날개 치네.	鴟鴞翶翔.
용렬하고 어리석은 것들이 높이 드러나서,	闒茸尊顯兮,
참소와 아첨으로 뜻을 얻네.	讒諛得志.
성현은 거꾸로 끌려 다니고,	賢聖逆曳兮,
방정한 이는 거꾸로 섰네.	方正倒植.
변수(卞隨)와 백이(伯夷)를 더럽다 하고,	謂隨夷溷兮,

도척(盜跖)과 장교(莊蹻)를 청렴하다 하네.	謂跖蹻廉.
명검 막야를 무디다 하고,	莫邪爲鈍兮,
날 무딘 칼을 날카롭다 하네.	鉛刀爲銛.
아! 묵묵히,	于嗟默默,
선생은 까닭 없는 화를 당하셨네.	生之亡故兮.
주나라 보정(寶鼎)을 굴려서 내버리고,	斡棄周鼎,
큰 표주박을 보배라 하네.	寶康瓠兮.
지친 소에 멍에 매어 끌고,	騰駕罷牛,
절름거리는 말을 곁말로 쓰네.	驂蹇驢兮.
천리마는 두 귀를 늘어뜨린 채,	驥垂兩耳,
소금 수레를 끄네.	服鹽車兮.
귀한 장보관(章甫冠)을 신발 밑에 까니,	章甫薦履,
점점 오래 있을 수 없네.	漸不可久兮.
아! 슬프게도 선생이,	嗟苦先生,
홀로 이 허물에 걸리셨네.	獨離此咎兮.
……(후략)……	…(後略)…

司馬相如

　전성기는 한대 부가 정형을 갖추고 최고의 경지에 도달한 시기로서, 형식상 장편의 산체장부(散體長賦)가 주류를 이루었다. 주요 작품에는 사마상여(司馬相如: BC179~BC118)의 **「자허부(子虛賦)」**·「상림부(上林賦)」 등이 있다.

「자허부」

　……(전략)……

　신이 듣자오니 초나라에 일곱 못이 있다는데 일찍이 그 중 하나만 보았고 나머지는 아직 보지 못했습니다. 신이 본 것은 다만 소소한 것뿐으로 '운몽'이라 합니다. 운몽은 사방이 900리이고 그 안에 산이 있습니다.

그 산은 구불구불 첩첩이 쌓여 있고 가파르게 높이 솟아 있으며 산봉우리가 들쭉날쭉하여 해와 달을 가리고, 어지럽게 뒤섞여 위로는 푸른 구름 위로 치솟고 옆으론 울퉁불퉁 비탈져 있고 아래론 강물에 연이어져 있습니다. 그 흙은 단사·청사·적토·백토가 있고, 노란 석영, 흰 석영, 주석, 벽옥, 금, 은이 나는데, 여러 가지 색깔이 찬란하여 용 비늘이 반짝이는 듯합니다. 그 돌은 적옥·매괴옥·임옥·민옥·곤오옥·감옥·늑옥·현려옥·연석·무부가 있습니다. 그 동쪽엔 혜초밭이 있는데, 두형·난초·백지·두약·야간·궁궁·창포·강리·미무·제자·파저가 자라고 있습니다. 그 남쪽엔 평원과 넓은 못이 있는데, 오르내리며 비스듬히 길게 뻗쳐 있고 움푹 아래로 들어가 펑퍼짐하게 펼쳐져 있으며, 장강에 닿아 있고 무산까지 이어져 있습니다. 그 높은 건조한 곳에서는 짐·석·포·려·벽·사와 푸른 풀들이 자랍니다. 그 낮은 습지에서는 장랑·겸가·동장·조호·연우·고로·암려·헌우와 같은 여러 가지 식물이 자라고 있는데 그 수는 헤아릴 수 없습니다. 그 서쪽엔 솟구치는 샘과 맑은 연못이 있어 부딪히는 물결이 세차게 흘러가는데, 겉에는 연꽃과 마름꽃이 피어 있고 안으로 큰 돌과 흰 모래가 깔려 있습니다. 그리고 그 속엔 신령스런 거북과 교룡·악어·대모·자라가 있습니다. 그 북쪽엔 울창한 숲과 거대한 나무가 있는데, 편나무·남나무·예장나무·계수나무·산초나무·목란·황벽나무·붉은 버드나무·귤나무·유자나무가 향기를 풍깁니다. 그 위로는 원추새·공작·난새·나는 원숭이·야간이 살고, 그 아래로는 흰 호랑이·검은 표범·만연·추안 등의 동물이 살고 있습니다.

……(후략)……

……(前略)……

臣聞楚有七澤, 嘗見其一, 未睹其餘也. 臣之所見, 蓋特其小小者耳, 名曰雲夢. 雲夢者, 方九百里, 其中有山焉.

其山則盤紆岪鬱, 隆崇崒崒, 岑崟參差, 日月蔽虧, 交錯糾紛, 上干靑雲, 罷池陂陀, 下屬江河. 其土則丹靑赭堊, 雌黃白坿, 錫碧金銀, 衆色炫耀, 照爛龍鱗. 其石則赤玉玫瑰, 琳瑉昆吾, 瑊玏玄厲, 碝石碔砆. 其東則有蕙圃, 衡

蘭芷若, 芎藭菖蒲, 江蘺蘪蕪, 諸柘巴苴. 其南則有平原廣澤, 登降陁靡, 案
衍壇曼, 緣以大江, 限以巫山. 其高燥則生葴菥苞荔, 薛莎青薠. 其埤濕則
生藏莨蒹葭, 東薔彫胡, 蓮藕觚盧, 菴閭軒于, 衆物居之, 不可勝圖. 其西則
有湧泉清池, 激水推移, 外發芙蓉菱華, 內隱鉅石白沙. 其中則有神龜蛟鼉,
瑇瑁鼈黿. 其北則有陰林巨樹, 楩枏豫章, 桂椒木蘭, 檗離朱楊, 櫨梨梬栗,
橘柚芬芳. 其上則有鵷鶵孔鸞, 騰遠射干. 其下則有白虎玄豹, 蟃蜒貙犴.

……(後略)……

모방기는 전인의 작품의 제목·체재·묘사수법 등을 모방·계승
한 시기로서, 주요 작품에는 양웅(揚雄: BC53~AD18)의 「촉도부
(蜀都賦)」, 반고(班固: 32~92)의 「양도부(兩都賦)」 등이 있다.

전변기는 이전의 산체장부(散體長賦)에서 서정성을 위주로 한
단부(短賦: 小賦)로 전변한 시기로서, 이러한 개성적이면서도 청
신한 단부는 부의 새로운 경지를 열었다고 할 수 있다. 주요 작품
에는 장형(張衡: 78~139)의 「귀전부(歸田賦)」가 있다.

「전원으로 돌아가며[歸田賦]」

도읍에서 노닌 지 오래 되었지만,
시국을 바로잡을 훌륭한 계책 없네.
하릴없이 냇물 가에서 물고기 잡길 바라지만,
황하가 맑아지길 기다려도 기약이 없네.
옛날 채택(蔡澤)은 일이 뜻대로 되지 않아 애태우다가,
당거(唐擧)를 찾아가 관상을 보고 의혹을 풀었네.
천도의 현묘함은 헤아릴 수 없으니,
어부를 따라 함께 즐겨야겠네.
속세의 먼지 털어버리고 멀리 떠나,
세상일과는 영영 이별하려네.

때는 한봄 좋은 달,
시절 화창하고 날씨 맑네.
들판은 빽빽이 우거지고,
온갖 풀들 무성하네.
물수린 날갯짓하고,
꾀꼬린 슬피 울며,
서로 목 부비며 위아래로 날면서,
꽌꽌 꾹꾹 우짖네.
여기에서 소요하며,
애오라지 마음 즐겁게 해야지.
큰 호숫가에선 용 울음소리 내고,
산언덕에선 호랑이 울음소리 지르네.
위로는 주살 날리고,
아래로는 긴 강물에 낚시 드리우니,
화살에 맞아 죽고,
미끼 탐하다 낚싯바늘 삼키네.
구름 사이로 나는 새 떨어뜨리고,
깊은 연못 속에 잠긴 고기 낚아 올리네.
그러다 어느덧 해지면,
달이 떠오르네.
노니는 지극한 즐거움 다하느라,
비록 여러 날 되어도 수고로움 잊네.
노자가 남긴 교훈을 떠올리며,
수레 돌려 내 초가로 돌아와,
오현금을 날렵한 손가락으로 타고,
주공과 공자의 책을 읊네.
붓 휘둘러 멋진 글 짓고,
삼황의 법도 써보네.
진실로 세상밖에 마음 풀어놓으니,
영화와 굴욕이 어떠한지 어찌 알리오?

遊都邑以永久, 無明略以佐時.

徒臨川以羨魚, 俟河淸乎未期.

感蔡子之慷慨, 從唐生以決疑.

諒天道之微昧, 追漁父以同嬉.

超埃塵以遐逝, 與世事乎長辭.

於是仲春令月, 時和氣淸.

原隰鬱茂, 百草滋榮.

王雎鼓翼, 鶬鶊哀鳴.

交頸頡頏, 關關嚶嚶.

於焉逍遙, 聊以娛情.

爾乃龍吟方澤, 虎嘯山丘.

仰飛纖繳, 俯釣長流.

觸矢而斃, 貪餌吞鉤.

落雲間之逸禽, 懸淵沈之魦鰡.

于時曜靈俄景, 係以望舒.

極般遊之至樂, 雖日夕而忘劬.

感老氏之遺誡, 將迴駕乎蓬廬.

彈五絃之妙指, 詠周孔之圖書.

揮翰墨以奮藻, 陳三皇之軌模.

苟縱心於物外, 安知榮辱之所如.

한대의 부는 통일제국의 막강한 국세를 상징하는 시대적 특색을 지니고 있으며, 완곡한 풍간(諷諫)의 의미를 함축함으로써 문학의 공효성도 지니고 있다. 또한 현란한 수사, 단어의 나열, 벽자의 운용 등으로 말미암아 후대 중국 문학의 어휘를 풍부하게 하고 어구의 단련과 묘사기교를 증진시켰다. 한편 부의 흥성으로 말미암아 후한 때 '문장'의 개념이 출현하여 초보적으로나마 문학과 학술의 분리를 모색함으로써 문학 관념의 형성을 촉진시켰다.

洛神賦圖

변부(배부)

변부(騈賦)는 변려문(騈儷文)에 근접한 일종의 부체(賦體)로 배부(俳賦)라고도 하는데, 위진남북조 시대에 크게 유행하여 당대(唐代)까지 통행되었다. 변부는 전편에 대구를 사용하고 반드시 압운을 하여 변려문과 유사하다. 즉 변려문의 특징을 갖춘 부라 할 수 있다.

주요 작가와 작품에는 조식의 「낙신부(洛神賦)」, 좌사의 「삼도부(三都賦)」, 유신(庾信)의 **「애강남부(哀江南賦)」** 등이 있다.

「강남을 애절하게 그리며[哀江南賦]」

우리 선조께서 유(庾) 벼슬 맡아 주나라를 섬기신 이래,
대대로 공을 세워 유씨 일족이 이뤄졌네.
한나라 들어서자 임금을 보좌했고,
치국의 도리 논하여 관직 맡으셨네.
숭산과 화산의 정기 이어받고,

하수와 낙수의 물결에 젖어,
낙수를 등지고 대대로 살아왔고,
황하 가에 자리 잡고 편안하게 지내왔네.
영가 연간에 이르러 정치가 혼란되고,
중원에 군주가 없게 되자,
백성들은 집 잃은 채 담벼락에 기대어 자고,
길에는 승냥이·호랑이 같은 폭도들만 날뛰었네.
왕족들은 남쪽으로 피난 가고,
별들은 왕실이 동천할 것을 계시했네.
저들은 장강을 건너가 새나라 세웠고,
우리 조상들도 따라 옮겨가니,
남양 땅 쪼개 봉지로 내렸고,
동악을 갈라 영지로 주셨네.
송옥의 옛 집에 잡초 뽑아 집을 삼고,
임강부 옛 터에 길을 다시 내었네.
……(후략)……

我之掌庚承周, 以世功而爲族,
經邦佐漢, 用論道而當官.
禀嵩華之玉石, 潤河洛之波瀾,
居負洛而重世, 邑臨河而晏安.
逮永嘉之艱虞, 始中原之乏主.
民枕倚於墻壁, 路交橫於豺虎.
値五馬之南奔, 逢三星之東聚.
彼凌江而建國, 始播遷於吾祖.
分南陽而賜田, 裂東岳而胙土.
誅茅宋玉之宅, 穿徑臨江之府.
……(後略)……

율부

　율부(律賦)는 당대에 크게 유행하여 청대의 고시부(考試賦)에
이르기까지 사용된 것인데, 율시(律詩)의 영향을 받아 형식상으로
더욱 정제되었다. 대구를 짓는 것은 변부와 같지만 용운(用韻)은
엄격하게 한정되었으며 때로는 운으로 제목을 삼는 경우도 있다.
주요 작품으로는 왕발(王勃)의 「한오서봉부(寒梧棲鳳賦)」와 두목
(杜牧)의 「아방궁부(阿房宮賦)」 등이 있다.

문부

　문부(文賦)는 송대의 문인들로부터 시작되었으며 후세의 응수
문(應酬文) 가운데 이 문체를 많이 응용했다. 송대에는 고문운동
의 영향으로 사람들이 율부에 염증을 느껴 형식상의 규율을 과감
히 탈피하여 전편 가운데 몇 군데만 압운하는 형식으로 개혁했
다. 그래서 부에서도 격률에 구애받지 않고 설리(說理)·서정·서
사를 자유롭게 기술함으로써 거의 산문에 가까운 문체가 되었다.
다시 말해 운이 들어 있는 고문이라 할 수 있다.
　주요 작품에는 구양수(歐陽修)의 「추성부(秋聲賦)」와 소식(蘇
軾)의 「**전·후적벽부(前後赤壁賦)**」 등이 있다.

「전적벽부(前赤壁賦)」

임술년(1082) 가을 7월 16일에 소자가 객과 더불어 배를 띄우고 적벽 아래에서 노닐었는데, 맑은 바람은 서서히 불어오고 물결은 일지 않는지라, 술을 들어 객에게 권하고 「명월」의 시를 읊으며 "요조"의 구절을 노래했다. 조금 있으니 달이 동산 위로 나와서 남두성과 견우성 사이에서 배회했다. 흰 이슬은 강물에 비껴 있고 물빛은 하늘에 닿아 있었다. 한 조각 작은 배를 가는대로 맡겨 둔 채 한없이 넓은 강물 아득한 데를 넘어가노라니, 하도 넓고 커서 허공에 올라 바람을 탄 듯 그 머무를 곳을 모를 것 같았고, 두둥실 가벼이 떠올라 세상을 버리고 홀로 선 채 날개가 돋아 신선이 된 듯했다.

이에 술을 마셔 흥이 오르자 뱃전을 두드리며 노래를 불렀는데, "계수나무 노와 목란 삿대로 맑은 물속에 비친 달그림자를 치고, 흐르는 물에 반짝이는 달빛을 거슬러 올라가네. 아스라한 나의 회포여! 하늘 한쪽에서 아름다운 이를 바라보네."라고 노래했다. 객 가운데 퉁소를 부는 사람이 있어서 노래에 맞춰 화답했는데, 그 소리가 하도 구슬퍼서 원망하는 듯, 사모하는 듯, 흐느껴 우는 듯, 하소연하는 듯했고, 여음이 가냘프고 길게 이어져 실처럼 끊어지지 않으니, 깊은 골짜기에 잠겨 있던 교룡을 춤추게 하고 외로운 작은 배에 사는 과부를 흐느끼게 했다.

소자가 정색하며 옷깃을 바로잡고 곧추 앉아 객에게 물었다.

"어찌하여 퉁소 소리가 그러하시오?"

객이 대답했다.

"'달이 밝으니 별이 드물고 까막까치는 남쪽으로 날아가네'는 조맹덕[曹操]의 시가 아니오? 서쪽으로는 하구를 바라보고 동쪽으로는 무창을 바라보니 산천이 서로 얽혀 나무들이 빽빽하고 푸르니, 여기가 조맹덕이 주랑[周瑜]에게 곤욕을 당한 곳이 아니오? 바야흐로 형주를 격파하고 강릉으로 내려가 강물을 따라 동쪽으로 갈 적에, 배들은 천 리까지 잇닿아 있고 깃발들은 하늘을 뒤덮었는데, 술을 걸러 강을 내려다보며 창을 비껴 누이고 시를 지었으니, 정말로 일대의 영웅이러니 지금엔 어디에 있단 말이오? 하물며 내가 그대와 함께 강가에서 고기잡고 나무하며 물고기·새우와 짝하고 고라니·사슴과 벗함에랴! 한 조각 작은 배를 타고 술 뒤웅박을 들어 서로 권하노라니, 하루살이 목숨을 천지에 붙이고 있는 건 망망한 푸른 바다에 한 알의 좁쌀과 같소. 내 목숨이 잠시잠깐임을 슬퍼하고 장강의 무궁함을 부러워하며, 나는 신선을 옆에 끼고 마음대로 노닐고 밝은 달을 끌어안고서 오래도록 사는 것은 갑자기 얻을 수 없다는 사실을 깨달았으니, 여음을 슬픈 가을바람에 부쳐 본 것이오."

소자가 말했다.

"객은 또한 저 물과 달을 아시오? 가는 것이 이와 같지만 일찍이 가버린 적이 없으며, 차고 비는 것이 저와 같지만 마침내 사라지거나 커지는 일이 없소. 대개 장차 그 변한다는 관점에서 본다면 천지는 한 순간도 그대로일 수 없으며, 그 변하지 않는다는 관점에서 본다면 만물과 내가 모두 다함이 없는 것이오. 그러니 또 무엇을 부러워하리오! 또한 대저 천지 사이에 만물은 각각 주인이 있는 법이니, 진실로 나의 소유가 아니라면 비록 터럭 하나라도 취하지 말 것이지만, 오직 강 위의 맑은 바람과 산 사이의 밝은 달만은 귀로 들으면 소리가 되고 눈으로 보면 경치가 되니, 아무리 취해도 금함이 없고 아무리 써도 다함이 없는 것이오. 이것은 조물주의 다함이 없는 창고이며 나와 그대가 함께 즐기는 바이오."

객이 기뻐서 웃으며 잔을 씻어 다시 따라주니, 안주는 이미 떨어졌고 잔과 접시는 어지럽게 흩어져 있는데, 서로 더불어 배안에서 베고 누운 채 동녘이 이미 밝은 줄도 몰랐다.

壬戌之秋, 七月旣望, 蘇子與客泛舟遊於赤壁之下. 淸風徐來, 水波不興. 擧酒屬客, 誦明月之詩, 歌窈窕之章. 少焉, 月出於東山之上, 徘徊於斗牛之間. 白露橫江, 水光接天. 縱一葦之所如, 凌萬頃之茫然. 浩浩乎如馮虛御風, 而不知其所止, 飄飄乎如遺世獨立, 羽化而登仙.

於是飮酒樂甚, 扣舷而歌之. 歌曰: "桂棹兮蘭槳, 擊空明兮泝流光. 渺渺兮予懷, 望美人兮天一方." 客有吹洞簫者, 倚歌而和之. 其聲嗚嗚然, 如怨如慕, 如泣如訴, 餘音嫋嫋, 不絶如縷. 舞幽壑之潛蛟, 泣孤舟之嫠婦.

赤壁賦圖

蘇子愀然, 正襟危坐, 而問客曰:"何爲其然也?"

客曰:"'月明星稀, 烏鵲南飛', 此非曹孟德之詩乎? 西望夏口, 東望武昌, 山川相繆, 鬱乎蒼蒼, 此非孟德之困於周郎者乎? 方其破荊州, 下江陵, 順流而東也, 舳艫千里, 旌旗蔽空, 釃酒臨江, 橫槊賦詩, 固一世之雄也, 而今安在哉? 況吾與子漁樵於江渚之上, 侶魚蝦而友麋鹿, 駕一葉之扁舟, 擧匏樽以相屬, 寄蜉蝣於天地, 渺滄海之一粟. 哀吾生之須臾, 羨長江之無窮, 挾飛仙以遨遊, 抱明月而長終, 知不可乎驟得, 託遺響於悲風."

蘇子曰:"客亦知夫水與月乎? 逝者如斯, 而未嘗往也, 盈虛者如彼, 而卒莫消長也. 蓋將自其變者而觀之, 則天地曾不能以一瞬, 自其不變者而觀之, 則物與我皆無盡也. 而又何羨乎! 且夫天地之間, 物各有主. 苟非吾之所有, 雖一毫而莫取. 惟江上之清風, 與山間之明月, 耳得之而爲聲, 目遇之而成色. 取之無禁, 用之不竭. 是造物者之無盡藏也, 而吾與子之所共適."

客喜而笑, 洗盞更酌, 肴核旣盡, 杯盤狼藉. 相與枕藉乎舟中, 不知東方之旣白.

騈儷文

변려문

虹銷雨霽
彩徹雲衢
落霞與孤鶩齊飛
秋水共長天一色

변려문

　변려문(騈儷文)은 중국문학사상 독특한 문체 가운데 하나로 변
체문(騈體文) 또는 변문(騈文)이라고도 한다. 그것은 한·위에서
출현하여 남북조에서 성행했다. 중국의 문자는 독음자(獨音字)이
기 때문에 자수가 서로 같은 병렬 구식(句式)을 만들 수 있고 또
한 그러한 병렬 구식 안에서 어휘의 대칭까지도 강구할 수 있다.
　독립된 문체로서의 변려문은 고문(古文)과 상대되는 개념으로
나온 것이다. 고문의 형식상 특징은 구절이 일정하지 않고 대구
를 요구하지 않으며, 성률을 강구하지 않고 전고의 사용을 강조
하지 않는다. 그러나 변려문의 형식상 특징은 이와 정반대이다.
　첫째, 반드시 대우를 맞추어야 한다. 변려문의 구식은 반드시
처음부터 끝까지 두 구씩 짝을 맞추어야 한다. 앞뒤로 짝이 되는
두 구는 구절의 구조에 있어서 서로 대칭이 될 뿐만 아니라 각
어휘의 품사까지도 서로 대비를 이루어야 한다.
　둘째, 4자·6자의 구식을 이룬다. 변려문은 짝이 되는 두 구절

의 자수를 일정하게 맞추는 규정이 있다. 위·진 시기에는 대부분 4자구를 위주로 했지만 5자구나 6자구도 배척하지는 않았다. 그러나 제(齊)·량(梁) 이후로는 '사륙'의 격식[단 접속부사나 어기조사는 포함되지 않는다]이 고정되었다. 그래서 만당(晩唐) 때에는 변려문을 '사륙문' 또는 '사륙체'라고도 했다.

셋째, 평측을 강구한다. 변려문은 각 구절의 글자마다 고정된 평측을 따라야 하는데, 한 구절 안에서는 반드시 '평대측(平對仄)'이나 '측대평'을 이루어야 한다.

넷째, 전고를 사용한다. 위·진 이후로 변려문에서의 전고 사용은 그 주요 목적이 문장을 완곡하고 함축적이며 전아하고 정련되게 만드는 데에 있었다. 그러나 구절마다 전고의 사용을 강조하다 보니 문장이 난삽해지고 뜻을 알기 어려운 폐단에 빠지기도 했다.

변려문은 형식미를 중시하여 형식주의적인 경향을 띠긴 했지만, 초기의 변려문 중에는 내용성이 비교적 충실하고 사상성도 갖춘 작품이 나왔다. 그러나 후대로 갈수록 정교한 수식과 화려한 언어를 추구하여 형식주의에 집착했다.

이러한 변려문이 발달하게 된 원인으로는 낭만적인 유미주의 사조의 지속, 문학 관념에 대한 자각, 성률설의 흥기, 군주와 귀족의 애호와 제창을 들 수 있다.

변려문은 당·송 이후로 고문가들로부터 많은 비판을 받았지만 여전히 계속 창작되었다. 특히 송대 이후로는 고문의 세력에 눌려 공식적이고 주도적인 지위는 상실했지만 청말까지 사대부 계층의 애호를 받아 꾸준히 지어졌다.

위진남북조 변려문

위진남북조 시대는 사회·정치적 원인과 문학사조의 영향 등으로 인해 변려문이 기형적으로 발전하는 국면이 형성되었는데, 이에 따라 변려문의 형식 기교도 더욱 정밀해졌다. 특히 남북조 시기는 변려문이 극도로 발전하여 거의 모든 문장이 변려화되었는데, 그 중 유명한 것으로는 공치규(孔稚圭: 448~501)의 「**북산이문(北山移文)**」과 구지(丘遲: 463~508)의 「여진백지서(與陳伯之書)」 등을 들 수 있다.

「북산이문」

종산의 정령과 초당의 신령이 연무를 역로로 치달리게 하여 이문을 산마루에 새겼다. 대저 생각건대, 고상한 절의가 세속을 초탈한 풍채가 있고, 소쇄한 기품이 속진을 벗어난 사상이 있으며, 흰 눈을 헤아려 깨끗함을 견주고, 푸른 구름을 치받아 곧바로 올라가야 하니, 나는 지금 그렇게 알고 있다. 대저 만물 밖에서 우뚝 높이 있고, 안개 밖에서 희고 깨끗하여, 천금을 초개처럼 여겨 돌아보지 아니하고, 만승을 짚신처럼 여겨 벗어버린 듯하며, 봉황의 울음소리를 낙포에서 듣고, 나무꾼의 노래를 연뢰에서 만나는 것이 진실로 또한 있는 것이다.

어찌 기약했으랴! 처음과 끝이 같지 아니하고, 푸르다가 누르다가 자꾸 변하여, 적재[墨翟]의 슬픔에 눈물짓고, 주공[楊朱]의 울음에 통곡할 줄을! 잠깐 자취를 돌렸지만 마음은 물들어 있었고, 혹은 먼저는 곧았다가 나중에는 더러우니, 어찌 그리도 거짓 되는가! 아! 상생[尚長]은 있지 아니하고, 중씨[仲長統]는 이미 갔으니, 산구비가 적막하여 천 년인들 누가 이들을 기릴 것인가? ……(후략)……

鍾山之英, 草堂之靈, 馳煙驛路, 勒移山庭. 夫以耿介拔俗之標, 瀟灑出塵

北山移文

之想. 度白雪以方絜, 干靑雲而直上, 吾方知之矣. 若其亭亭物表, 皎皎霞
外. 芥千金而不盼, 屣萬乘其如脫. 聞鳳吹於洛浦, 値薪歌於延瀨, 固亦有
焉.

豈期終始參差, 蒼黃反覆. 淚翟子之悲, 慟朱公之哭. 乍迴跡以心染, 或先
貞而後黷, 何其謬哉! 嗚呼! 尙生不存, 仲氏旣往, 山阿寂寥, 千載誰賞?
……(後略)……

당대 변려문

　당초에는 남북조의 유풍을 답습하여 변려문이 계속 유행하다
가, 고문운동의 주창자인 한유(韓愈)와 유종원(柳宗元)의 적극적인
반대로 잠시 주춤했으나 과거제도와 연관되어 지속되었으며, 당
말(唐末)·오대(五代)에 이르러 다시 흥성하게 되었다. 대표적인
인물로는 초당 때의 왕발(王勃)과 만당 때의 이상은(李商隱)·온정
균(溫庭筠) 등을 들 수 있는데, 특히 왕발의「등왕각서(滕王閣序)」
는 사륙변려문의 전형적인 형태를 보여준다.

「등왕각서」

남창은 옛 군이요, 홍도는 새로운 부(府)이다. 별자리로는 익·진으로 나뉘고, 땅으로는 형산과 여산에 접해 있다. 삼강을 옷깃으로 삼고 오호를 띠로 두르고 있으며, 형만을 당기고 구월을 끌고 있다. 물건의 정화는 하늘의 보배라 용천검(龍天劍)이 견우성과 남두성의 자리를 쏘았고, 사람의 뛰어남은 땅의 신령스러움이라 서유가 진번의 평상을 내리게 했다. 뛰어난 고을이 안개처럼 벌려 있고 준걸한 인재들이 별처럼 달리며, 누대와 해자는 만이(蠻夷)와 중국의 사이를 내려다보고 있고 빈객과 주인은 동남의 훌륭함을 다했다.

고아한 명망을 지닌 도독 염공[閻伯嶼]은 의장용 창을 앞세우고 멀리서 왕림했고, 훌륭한 위의를 갖춘 새로 부임한 우문균(宇文均)은 수레 휘장을 잠시 멈추었다. 10순의 휴가라 훌륭한 벗들이 구름 같고, 천리까지 맞이하여 접대하니 고상한 벗들이 자리에 가득하다. 오르는 교룡과 일어나는 봉황은 맹학사의 뛰어난 문장이며, 번개처럼 빛나는 칼과 서릿발 같은 창은 왕장군의 무기고다. 엄친께서 현령이 되어 계시므로 가는 길에 이 유명한 지방을 지나게 되었으니, 나 같은 어린이가 무엇을 알겠는가? 몸소 훌륭한 연회를 만나게 된 것이다.

때는 바로 9월이요, 절기는 가을의 석 달에 속한다. 땅에 괸 빗물은 다하고 차가운 못물은 맑으며, 안개 빛 어리어 저물어 가는 산은 자줏빛이다. 의젓하게 길 위로 곁말을 몰아,
높은 언덕에서 풍경을 찾는다.
천자 아들의 긴 섬을 내려다보며,
신선의 옛 도관을 찾는다.
겹겹이 연이은 산봉우리는
초록빛으로 솟아 위로
구중의 하늘로 나왔고,
나는 듯한 등왕각은
붉은 빛을 흘리며

滕王閣

아래로 바닥없는 강을 내려다보고 있다. 학의 모래톱과 물오리의 모래톱은 섬들을 빙 둘러 놓여 있고, 계수나무 전각과 목란 궁전은 언덕과 산의 형세를 따라 줄지어 섰다. 아로새긴 문을 열고 조각한 기와를 내려다보니, 산과 들판이 드넓어 시야에 가득 차고 내와 못은 커서 보는 눈을 놀라게 한다. 집들이 땅에 빽빽이 들어찼으니 종을 울리고 솥을 늘어놓고 식사하는 집이 있고, 큰 배들이 나루에서 헤매니 푸른 공작과 누런 용을 새긴 배꼬리가 있다. 무지개 사라지고 비 개이니, 광채가 허공을 뚫는다. 지는 노을은 외로운 따오기와 더불어 나란히 날고, 가을 강물은 긴 하늘과 함께 한 빛깔이다. 고기잡이배가 저녁 경치를 노래하니 음향이 팽려의 물가까지 울리고, 기러기 떼 행렬이 추위에 놀라니 소리가 형양의 포구에서 끊어진다. 아득히 바라보며 고개 숙여 생각을 읊어내니, 풍류스러운 흥이 빨리 날아간다. 서늘한 가을 소리를 내니 맑은 바람이 일고, 가냘픈 노래가 어리어 흰 구름이 멈춘다. 휴원의 푸른 대나무는 기상이 팽택[陶淵明]의 술통을 능가하고, 업수의 붉은 연꽃은 빛이 임천[王羲之]의 붓을 비춘다. 네 가지 아름다움이 갖추어지고, 두 가지 어려움이 아울렀다. 실눈으로 중천을 끝없이 바라보고, 휴일에 즐거운 놀이를 마음껏 즐긴다. 하늘은 높고 땅은 머니 우주의 무궁함을 깨닫고, 흥이 다하고 슬픔이 오니 차고 비는 것에 명수(命數) 있음을 알겠다. 장안을 태양 아래서 바라보고, 오나라 도회를 구름 사이로 가리킨다. 땅의 형세가 다하여 남쪽 바다가 깊고, 하늘 기둥이 높아서 북극성이 멀다. 관산을 넘기 어려우니, 누가 길 잃은 사람을 슬퍼하리오! 우연히 서로 만나니, 모두가 타향의 길손이다.

대궐 문지기를 생각해도 만나질 못하니, 어느 해에나 선실을 받들겠는가? 아! 시운이 같지 아니하고 운명의 길은 어긋남이 많으니, 풍당은 쉬 늙고 이광은 제후로 봉해지기 어려웠다. 가의가 장사에서 굴욕을 당한 것은 성군이 없었던 탓이 아니며, 양홍이 양곡으로 쫓겨난 것은 어찌 밝은 때가 부족해서이겠는가?

믿는 바는 군자는 가난에 편안하고, 통달한 사람은 천명을 아는 것이다. 늙을수록 더욱 건장해지니, 어찌 백발노인의 마음을 알리오? 곤궁할수록 더욱 굳건해지니, 청운의 뜻을 떨어뜨리지 아니한다. 탐천의 물을 마시고도 상쾌함을 느끼고, 말라버린 수레바퀴 자국에 처해도 오히려 즐겁다. 북해[조정]가 비록 멀기는 하나 회오리바람을 탈 수 있고, 동쪽 모퉁이[젊은 날]는 이미 갔지만 상유[노년기]는 늦지 않았다. 맹상은 고결했지만 헛되이 보국의 마음만 품었고, 완적은 거짓 미친 척 했으니 어찌 막힌 길에서 통곡한 것을 본뜨겠는가? 나는 3척의 미미한 생명이고 한낱 서생이라, 갓끈[벼슬]을 청할 길 없으나 종군의 약관의 나이와 같으며, 붓을 내던질 생각을 하나 종각의 장풍이 그립다. 잠홀을 백 살에 버리고, 만 리에서 새벽과 저녁으로 어버이를 받들리라. 사씨 집안의 보배로운 나무는 아니지만, 맹씨의 꽃다운 이웃에 가까이 하리라. 다른 날에 뜰에서 종종걸음 쳐서, 외람되게도 공리(孔鯉)의 대답으로 모시리라. 오늘 아침에 위의(威儀)를 바로 하고 용문에 의탁하게 됨을 기뻐한다. 양득의(楊得意)는 만나지 못했으니 「능운」의 부를 어루만지며 스스로 애석해하고, 종자기(鍾子期)는 이미 만났으니 「유수」의 곡을 연주한들 무엇이 부끄러우랴?

아! 경치 좋은 곳은 흔한 것이 아니며, 성대한 잔치는 두 번 만나기 어렵다. 난정의 잔치는 이미 끝났고, 재택[金谷園]은 폐허가 되었다. 헤어짐에 이르러 글을 드리는 것은 다행히 훌륭한 잔치에서 은혜를 입었기 때문이며, 고각에 올라 시를 짓는 것은 뭇 공들께 바라는 바이다. 감히 보잘것없는 성의를 다하여 공손스레 짧은 서를 짓고, 한 마디 글을 함께 지으니 네 운이 갖추어졌다. 반악(潘岳)의 강물 뿌리고 육기(陸機)의 바다 쏟기를 청한다.

등왕의 높은 누각 강가를 내려다보고 있는데,
패옥과 방울소리에 가무까지 그쳤네.
단청한 기둥엔 아침이면 남포의 구름 날고,
구슬발을 저녁에 걷어 올리니 서산의 비라네.
연못에 비친 한가로운 구름 그림자는 날로 유유한데,
인물 바뀌고 세월 흘러가니 몇 번의 가을 지나갔나?
누각에 있던 천자의 아들은 지금 어디에 있는가?
난간 밖 긴 강물만 공연히 절로 흐르는구나!

滕王閣圖

南昌故郡, 洪都新府. 星分翼軫, 地接衡廬. 襟三江而帶五湖, 控蠻荊而引
甌越. 物華天寶, 龍光射牛斗之墟. 人傑地靈, 徐孺下陳蕃之榻. 雄州霧列,
俊彩星馳. 臺隍枕夷夏之交, 賓主盡東南之美.

都督閻公之雅望, 棨戟遙臨. 宇文新州之懿範, 襜帷暫駐. 十旬休暇, 勝友
如雲. 千里逢迎, 高朋滿座. 騰蛟起鳳, 孟學士之詞宗. 紫電青霜, 王將軍之
武庫. 家君作宰, 路出名區. 童子何知? 躬逢勝餞.

時維九月, 序屬三秋. 潦水盡而寒潭清, 煙光凝而暮山紫. 儼驂騑於上路,
訪風景於崇阿. 臨帝子之長洲, 得仙人之舊館. 層巒聳翠, 上出重霄. 飛閣
翔丹, 下臨無地. 鶴汀鳧渚, 窮島嶼之縈回. 桂殿蘭宮, 列岡巒之體勢. 披繡
闥, 俯雕甍, 山原曠其盈視, 川澤盱其駭矚. 閭閻撲地, 鍾鳴鼎食之家. 舸艦
迷津, 青雀黃龍之軸. 虹銷雨霽, 彩徹雲衢. 落霞與孤鶩齊飛, 秋水共長天
一色.

漁舟唱晚, 響窮彭蠡之濱. 雁陣驚寒, 聲斷衡陽之浦. 遙吟俯暢, 逸興遄飛.
爽籟發而清風生, 纖歌凝而白雲遏. 睢園綠竹, 氣凌彭澤之樽. 鄴水朱華,
光照臨川之筆. 四美具, 二難并. 窮睇眄於中天, 極娛游於暇日. 天高地迥,
覺宇宙之無窮. 興盡悲來, 識盈虛之有數. 望長安於日下, 指吳會於雲間.
地勢極而南溟深, 天柱高而北辰遠. 關山難越, 誰悲失路之人! 萍水相逢,
盡是他鄉之客.

懷帝閽而不見, 奉宣室以何年? 嗚乎! 時運不齊, 命途多舛. 馮唐易老, 李廣
難封. 屈賈誼於長沙, 非無聖主. 竄梁鴻於海曲, 豈乏明時?

所賴, 君子見機, 達人知命. 老當益壯, 寧知白首之心? 窮且益堅, 不墜青雲
之志. 酌貪泉而覺爽, 處涸轍以猶歡. 北海雖賒, 扶搖可接. 東隅已逝, 桑榆
非晚. 孟嘗高潔, 空懷報國之心. 阮藉猖狂, 豈效窮途之哭!

勃, 三尺微命, 一介書生. 無路請纓, 等終軍之弱冠. 有懷投筆, 慕宗慤之長
風. 舍簪笏於百齡, 奉晨昏於萬里. 非謝家之寶樹, 接孟氏之芳鄰. 他日趨
庭, 叨陪鯉對. 今晨捧袂, 喜託龍門. 楊意不逢, 撫凌雲而自惜. 鍾期既遇,
奏流水以何慚?

嗚呼! 勝地不常, 盛筵難再. 蘭亭已矣, 梓澤丘墟. 臨別贈言, 幸承恩於偉
餞. 登高作賦, 是所望於群公. 敢竭鄙誠, 恭疏短引. 一言均賦, 四韻俱成.
請灑潘江, 各傾陸海云爾.

滕王高閣臨江渚, 佩玉鳴鸞罷歌舞.

畫棟朝飛南浦雲, 珠簾暮捲西山雨.

閑雲潭影日悠悠, 物換星移幾度秋.

閣中帝子今何在? 檻外長江空自流.

명대 변려문

명대에는 전통적인 변려문보다는 변려문의 변형된 형태인 팔고문(八股文)이 출현하여 과거시험의 문체로 자리 잡으면서 크게 세력을 떨쳤다. 이러한 위세는 청대까지 계속 이어졌다.

팔고문은 명·청시대의 과거 응시용 문장형식으로 통칭 거업(擧業)이라 한다. 파제(破題)·승제(承題)·기강(起講)·입제(入題)·기고(起股)·출제(出題)·중고(中股)·후고(後股)·속고(束股)·수결(收結)의 단락으로 구성되어 있는데, 그 중에서 파제·승제·기강·입제·기고·중고·후고·속고가 대비와 대우를 사용하여 '팔고'가 되므로 팔고문이라 부른다. 또한 주로 사서(四書)에서 출제되므로 사서문(四書文)이라고도 하며, '고(股)'가 '비(比)'를 의미한다하여 팔비문(八比文)이라고도 한다. 그밖에 황제의 명령을 '제(制)'라 하므로 '황제가 명하여 짓는 문예 혹은 도리가 담긴 문장'이라는 뜻으로 제예문(制藝文)·제의문(制義文)이라 하고, 경전의 도리가 담긴 문장이라는 뜻으로 경의문(經義文)이라고도 하며, 고문에상대되는 뜻으로 시문(時文)·시예(時藝)라고도 한다.

내용은 자신의 의견만을 기술하는 것이 아니라 성인의 어투를 사용하여 성인의 관점을 서술해야 한다. 팔고문의 구성요소 가운데 파제·승제·기강·입제는 제목 부분이고 기고·중고·후고·속고는 본론 부분이며 수결은 결론 부분이다. 파제는 문장의 제목에 대해 설명하는 주제 부분에 해당하는데, 일반적으로 시험관들이 이 부분을 보고 당락을 결정하므로, 수험생들이 가장 심혈을 기울이는 부분이다. 승제는 주제를 보충하는 부분이고, 기강은 '차부(且夫)'·'상위(嘗謂)'·'약왈(若曰)' 등의 말을 사용하여 성인의 어투로 문장의 대의를 설명하며, 입제는 본론으로 들어가기 위한 내용이다. 기고는 총론 부분으로 뒤에 문자상에서 제목을 설명하는 출제가 이어진다. 중고는 가장 중요한 본론으로 자신의 의론을 전개하며, 후고에서는 자신의 감상이나 감탄 등을 덧붙인다. 속고에서는 미진한 부분을 보충하고, 수결에서 결론을 맺는다.

이러한 팔고문의 형식은 북송의 왕안석(王安石)이 실시한 경의문(經義文)에서 비롯되었는데, 명대 성화(成化) 연간에 팔고문으로 정착되어 엄격한 체제를 갖추기 시작했으며, 정통(正統)·가정(嘉靖) 연간에 가장 극성했다. 팔고문은 사실상 통치자들이 사상통제를 통하여 통치권을 강화하려는 목적에서 비롯되었다. 특히 명대 중엽에 이르러 수공업이 발달하면서 사회가 점차 다변화되고 봉건적인 사회질서가 흔들리게 되자 이를 통제하기 위한 노력의 일환으로서 가장 엄격한 팔고문이 나오게 되었는데, 전체 문장의 자수(字數) 뿐만 아니라 각 단락의 자수와 작문 규정 등이 모두 정해져 있었다. 이러한 팔고문은 시대적인 의미가 강하게 투영되어 있었으므로 문학성이나 실용성의 측면에서는 그다지 큰 가치는 없었다.

명대 팔고문의 대표적인 작가로는 귀유광(歸有光)을 들 수 있다.

청대 변려문

청대에는 동성파(桐城派)의 고문이 문단을 지배했지만, 복고적인 문학조류에 편승하여 변문파(駢文派)의 변려문도 자못 유행했다.

청초의 변려문은 진유숭(陳維崧)을 필두로 오기(吳綺) 등이 활약했으며, 청 중엽의 변려문은 이른바 변문팔대가(駢文八大家: 洪亮吉·孔廣森·袁枚·邵齊燾·劉星煒·吳錫麒·孫星衍·曾燠)가 나와 변문이 고문과 맞설 만큼 크게 유행했다. 청말의 변문은 완원(阮元: 1764~1846)에 의해 대표되는데, 그는 '문필론(文筆論)'을 제창하여 운(韻)이 있는 문장, 즉 변려문[文]과 실용적인 문장[筆]을 구별했으며, 육경이나 『사기』와 같은 문장은 문학으로서의 문장이 아니고 변려문이야말로 진정한 문학이라고 극단적인 주장을 하기도 했다.

傳統散文

전통산문

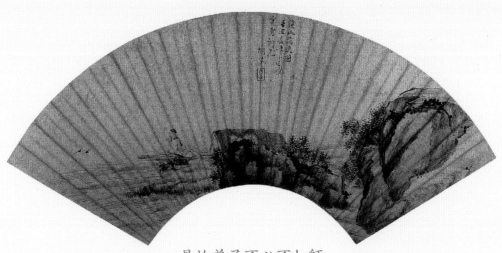

是故弟子不必不如師
師不必賢於弟子
聞道有先後
術業有專攻
如是而已

선진 역사·제자 산문

춘추전국시대에는 사회·경제의 변화, 사학(私學)의 흥기, 문화의 점진적인 발달 등으로 인하여, 열국의 제후들이 각기 사관(史官)을 설치하여 자기네 나라의 역사를 편찬하고, 아울러 사회적으로도 수많은 철학가·문학가·정치가 및 서로 다른 학파의 지식인들이 나오게 되었는데, 그들은 저마다의 견해를 내세우면서 다양한 산문으로 자신들의 주장을 선전했다. 이것이 바로 백가쟁명(百家爭鳴)의 상황을 만들었으며 그에 따라 산문 또한 유례없는 발전을 하게 되었다.

이 시기의 산문은 크게 역사산문과 제자산문[철리산문]으로 나눌 수 있다. 먼저 주요 역사산문을 살펴보면 다음과 같다.

『서경(書經)』은 「우서(虞書)」 5편, 「하서(夏書)」 4편, 「상서(商書)」 17편, 「주서(周書)」 32편의 총 58편으로 구성되어 있으며,

요(堯)로부터 하·은·주 3대에 이르는 제왕들의 정령훈고(政令訓誥)를 기록한 것이다. 각 편은 서로 연관이 없는 독립된 글로서, 대부분 사실(史實)을 빙자한 허구적인 글이며, 함축성·암시성·수사성을 갖추고 있다. 『서경』은 역대 고문의 본보기로서 후대의 사서와 산문 전체에 지대한 영향을 미쳤다.

『춘추(春秋)』는 공자(BC551~BC479)가 노(魯)나라 역사에 근거하여 편찬했다고 하며, 노나라 은공(隱公) 원년(BC722)에서 애공(哀公) 14년(BC481)까지의 국가대사를 편년체로 엮은 것이다. 문장은 비록 극히 짧지만 자구의 운용이나 구성면은 『서경』보다 훨씬 발전하여 간결하고 평이하다. 『춘추』는 유가의 육경 가운데 하나로서, 그 안에 담겨 있는 포폄(褒貶)의 필법(筆法)과 미언대의(微言大義)의 의법(義法)은 후대 고문가의 창작지표가 되었다.

孔子

『좌전(左傳)』은 『춘추좌씨전(春秋左氏傳)』·『춘추내전(春秋內傳)』이라고도 하는데, 춘추시대 좌구명(左丘明)의 작이라고 하며, 노나라 은공 원년(BC722)에서 애공 27년(BC468)까지 200여 년간의 각국 역사를 기록한 것이다. 묘사가 상세하고 필치가 간결하며, 기언(記言)과 기사(記事)가 모두 문학적인 예술성과 감동력을 갖추고 있다. 『좌전』은 유가의 13경 가운데 하나로서 『춘추』의 미언대의를 발양하고 중요한 사실을 많이 보충한 중국 고대의 귀중한 사료로 인정받고 있다.

『국어(國語)』는 좌구명이 지었다고 하며, 춘추시대 주(周)·노(魯)·제(齊)·진(晉)·정(鄭)·초(楚)·오(吳)·월(越) 등 8개국의 중요한 역사사실을 나누어 기술한 것이다. 사건에 대한 기술이 간결하면서도 부분적으로는 상세하며 조리가 분명하지만, 문학상의 성취는 『좌전』에 미치지 못한다. 『국어』는 노나라의 사적을 위주로 기록한 『좌전』의 부족함을 보충하여 노나라 이외의 기타 여러 나라의 대사를 기술함으로써, 당시의 정치·군사·풍속 및 각종

사건의 전모를 파악할 수 있다.

『전국책(戰國策)』은 『국책(國策)』·『국사(國事)』·『단장서(短長書)』·『사어(事語)』·『장서(長書)』 등의 별칭이 있다. 원작자는 미상이며, 한대 유향(劉向)이 편집했다고 한다. 주(周) 정왕(貞王) 17년(BC452)에서 진시황(秦始皇) 27년(BC220)까지 동주·서주·진(秦)·초(楚)·제(齊)·조(趙)·위(魏)·한(韓)·연(燕)·송(宋)·위(衛)·중산(中山)의 각국 책사들의 기지와 책략 및 역사사실을 기록한 것이다. 문장이 간결하고 세련되어 있으며 구성이 치밀하고 조리가 분명하다. 또한 민간의 전설과 적절한 비유를 통하여 설득력이 매우 강하다. 『전국책』은 선진 역사산문의 최고수준에 도달한 작품으로서, 전국시대 각국의 정치·사회·군사·외교 등을 고도의 문학수법으로 기술하여, 위로는 『좌전』을 이어받고 아래로는 『사기』에 영향을 미쳤다.

「어부의 횡재[漁父之利]」

조나라가 장차 연나라를 치려 할 때, 소대가 연나라를 위하여 조혜왕에게 말했다.

"오늘 신이 오는 길에 역수를 건너다가 보았는데, 방합 조개가 막 나와서 햇볕을 쪼이고 있을 때 도요새가 그 속살을 쪼자 방합 조개가 껍질을 닫아 도요새의 부리를 물었습니다. 도요새가 '오늘도 비가 오지 않고 내일도 비가 오지 않으면 방합 조개 너는 죽었다'고 말하자, 방합 조개 역시 도요새에게 '오늘도 빼내지 못하고 내일도 빼내지 못하면 도요새 너는 죽었다'고 말했습니다. 둘이 서로 놓아주지 않으려고 할 때 어부가 둘 다 잡아가 버렸습니다. 지금 조나라가 장차 연나라를 치려 하는데, 연나라와 조나라가 오랫동안 서로 버텨서 많은 백성들을 피폐하게 한다면, 신은 강한 진나라가 어부가 될까 두렵습니다. 따라서 원컨대 왕께서는 이를 심사숙고하십시오."

혜왕은 "그 말이 옳소!"라고 하면서 그만 두었다.

趙且伐燕, 蘇代爲燕謂惠王曰: "今者臣來, 過易水, 蚌方出曝, 而鷸啄其肉, 蚌合而拑其喙. 鷸曰: '今日不雨, 明日不雨, 卽有死蚌.' 蚌亦謂鷸曰: '今日不出, 明日不出, 卽有死鷸.' 兩者不肯相舍, 漁者得而幷擒之. 今趙且伐燕, 燕趙久相支, 以弊大衆, 臣恐强秦之爲漁父也. 故願王熟計之也." 惠王曰: "善!" 乃止.　　　　　　　　　　　　　　　　　　　　　　[『戰國策』「燕策二」]

다음으로 주요 제자산문을 살펴보면 다음과 같다.

『논어(論語)』20편은 유가에 속하며, 춘추시대 노나라 사람 공구(孔丘: BC551~BC479, 字는 仲尼)의 제자들이 지었다. 어록체로서 언어가 간결하고 함축적이며 대화의 운용이 뛰어나다.

孔子聖跡圖

『맹자(孟子)』 7편 역시 유가에 속하며, 전국시대 노나라 사람 맹가(孟軻: BC372?~BC289?, 자는 子興)와 그 제자들이 지었다. 문장이 격정적·웅변적·선동적이며 재기가 넘치고 의론이 도도하다.

孟子

「하필이면 이득을 말씀하십니까?[何必曰利]」

맹자가 양혜왕을 알현했더니 왕이 말했다.

"노인장께서는 천리를 멀다 하지 아니하고 오셨으니, 또한 장차 내 나라를 이롭게 할 것이 있습니까?"

맹자가 대답했다.

"왕께서는 하필이면 이득을 말씀하십니까? 또한 인의가 있을 따름입니다. 왕께서 '어떻게 하면 내 나라를 이롭게 할까?'라고 말씀하시면, 대부들은 '어떻게 하면 내 봉국(封國)을 이롭게 할까?'라고 말할 것이고, 선비와 일반 사람은 '어떻게 하면 내 몸을 이롭게 할까?'라고 말할 것이니, 위아래로 서로 이득을 놓고 다툰다면, 나라가 위태로울 것입니다. 만승의 나라에서 그 군주를 시해하는 자는 반드시 천승의 봉국이며, 천승의 나라에서 그 군주를 시해하는 자는 반드시 백승의 봉국이니, 만에서 천을 취하고 천에서 백을 취하는 것이 많지 않은 것은 아니지만, 진실로 인의를 뒤로 하고 이득을 앞세운다면 빼앗지 않고서는 만족하지 않을 것입니다. 어질면서 그 어버이를 버린 자는 아직 있지 않으며, 의로우면서 그 군주를 뒤로 하는 자는 아직 있지 않습니다. 그러니 왕께서는 또한 인의를 말씀하실 따름이시지 하필이면 이득을 말씀하십니까?"

孟子見梁惠王. 王曰: "叟, 不遠千里而來, 亦將有以利吾國乎?" 孟子對曰: "王何必曰利? 亦有仁義而已矣. 王曰'何以利吾國?' 大夫曰'何以利吾家?' 士庶人曰'何以利吾身?' 上下交征利, 而國危矣. 萬乘之國, 弑其君者, 必千乘之家. 千乘之國, 弑其君者, 必百乘之家. 萬取千焉, 千取百焉, 不爲不多矣. 苟爲後義而先利, 不奪不饜. 未有仁而遺其親者也, 未有義而後其君者也. 王亦曰仁義而已矣, 何必曰利?" [『孟子』「梁惠王章句上」]

勸學圖

『순자(荀子)』 32편 역시 유가에 속하며, 전국시대 조(趙)나라 사람 순황(荀況: BC298?~BC238?, 존칭은 荀卿)이 지었다. 문장이 냉철하고 기세가 웅혼하며, 구성이 엄밀하고 논리가 정연하며 비유가 뛰어나다. 후대 논설문에 큰 영향을 미쳤다. 특히 민가의 형식을 빌려 쓴 「성상편(成相篇)」과 「부편(賦篇: 禮·智·雲·蠶·箴賦 5수와 佹詩 2수)」은 새로운 문체의 시도로 문학사상 중시할 만한 가치가 있다.

「권학편(勸學篇)」

군자가 말하길, 배움은 그만 둘 수 없다고 한다. 파란색은 쪽 풀에서 나오지만 쪽 풀보다 더 파랗고, 얼음은 물이 얼어서 된 것이지만 물보다 더 차갑다. 나무가 곧으면 먹줄에 들어맞고, 굽혀서 바퀴를 만들면 그 휘어짐이 그림쇠[컴퍼스]에 들어맞는다. 비록 말리고 햇볕에 쪼인다 하더라도 다시 펴지지 않는 것은 굽힘이 그것을 그렇게 한 것이다. 그러므로 나무가 먹줄을 받으면 곧아지고 쇠가 숫돌에 나아가면 날카로워진다. 군자가 널리 배우고 날마다 자신을 세 번씩 반성한다면, 아는 것이 명확해지고 행실에 잘못이 없게 된다. 그러므로 높은 산에 올라보지 않으면 하늘의 높음을 알지 못하고, 깊은 계곡에 다가가지 않으면 땅의 두터움을 알지 못하며, 선왕의 남기신 말씀을 듣지 않으면 학문의 위대함을 알지 못한다. 여러 오랑캐 땅의 아이도 태어날 때는 같은 소리로 울지만 자라서는 습속이 달라지는 것은 가르침이 그를 그렇게 한 것이다.

君子曰, 學不可已. 青取之於藍, 而青於藍. 冰水爲之, 而寒於水. 木直中繩, 輮以爲輪, 其曲中規. 雖有枯暴, 不復挺者, 輮使之然也. 故木受繩則直, 金就礪則利. 君子博學, 而日參省乎己, 則知明而行無過矣. 故不登高山, 不知天之高也. 不臨深谿, 不知地之厚也. 不聞先王之遺言, 不知學問之大也. 于越夷貉之子, 生而同聲, 長而異俗, 敎使之然也.　　　[『荀子』]

『노자(老子)』 2편 81장은 도가에 속하며 『도덕경(道德經)』이라고도 한다. 춘추시대 초(楚)나라 사람 이이(李耳: 이름은 耼, 자는 伯陽)가 지었다고 한다. 언어가 간결하고 뜻이 심오하며 일부 문장에는 운이 들어 있다.

「체도(體道)」

이름 할 수 있는 도는 영원한 '도'가 아니고, 이름 할 수 있는 명칭은 영원한 '명칭'이 아니다. '무명'은 천지의 시작이며, '유명'은 만물의 어미이다. 그러므로 '상무'는 그 오묘함을 보고자하며, '상유'는 그 귀결을 보고자한다. 이 두 가지는 같은 데서 나왔지만 이름만 다르다. 똑같이 현묘하다고 이르니, 현묘하고 또 현묘하여 모든 오묘함의 문이다.

道可道, 非常道. 名可名, 非常名. 無名, 天地之始. 有名, 萬物之母. 故常無欲以觀其妙, 常有欲以觀其徼. 此兩者同出而異名. 同謂之玄, 玄之又玄, 衆妙之門.   [『老子』 「道經」 제1장]

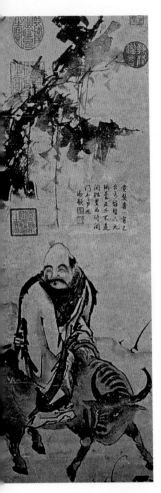

老子騎牛圖

『장자(莊子)』 33편 역시 도가에 속하며, 『남화경(南華經)』이라고도 한다. 전국시대 송(宋)나라 사람 장주(莊周: BC369?~BC286?, 자는 子休)와 그의 제자들이 지었다. 기세가 호방하고 상상력이 풍부하며 특히 우언의 운용이 탁월하다.

「소요유(逍遙遊)」

북명에 물고기가 있는데 이름하여 '곤'이라 한다. 곤의 크기는 몇 천리가 되는지 알 수 없다. 변화하여 새가 되는데 이름하여 '붕'이라 한다. 붕의 등은 몇 천리가 되는지 알 수 없다. 분격하여 날면 그 날개가 마치 하늘에 드리운 구름 같다. 이 새는 바다에 해일이 일면 장차 남명으로 옮겨가는데, 남명은 하늘의 연못이다. '재해'는 괴이한 일을 기록한 것이다. 재해에서 말하길: "붕이 남명으로 옮겨 갈 때는 물에서 삼천리를 도약하여 회오리바람을 타고 구만리를 위로 올라가 6개월 동안 날아가서 쉰다"고 했다. 아지랑이는 먼지와 티끌로 생물이 숨쉬면서 내뿜는 것이다. 하늘이 푸르고 푸른 것은 본래 색일까? 아니면 너무 멀어서 끝닿는 데가 없어서일까? 그곳에서 아래를 내려다보면 또한 이와 같을 것이다.

北冥有魚, 其名爲鯤, 鯤之大, 不知其幾千里也. 化而爲鳥, 其名爲鵬. 鵬之背, 不知其幾千里也. 怒而飛, 其翼若垂天之雲. 是鳥也, 海運則將徙於南冥. 南冥者, 天池也. 齊諧者, 志怪者也. 諧之言曰: "鵬之徙於南冥也, 水擊三千里, 搏扶搖而上者九萬里, 去以六月息者也." 野馬也, 塵埃也, 生物之以息相吹也. 天之蒼蒼, 其正色邪? 其遠而無所至極邪? 其視下也, 亦若是則已矣.

　　　　　　　　　　　　　　　　　　　　　　　　　　　　[『莊子』 「內篇」]

莊子逍遙遊圖

墨子

『묵자(墨子)』 53편은 묵가에 속하며, 전국시대 노(魯)나라[송나라라는 설도 있음] 사람 묵적(墨翟: BC468?~BC376?)의 제자들이 지었다. 문장이 질박하고 평이하나 논리성이 강하고 논증이 엄밀하여 후대 논변문의 선구가 되었다.

「겸애(兼愛)」

성인은 천하를 다스리는 것을 일로 삼는 자이니, 반드시 난이 어디에서 일어나는지를 알아야만 다스릴 수 있으며, 난이 어디에서 일어나는지를 알지 못하면 다스릴 수 없다. 비유하자면 의원이 사람의 질병을 치료하는 것과 같으니, 반드시 질병이 어디에서 일어나는지를 알아야만 치료할 수 있으며, 질병이 어디에서 일어나는지를 알지 못하면 치료할 수 없다. 성인은 천하를 다스리는 것을 일로 삼는 자이니, 난이 어디에서 일어나는지를 살피지 않으면 안 된다. 난이 어디에서 일어나는지를 마땅히 살펴야 하니, 서로 사랑하지 않는

데서 일어난다. 신하와 자식이 임금과 아비에게 불효하는 것을 이른바 난이라고 한다. 자식이 자기만 사랑하고 아비를 사랑하지 않기 때문에 아비를 해치고 자신을 이롭게 하며, 동생이 자신만 사랑하고 형을 사랑하지 않기 때문에 형을 해치고 자신을 이롭게 하며, 신하가 자신만 사랑하고 임금을 사랑하지 않기 때문에 임금을 해치고 자신을 이롭게 하는 것, 이것을 이른바 난이라고 한다. 비록 아비가 자식을 자애하지 않고, 형이 동생을 자애하지 않으며, 임금이 신하를 자애하지 않는 것, 이것도 역시 천하에서 이른바 난이라는 것이다. 아비가 자신만 사랑하고 자식을 사랑하지 않기 때문에 자식을 해치고 자신을 이롭게 하며, 형이 자신만 사랑하고 동생을 사랑하지 않기 때문에 동생을 해치고 자신을 이롭게 하며, 임금이 자신만 사랑하고 신하를 사랑하지 않기 때문에 신하를 해치고 자신을 이롭게 하는 것은 왜 그럴까? 모두 서로 사랑하지 않는 데서 일어나는 것이다.

聖人以治天下爲事者也, 必知亂之所自起焉, 能治之. 不知亂之所自起, 則不能治. 譬之如醫之攻人之疾者然, 必知疾之所自起焉, 能攻之. 不知疾之所自起, 則不能攻. 治亂者何獨不然? 必知亂之所自起焉, 能治之. 不知亂之所自起, 則弗能治. 聖人以治天下爲事者也, 不可不察亂之所自起. 當察亂何自起, 起不相愛. 臣子之不孝君父, 所謂亂也. 子自愛不愛父, 故虧父而自利. 弟自愛不愛兄, 故虧兄而自利. 臣自愛不愛君, 故虧君而自利. 此所謂亂也. 雖父之不慈子, 兄之不慈弟, 君之不慈臣, 此亦天下之所謂亂也. 父自愛也不愛子, 故虧子而自利. 兄自愛也不愛弟, 故虧弟而自利. 君自愛也不愛臣, 故虧臣而自利. 是何也? 皆起不相愛.　　　[『墨子』「兼愛上」]

韓非子

中國戰國時期著名的哲學家，法家學說集大成者，也是法家學說的創立者。

韓非子

『한비자(韓非子)』55편은 법가에 속하며, 전국시대 한나라 사람 한비(韓非: BC280?~BC233?)가 지었다. 필봉이 예리하고 논변이 투철하며, 조리가 분명하고 수사를 겸비하고 있다.

「고분편(孤憤篇)」

치술(治術)을 아는 선비는 반드시 먼 날의 일을 예견할 줄 알며 일을 헤아림이 밝으니, 헤아림이 밝지 못하면 타인의 은밀한 속셈을 밝혀 낼 수 없다. 법도를 잘 준수하는 선비는 반드시 의지가 강하고 성품이 강직하니, 강직하지 않으면 간사한 자들을 바로잡을 수 없다. 신하가 명령에 따라 일을 행하고 정해진 법령에 의거하여 자신의 직분을 다스리는 자는 '중인[권세가 막중한 조정의 권신]'이라 부르지 않는다. 중인이란 명령을 무시하고 제멋대로 일을 처리하며, 법령을 어겨서 자신의 이득을 추구하고 나라를 축내서 자신의 집안을 유익하게 하면서 힘으로 군주를 움직일 수 있으니, 이들이 이른바 중인이다. 치술을 아는 선비는 헤아림이 분명하므로 군주에게 신임을 받게 된다면 중인들의 은밀한 심중을 간파할 수 있을 것이며, 법도를 잘 준수하는 선비는 강직하므로 군주에게 신임을 받게 된다면 중인들의 간사한 행동을 바로잡을 수 있을 것이다. 그러므로 치술을 알고 법도를 준수하는 선비가 등용되면, 지위가 높고 권세가 무거운 신해[중인]들은 반드시 법도의 밖에 있게 될 것이다. 그래서 치술을 알고 법도를 준수하는 선비와 권력의 요로를 막고 있는 자는 서로 양립할 수 없는 원수가 되는 것이다.

智術之士, 必遠見而明察, 不明察, 不能燭私. 能法之士, 必强毅而勁直, 不勁直, 不能矯姦. 人臣循令而從事, 案法而治官, 非謂重人也. 重人也者, 無令而擅爲, 虧法以利私, 耗國以便家, 力能得其君, 此所謂重人也. 智術之士, 明察聽用, 且燭重人之陰情. 能法之士, 勁直聽用, 且矯重人之姦行. 故智術能法之士用, 則貴重之臣, 必在繩之外矣. 是智法之士, 與當塗之人, 不可兩存之仇也. 　　　　　　　　　　　　　　　[『韓非子』]

그 밖에 안영(晏嬰)의『안자춘추(晏子春秋)』, 손무(孫武)의『손자(孫子)』, 여불위(呂不韋)의『여씨춘추(呂氏春秋)』, 열어구(列禦寇)의『열자(列子)』 등도 모두 각기 그 특색을 지니고 있다.

이상에서 살펴본 선진 산문은 중국 산문 발전의 기초를 다지고 한대 산문과 당대 고문운동의 발전에 영향을 미쳤으며, 후대 산문의 표현기교와 단련을 제고시켰다. 또한 각 저작에 인용된 우언고사는 후대 각종 문학에 많은 소재를 제공했다.

진·한대 산문

진대를 대표할 만한 작가와 작품은 이사(李斯: ?~BC208)의 「**간축객서(諫逐客書)**」를 들 수 있다. 「간축객서」는 포진(鋪陳)의 수법을 잘 운용하고 대우의 수사기교를 사용했으며, 필법이 변화무쌍하고 구성이 치밀하다. 또한 이 작품은 소체(騷體)와 부체(賦體)를 이어주는 과도기 역할을 수행하여, 한대의 부와 산문에 영향을 미쳤다.

「빈객의 축출을 간하는 상서[諫逐客書]」

신은 관리들이 빈객을 축출할 것을 논의했다고 들었는데, 개인적으로는 잘못이라고 생각합니다. 옛날에 목공은 현사(賢士)를 구하여 서쪽으로는 융 땅에서 유여를 취했으며, 동쪽으로는 완 땅에서 백리해를 얻고 송에서 건숙을 맞이하고 진(晉)에서 비표와 공손지를 내복(來服)하게 했습니다. 이 다섯 사람은 진나라 출신이 아니지만 목공이 등용하여 20국을 병합함으로써 마침내 서융의 패자가 되었습니다. 효공은 상앙의 법술을 채용하여 풍속을 바꿈으로써, 백성이 부유해지고 나라가 부강해졌으며, 백성이 즐겁게 일하고 제후들이 기꺼이 복종하여, 초와 위의 군대를 얻고 천리의 땅을 차지했으니, 지금까지 그 강역을 다스리고 있습니다. 혜왕은 장의의 계책을 채용하여 삼천의 땅을 빼앗았으며, 서쪽으로는 파촉을 병합하고, 북쪽으로는 상군을 손에 넣고, 남쪽으로는 한중을 취하고 구이를 차지하고 언영을 제압했으며, 동쪽으로는 성고의 요새에 근거지를 두고 기름진 땅을 분할함으로써, 마침내 육국의 합종을 깨뜨려 그들로 하여금 서쪽을 향하여 진(秦)을 섬기게 했으니, 그 공이 지금까지 펼쳐지고 있습니다. 소왕은 범수의 건의를 받아들여 양후를 내쫓고 화양을 방축함으로써 왕실을 강하게 했으며, 벌족의 발호를 막고 제후들을 잘 양성하여 진으로 하여금 제업을 이루게 했습니다. 이 네 군주는 모두 빈객의 공을 이용했던 것입니다. 이로써 보건대, 빈객이 어찌 진을 배반하오리까? ……(중략)……

신이 듣건대, 땅이 넓으면 곡식이 풍성하고 나라가 크면 백성이 많으며 군대가 강하면 병사들이 용감하다고 합니다. 따라서 태산은 한 줌 흙을 마다하지 않았기 때문에 그처럼 크게 될 수 있었으며, 하해는 작은 물줄기를 가리지 않았기 때문에 그처럼 깊게 될 수 있

秦始皇과 李斯

었으며, 제왕은 여러 백성들을 물리치지 않았기 때문에 그처럼 성덕을 밝힐 수 있었습니다. 그래서 땅은 사방을 구분할 필요가 없고 백성은 나라가 다른 것을 따질 필요가 없으니, 사시가 풍요롭고 귀신이 복을 내려줍니다. 이것이 바로 오제와 삼왕에게 적이 없었던 까닭입니다. 지금 일반 백성들을 버려서 적국을 도와주고 빈객을 물리쳐서 제후들을 섬기게 함으로써, 천하의 현사들로 하여금 물러나 감히 서쪽을 향하지 못하게 하고 발을 묶어 진으로 들어오지 못하게 한다면, 이것은 적에게 군대를 빌려주고 도적에게 식량을 싸주는 격입니다.

대저 진에서 나오지 않는 물건 중에도 보배로운 것이 많으며, 진에서 태어나지 않은 선비 중에도 충성하길 원하는 자가 많습니다. 지금 빈객을 축출하여 적국을 도와주고 백성을 감축하여 원수에게 보태준다면, 안으로는 스스로 허약해지고 밖으로는 제후들에게 원한을 심게 되니, 나라가 위험에 처하지 않기를 바란다 해도 될 수 없는 일입니다.

臣聞吏議逐客, 竊以爲過矣. 昔繆公求士, 西取由余於戎, 東得百里奚於宛, 迎蹇叔於宋, 來丕豹·公孫支於晉. 此五子者, 不産於秦, 而繆公用之, 并國二十, 遂覇西戎. 孝公用商鞅之法, 移風易俗, 民以殷盛, 國以富彊, 百姓樂用, 諸侯親服, 獲楚·魏之師, 擧地千里, 至今治彊. 惠王用張儀之計, 拔三川之地, 西幷巴蜀, 北收上郡, 南取漢中, 包九夷, 制鄢郢, 東據成皐之險, 割膏腴之壤, 遂散六國之從, 使之西面事秦, 功施到今. 昭王得范雎, 廢穰侯, 逐華陽, 彊公室, 杜私門, 蠶食諸侯, 使秦成帝業. 此四君者, 皆以客之功. 由此觀之, 客何負於秦哉?……(中略)……

臣聞地廣者粟多, 國大者人衆, 兵彊者則士勇. 是以泰山不讓土壤, 故能成其大. 河海不擇細流, 故能就其深. 王者不却衆庶, 故能明其德. 是以地無四方, 民無異國, 四時充美, 鬼神降福, 此五帝三王之所以無敵也. 今乃棄黔首以資敵國, 却賓客以業諸侯, 使天下之士, 退而不敢西向, 裹足不入秦, 此所謂藉寇兵而齎盜糧者也.

夫物不産於秦, 可寶者多. 士不産於秦, 而願忠者衆. 今逐客以資敵國, 損民以益讎, 內自虛而外樹怨於諸侯, 求其國之無危, 不可得也.

한대에는 선진 산문을 계승하고 사회의 안정과 경제의 발전을 바탕으로 산문 또한 많은 발전을 했다.

한대 산문은 크게 정론산문·역사산문·철리산문으로 분류할 수 있다.

정론산문은 시정(時政)을 비판하고 국익과 민생에 관련된 문제들을 토론하는 것을 위주로 하는데, 주요 작품에는 가의(賈誼)의 「과진론(過秦論)」, 환관(桓寬: BC73전후)의 『염철론(鹽鐵論)』 등이 있다.

「진나라의 잘못을 논하는 글[過秦論上]」

……(전략)…… 또한 대저 진나라의 천하는 작거나 약하지 않았으며, 옹주의 땅과 효산(崤山)과 함곡관(函谷關)의 견고함도 그대로였다. 진섭의 지위는 제·초·연·조·한·위·송·위·중산의 군주보다 높지 않고, 호미와 창은 낫과 긴 창보다 날카롭지 않았으며, 수자리 서는 병사들은 9국의 군대에 대항하지 못했고, 신중하고 원대한 모책과 행군술·용병술은 지난날의 책사들에 미치지 못했다. 그런데도 성패가 달라지고 공업이 상반된 것은 어쩐 일인가? 시험 삼아 산동의 6국으로 하여금 진섭과 더불어 그 장단과 대소를 헤아리게 하고 그 권력을 견주게 한다면, 같은 입장에서 말할 수 있는 처지가 아니었다. 진은 자그마한 땅으로 만승의 권세를 이루어, 8주를 불러들여 항복을 받고 동렬에 있던 제후들을 조회하게 한지가 백년이 넘었으며, 그런 뒤에 천지사방을 한 집으로 만들고 효산과 함곡관을 궁전으로 삼았다. 그러나 진섭이라는 한 사내가 난을 일으킴에 따라 7대의 묘당이 무너지고 몸은 남의 손에 죽어 천하의 웃음거리가 된 것은 어쩐 일인가? 인의를 베풀지 아니하고 공격과 수비의 형세가 달랐기 때문이었다.

……(前略)…… 且夫天下非小弱也. 雍州之地, 崤函之固, 自若也. 陳涉
之位, 不尊於齊·楚·燕·趙·韓·魏·宋·衛·中山之君也. 鉏耰棘矜, 不銛
於鉤戟·長鎩也. 謫戍之衆, 不抗於九國之師也. 深謀遠慮, 行軍用兵之道,
非及曩時之士也. 然而成敗異變, 功業相反, 何也? 試使山東之國, 與陳涉
度長絜大, 比權量力, 則不可同年而語矣. 然秦以區區之地, 致萬乘之權,
招八州而朝同列, 百有餘年矣. 然後以六合爲家, 崤函爲宮. 一夫作難, 而
七廟墮, 身死人手, 爲天下笑者, 何也? 仁義不施, 而攻守之勢異也.

　　역사산문은 사실(史實)을 기록하고 인물의 성격과 행동을 묘사
하는 것을 위주로 하는데, 주요 작품에는 사마천(司馬遷: BC145
~BC86)의 『사기(史記)』, 반고(班固)의 『한서(漢書)』 등이 있다.
　　사마천은 일찍이 천하의 명산대천을 주유했으며, 부친 사마담
(司馬談)을 이어 태사령(太史令)이 되었는데, 흉노에게 사로잡힌
장군 이릉(李陵)을 변호하다가 무제의 분노를 사서 궁형을 당하
자, 발분하여 불후의 저작 『사기』를 지었다. 『사기』는 황제(黃帝)
때부터 전한 무제 천한(天漢) 말까지 약 2600년 동안의 중국 역사
를 기록한 기전체(紀傳體)의 역사서로, 「본기(本紀)」 12편, 「세가
(世家)」 30편, 「서(書)」 8편, 「표(表)」 10편, 「열전(列傳)」 70편으
로 구성되어 있다. 『사기』는 내용상 사상성이 풍부하고 고도의
언어예술을 발휘했으며 인물묘사가 뛰어나다. 『사기』는 후세 정
사(正史)의 전범일 뿐만 아니라, 후세 전기문학의 선구가 되었으
며, 역대 산문의 발전에 지대한 공헌을 했다. 특히 소설을 비롯하
여 시·사·희곡 등 모든 문학에 많은 소재를 제공하여 문학상으
로도 매우 중요한 저작으로 인정받고 있다.

司馬遷

龍門司馬公
鐵硯人千鍾毓
龍秀
雄峙珠玉
曠代文章
荷負
繼太史
功業道文藜
電筆吐
鐵硯
斧
才膺
史狱文
太公平
歲末筆
司馬遷
看起
胜陡着
志摅杰走闖迂寄
由京
正月

「항우본기(項羽本紀)」

……(전략)…… 패공[劉邦]이 아침에 백여 기병을 이끌고 항왕[項羽]을 만나러 와서 홍문에 이르러 사죄하며 말했다.

"신이 장군과 함께 힘을 다하여 진을 공격했는데, 장군께서는 하북에서 싸우시고 신은 하남에서 싸웠습니다. 그러나 뜻하지 않게 먼저 함곡관으로 들어가 진을 격파하고 여기에서 다시 장군을 뵙게 되었습니다. 지금 소인배의 말이 있어 장군과 신 사이에 틈이 생기게 했습니다."

항왕이 말했다.

"그것은 패공의 좌사마 조무상이 말한 것이오. 그렇지 않았다면 내가 어찌하여 이곳에 왔겠소?"

항왕이 그날로 패공을 머무르게 하여 함께 술을 마셨다. 항왕과 항백은 동쪽을 향하여 앉았고 아보는 남쪽을 향하여 앉았는데, 아보는 범증을 말한다. 패공은 북쪽을 향하여 앉았고 장량은 서쪽을 향하여 시립(侍立)했다. 범증이 여러 번 항왕에게 눈짓을 하며 차고 있던 패옥을 들어 세 번씩이나 표시를 했으나, 항왕은 묵묵히 응답하지 않았다. 범증이 일어나 나와서 항장을 불러 말했다.

"군왕은 사람됨이 모질지 못하니, 자네가 들어가 앞으로 나아가서 헌수(獻壽)하고 헌수를 끝내면 칼춤을 추겠다고 청하여 그 자리에서 패공을 찔러 죽이도록 하게. 그렇지 않으면 자네들은 모두 포로가 될 것일세."

항장이 곧 들어가 헌수하고 헌수를 끝내고 나서 말했다.

"군왕께서 패공과 술을 마시는데 군중에 즐거움으로 삼을 만한 것이 없으니 칼춤을 추고자 합니다."

항왕이 말했다.

"좋다!"

항장이 칼을 빼들고 일어나 춤을 추자, 항백 역시 칼을 빼들고 일어나 춤을 추면서 항상 몸으로 패공을 막아주는 바람에 항장은 찌를 수가 없었다. 그래서 장량이 군문에 이르러 번쾌를 만났는데, 번쾌가 말했다.

"오늘의 일은 어찌되어 갑니까?"

장량이 말했다.

"매우 위급하오! 지금 항장이 칼을 빼들고 춤을 추는데 그 의도는 패공을 찌르는 데 있소."

번쾌가 말했다.

"이 일은 급박하니 신이 들어가길 청하여 그와 함께 목숨을 같이 하겠소이다."

번쾌가 즉시 칼을 차고 방패를 들고 군문으로 들어갔으나, 창을 든 호위병들이 막아 세우며 들여보내 주지 않자, 번쾌가 방패를 기울여 밀어붙였더니 호위병들이 땅으로 쓰러졌다. 번쾌는 마침내 들어가 휘장을 밀치고 서쪽을 향해 서서 눈을 부라리며 항왕을 노려보았는데, 머리카락은 위로 솟구치고 눈은 찢어질 정도로 째려보았다. 항왕은 칼을 집고 꿇어앉은 자세로 말했다.

"객은 무얼 하는 자인가?"

장량이 말했다.

"패공의 참승 번쾌라는 자입니다."

항왕이 말했다.

"장사로다! 술을 주도록 하라."

한 말 술을 주었더니, 번쾌가 감사의 절을 하며 일어나 선 채로 마셨다. 항왕이 말했다.

"돼지 앞다리를 주도록 하라."

생 돼지 다리 하나를 주었더니, 번쾌가 땅에 방패를 엎어놓고 그 위에 돼지 다리를 올려놓은 뒤 칼을 뽑아 썰어서 씹어 먹었다. 항왕이 말했다.

"장사로다! 더 마실 수 있겠는가?"

번쾌가 말했다.

"신은 죽음도 피하지 않는데 그까짓 술을 어찌 사양하리까? 대저 진왕에게는 호랑이와 이리 같은 마음이 있어서 셀 수 없을 만큼 많은 사람을 죽였고 헤아릴 수 없을 만큼 많은 사람에게 형벌을 내려

鴻門宴圖

천하가 모두 배반했습니다. 회왕이 여러 장수들과 약속하길, '먼저 진을 격파하여 함양으로 입성하는 자가 천하를 차지하기로 한다'고 했습니다. 지금 패공은 먼저 진을 격파하고 함양으로 입성했지만 털끝만큼도 감히 가까이 한 것이 없으며 궁실을 봉쇄해 놓고 패상으로 군대를 철수하여 대왕께서 오시길 기다렸습니다. 일부러 장수를 보내 함곡관을 지키게 한 것은 다른 도적의 출입과 비상사태를 방비하기 위함이었습니다. 애써 고생하고 공이 높은 것이 이와 같은데도 제후로 봉해지는 상은 받지 못했으며, 간사한 말을 듣고 공을 세운 사람을 죽이려 하시니, 이것은 망한 진의 계속일 따름입니다. 제가 생각건대 대왕께서 취하실 방도가 아닌 줄로 압니다."

항왕은 대답하지 않은 채 말했다.

"앉아라!"

번쾌는 장량을 따라 앉았다. 잠시 앉아 있다가 패공이 일어나 측간을 가면서 번쾌를 불러 나오게 했다. ……(중략)……

항왕의 군대가 해하에 주둔했는데 병사가 줄어들고 군량이 다 떨어졌으며, 한군(漢軍)과 제후의 군대가 여러 겹으로 포위했다. 밤에 들어보니 한군이 사방에서 모두 초나라 노래를 부르는지라 항왕이 크게 놀라며 말했다.

"한이 이미 초를 차지했단 말인가? 어찌하여 초인이 이렇게 많단 말인가!"

항왕은 밤에 일어나 막사에서 술을 마셨다. '우'라는 미인이 있어 늘 데리고 다니면서 총애했으며, '추'라는 준마가 있어 늘 타고 다녔다. 항왕은 슬픈 노래를 격정적으로 부르며 스스로 시를 지어 말했다.

"힘은 산을 뽑을 만하고 기개는 세상을 덮을 만하지만, 시절이 이롭지 못하니 추가 나아가지 않네. 추가 나아가지 않으니 어찌 할거나! 우야, 우야, 너를 어찌 할거나!"

몇 곡을 부르자 우미인이 화답했다. 항왕이 몇 줄기 눈물을 흘리자 좌우 사람들이 모두 울면서 쳐다보질 못했다. ……(후략)……

……(前略)……沛公旦日從百餘騎, 來見項王, 至鴻門, 謝曰: "臣與將軍戮力而攻秦, 將軍戰河北, 臣戰河南, 然不自意能先入關破秦, 得復見將軍於此. 今者有小人之言, 令將軍與臣有郤." 項曰: "此沛公左司馬曹無傷言之. 不然, 籍何以至此?" 項王卽日因留沛公與飮. 項王·項伯東嚮坐, 亞父南嚮坐. 亞父者, 范增也. 沛公北嚮坐, 張良西嚮侍. 范增數目項王, 擧所佩玉玦以示之者三. 項王默然不應. 范增起出, 召項莊謂曰: "君王爲人不忍, 若入前爲壽, 壽畢, 請以劒舞, 因擊沛公於坐殺之. 不者, 若屬皆且爲所虜." 莊則入爲壽. 壽畢, 曰: "君王與沛公飮, 軍中無以爲樂, 請以劒舞." 項王曰: "諾." 項莊拔劒起舞, 項伯亦拔劒起舞, 常以身翼蔽沛公, 莊不得擊. 於是張良至軍門, 見樊噲. 樊噲曰: "今日之事何如?" 良曰: "甚急! 今者項莊拔劒舞, 其意常在沛公也." 噲曰: "此迫矣, 臣請入, 與之同命." 噲卽帶劒擁盾入軍門. 交戟之衛士, 欲止不內. 樊噲側其盾以撞, 衛士仆地. 噲遂入, 披帷西嚮立, 瞋目視項王, 頭髮上指, 目眥盡裂. 項王按劒而跽曰: "客何爲者?" 張良曰: "沛公之參乘樊噲者也." 項王曰: "壯士! 賜之卮酒." 則與斗卮酒. 噲拜謝, 起, 立而飮之. 項王曰: "賜之彘肩." 則與一生彘肩. 樊噲覆其盾於地, 加彘肩上, 拔劒切而啗之. 項王曰: "壯士! 能復飮乎?" 樊噲曰: "臣死且不避, 卮酒安足辭? 夫秦王有虎狼之心, 殺人如不能擧, 刑人如恐不勝, 天下皆叛之. 懷王與諸將約曰: '先破秦入咸陽者王之.' 今沛公先破秦入咸陽, 毫毛不敢有所近, 封閉宮室, 還軍霸上, 以待大王來. 故遣將守關者, 備他盜出入與非常也. 勞苦而功高如此, 未有封侯之賞, 而聽細說, 欲誅有功之人, 此亡秦之續耳, 竊爲大王不取也." 項王未有以應, 曰: "坐!" 樊噲從良坐. 坐須臾, 沛公起如厠, 因招樊噲出. ……(中略)……

項王軍壁垓下, 兵少食盡, 漢軍及諸侯兵圍之數重. 夜聞漢軍四面皆楚歌, 項王乃大驚曰: "漢皆已得楚乎? 是何楚人之多也!" 項王則夜起, 飮帳中. 有美人名虞, 常幸從. 駿馬名騅, 常騎之. 於是項王乃悲歌忼慨, 自爲詩曰: "力拔山兮氣蓋世, 時不利兮騅不逝. 騅不逝兮可奈何, 虞兮虞兮奈若何!" 歌數闋, 美人和之. 項王泣數行下, 左右皆泣, 莫能仰視. ……(後略)……

　　[『史記』]

반고는 『사기』와 쌍벽을 이루는 『한서』를 지었다. 『한서』는 한 고조 원년(BC206)부터 왕망(王莽)의 지황(地皇) 4년(23)까지의 역사를 기록한 중국 최초의 단대사(斷代史)로서, 「제기(帝紀)」 12편, 「표」 8편, 「지(志)」 10권, 「열전」 70편으로 구성되어 있다. 『사기』와 비교해 보면, 『한서』는 『사기』의 「세가」를 없애고 「서」를 「지」로 바꾸었는데, 특히 유흠(劉歆)의 『칠략(七略)』을 근거로 한 「예문지(藝文志)」는 매우 중요한 고대 문헌자료이다. 또한 『사기』는 문장이 질박하고 기세가 강한 반면에, 『한서』는 전아하고 대구가 많은 정련된 문장이다.

철리산문은 학술을 연구하고 인생철학 및 사회의 각종 근본 문제를 탐구하는 것을 위주로 했다. 주요 작품에는 회남왕(淮南王) 유안(劉安: BC178?~BC122)의 『회남자(淮南子)』, 양웅(揚雄: BC53~AD18)의 『태현경(太玄經)』, 왕충(王充: 27~100?)의 『논형(論衡)』 등이 있다.

왕충의 『논형』은 논리가 정연하고 표현이 생동감 넘치는데, 여기에는 저술에 종사하는 문유(文儒)를 존중하고, 지나친 수식[文]을 반대하고 내용[實]을 중시하며, 과장된 표현을 지양하고 간결한 문장을 추구하고, 귀고천금(貴古賤今)의 풍조에 반대하는 등 주목할 만한 문학이론이 들어 있다.

한대의 산문은 중국 정통 문단에 미친 영향이 지대하여 역대 고문가들은 모두 한대 산문을 최고의 표준으로 삼았다. 특히 명대의 전후칠자(前後七子)는 "문장은 반드시 진·한이라야 한다(文必秦漢)"고 하면서 극히 추앙했다.

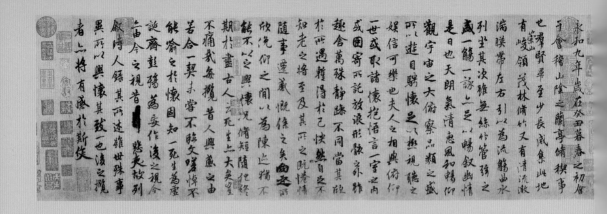

蘭亭集序

위진남북조 산문

위진의 산문은 점점 변려화(騈儷化)되는 특성을 띠었는데, 유학이 쇠미함에 따라 유학 경전의 굴레에서 벗어나 산문의 독립성을 자각하고 순문예적인 경향을 추구했으며, 낭만적인 색채를 지니고 있었다. 완적(阮籍: 210~263)의 「대인선생전(大人先生傳)」, 왕희지(王羲之)의 「**난정집서(蘭亭集序)**」, 도연명의 「도화원기(桃花源記)」 등이 이 시기의 대표작이다.

「난정집서」

영화 9년(353), 해는 계축년이요, 늦은 봄 초에 회계군 산음현의 난정에 모여 목욕재계하는 의식을 행했다. 여러 어진 이들이 다 이르고 젊은이와 어른들이 다 모였다. 이 땅엔 높은 산과 험준한 고개와 무성한 숲과 긴 대나무가 있고, 또 맑은 냇물과 급한 여울이 좌우로 비추며 둘러섰다. 물을 끌어들여서 잔을 곡수(曲水)에 띄우고 차례대로 줄지어 앉으니, 비록 관현악의 성대함은 없지만 한 잔 술에 한 수 읊는 것이 또한 그윽한 마음을 활짝 펼치기에 충분하다. 이 날, 하늘은 명랑하고 날씨는 맑으며 봄바람이 화창하니, 우러러

우주의 위대함을 보고 구부려 만물의 성대함을 살핀다. 눈을 놀리고 생각을 치달리는 것으로 보고 듣는 즐거움을 만끽하기에 충분하니 진실로 즐길 만하다.

대저 사람이 서로 더불어 한 세상을 부침(浮沈)하면서, 혹은 모든 회포를 꺼내 한 방안에서 마주보며 이야기하기도 하고, 혹은 의탁하는 바에 의지하여 형체의 밖에서 방랑하기도 한다. 비록 취하고 버림이 만 가지로 다르며 조용하고 조급함이 같지 않지만, 그 만나는 바에 기뻐하여 잠시나마 자신에게 체득함이 있으면, 흔쾌히 스스로 만족하여 늙음이 장차 이르는 줄도 모른다. 그러다가 자기가 취사선택한 바가 이미 권태롭게 되면, 감정이 일에 따라 변하여 감개가 거기에 얽매이게 된다. 아까 기뻐하던 것이 잠깐 사이에 이미 옛 자취가 되고 마니, 이로써 감회가 생겨나지 않을 수 없다. 하물며 목숨의 길고 짧음은 조화의 이치를 따라 마침내 죽음을 기약함에 있어서랴! 옛 사람이 "죽고 사는 것이 또한 큰일이다"고 했으니, 어찌 비통하지 않으리오!

옛 사람들이 감흥을 일으킨 연유를 볼 적마다 마치 부절(符節)을 맞춘 것처럼 일치하니, 일찍이 문장을 보고 슬퍼하지 않은 적이 없었으나 이를 마음속으로 이해할 수 없었다. 진실로 죽음과 삶을 한 가지로 여기는 것이 허망한 일이고 장수와 요절을 같은 것으로 여기는 것이 망령된 짓임을 알겠다. 훗날에 오늘을 보는 것이 또한 오늘에 옛날을 보는 것과 같을 것이니, 슬프도다! 그러므로 이 때 모인 사람들을 차례로 적고 그들이 술회한 바를 기록해 두니, 비록 세상이 달라지고 일이 바뀐다 하더라도 감회를 일으키는 까닭은 그 이치가 한 가지일 것이다. 뒤에 보는 사람은 또한 장차 이 문장에 감회가 있을 것이다.

永和九年, 歲在癸丑, 暮春之初, 會於會稽山陰之蘭亭, 修禊事也. 群賢畢至, 少長咸集. 此地有崇山峻嶺, 茂林修竹. 又有淸流激湍, 映帶左右, 引以爲流觴曲水, 列坐其次. 雖無絲竹管絃之盛, 一觴一詠, 亦足以暢敍幽情. 是日也, 天朗氣淸, 惠風和暢. 仰觀宇宙之大, 俯察品類之盛. 所以游目騁懷, 足以極視聽之娛, 信可樂也.

夫人之相與, 俯仰一世, 或取諸懷抱, 晤言一室之內, 或因寄所託, 放浪形骸之外. 雖趣舍萬殊, 靜躁不同. 當其欣於所遇, 暫得於己, 快然自足, 不知老之將至. 及其所之旣倦, 情隨事遷, 感慨係之矣. 向之所欣, 俛仰之間, 已爲陳迹, 猶不能不以之興懷. 況修短隨化, 終期於盡. 古人云: "死生亦大矣." 豈不痛哉!

每覽昔人興感之由, 若合一契. 未嘗不臨文嗟悼, 不能喩之於懷. 固知一死生爲虛誕, 齊彭殤爲妄作. 後之視今, 亦由今之視昔, 悲夫! 故列敍時人, 錄其所述, 雖世殊事異, 所以興懷, 其致一也. 後之覽者, 亦將有感於斯文.

남조의 산문은 역사서에서 뛰어났는데,『사기』·『한서』·『삼국지』와 함께 4사(四史)로 불리는『후한서』를 편찬한 범엽(范曄)과 『송서(宋書)』를 편찬한 심약(沈約)이 이 시기의 주요 작가이다.

북조의 산문은 남조보다 발전된 면모를 보였다. 안지추(顏之推: 531~591)가 지은『안씨가훈(顏氏家訓)』은 문장이 질박하고 평이하며, 「문장편」에서는 제·량의 화려한 문학사조에 대한 반대를 제기했다. 역도원(酈道元: ?~527)이 지은『수경주(水經注)』는 여러 물길의 산수경치와 그 지역의 전설·풍물을 묘사한 것으로 청신하고 생동감이 넘치며, 당대 유종원(柳宗元)의 산수유기문에 영향을 미쳤다. 양현지(楊衒之)가 지은『낙양가람기(洛陽伽藍記)』는 당시 번영했던 낙양의 사찰과 주민들의 생활상을 기록한 것으로 문장이 수려하며 묘사가 상세하되 번잡하지 않다.

한편 위진남북조 시대에는 많은 문인들이 배출되어 그에 따른 문체와 작품이 풍부해졌고, 문학에 대한 자각으로 문학의 지위가 높아짐에 따라 문학을 논하는 전문가들이 자연히 생겨났다. 이에 따라 비평가들에 의하여 작가와 작품을 비평하고, 문체를 변별하고, 창작방법을 토론하는 전문서가 계속 나오게 되었다.

주요 작품에는『전론(典論)』「논문(論文)」,『문부(文賦)』,『문심조룡(文心雕龍)』, 『시품(詩品)』, 『문선(文選)』 등이 있다.

조비(曹丕)가 지은 「논문」은 문학의 지위를 긍정하고 그 의의
및 작용을 높이 평가했으며, 작가 자신만의 독특한 개성과 풍격
을 강조했다. 또한 문체를 주의(奏議) · 서론(書論) · 명뢰(銘誄) · 시
부(詩賦)의 4류로 나누고 각각의 특징을 제시했으며, 귀고천금(貴
古賤今)하는 문학 관념에 반대했다. 「논문」은 위진남북조 문학비
평의 시초로서 후세 문학비평에 많은 논의의 대상을 제공했다는
데에 그 의의가 있다.

육기(陸機)가 지은 『문부』는 작가의 구상력, 대상과 표현의 상관
성, 형식보다는 내용의 중요성을 강조했으며, 창작과정상 주제의
명확성, 작품 구성의 치밀성, 수식과 성률의 중요성을 논했다. 또한
문체를   시(詩) · 부(賦) · 비(碑) · 뇌(誄) · 명(銘) · 잠(箴) · 송(頌) · 론
(論) · 주(奏) · 설(說)의 10류로 나누고 각각의 특징을 논했다. 『문부
』는 이제까지의 전통적인 공용론에서 진일보하여 문학의 본질문제
를 논의함으로써 후대의 유협(劉勰)과 종영(鍾嶸) 등에게 영향을
미쳤다.

유협(劉勰: 464?~521?)이 지은 『문심조룡』은 서문격인 「서지
(序志)」를 포함하여 총 50편으로 되어 있으며, 그 내용은 크게 원
리론 · 문체론 · 창작론 · 비평론으로 나눌 수 있다. 원리론에서는
천지자연의 문채는 '도'이며 문학은 이러한 자연의 도를 바탕으로
하여 생산된다고 주장했다. 즉 문학창작은 천지자연의 오묘한 조

文心雕龍圖

화와 같다고 여긴 것이다. 문체론에서는 문체를 총 33류로 분류하고 각 문체에 대한 명확한 정의, 연원과 변천, 서로 다른 풍격 등 문체의 유별(流別)을 논했다. 창작론에서는 사고력·구상력의 작용과 배양, 내용과 형식의 조화[文質並重], 다양한 수사기교 등을 논했다. 비평론에서는 풍격의 특성과 우열, 작가가 갖추어야 할 재주와 학식, 작가의 시대정신과 환경, 비평의 표준 등을 논했다. 『문심조룡』은 중국 문학사상 최초의 체계적이고 본격적인 문학이론서로서 비평문학의 정수라고 할 수 있다.

종영(鍾嶸: ?~552)이 엮은 『시품(詩品)』 3권은 한·위에서 양나라에 이르기까지 5언시의 작자 122명을 상·중·하 3품으로 나누어 품평한 시비평서이다. 그 주요 내용은 기교적인 사성팔병설(四聲八病說)을 반대하고 자연스럽고 조화로운 음률을 중시, 전고의 사용을 반대하고 '직심(直尋)'을 주장, 단순한 비흥(比興)과 부체(賦體)만의 사용을 반대하고 부·비·흥의 조화로운 운용을 강조, 내재적인 풍골과 외재적인 수사를 둘 다 중시할 것을 주장했다. 그러나 품평이 너무 주관에 치우쳐 객관성이 결핍되었으며, 작품의 형태를 표준으로 삼고 도리어 중요한 문예사상과 시대환경을 소홀히 한 점이 결점으로 지적된다. 이러한 결점에도 불구하고 『시품』은 중국 최초의 전문적인 시비평서로서 중국시가비평사상 매우 중요한 문헌 가운데 하나이다.

소통(蕭統: 501~531, 昭明太子)을 중심으로 유효위(劉孝威)·유견오(庾肩吾) 등 고재십학사(高齋十學士)가 엮은 『문선(文選)』 30권은 진·한부터 양나라까지 127명의 시·부·문장 등을 37류의 문체로 분류하여 모아 놓은 시문 총집이다. 작품 선정의 기준은 경(經)·사(史)·자(子)의 문장은 제외하고 깊이 있는 내용과 아름다운 문학적 표현을 갖춘 작품을 대상으로 했다. 『문선』은 당대 이선(李善)이 주를 단 이후로 문선학(文選學)이 일어날 정도로 연구가 성행했으며 중국 문체론의 심화 발전에 큰 공헌을 했다.

이러한 문학비평서는 후대 중국 문학비평론의 발전에 지대한 영향을 미쳤을 뿐만 아니라, 비평문학가들을 중심으로 유가적인 관점에서 반유미주의문학 사조의 싹이 터서 당대 고문운동으로 이어졌다.

당대 산문과 고문운동

당대의 산문은 위진남북조의 화려한 문풍을 혁신하고자 전개한 고문운동과 연계되어 발전했다.

'고문'이란 개념은 한유(韓愈)가 처음 제기한 것으로, 남북조 이후에 성행했던 변려문의 상대적인 의미로서 선진·양한의 문체를 계승한 산문을 일컫는다. '고문운동'은 사실상 복고의 기치를 내세우긴 했지만 문체·문풍·언어 등 여러 방면에서 변혁을 시도한 일종의 문학혁신운동이라 할 수 있다.

당대에 고문운동이 일어나게 된 주요 원인으로는 산문 자체의 발전과 정치적인 요인을 들 수 있다. 중국문학은 건안 시대부터 초당에 이르는 수백 년 동안 기본적으로 유미주의의 방향으로 발전하여 내용보다는 형식에 치중하는 화려한 문풍이 형성되었는데, 이러한 기풍이 극에 이르게 되자 자연히 이에 대한 반동으로 새로운 문풍에 대한 요구가 제기되었다. 또한 강력한 군주집권제도의 시행으로 정치적인 안정이 계속되자 수백 년 동안 침체되었던 유가사상이 점점 대두되었는데, 이러한 정치적 배경에 부응하여 유가의 도통(道統)을 회복하고 실용적인 문학에 대한 요구가 제기되었다.

당대 고문운동을 선도한 사람은 유면(柳冕)을 비롯하여 진자앙

(陳子昻)·이화(李華) 등이다. 특히 유면은 문학의 예술적 가치를 부정하고 교화와 윤리에 근간을 두어야 한다고 주장했는데, 유면의 이러한 주장은 유가의 문학이론을 정식으로 건립하여 한유·유종원에 직접적인 영향을 미쳤을 뿐만 아니라 천여 년 동안 지속된 유가 도통문학의 정론이 되었다. 그러나 이론뿐이었고 창작이 뒷받침되지 않아서 복고의 위업을 완성할 수는 없었다.

당대 고문운동을 실질적으로 주창한 사람은 한유(韓愈)와 유종원(柳宗元)이다.

한유(768~824)는 존유배불(尊儒排佛)의 학술사상을 지니고 있었으며, 문학과 유도(儒道)의 합일을 주장하여 교화와 실용이 문학의 최고 목적임을 강조하는 문이재도(文以載道)의 문학 관념을 견지했다. 그의 산문의 특색으로는 풍격이 웅건·분방하고 변화가 다채로우며 명쾌한 점, 언어가 정련되고 명확하며 선명하고 생동적인 점, 표절을 반대하고 언어의 창조성을 강조한 점, 상상력이 풍부하고 비유를 잘 운용한 점 등을 들 수 있다. 주요 작품에는 설리문으로 「원도(原道)」·「**사설(師說)**」, 서정문으로 「송맹동야서(送孟東野序)」, 서사문으로 「장중승전후서(張中丞前後叙)」, 풍자문으로 「모영전(毛穎傳)」, 전기문으로 「유자후묘지명(柳子厚墓誌銘)」, 제문으로 「제십이랑문(祭十二郎文)」 등이 있다.

「스승에 대한 논설[師說]」

옛 학자에게는 반드시 스승이 있었으니, 스승이란 도를 전하고 학업을 전수해 주고 의혹을 풀어 주는 사람이다. 사람은 나면서부터 아는 자가 아니니 누가 의혹이 없을 수 있겠는가? 의혹하면서도 스승을 따르지 않는다면 그 의혹은 끝내 풀리지 않을 것이다.

나보다 먼저 태어났고 도를 깨달음이 진실로 나보다 앞선다면 내가 좇아서 그를 스승으로 삼을 것이며, 나보다 뒤에 태어났지만 도를 깨달음이 또한 나보다 앞선다면 내가 좇아서 그를 스승으로 삼을 것이다. 나는 도를 스승으로 삼으니, 대저 그 나이로 따져 나보다 먼저 태어나고 나중 태어난 것을 어찌 문제 삼겠는가? 이렇기 때문에 귀함도 없고 천함도 없고 나이 많음도 없고 나이 적음도 없이 도가 있는 곳이 스승이 계신 곳이다.

슬프도다! 스승의 도가 전해지지 않은지가 오래되었으니, 사람이 의혹됨이 없고자 하나 어렵도다! 옛 성인은 일반 사람들보다 훨씬 뛰어났지만 오히려 또한 스승을 좇아서 물었는데, 오늘의 많은 사람들은 성인보다 훨씬 못하지만 스승에게서 배우기를 부끄러워한다. 이 때문에 성인은 갈수록 성스러워지고 어리석은 자는 갈수록 어리석어지는 것이다. 성인이 성인이 된 까닭과 어리석은 자가 어리석은 자가 되는 까닭은 모두 여기에서 비롯된 것이다.

자기 자식을 사랑하여 스승을 가려서 가르치게 하면서도, 자기 자신에 대해서는 스승 두기를 부끄러워하니, 이는 미혹된 것이다. 저 어린아이의 스승은 그에게 책을 주어 구두를 익히게 하는 자이니, 내가 말하는 도를 전하고 의혹을 풀어 주는 자가 아니다. 구두를 알지 못하는 경우와 의혹을 풀지 못하는 경우에 있어서, 어떤 경우는 스승을 두고 어떤 경우는 그렇지 않으니, 작은 것은 배우면서도

師說圖

큰 것은 버리는 것이므로, 나는 그것을 현명하다고 보지 않는다. 무당·의사·악사와 온갖 장인들은 서로 스승 삼는 것을 부끄러워하지 않는데, 사대부라는 족속들은 스승이니, 제자니 하고 말하면 곧 떼거리로 모여서 비웃는다. 그 이유를 물으면 곧 말하길: "저 사람과 저 사람은 나이가 서로 같고 도가 서로 비슷하다"고 한다. 지위가 낮으면 수치스럽다고 여기기에 족하다 하고 관직이 높으면 아첨에 가깝다고 하니, 슬프도다! 스승의 도가 회복되지 않음을 가히 알 수 있다. 무당·의사·악사와 온갖 장인들은 군자가 사람으로 쳐주지 않지만, 지금 그 지혜가 도리어 그들에게 미칠 수 없으니 참으로 이상하도다!

성인에게는 일정한 스승이 없었으니, 공자는 담자·장홍·사양·노담을 스승으로 삼았는데 담자의 무리는 그 현명함이 공자에게 미치지 못했다. 공자가 말하길: "세 사람이 걸어감에 반드시 나의 스승이 있다"고 했다. 이렇기 때문에 제자라고 해서 반드시 스승만 못하리란 법도 없고 스승이라 해서 반드시 제자보다 나으리란 법도 없다. 도를 깨달음에 선후가 있고 술업(術業)에 전공이 있으니 이와 같을 따름이다.

이씨의 아들 반은 17살인데 고문을 좋아하여 육경의 경전(經傳)을 모두 통하여 익혔으며, 시류에 구애받지 않고 나에게 배움을 청해왔다. 나는 그가 능히 옛 도를 행하는 것을 가상히 여겨 「사설」을 지어 그에게 준다.

古之學者必有師. 師者, 所以傳道·受業·解惑也. 人非生而知之者, 孰能無惑? 惑而不從師, 其爲惑也, 終不解矣.

生乎吾前, 其聞道也, 固先乎吾, 吾從而師之. 生乎吾後, 其聞道也, 亦先乎吾, 吾從而師之. 吾師道也, 夫庸知其年之先後生於吾乎? 是故無貴·無賤·無長·無少, 道之所存, 師之所存也.

嗟乎! 師道之不傳也久矣, 欲人之無惑也難矣! 古之聖人, 其出人也遠矣, 猶且從師而問焉. 今之衆人, 其下聖人也亦遠矣, 而恥學於師. 是故聖益聖, 愚益愚. 聖人之所以爲聖, 愚人之所以爲愚, 其皆出於此乎.

愛其子, 擇師而敎之, 於其身也, 則恥師焉, 惑矣. 彼童子之師, 授之書而習其句讀者, 非吾所謂傳其道·解其惑者也. 句讀之不知, 惑之不解, 或師焉, 或不焉, 小學而大遺, 吾未見其明也.

巫·醫·樂師·百工之人, 不恥相師. 士大夫之族, 曰師·曰弟子云者, 則群聚而笑之. 問之, 則曰: "彼與彼年相若也, 道相似也." 位卑則足羞, 官盛則近諛. 嗚呼! 師道之不復可知矣. 巫·醫·樂師·百工之人, 君子不齒, 今其智乃反不能及, 其可怪也歟!

聖人無常師, 孔子師郯子·萇弘·師襄·老聃. 郯子之徒, 其賢不及孔子. 孔子曰: "三人行, 必有我師." 是故弟子不必不如師, 師不必賢於弟子. 聞道有先後, 術業有專攻, 如是而已.

李氏子蟠, 年十七, 好古文. 六藝經傳, 皆通習之. 不拘於時, 學於余. 余嘉其能行古道, 作師說以貽之.

柳宗元

유종원(773~819)은 유교를 근본으로 하고 불교와 노장사상 등을 수용한 학술사상을 지니고 있었으며, 문학 내용상의 윤리와 문학 형식상의 수사를 병중하는, 즉 도는 도대로 유가적인 도통을 지니되 문학은 그 예술적인 형식을 빌려 사상을 개혁·천명해야 한다는 문이명도(文以明道)의 문학 관념을 견지했다. 그의 산문의 특색으로는 웅심(雄深)·아건(雅健)·청려(淸麗) 등 다양한 풍격을 지닌 점, 언어가 유려하고 비유성·상징성이 강한 점, 내용상 현실에 대한 비판성·풍자성이 강한 점 등을 들 수 있다. 주요 작품에는 설리문으로 「동엽봉제론(桐葉封弟論)」, 전기문으로 **「종수곽탁타전(種樹郭橐駝傳)」**, 우언문으로 「포사자설(捕蛇者說)」, 유기문으로 「영주팔기(永州八記)」, 서정문으로 「우계시서(愚溪詩序)」 등이 있다.

「종수곽탁타전(種樹郭橐駝傳)」

곽탁타는 처음에는 무슨 이름이었는지 모른다. 곱사병이 들어 높직하게 엎드리고 다니는 것이 탁타(낙타)와 비슷한 점이 있기 때문에 마을 사람들이 그를 '타'라고 불렀다. 탁타는 이것을 듣고 말했다.

"아주 좋소! 내 이름으로 정말 어울리오."

그래서 자기 이름을 버리고 또한 스스로 탁타라 불렀다고 한다. 그 마을은 풍락향이라 하는데 장안의 서쪽에 있다.

탁타는 나무 심는 것을 업으로 했는데, 무릇 장안의 부호들 가운데 나무를 관상하려는 이나 과실을 팔려는 이들이 모두 다투어 맞아들여 받들어 모셨다. 탁타가 심은 나무를 보았더니, 혹 옮긴다 하더라도 살지 않음이 없었고 또 크고 무성했으며 일찍 열매가 맺고 수량도 아주 많았다. 다른 나무 심는 자들이 비록 가만히 엿보았다가 모방했지만 같을 수가 없었다.

어떤 사람이 물었더니 탁타가 대답했다.

"나는 나무로 하여금 오래 살게 하고 번식하게 할 수 있는 게 아니라, 나무의 천성을 따라 그 본성에 이르게 할 수 있을 뿐이오. 무릇 식목의 본성은 그 뿌리는 펴고자 하고 북돋음은 편편하고자 하며 그 흙은 옛 것이고자 하고 그 다짐은 빽빽하고자 하는 것이오. 이미 그렇게 한 뒤에는 움직이지도 않고 걱정도 않으며 가서는 다시금 돌아보지 않소. 그 심는 것은 자식 같이 하지만 그 놓아두는 것은 버린 것처럼 하면, 곧 그 천성이라는 것이 온전하여 그 본성을 얻게 되는 것이오. 그러므로 나는 그 성장을 해치지만 않을 뿐이지 크게 하고 무성하게 할 수 있는 게 아니며, 그 결실을 억눌러 축내지 않게만 할 뿐이지 빨리 열리고 많게 할 수 있는 게 아니오. 다른 나무 심는 자들은 그렇지 아니하니, 뿌리를 구부리고 흙을 바꾸며 북돋음 하는 것도 지나치지 않으면 부족하게 하지요. 진실로 이것을 위반하는 자는 곧 또 사랑하기를 너무 은혜롭게 하고 근심하기를 너무 부지런하게 하여, 아침에 돌보고는 저녁에 어루만지며 이미 갔다가도 다시 돌아보지요. 심한 이는 그 껍질에 손톱자국을 내서 살았는지 죽었는지를 알아보고, 그 뿌리를 흔들어 엉성한지 조밀한지를 살피니, 나무의 본성이 날로 떠나가는 것이오. 비록 사랑한다고는 하나 실상은 해치는 것이며, 근심한다고는 하나 실상은 원수처럼 대하는 것이오. 그래서 나와 같지 않은 것이니, 내 또한 무엇을 잘한다고 할 수 있겠소?"

묻는 사람이 말했다.

"그대의 나무 심는 도를 관리의 다스림에 적용해도 괜찮겠소?"

탁타가 말했다.

"나는 나무 심는 것만 알 뿐이며 관리의 다스림은 나의 업무가 아니오. 그렇지만 내가 시골에 살면서 남의 위에 있는 사람들을 보니, 그 명령을 번거롭게 하길 좋아하여 마치 몹시 불쌍히 여기는 듯하지만 결국은 화를 초래하기 일쑤였소. 아침저녁으로 관리가 와서 부르며 말하길: '관의 명령이니, 속히 너의 밭을 갈라, 너의 심을 것에 힘쓰라, 너의 거둘 것을 살펴라, 빨리 너의 실을 자아라, 빨리 너의 자은 실을 짜라, 너의 어린 아이들을 키워라, 너의 닭과 돼지를 쳐라' 하면서, 북을 울려 이들을 모으고 딱따기를 쳐서 이들을 불러냈소. 그러니 우리 같은 소인들은 아침밥과 저녁밥을 마련해서 관리들을 접대하기에도 겨를이 없는 판에 또한 어떻게 우리의 생활을 더 낫게 하고 우리의 성정을 편안하게 할 수 있겠소? 그러기에 병들고 또 게을러지니, 이러하다면 내가 업으로 하는 것과 또한 비슷하지 않겠소?"

묻는 사람이 기뻐하며 말했다.

"역시 훌륭하지 아니한가! 나는 나무 키우는 것을 물었다가 사람 기르는 방도를 얻었소. 그 일을 전하여 관리의 경계로 삼으리다."

郭橐駝, 不知始何名. 病僂, 隆然伏行, 有類橐駝者, 故鄕人號之駝. 駝聞之, 曰: "甚善! 名我固當." 因捨其名, 亦自謂橐駝云. 其鄕曰豊樂鄕, 在長安西. 駝業種樹, 凡長安豪富人爲觀游及賣果者, 皆爭迎取養. 視駝所種樹, 或移徙, 無不活, 且碩茂, 蚤實以蕃. 他植者雖窺伺傚慕, 莫能如也.

有問之, 對曰: "橐駝非能使木壽且孶也, 以能順木之天以致其性焉爾. 凡植木之性, 其本欲舒, 其培欲平, 其土欲故, 其築欲密. 旣然已, 勿動勿慮, 去不復顧. 其蒔也若子, 其置也若棄, 則其天者全, 而其性得矣. 故吾不害其

長而已, 非有能碩而茂之也. 不抑耗其實而已, 非有能蚤而蕃之也. 他植者
則不然, 根拳而土易, 其培之也, 若不過焉則不及. 苟有能反是者, 則又愛
之太殷, 憂之太勤. 旦視而暮撫, 已去而復顧. 甚者爪其膚以驗其生枯, 搖
其本以觀其疏密, 而木之性日以離矣. 雖曰愛之, 其實害之, 雖曰憂之, 其
實讎之. 故不我若也, 吾又何能爲哉?"

問者曰: "以子之道, 移之官理, 可乎?" 駝曰: "我知種樹而已, 官理非吾業
也. 然吾居鄉, 見長人者, 好煩其令, 若甚憐焉, 而卒以禍. 旦暮, 吏來而呼
曰: '官命促爾耕, 勗爾植, 督爾穫, 蚤繰而緒, 蚤織而縷, 字而幼孩, 遂而雞
豚!' 鳴鼓而聚之, 擊木而召之. 吾小人輟飧饔以勞吏, 且不得暇, 又何以蕃
吾生安吾性耶? 故病且怠. 若是, 則與吾業者, 其亦有類乎?"

問者嘻曰: "不亦善夫! 吾問養樹, 得養人術. 傳其事以爲官戒也."

　한유·유종원은 이론뿐만 아니라 창작에서도 뛰어난 성과를 올
려 명실 공히 당대 고문운동의 대표자로서 후대 송대의 구양수
(歐陽修) 등이 모두 그들의 영향을 받았다.
　당대 고문운동이 후대 문학에 끼친 영향은 긍정적인 면과 부정
적인 면을 아울러 지니고 있다. 우선 평이하고 질박한 산문을 제
창하여 공허하고 화려한 변려문을 쇠퇴시킨 점, 문학의 실용성을
주장하여 극단적인 개인주의·유미주의 사조를 일소시킨 점, 순
수한 산문창작에 힘을 기울여 문학상 훌륭한 경지를 이룩한 점
등은 장점으로 평가된다. 그러나 문학의 진화원리를 홀시한 복고
설로 후대 귀고천금(貴古賤今)의 완고한 문학 관념을 조성한 점,
문학의 실제적인 공효성을 지나치게 중시하여 문학이 윤리도덕
의 부속물이 됨으로써 예술적인 생명과 미의 가치를 잃게 된 점,
지나치게 고문을 중시하여 경·사·철학이 문학의 정통이 되고 순
문학인 시·소설·희곡이 말류가 됨으로써 문학과 학술의 관념이
문란해지게 된 점 등은 단점으로 지적된다.

송대 산문과 고문운동

송대의 산문은 당대보다 질량 면에서 보다 성숙한 발전을 이룩하여, 이른바 '당송팔대가' 가운데 6명이 송대에서 나왔다.

송초에 고문운동을 선도한 인물은 유개(柳開)·석개(石介)·목수(穆修)·윤수(尹洙) 등이었는데, 이들은 만당의 농염한 문체와 송초의 화려한 서곤체(西崑體)를 배격하고, 명도(明道)·치용(致用)·존한(尊韓)·중산체(重散體)·반서곤(反西崑)의 기치를 내걸었다. 그러나 이들은 모두 문학가라기보다는 이학가(理學家)였으므로 복고의 주장은 강렬했지만 창작적인 뒷받침이 없어서 그다지 큰 성과는 거두지 못했다. 그러나 송초 고문운동이 발전할 기초는 충분히 다졌다는 데 그 의의가 있다.

유개·석개 등의 이론을 계승 발전시켜 송대의 고문운동을 성공으로 이끈 대표적인 인물은 구양수(歐陽修)를 중심으로 한 소순(蘇洵)·소식(蘇軾)·소철(蘇轍)·증공(曾鞏)·왕안석(王安石) 등 이른바 당송팔대가의 강력한 고문운동 집단이었다. 이들은 '명도'와 '치용'의 기치 아래 문도병중(文道並重)·문리자연(文理自然)·자태횡생(姿態橫生)을 주장했다. 또한 이들은 모두 뛰어난 문학가로서 이론은 물론 창작에서도 훌륭한 작품을 많이 남김으로써, 한유·유종원 이래 이어져온 복고의 대업을 완수하여 송대의 문단에 지대한 영향을 미쳤다.

구양수는 송대 문단의 영수로서, 특히 고문운동을 성공으로 이끈 장본인이다. 문집으로 『구양문충집(歐陽文忠集)』이 있다. 그의 문풍은 평이하고 자연스러운 특색을 지니고 있다. 그를 당대 한유와 비교해 보면, 풍격상 한유의 산문이 기운차고 통쾌한[陽剛] 반면에 구양수의 산문은 부드럽고 함축적[陰柔]이며, 한유가 도에 치중한 반면에 구양수는 문통(文統)과 도통(道統)의 조화에 힘썼

醉翁亭記圖

다고 할 수 있다. 대표 작품으로 「붕당론(朋黨論)」·「**취옹정기(醉翁亭記)**」 등이 있다.

「취옹정기」

저주를 빙 둘러 모두 산이다. 그 서남쪽의 여러 봉우리에 수풀과 골짜기가 특히 아름다운데, 멀리서 바라보면 빽빽이 우거져 깊고 빼어난 것이 낭야산이다. 산으로 6~7리를 가면 점점 졸졸졸 흐르는 물소리가 들리는데, 두 봉우리 사이에서 흘러나오는 것이 양천이다. 봉우리를 돌면 길이 꾸불꾸불한데, 날개를 펼친 듯한 정자가 양천 위에 임해 있는 것이 취옹정이다. 정자를 지은 사람은 누구인가? 산의 승려 지선이다. 이름 붙인 사람은 누구인가? 태수 자신이 그렇게 불렀다. 태수가 손님과 함께 와서 여기에서 술을 마셨는데, 조금만 마셔도 금방 취하고 나이 또한 가장 많았기 때문에 스스로 불러 취옹이라 했다. 취옹이란 뜻은 술에 있지 아니하고 산수에 있으니, 산수의 즐거움을 마음에서 체득하여 그것을 술에다 부친 것이다. 대저 해가 떠서 숲의 안개가 걷히고 구름이 돌아가 바위굴이 어두워지니, 어두웠다 밝았다 하면서 변화하는 것은 산간의 아침과 저녁이다. 들에 꽃이 만발하여 향기가 그윽하고, 좋은 나무가 빼어나 그늘이 우거지고, 바람과 서리가 높고 깨끗하며, 수위가 낮아져 돌이 드러나는 것은 산간의 네 계절이다. 아침에 갔다가 저녁에 돌아오지만, 사시의 풍경이 같지 않으니 즐거움 또한 다함이 없다.

짊어진 자는 길에서 노래하고 걸어가는 자는 나무에서 쉬며, 앞사람이 부르면 뒷사람이 응답하면서 노인과 아이들이 왕래하며 끊이지 않는 것은 저주 사람들의 나들이이다. 시내에 다다라 고기를 잡으니 시냇물은 깊고 고기는 통통하며, 양천으로 술을 빚으니 샘물이 향긋하여 술이 맑다. 산채 안주와 야채를 질펀하게 앞에 벌려 놓은 것은 태수의 잔치다. 잔치가 무르익는 즐거움은 현악기도 아니고 관악기도 아니다. 활 쏘는 자는 적중하고 바둑 두는 자는 이기며, 술잔과 산가지가 뒤섞이고 일어났다 앉았다 하면서 시끄럽게 떠드는 것은 여러 빈객들이 기뻐하는 것이다. 푸르죽죽한 얼굴에 백발을 하고서 그 사이에 널브러져 있는 것은 태수가 취한 것이다.

이윽고 석양이 산에 걸리고 사람들 그림자가 어지럽게 흩어지는 것은 태수가 돌아감에 빈객들이 따르는 것이다. 나무 우거진 숲이 그늘져 어두워지자 오르내리며 우짖는 소리는 나들이꾼들이 가서 새들이 즐거워하는 것이다. 그러나 새들은 산림의 즐거움은 알지만 사람들의 즐거움은 모르며, 사람들은 태수의 나들이를 좇아 즐거워할 줄은 알지만 태수가 그 즐거움을 즐거워하는 줄은 모른다. 취했을 땐 능히 그 즐거움을 함께 하고 깨었을 땐 능히 문장으로 펴내는 것은 태수이다. 태수는 누구를 말하는가? 여릉의 구양수이다.

環滁皆山也. 其西南諸峯, 林壑尤美. 望之蔚然而深秀者, 瑯琊也. 山行六七里, 漸聞水聲潺潺, 而瀉出於兩峯之間者, 釀泉也. 峯回路轉, 有亭翼然臨於泉上者, 醉翁亭也. 作亭者誰? 山之僧智僊也. 名之者誰? 太守自謂也. 太守與客來飲於此, 飲少輒醉, 而年又最高, 故自號曰醉翁也. 醉翁之意不在酒, 在乎山水之間也. 山水之樂, 得之心而寓之酒也.

若夫日出而林霏開, 雲歸而巖穴暝, 晦明變化者, 山間之朝暮也. 野芳發而幽香, 佳木秀而繁陰, 風霜高潔, 水落而石出者, 山間之四時也. 朝而往, 暮而歸, 四時之景不同, 而樂亦無窮也.

至於負者歌於塗, 行者休於樹, 前者呼, 後者應, 傴僂提攜, 往來而不絶者,

滁人遊也. 臨谿而漁, 谿深而魚肥, 釀泉爲酒, 泉香而酒冽. 山肴野蔌, 雜然
而前陳者, 太守宴也. 宴酣之樂, 非絲非竹, 射者中, 弈者勝, 觥籌交錯, 起
坐而誼譁者, 衆賓懽也. 蒼顔白髮, 頹然乎其間者, 太守醉也.

已而夕陽在山, 人影散亂, 太守歸而賓客從也. 樹林陰翳, 鳴聲上下, 遊人
去而禽鳥樂也. 然而禽鳥知山林之樂, 而不知人之樂. 人知從太守遊而樂,
而不知太守之樂其樂也. 醉能同其樂, 醒能述以文者, 太守也. 太守謂誰?
廬陵歐陽修也.

　　증공(1019~1083)은 구양수의 수제자로서 문집으로 『원풍류고
(元豊類稿)』가 있다. 그의 문풍은 전아하고 섬약(纖弱)한 특색을
지니고 있으며, 대표 작품으로 「선대부집후서(先大夫集後序)」 등
이 있다.

醉翁亭記圖

소순(1009~1066)은 구양수의 인정을 받아 이름을 날리게 되었으며, 문집으로『가우집(嘉祐集)』이 있다. 그의 문풍은 기세가 드높고 엄숙한 특색을 지니고 있다. 대표 작품으로「권서(權書)」·「형론(衡論)」등이 있다.

소식은 호가 동파(東坡)이며 소순의 장자이다. 문집으로『동파집』이 있다. 그의 문풍은 거침없고 유창하며 독창적인 특색을 지니고 있다. 그의 산문은 내용이 정론문·사론문·서정문·서사문 및 잡문 등 광범위하고, 필법이 광달(曠達)하고, 구상이 자유분방하고, 언어가 청신하고 정련되어 있으며, 묘사수법이 다채로워 높은 경지에 올라 있다. 대표 작품으로「석종산기(石鐘山記)」·「**희우정기(喜雨亭記)**」등이 있다.

「희우정기」

정자 이름에 '우'자를 붙인 것은 '기쁨'을 기념하기 위함이다. 옛날에는 기쁜 일이 있으면 그것으로 물건을 이름 지어서 잊지 않을 것을 보였다. 주공은 처음 벼를 얻고서 그 글을「가화편(嘉禾篇)」이라고 이름 지었고, 한 무제는 귀한 솥을 얻고서 그 연호를 '원정(元鼎)'이라고 이름 지었으며, 숙손은 적장을 물리치고서 그 아들을 '교여(僑如)'라고 이름 지었으니, 그 기쁨의 크고 작음은 같지 않지만 잊지 않을 것을 보인 것은 한 가지이다.

내가 부풍에 온 이듬해에 비로소 관사를 손질하면서 당의 북쪽에 정자를 지었는데, 그 남쪽에 연못을 파고 물을 끌어들여 나무를 심어서 휴식할 곳으로 삼았다. 이 해 봄에 보리를 기산의 남쪽에 뿌렸는데, 그 점괘에 풍년이 들 것이라고 했다. 그런데 이미 한 달이 다 되도록 비가 오지 않자 백성들이 바야흐로 근심을 하고 있었다. 삼월 을묘일이 넘어서야 비가 왔고 갑자일에 또 비가 왔으나 백성들은 충분하지 않다고 여겼다. 그러다가 정묘일에 큰 비가 와서 사흘 만에 곧 그쳤다. 관리들은 서로 더불어 뜰에서 경하하고, 상인들은 서로 더불어 저자에서 노래하고, 농부들은 서로 더불어 들녘에서 박수를 쳤으며, 근심하던 자는 즐거워하고 병든 자는 나았다. 그리고서 나의 정자도 때마침 완성되었다.

그래서 정자 위에서 술을 들어 손님에게 권하며 말했다.

"닷새 동안 비가 오지 않아도 괜찮을까?"

대답했다.

"닷새 동안 비가 오지 않으면 보리가 없지요."

"열흘 동안 비가 오지 않아도 괜찮을까?"

"열흘 동안 비가 오지 않으면 벼가 없지요."

"보리가 없고 벼도 없으면, 해는 또 거듭 굶주릴 것이며, 송사가 빈번히 일어나고 도적이 더욱 기승을 부릴 것이니, 그러면 내가 그대들과 함께 비록 한가롭게 이 정자에서 즐기고자 한들 그것이 될 수 있겠는가? 지금 하늘이 이 백성들을 버리시지 않고 처음엔 가물었다가 비를 내려주시어, 나와 그대들로 하여금 서로 더불어 한가롭게 정자에서 즐길 수 있게 한 것은 모두 비가 내려 준 것이니 또한 어찌 잊을 수 있겠는가?"

이미 그것으로 정자를 이름 짓고 또 따라서 노래했다.

"하늘이 구슬을 뿌리더라도 추운 사람은 그것으로 저고리를 만들 수 없고, 하늘이 옥을 뿌리더라도 배고픈 사람은 그것으로 곡식을

喜雨亭記圖

만들 수 없네. 한 번에 사흘 동안 비가 온 것은 이 누구의 힘인가? 백성들은 태수라고 하지만 태수는 아니라고 하네. 천자에게 돌리지만 천자는 그렇지 않다고 하네. 조물주에게 돌리지만 조물주는 자신의 공이라 하지 않네. 허공에게 돌리지만 허공은 아득하기만 하네. 무어라 이름 할 수 없는지라 내가 그것으로 나의 정자를 이름 짓네."

亭以雨名, 志喜也. 古者有喜, 則以名物, 示不忘也. 周公得禾而名其書, 漢武得鼎以名其年, 叔孫勝敵以名其子. 其喜之大小不齊, 其示不忘一也.

予至扶風之明年, 始治官舍, 爲亭於堂之北, 而鑿池其南, 引流種樹, 以爲休息之所. 是歲之春, 雨麥於岐山之陽, 其占爲有年. 旣而彌月不雨, 民方以爲憂. 越三月乙卯, 乃雨, 甲子又雨, 民以爲未足. 丁卯大雨, 三日乃止. 官吏相與慶於庭, 商賈相與歌於市, 農夫相與抃於野, 憂者以樂, 病者以愈, 而吾亭適成.

於是擧酒於亭上, 以屬客而告之曰: "五日不雨可乎?" 曰: "五日不雨, 則無麥." "十日不雨可乎?" 曰: "十日不雨, 則無禾." "無麥無禾, 歲且薦饑, 獄訟繁興, 而盜賊滋熾. 則吾與二三子, 雖欲優遊以樂於此亭, 其可得耶? 今天不遺斯民, 始旱而賜之以雨, 使吾與二三子, 得相與優遊以樂於亭者, 皆雨之賜也, 其又可忘耶?"

旣以名亭, 又從而歌之, 歌曰: "使天而雨珠, 寒者不得以爲襦. 使天而雨玉, 饑者不得以爲粟. 一雨三日, 繫誰之力? 民曰太守, 太守不有. 歸之天子, 天子曰不然. 歸之造物, 造物不自以爲功. 歸之太空, 太空冥冥. 不可得而名, 吾以名吾亭."

소철(蘇轍: 1039~1112)은 소식의 동생이며, 문집으로 『난성집(欒城集)』이 있다. 그의 문풍은 경쾌하고 민활한 특색을 지니고 있으며, 대표 작품으로 「주론(周論)」·「육국론(六國論)」 등이 있다.

왕안석(1021~1086)은 신법(新法)을 추진한 대정치가이자 문학가로서, 문집으로 『임천집(臨川集)』이 있다. 그의 문풍은 간결하면서도 기상이 특출한 특색을 지니고 있으며, 대표 작품으로 「독맹상군전(讀孟嘗君傳)」 등이 있다.

「맹상군전」을 읽고[讀孟嘗君傳]

세상에서는 모두 칭찬하길, 맹상군이 선비를 잘 얻었는지라 선비들이 그 때문에 그에게 돌아와서 마침내 그 힘에 의지하여 호랑이와 표범 같은 진나라에서 탈출했다고 한다. 아! 맹상군은 다만 닭 울음소리나 내고 개 시늉을 하며 좀도둑질이나 하는 무리의 우두머리일 뿐이니, 어찌 족히 선비를 얻었다고 말할 수 있으리오? 그렇지 않았다면 제나라의 부강함을 손에 쥐고서 한 명의 선비를 얻더라도 마땅히 남면하여 진나라를 제어할 수 있었을 것인데, 오히려 어찌하여 닭 울음소리나 내고 개 시늉을 하며 좀도둑질이나 하는 무리의 힘을 빌렸단 말인가? 대저 닭 울음소리나 내고 개 시늉을 하며 좀도둑질이나 하는 무리가 그의 문하에서 나왔으니, 이것이 선비가 이르지 않았던 까닭이다.

世皆稱孟嘗君能得士, 士以故歸之, 而卒賴其力, 以脫於虎豹之秦. 嗟乎! 孟嘗君特鷄鳴狗盜之雄耳, 豈足以言得士? 不然, 擅齊之强, 得一士焉, 宜可以南面而制秦, 尚何取鷄鳴狗盜之力哉? 夫鷄鳴狗盜之出其門, 此士之所以不至也.

그밖에 범중엄(范仲淹)의 「악양루기(岳陽樓記)」와 사마광(司馬光)의 『자치통감(資治通鑑)』 등도 북송 문단이 거둔 훌륭한 수확이었다.

남송의 산문은 성리학의 발전과 함께 북송과는 달리 보다 실용적인 측면을 강조하는 경향을 띠었다.

주돈이(周敦頤)·정호(程顥)·정이(程頤)·장재(張載)·주희(朱熹) 등 이른바 도학파들은 문채는 고려하지 않고 재도(載道)에만 목표를 두어 '문학무용론'까지 주장하기에 이르렀다. 이들은 평이한 백화로 기록한 어록체(語錄體)를 즐겨 사용했기 때문에 이해하기는 쉬웠으나 문학성은 다소 결여된 측면이 있었다. 이 중에서 주돈이의 **「애련설(愛蓮說)」**은 깔끔한 소품문으로 널리 인구에 회자되는 작품이다.

연꽃을 사랑하는 이유[愛蓮說]

수륙의 초목의 꽃에는 사랑할 만한 것이 매우 많다. 진나라 도연명은 유독 국화를 사랑했고, 당나라 이후로 세상 사람들은 목단을 매우 사랑했다. 나는 홀로 연꽃이 진흙 속에서 나오지만 그것에 물들지 않고, 맑은 물결에 씻기어도 요염하지 않으며, 속은 통해 있고 밖은 쭉 곧아 넝쿨지지도 않고 가지도 없으며, 향기는 멀수록 더욱 맑고 우뚝 깨끗하게 서 있어서 멀리서 바라볼 수는 있으나 만만하게 다룰 수 없음을 사랑한다.

나는 국화는 꽃 중의 은일한 자이고, 목단은 꽃 중의 부귀한 자이며, 연꽃은 꽃 중의 군자인 자라고 생각한다. 아! 국화를 사랑하는 이는 도연명 이후엔 들은 적이 드물다. 연꽃을 사랑하는 이는 나와 함께 하는 자가 몇 명이나 될까? 목단을 사랑하는 이는 응당 많을 것이다!

水陸草木之花, 可愛者甚蕃. 晉陶淵明獨愛菊, 自李唐來, 世人甚愛牡丹.
予獨愛蓮之出淤泥而不染, 濯清漣而不妖, 中通外直, 不蔓不枝, 香遠益清,
亭亭淨植, 可遠觀而不可褻翫焉.

予謂: 菊, 花之隱逸者也. 牡丹, 花之富貴者也. 蓮, 花之君子者也. 噫! 菊
之愛, 陶後鮮有聞. 蓮之愛, 同予者何人? 牡丹之愛, 宜乎衆矣!

愛蓮說圖

이들이 사용한 어록체 산문은 선진시대의 『논어』·『맹자』에 그 근원을 둔 것으로, 대부분 문답체와 대화체의 평이한 구어로 인생의 도리를 설파했는데, 주희(1130~1200)의 『주자어류(朱子語類)』가 대표적인 작품이다. 이러한 어록체 산문이 발전하게 된 원인은 고문운동이 성공을 거두어 평이한 산문이 점점 구어에 가까워진 때문도 있겠지만, 무엇보다도 성리학의 발달과 함께 도학가들이 자신의 의견을 표현하기 위하여 사용한 알기 쉬운 구어가 그들의 작품에 널리 채용되었기 때문이었다. 이러한 경향은 송대 백화문의 발전에 지대한 영향을 미쳐 소설을 비롯한 민중문학의 발전에 긍정적인 작용을 했다.

그 밖에 진량(陳亮)·엽적(葉適) 등의 공리파는 도학파와 비슷한 문풍을 지녔으나, 정치·경제 등 실용적인 공용성(功用性)에 보다 역점을 두었다.

명대 산문

명대 산문과 문학유파는 복고를 주장하는 큰 흐름과 이에 반발하는 조류로 대별할 수 있는데, 그 시기별로 대표적인 문학유파를 살펴보면 다음과 같다.

명초의 문단을 주도했던 주요 인물에는 우언체(寓言體)로 시정(時政)과 현실을 풍자한 유기(劉基: 1311~1375), 의리(義理)·사공(事功)·문사(文辭)의 통일을 주장한 송렴(宋濂: 1310~1381), 호방한 필치로 사회의 병폐를 드러내고 자신의 울분을 토로한 방효유(方孝孺) 등이 있다. 이들은 심각하고 꼿꼿한 풍격으로 사회의 여러 단면을 반영했지만, 전아한 문장풍격은 이후 대각체가 발전할 실마리를 제공했다.

삼양(三楊: 楊士奇·楊榮·楊溥)으로 대표되는 대각체(大閣體)는 태평성대와 제왕의 공덕을 칭송한 것이 대부분이며, 형식은 온화·전아·미려함을 추구했다. 대각체 산문은 창의성과 내용성이 결여되고 작품이 천편일률적이어서 문학성은 별로 높지 않다.

이동양(李東陽: 1447~1516)으로 대표되는 다릉파(茶陵派)는 전아하고 화려함을 추구했는데, 대각체처럼 내용과 생기가 없었다. 이러한 다릉파의 문풍은 이후 복고파에 영향을 미쳤다.

전칠자(前七子: 李夢陽·何景明·徐禎卿·邊貢·王廷相·康海·王九思)와 후칠자(後七子: 李攀龍·王世貞·謝榛·宗臣·梁有譽·徐中行·吳國倫)에 의해 주도된 복고파는 명대의 복고적인 조류를 선도·발양하여 마침내 명대 문단의 주도권을 장악했다. 그들은 "문장은 반드시 진한을 따르고, 시는 반드시 성당을 좇아야 한다[文必秦漢, 詩必盛唐]"는 기치를 내걸고, 올바른 모방은 창작의 지름길이라고 주장했다. 이러한 복고파의 산문은 명초의 대각체와 팔고문(八股文)의 구속을 타파한 점에는 의의가 있었으나, 모방과 표절을 일삼는 형식주의에 빠져 문학성이 결여될 위험을 안고 있었다.

당순지(唐順之: 1507~1560)·귀유광(歸有光: 1506~1571)으로 대표되는 당송파(唐宋派)는 처음으로 복고파에 대한 반기를 들었는데, 그들은 문학의 시대성과 작가의 개성을 중시하고 모방을 반대했으며, 당송팔대가의 문장을 전범으로 삼았다. 그들의 주장은 혁신적이었지만 작품 창작과 역량이 부족하여 큰 힘을 발휘하지는 못했다.

명대의 문단은 공안파(公安派)에 이르러 가장 강력하게 복고파에 대항할 수 있었다. 공안파를 선도한 인물은 이지(李贄: 1527~1602, 字는 卓吾)인데, 그는 양지(良知)의 자유를 주장한 왕양명(王陽明) 학파의 좌파(左派)에 속하는 인물이었다. 이지는 '동심설

(童心說)'을 주장하여 위선적인 도학을 반대하고 진실한 감정표현을 중시했으며, '귀고천금(貴古賤今)'의 완고한 문학 관념을 부정하고 복고를 반대했으며, 통속문학의 가치를 중시하고 봉건적인 문학관의 타파를 주장했다.

이러한 주장은 공안파의 중심인물인 삼원(三袁: 袁宗道·袁宏道·袁中道)에 의해 계승 발전되었다. 그들은 문학의 시대성과 진화성을 분명하게 인식하여 옛 것의 모방을 문학의 퇴보로 여겼으며, 격조나 격률에 얽매이지 않고 진솔한 개성의 발로인 성령(性靈)을 담아내야 한다고 주장했다. 또한 문학작품의 내용성과 소설이나 희곡의 문학적 가치를 중시했다. 그들의 주장 가운데 진솔한 개성표현은 명말 소품문(小品文)의 출현과 번영을 가져왔고, '성령설'은 청대의 문학창작과 문예이론에 지대한 영향을 미쳤으며, 속문학에 대한 옹호는 명말 풍몽룡(馮夢龍)·김성탄(金聖嘆) 등의 속문학 연구에 영향을 미쳤다.

종성(鍾惺: 1572~1624)·담원춘(譚元春)으로 대표되는 경릉파(竟陵派)는 공안파의 아류가 지나친 개성적인 표현으로 말미암아 천박함으로 흐르자 이를 개선하기 위하여 '그윽하고 특이한[幽深孤峭]' 풍격을 표방했는데, 나머지 주장은 공안파와 거의 같다.

명말에는 공안파의 영향을 받아 형성된 소품문이 등장하여 침체된 문단에 참신한 활력을 불어넣었다. 명말의 소품문을 선도한 주요 작가와 작품에는 서위(徐渭)의 「활연당기(豁然堂記)」, 원굉도(袁宏道:1566~1610)의 「**만유육교대월기(晚遊六橋待月記)**」, 종성의 「완화계기(浣花溪記)」 등이 있다.

저녁에 여섯 다리를 거닐며 달맞이 하다[晩遊六橋詩月記]

서호가 가장 아름다운 것은 봄날 달 뜰 때이다. 하루 가운데 아름다
운 것은 아침 안개와 저녁 산기운이다. 올해는 춘설이 심히 많이
와서 매화가 추위 때문에 늦게 피는 바람에 살구꽃·복사꽃과 함께
차례로 개화하여 특히 장관이었다. 친구 석궤가 나에게 자주 말하
길: "부금오의 정원에 있는 매화는 장공보의 옥조당에 있던 옛 물건
이니 빨리 보러 가세!"라고 했지만, 나는 그때 복사꽃에 끌려서 결국
차마 호숫가를 떠나지 못했다. 단교로부터 소제에 이르는 일대는
초록 안개와 붉은 연무가 20여 리나 가득 차 있었다. 노래 소리는
바람이 부는 듯했고 분에 젖은 땀은 비가 오는 듯했다. 화려하게
차려 입은 부녀자들이 제방 가의 풀밭에 많이 있어서 너무나도 곱고
아름다웠다. 그러나 항주(杭州) 사람들이 서호로 놀러 나오는 것은
오시·미시·신시[오전 11시부터 오후 5시] 세 때뿐이다. 그러나 사
실 호수 빛이 비취색으로 물드는 아름다움이나 산기운이 색을 칠하
는 오묘함은 모두 아침 해가 막 뜰 때나 석양이 아직 지기 전에야
비로소 그 아름다움이 극에 이른다. 달 뜬 풍경은 더욱 말할 수 없을
정도이다. 꽃의 자태와 버들의 정, 산의 얼굴과 물의 뜻은 또 다른
일종의 멋과 맛이다. 이 즐거움을 남겨두어 산의 스님과 놀러 나온
객과 함께 받아 즐기니, 어찌 속된 선비라고 말할 수 있겠는가!

西湖最盛, 爲春爲月. 一日之盛, 爲朝烟, 爲夕嵐. 今歲春雪甚盛, 梅花爲寒
所勒, 與杏桃相次開發, 尤爲奇觀. 石簣數爲余言: "傅金吾園中梅, 張功甫

玉照堂故物也. 急往觀之!" 余時爲桃花所戀, 竟不忍去湖上. 由斷橋至蘇堤
一帶, 綠烟紅霧, 彌漫二十餘里. 歌吹爲風, 粉汗爲雨. 羅紈之盛, 多于堤畔
之草, 艶冶極矣. 然杭人遊湖, 止午・未・申三時. 其實湖光染翠之工, 山嵐
設色之妙, 皆在朝日始出, 夕舂未下, 始極其濃媚. 月景尤不可言. 花態柳
情, 山容水意, 別是一種趣味. 此樂留與山僧遊客受用, 安可爲俗士道哉!

이어서 소품문의 문학성을 제고시킨 중심인물은 장대(張岱:
1597~1689?)인데, 그의 문장은 진실한 감정과 개성이 뚜렷하며
자연스럽고 청려하여 명대 소품문의 대가로 손꼽힌다. 문집으로
『도암몽억(陶庵夢憶)』・『서호몽심(西湖夢尋)』 등이 있다.

이러한 소품문은 종래 경(經)・사(史)의 고문이나 당송팔대가의
문장과는 경향을 달리하며, '재도(載道)'의 문학 관념에서 벗어나
산문의 자유롭고 개성적인 표현을 가능케 했다는 데에서 그 의의
를 찾을 수 있다.

청대 산문

청대의 산문은 고증학으로 대표되는 청대의 학술사상과 밀접
하게 연관되어 있어서 그 영향을 많이 받았다.

청초의 고문은 고염무(顧炎武)・황종희(黃宗羲)・왕부지(王夫之)
의 이른바 '3유로(三遺老)'와 후방역(侯方域: 1618~1654)・위희(魏
禧: 1624~1680)・왕완(汪琬: 1624~1690)의 이른바 '3대가'에 의
해 주도되었다. 3유로는 명도(明道)와 재도(載道)에 바탕을 둔 경
세치용의 학문을 주장하여 명대의 의고주의나 공안・경릉파의 낭
만주의적인 문장을 배격하고 자연스럽고 유창한 문장을 추구했

다. 3대가는 명말의 경박한 문풍을 배격하고 한유·구양수의 문장을 모범으로 삼아 평담하고 질박한 문장을 추구했다.

청 중엽의 고문은 동성파(桐城派)와 양호파(陽湖派)의 활약이 두드러졌는데, 그 주도권은 동성파가 쥐고 있었다. 동성파라는 명칭은 방포(方苞)·유대괴(劉大櫆)·요내(姚鼐)·증국번(曾國藩) 등의 중심인물들이 모두 안휘성(安徽省) 동성현(桐城縣) 출신인 데서 비롯되었다.

방포(1668~1749)는 문장과 도(道), 문인과 성인의 일체화를 주장했으며, 유교의 도의(道義)로서 『춘추(春秋)』의 미언대의(微言大義)를 바탕으로 한 '의(義)'와 『춘추』의 포폄의 필법을 체득한 뒤 『좌전(左傳)』·『사기』 및 당송팔대가의 고문법을 종지로 삼는 '법(法)'의 구비를 요구했다. 또한 고문과 순문학인 시·사·부를 엄격히 구분하고 속문학인 소설·희곡 등을 경시했으며, 문장의 최고 규범을 육경(六經)과 『논어』·『맹자』, 『좌전』·『사기』, 당송팔대가, 명대 귀유광(歸有光)의 순으로 규정했다. 그리고 전아하고 순정(醇正)한 문장표현을 주장했다.

유대괴(1698~1780)는 방포의 의법설(義法說)에 작자의 정신에 해당하는 '신기(神氣)'와 문자의 음조에 해당하는 '음절(音節)'을 보충하여 문장의 문학적인 미를 추구했다.

요내(1731~1815)는 한대 훈고학과 송대 성리학의 겸비를 이상으로 삼아, '의리'·'고증'·'문장'의 삼위일체를 추구했으며, 유대괴의 '신기'를 보충하여 '신리기미(神理氣味)'[문장의 내용과 정신]를 주장하고 '음절'을 확충하여 '격률성색(格律聲色)'[문장의 수사와 형식]을 주장했다. 또한 진·한으로부터 방포·유대괴에 이르기까지 각 가의 고문을 엄선·분류하고 문체에 대한 간략한 해설을 첨부한 『고문사류찬(古文辭類纂)』을 편찬하여 실제적인 문장규범을 제시했다.

태산에 올라[登泰山記]

태산의 남쪽엔 문수가 서쪽으로 흐르고 그 북쪽엔 제수가 동쪽으로 흐르는데, 남쪽 계곡은 모두 문수로 들어가고 북쪽 계곡은 모두 제수로 들어간다. 그것을 남과 북으로 나누는 것은 옛 제(齊)나라의 장성이다. 가장 높은 곳은 일관봉인데 장성 남쪽 15리에 있다. 나는 건륭 39년(1774) 12월에 서울을 출발하여 바람과 눈을 따라 제하와 장청을 지나고 태산의 서북쪽 계곡을 통과하고 장성의 성벽을 넘어 태안에 도착했다. 이 달 정미일에 지부로 있던 자영 주효순과 함께 남록으로부터 올라갔다. 45리를 가니 길에 모두 돌을 쌓아 계단을 만들었는데 그 층계가 7천여 개나 되었다. 태산의 정남향으로 세 개의 계곡이 있다. 중계는 태안성 아래를 휘감고 있는데, 역도원이 말한 환수이다. 나는 처음에 중곡을 따라 태산으로 들어갔는데, 절반 정도 가다가 중령을 넘어 다시 서곡을 따라 그 정상에 도착했다. 옛날에 태산에 오를 때는 동곡을 따라 들어갔는데, 그 길에는 천문이 있다. 동곡은 옛날에는 천문계수라고 했는데 내가 가보지 못한 곳이다. 지금 지나온 중령과 산 정상에서 벼랑이 길을 막고 있는 곳을 세상에서 모두 천문이라 부른다. 그 길은 중간에 안개가 자욱하여 앞이 안보이고 얼음이 얼어 미끄러워서 계단을 거의 올라갈 수 없었다. 위로 올라갔더니 푸른 산이 눈을 이고 있고 눈빛이 남쪽 하늘을 비추고 있었다. 석양이 성곽을 비추는 광경을 멀리서 바라보니 문수와 조래산이 그림과 같고 산 중턱에는 안개가 띠처럼 걸쳐 있었다.

무신일 그믐 오경에 자영과 함께 일관정에 앉아 일출을 기다렸는데, 큰 바람이 쌓인 눈을 날려 얼굴을 때렸다. 일관정 동쪽은 발 아래부터 모두 눈이 가득했다. 잠시 구름 속에서 저포놀이의 말처럼 수십 개가 서 있는 것이 보였는데, 그것은 산이었다. 하늘 끝으로 구름이 한 줄기 이상한 빛을 띠더니 잠시 후 오색 무늬를 이루었으며, 태양 위로는 단사를 칠한 듯 새빨갰고 아래로는 붉은 빛이 흔들리며 떠받치고 있었다. 어떤 이는 이곳이 동해라고 했다. 일관정 서쪽의 봉우

리를 돌아보니, 어떤 곳은 해가 비치고 어떤 곳은 그렇지 아니하여 붉은 색과 흰 색이 섞여 있었는데 모두 곱사등이 같았다. 일관정 서쪽에는 동악대제(東嶽大帝)의 사당이 있고 또 벽하원군의 사당이 있으며, 황제의 행궁이 벽하원군 사당의 동쪽에 있다. 이날 길에 있는 석각을 보았는데, 당나라 현경 연간 이후로 옛 석각들이 모두 마멸되어 보이지 않았다. 길에 있지 않고 후미진 곳에 있는 석각은 미처 가보지 못했다.

산에는 돌이 많고 흙은 적었는데, 돌은 검푸른 색으로 대부분 네모 반듯했고 둥근 것은 드물었다. 잡목은 적었고 돌 틈에서 자라는 소나무가 많았는데 모두 끝 부분이 평평했다. 얼음이 얼고 눈이 와서 폭포수는 없었으며, 새나 짐승의 소리와 자취도 없었다. 일관봉 주위의 몇 리 이내에는 나무가 없었고 눈이 사람 무릎까지 쌓여 있었다. 동성의 요내 씀.

泰山之陽, 汶水西流. 其陰, 濟水東流. 陽谷皆入汶, 陰谷皆入濟. 當其南北分者, 古長城也. 最高日觀峰, 在長城南十五里.

余以乾隆三十九年十二月, 自京師乘風雪, 歷齊河·長淸, 穿泰山西北谷, 越長城之限, 至於泰安. 是月丁未, 與知府朱孝純子頴由南麓登. 四十五里, 道皆砌石爲磴, 其級七千有餘. 泰山正南面有三谷. 中谷繞泰安城下, 酈道元

所謂環水也. 余始循以入, 道少半, 越中嶺, 復循西谷, 遂至其巔. 古時登山,
循東谷入, 道有天門. 東谷者, 古謂之天門溪水, 余所不至也. 今所經中嶺及
山巔崖限當道者, 世皆謂之天門云. 道中迷霧氷滑, 磴幾不可登. 及旣上, 蒼
山負雪, 明燭天南. 望晚日照城郭, 汶水·徂徠如畫, 而半山居霧若帶然.
戊申晦, 五鼓, 與子潁坐日觀亭, 待日出. 大風揚積雪擊面. 亭東自足下皆
雲漫. 稍見雲中白若樗蒱數十立者, 山也. 極天雲一線異色, 須臾成五彩.
日上正赤如丹, 下有紅光動搖承之. 或曰此東海也. 回視日觀以西峰, 或得
日或否, 絳皓駁色, 而皆若僂. 亭西有岱祠, 又有碧霞元君祠. 皇帝行宮在
碧霞元君祠東. 是日, 觀道中石刻, 自唐顯慶以來, 其遠古刻盡漫失. 僻不
當道者, 皆不及往.
山多石, 少土. 石蒼黑色, 多平方, 少圓. 少雜樹, 多松, 生石罅, 皆平頂.
氷雪, 無瀑水. 無鳥獸音迹. 至日觀數里內無樹, 而雪與人膝齊. 桐城姚鼐
記.

『惜抱軒文集』卷14]

증국번(1811～1872)은 기본적으로 방포와 요내의 설을 계승했
지만 그들의 결점을 보완하려고 했다. 그래서 요내의『고문사류
찬』의 고문 선정범위가 좁은 것을 보완하기 위하여 경·사·자서
의 문장도 가려 뽑아『경사백가잡초(經史百家雜鈔)』를 편집함으
로써 동성파의 주장을 확대시켰다.

동성파의 이러한 주장 가운데 실제의 강구, 논리의 중시, 질박
한 문풍의 창조 등은 장점이지만, 지나치게 '의법'에 매달려 결과
적으로 팔고문(八股文)을 조장한 것은 단점이라 할 수 있다. 그러
나 동성파의 문풍은 당시의 학술과 결합하여 청말까지 산문계에
막대한 영향력을 행사했다.

동성파의 방계(傍系)로서 등장한 양호파(陽湖派)는 중심인물인
운경(惲敬)·장혜언(張惠言) 등이 모두 강소성(江蘇省) 양호현(陽湖
縣) 출신인 데서 그 명칭이 비롯되었다. 양호파는 육경과 당송팔
가문 외에 제자(諸子)·사가(史家)·잡가(雜家)의 문장도 취했기 때

문에, 아정하기만 한 방포나 요내의 문장과는 달리 문장의 기세
가 호방하고 표현이 심후한 특색을 지니고 있다.

청말의 고문은 동성파의 영향에서 점차 벗어나 새로운 국면으로
발전하기 시작했다. 그 주요 인물에는 동성파와 관계없이 독자적인
문체로 우수한 산문을 창작한 공자진(龔自珍)·위원(魏源), 청말에
대량으로 발행된 신문과 잡지에 평이하고 통속적인 문장을 기고하
여 새로운 산문의 기풍을 조성한 양계초(梁啓超) 등이 있다.

공자진 「병매관기(病梅館記)」

강녕의 용반과 소주의 등위와 항주의 서계는 모두 매화 산지이다.
어떤 이가 말하길: "매화는 휘어져야 아름답고 곧으면 맵시가 없으
며, 틀어져야 아름답고 똑바르면 볼품이 없으며, 성기어야 아름답고
빽빽하면 자태가 없다"고 한다. 그렇다. 이것은 문인화가들이 마음
으로는 그 뜻을 알고 있으면서도 그러한 기준으로 천하의 매화를

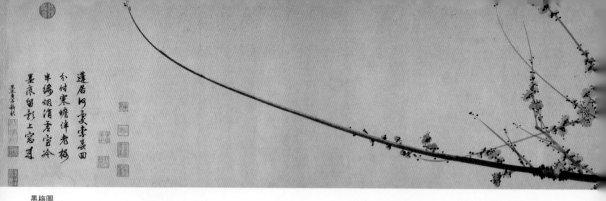

墨梅圖

평가한다고 큰 소리로 분명하게 말하지 못하는 바이다. 또한 세상 모든 사람들에게 곧은 것을 베고 **빽빽한** 것을 쳐내고 똑바른 것을 자르게 하여, 매화를 빨리 죽게 하고 매화를 병들게 하는 것을 업으로 삼아 돈을 벌게 할 수는 없다. 매화를 틀어지게 하고 성기게 하고 휘어지게 하는 것은 돈 벌기에 급급한 우둔한 사람들이 그 머리로 할 수 있는 일이 아니다. 그것은 문인화가들이 자신의 괴벽한 취미를 매화 파는 사람에게 분명히 알려서, 그 똑바른 것을 베어서 곁가지를 키우고 그 **빽빽한** 것을 쳐내서 어린 가지를 죽이고 그 곧은 것을 잘라서 생기를 막음으로써 높은 값을 구하는 것이니, 강·절 지방의 매화는 모두 병이 들었다. 문인화가들이 끼친 심한 화가 이 지경에 이를 줄이야!

나는 삼백 개의 매화 분재를 샀는데 모두 병든 것이었고 온전한 것은 하나도 없었다. 사흘 동안 울고 나서 그것들을 치료해주고 풀어주고 순리대로 살게 해주겠다고 맹세한 뒤, 화분을 깨뜨려 모두 땅에 묻어주고 동여맨 끈을 풀어주었다. 5년을 기약으로 반드시 그것을 회복시키고 온전하게 해주겠다고 다짐했다. 나는 본래 문인화가는 아니지만 그 심한 질책을 달게 받고서 병매관을 열어 그것들을 수집해 두었다.

아! 어떻게 하면 내가 더 많은 한가한 날과 또 더 많은 한가한 땅을 얻어서, 강녕·항주·소주의 병든 매화를 널리 수집하여 나의 남은 세월을 바쳐 매화를 치료할 수 있을까!

江寧之龍蟠, 蘇州之鄧尉, 杭州之西溪, 皆産梅.

或曰: "梅以曲爲美, 直則無姿. 以敧爲美, 正則無景. 以疏爲美, 密則無態." 固也. 此文人畫士, 心知其意, 未可明詔大號, 以繩天下之梅也. 又不可以使天下之民, 斫直·刪密·鋤正, 以夭梅·病梅爲業以求錢也. 梅之敧·之疏·之曲, 又非蠢蠢求錢之民, 能以其智力爲也. 有以文人畫士孤癖之隱, 明告鬻梅者, 斫其正, 養其旁條, 刪其密, 夭其稚枝, 鋤其直, 遏其生氣, 以求重價, 而江·浙之梅皆病. 文人畫士之禍之烈至此哉!

予購三百盆, 皆病者, 無一完者. 旣泣之三日, 乃誓療之·縱之·順之, 毀其盆, 悉埋於地, 解其棕縛. 以五年爲期, 必復之·全之. 予本非文人畫士, 甘受詬厲, 辟病梅之館以貯之.

嗚呼! 安得使予多暇日, 又多閑田, 以廣貯江寧·杭州·蘇州之病梅, 窮予生之光陰以療梅也哉!

[『定庵續集』 卷3]

小說

소설

火須兵應
兵仗火威
此正是三江水戰
赤壁鏖兵

소설

중국 소설의 기원

신화전설

중국의 신화전설은 발생된 시기는 매우 이르지만 기록된 시기는 매우 늦다. 신화전설에 관한 은대(殷代)의 자료에는 한계가 있으며, 주대(周代)의 자료는 비교적 풍부하기는 하지만 그것을 활용할 때는 한대(漢代)의 저작을 참고해야만 한다. 초기의 신화전설은 늦어도 주나라가 개국될 당시에 유행하던 종교적인 상황에서 형성된 것으로 보인다.

초기의 신화전설은 대부분 단편적인 것들이어서 줄거리가 완전한 고사를 찾아내기가 쉽지 않다. 그러나 강한 현실성과 아름다운 낭만성이 잘 드러나 있다.

고대의 신화전설은 주로 『산해경(山海經)』·『초사(楚辭)』·『회남자(淮南子)』 등에 실려 전해지는데, 대표적인 것으로는 「과보축일(夸父逐日)」·「여와보천(女媧補天)」·「예사십일(羿射十日)」·「공공노촉부주산(共工怒觸不周山)」·「곤우치수(鯀禹治水)」·「항아분월(嫦娥奔月)」 등을 들 수 있다.

女媧補天圖

「과보가 태양과 경주하다[夸父逐日]」

과보가 태양과 경주하다 태양광선 속으로 들어갔다. 목이 말라 물을 마시고 싶어서 황하와 위수를 마셨는데, 황하와 위수가 부족하자 북쪽으로 가서 대택을 마셨다. 도착하기 전에 도중에 목이 말라죽었다. 그 지팡이를 버렸는데 그것이 변하여 등림이 되었다.

夸父與日逐走, 入日. 渴, 欲得飮, 飮于河·渭, 河·渭不足, 北飮大澤. 未至, 道渴而死. 棄其杖, 化爲鄧林. 　　　　　　　　　　　［『山海經』「海外北經」］

「여와가 하늘을 기우다[女媧補天]」

먼 옛날에 사방의 하늘이 무너지고 땅의 구주가 갈라져, 하늘은 대지를 완전히 덮을 수 없었고 땅은 만물을 모두 실을 수 없었다. 불길이 널름거리며 번져나가 꺼지지 않았고 물이 넘실대며 퍼져나가 그치지 않았다. 맹수가 선량한 사람을 잡아먹고 사나운 새가 노약자를 채갔다. 그래서 여와가 오색석을 주물러서 창천을 기우고, 큰 자라의 다리를 잘라 사방의 기둥을 세웠으며, 검은 용을 죽여 기주를 구제하고, 갈대 재를 쌓아 홍수를 막았다. 창천이 기워지고 사방기둥이 똑바로 서고 홍수가 마르고 기주가 평안해지고 흉악한 해충이 죽자 선량한 사람들이 살수 있게 되었다.

往古之時, 四極廢, 九州裂, 天不兼覆, 地不周載. 火爁焱而不滅, 水浩洋而

不息. 猛獸食顓民, 鷙鳥攫老弱. 于是女媧煉五色石以補蒼天, 斷鰲足以立
四極, 殺黑龍以濟冀州, 積蘆灰以止淫水. 蒼天補, 四極正, 淫水涸, 冀州
平, 狡蟲死, 顓民生.

『淮南子』「覽冥訓」

「예가 열 개의 태양을 쏘다[羿射十日]」

요 때에 이르러 열 개의 태양이 한꺼번에 떠서 곡식을 태우고 초목
을 죽이는 바람에 사람들이 먹을 게 없었다. 알유·착치·구영·대풍
·봉희·수사가 모두 사람을 해쳤다. 그래서 요는 예로 하여금 주화
의 들에서 착치를 주살하고, 흉수 가에서 구영을 죽이고, 청구의 연
못에서 대풍을 쏘고, 위로 열 개의 태양을 쏘고 아래로는 알유를
죽이고, 동정에서 수사를 자르고, 상림에서 봉희를 사로잡게 했다.
만민이 모두 기뻐하여 요를 천자로 추대했다.

逮至堯之時, 十日幷出, 焦禾稼, 殺草木, 而民無所食. 猰貐·鑿齒·九嬰·
大風·封豨·脩蛇, 皆爲民害. 堯乃使羿誅鑿齒于疇華之野, 殺九嬰于凶水
之上, 繳大風于靑邱之澤, 上射十日而下殺猰貐, 斷脩蛇于洞庭, 禽封豨于
桑林. 萬民皆喜, 置堯以爲天子.

『淮南子』「本經訓」

羿射十日圖

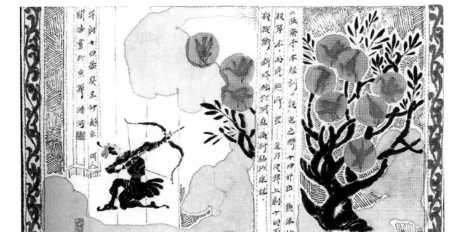

「공공이 격분하여 부주산을 들이받다[共工怒觸不周山]」

옛날에 공공이 전욱과 제위를 놓고 전쟁을 하다가 격분하여 부주산을 들이받는 바람에 하늘 기둥이 부러지고 땅 줄이 끊어졌다. 하늘이 서북쪽으로 기울어졌기 때문에 해·달·별들이 그쪽으로 이동하고, 땅이 동남쪽으로 덜 찼기 때문에 물과 티끌이 그쪽으로 돌아가는 것이다.

昔者共工與顓頊爭爲帝, 怒而觸不周之山, 天柱折, 地維絶. 天傾西北, 故日月星辰移焉, 地不滿東南, 故水潦塵埃歸焉.　　　　　[『淮南子』「天文訓」]

이러한 신화전설은 후대 문학에 많은 영향을 미쳤다. 예술창작 방면에서는 후대 문학상의 낭만주의 창작방법은 모두 신화전설로부터 발전되었다. 소설 방면에서는 위진남북조(魏晉南北朝) 지괴(志怪)소설, 당대 전기(傳奇)소설, 『서유기(西遊記)』·『봉신연의(封神演義)』와 같은 명청대 신마소설 등에 영향을 미쳤으며, 이러한 전통은 노신(魯迅)의 『고사신편(故事新編)』에까지 이어졌다. 시가 방면에서는 굴원(屈原)과 송옥(宋玉)의 초사(楚辭), 조식(曹植)의 「낙신부(洛神賦)」, 도연명(陶淵明)·이백(李白)·이하(李賀)·이상은(李商隱)·소식(蘇軾) 등 대시인들의 작품에 많은 소재를 제공했다. 희곡 방면에서는 한대의 각저희(角觝戲), 진대(晉代)의 치우희(蚩尤戲) 등 원시 희곡에 소재를 제공했다.

우언

춘추전국시대에 주 왕실이 쇠미해짐에 따라 여러 제후 국가들이 서로 약육강식하느라 부국강병책에 밝은 인사를 널리 찾았는데, 그 결과 제자들의 백가쟁명(百家爭鳴) 현상이 있었다. 제자들은 자신의 주장에 설득력을 강화시키는 수단으로 자주 우언을 사용했는데, 그 결과 이 시기에 우언이라는 독특한 서사갈래가 크게 흥성했다. 이러한 우언은 특히 『맹자』·『장자』·『한비자』·『전국책』 등에 많이 들어 있다. 우언의 중요한 특징은 여러 가지 비유를 사용한 간단한 이야기를 통하여 특정한 이치를 밝히려는 데 있다. 그 목적이 말하는 사람이 강조하려는 이치 확인에 있다는 점에서 이야기의 내용은 보충적인 의미를 벗어나지 않으나, 강한 '고사성'을 지닌 표현양식과 독특한 풍자수법은 후대 소설에 깊은 영향을 미치게 되었다. 우언의 특징인 고사성·허구성·단편성·철리성 가운데 고사성과 허구성은 신화전설의 영향을 받았으나, 우언의 경우엔 자각적 창조와 허구임에 비해 신화의 허구는 비자각적이라는 점에서 차이가 있다. 이런 점에서 우언은 더욱 소설에 근접한 갈래라 하겠다.

사전

사전(史傳)이란 역사기록에서 전기 부분을 말한다. 역사서에서 특히 전기 부분은 인물의 내·외면적 특징묘사와 특정 사건에 대한 짜임새 있는 기술이 두드러진다. 이러한 성과는 『좌전』·『전국책』 등에서 이미 확인된 바이고, 이어 사마천의 『사기』 가운데 특히 「열전」 부분은 인물형상·사건서술·전쟁묘사 등에서 매우 다양한 표현수법을 적절히 활용하여 역사의 단순한 기록을 뛰어넘어 풍부한 문학성을 담고 있다. 이러한 사전 문학의 성과는 특정 인물과 그 인물의 사건 줄거리를 바탕으로 삼는 소설 갈래에 하나의 전범으로 작용했다고 말할 수 있겠다.

문언소설

위진남북조 지괴·지인소설

‘소설’이란 용어는 『장자(莊子)』 「외물편(外物篇)」의 “소설을 꾸며서 높은 벼슬을 구하는 것은 대도와는 또한 먼 짓이다[飾小說以干縣令, 其於大達亦遠矣]”는 구절에서 맨 처음 보이지만, 여기에서의 ‘소설’은 ‘대도(大道)’와 상대적인 의미이며 근대적 의미의 ‘소설’과는 거리가 멀다.

한대에 이르러 일부 문인들에 의해 소설의 허구성·통속성·단편성·공효성 등이 부분적으로 언급되긴 했지만, 소설은 여전히 천시의 대상이었으며 역사서나 지리서의 주변에 머물러 있었다. 소설적 요소를 지니고 있는 한대의 작품으로는 지리박물고사류의 『신이경(神異經)』·『십주기(十洲記)』, 신선고사류의 『동명기(洞冥記)』·『한무고사(漢武故事)』·『열선전(列仙傳)』, 역사고사류의 『연단자(燕丹子)』·『설원(說苑)』·『신서(新序)』·『열녀전(列女傳)』 등을 들 수 있다.

위진남북조 시대에도 소설을 천시하는 관념은 여전히 이어졌지만, 창작된 작품의 수량·내용·예술성은 훨씬 발전된 양상을 보여주었다.

이 시기의 소설은 크게 지괴소설(志怪小說)과 지인소설(志人小說)로 나뉘는데, 이러한 분류는 노신(魯迅)이 그의 『중국소설의 역사적 변천[中國小說的歷史的變遷]』에서 처음 시도한 것이다.

지괴소설은 주로 신선·귀신·산천지리·불법(佛法)과 관련된 괴이한 이야기를 기록한 것으로 위진남북조 소설의 주류를 이루었다.

이러한 지괴소설이 대량으로 창작된 주요 배경으로는 무풍(巫

風)・방술(方術)의 흥성 및 전파, 불교의 전파와 불경의 번역, 문인
・방사(方士)・승려를 중심으로 한 작자층의 확대, 귀신의 존재를
믿었던 당시인의 관념, 고대 신화와 역사전설의 계승 등을 들 수
있다.

　지괴소설을 대표하는 작품은 동진 간보(干寶: 317전후)의『수
신기(搜神記)』이다.『수신기』는 내용상 중국 지괴소설의 전형적
인 범주를 두루 갖추고 있으며, 형식상 일부 고사는 편폭이 길어
지고 줄거리 전개에 기복이 있는 등 비교적 완정한 구성을 갖추
고 있다. 또한 인물묘사상 등장인물의 형상을 창조함에 있어서
인물의 성격을 통하여 인간사회를 반영하고 작자의 애증태도와
이상세계를 제시했으며, 표현기교상 '몽환'・'이혼(離魂)'・'환생'・
'선경(仙境) 왕래' 등의 수법을 사용하여 작품의 오락성과 예술성
을 제고시켰다.

「송정백이 귀신을 잡다[宋定伯捉鬼]」

　남양의 송정백이 젊었을 때 밤길을 가다가 귀신을 만났다.
　정백이 물었다. "뉘시오?"
　귀신이 말했다. "귀신이오."
　귀신이 다시 말했다. "그대는 또 뉘시오?"
　정백이 그를 속여 말했다. "나도 귀신이오."
　귀신이 물었다. "어디로 가시오?"
　정백이 대답했다. "완시로 가는 길이오."
　귀신이 말했다. "나도 완시로 가는 길이오."
　그리하여 함께 몇 리를 갔다.
　귀신이 말했다. "걷는 것이 너무 피곤하니 서로 번갈아 업어주기로
합시다."
　정백이 말했다. "그거 좋소."

귀신이 먼저 정백을 업고 몇 리를 갔다.

귀신이 말했다. "그대는 너무 무거우니 아무래도 귀신이 아닌 것 같소!"

정백이 말했다. "나는 갓 죽었기 때문에 무거운 것이오."

정백이 이번에는 귀신을 업었는데, 귀신은 거의 무게가 나가지 않았다. 이렇게 두세 번을 했다.

정백이 다시 말했다. "나는 갓 죽어서 귀신들이 꺼리는 것이 무엇인지 모르오."

귀신이 말했다. "오직 사람의 침을 싫어하오."

그래서 함께 길을 가다가 물을 만나게 되었다. 정백이 귀신에게 먼저 건너가라 하고 들어보았더니 전혀 소리가 나지 않았다. 이번에는 정백 자신이 건너갔는데 철벅철벅 소리가 났다.

귀신이 다시 말했다. "어찌하여 소리가 나오?"

정백이 말했다. "갓 죽어서 물 건너는 데 익숙하지 않아서 그럴 뿐이니 이상하게 여기지 마시오!"

완시에 거의 도착할 무렵에 정백은 잽싸게 귀신을 들어 머리 위에 올려놓고 꽉 잡았다. 귀신이 큰 소리로 꽥꽥거리면서 내려달라고 애원했다. 정백은 들어주지 않고 곧장 완시로 갔다. 귀신을 땅에 내려놓았더니 한 마리 양으로 변하자 곧 팔았다. 정백은 그것이 다시 변화할까봐 걱정되어 침을 뱉었다. 정백은 천오백 냥을 벌어 가지고 곧장 떠났다.

당시 사람들이 말했다. "정백이 귀신을 팔아 천오백 냥을 벌었다네."

南陽宋定伯, 年少時, 夜行逢鬼. 問曰: "誰?" 鬼曰: "鬼也." 鬼曰: "卿復誰?" 定伯欺之, 言: "我亦鬼也." 鬼問: "欲至何所?" 答曰: "欲至宛市." 鬼言: "我亦欲至宛市." 共行數里. 鬼言: "步行太亟, 可共迭相擔也." 定伯曰: "大善." 鬼便先擔定伯數里. 鬼言: "卿太重, 將非鬼也!" 定伯言: "我新死, 故重耳." 定伯因復擔鬼, 鬼略無重, 如是再三. 定伯復言: "我新死, 不知鬼悉何所惡忌." 鬼曰: "唯不喜人唾." 於是共道遇水, 定伯因命鬼先渡, 聽之了無聲. 定伯自渡, 漕漼作聲. 鬼復言: "何以作聲?" 定伯曰: "新死, 不習渡水耳. 勿怪!" 行欲至宛市, 定伯便擔鬼至頭上, 急持之. 鬼大呼, 聲咋咋, 索下. 不復聽之, 徑至宛市中. 著地, 化爲一羊, 便賣之. 恐其便化, 乃唾之. 得錢千五百, 乃去. 於時言: "定伯賣鬼, 得錢千五百."　　　　　　　[『列異傳』]

「한빙부부(韓憑夫婦)」

송나라 강왕의 사인 한빙은 하씨를 부인으로 얻었는데, 미인이어서 강왕이 그녀를 빼앗았다. 한빙이 원망하자 강왕은 그를 가두어 낮에는 성을 쌓고 밤에는 보초를 서는 형벌에 처했다. 부인이 은밀히 한빙에게 편지를 보냈는데 말을 난해하게 했다.

"그 비는 주룩주룩, 강은 크고 물은 깊으며, 해는 떠서 마음을 비춥니다."

나중에 왕이 그 편지를 입수하여 좌우 신하들에게 보였으나 좌우 신하들은 그 뜻을 풀지 못했다. 그런데 신하 소하가 대답했다.

"'그 비는 주룩주룩'은 근심하고 사모한다는 말이고, '강은 크고 물은 깊으며'는 왕래할 수 없다는 뜻이며, '해는 떠서 마음을 비춘다'는 마음에 죽을 뜻이 있다는 말입니다."

얼마 후 한빙은 자살했다. 그 부인은 남몰래 자기 옷을 썩혀 두었다. 왕이 그녀와 함께 누대에 올랐을 때 부인은 누대 아래로 투신했는데, 좌우 사람들이 붙잡으려 했으나 옷이 손에 잡히질 않아 죽고 말았다. 허리끈에는 "왕께서는 내가 사는 게 좋지만 첩은 내가 죽는 게 좋습니다. 원컨대 시체나마 한빙과 합장해주십시오"라는 유서가 씌어 있었다. 왕은 노하여 그 말을 들어주지 않고 마을 사람들에게 매장하여 무덤을 서로 바라보게 하도록 했다. 왕이 말했다.

"너희 부부는 서로 사랑하여 마지않으니 만약 무덤을 합치게 할 수 있다면 나는 더 이상 막지 않겠노라."

하룻밤 사이에 곧바로 큰 가래나무가 두 무덤 끝에서 자라나 10일 만에 한 아름에 가득 찰 크기가 되어 몸통을 굽혀서 서로 나아갔으며, 뿌리는 아래에서 엉키고 가지는 위에서 얽혔다. 또한 원앙새 암수 각 한 마리가 항상 나무 위에 살면서 아침부터 저녁까지 떠나지 않은 채 목을 부비고 슬피 울어 그 소리가 사람을 감동시켰다.

송나라 사람들이 그들을 애도하여 마침내 그 나무를 '상사수'라고
불렀다. '상사'라는 말은 여기에서 나온 것이다. 남방 사람들은 이
새를 한빙 부부의 정령이라고 생각한다. 지금 수양 땅에 한빙성이
있는데, 그 노래가 지금까지 남아 있다.

宋康王舍人韓憑, 娶妻何氏, 美, 康王奪之. 憑怨, 王囚之, 論爲城旦. 妻密
遺憑書, 繆其辭曰: "其雨淫淫, 河大水深, 日出當心." 旣而王得其書, 以示
左右, 左右莫解其意. 臣蘇賀對曰: "'其雨淫淫', 言愁且思也. '河大水深',
不得往來也. '日出當心', 心有死志也." 俄而憑乃自殺. 其妻乃陰腐其衣.
王與之登臺, 妻遂自投臺下, 左右攬之, 衣不中手而死. 遺書於帶曰: "王利
其生, 妾利其死. 願以尸骨, 賜憑合葬." 王怒, 不聽, 使里人埋之, 冢相望
也. 王曰: "爾夫婦相愛不已, 若能使冢合, 則吾不阻也." 宿昔之間, 便有大
梓木生于二冢之端, 旬日而大盈抱, 屈體相就, 根交于下, 枝錯于上. 又有
鴛鴦, 雌雄各一, 恒棲樹上, 晨夕不去, 交頸悲鳴, 音聲感人. 宋人哀之, 遂
號其木曰'相思樹'. '相思'之名起于此也. 南人謂此禽卽韓憑夫婦之精魂. 今
睢陽有韓憑城, 其歌謠至今猶存.   [『搜神記』]

相思樹

중국문학의 향기

위진남북조 지괴소설에서 확립된 중국 지괴의 전통은 이후 송대 홍매(洪邁)의『이견지(夷堅志)』를 거쳐 청대 포송령(蒲松齡)의『요재지이(聊齋志異)』에서 최고봉에 이르게 된다. 또한 다양한 고사와 표현수법은 이후 당대 전기(傳奇) 소설에 직접적인 영향을 미쳤으며, 당대 변문(變文), 송·원대 화본(話本) 및 희곡, 명·청대 문언소설 등에 광범위한 영향을 미쳤다.

지인소설은 주로 문인·사대부를 중심으로 한 상류층 인물의 언행과 일화를 기록하여, 위진남북조 명사의 풍류를 반영하고 그들의 사상과 풍모를 그려냈는데, 그 내용이 비교적 사실적인 것이 특징이다.

이러한 지인소설이 창작된 배경으로는 한·위 이래 이어져온 청담(淸談)과 인물품평 풍조의 성행으로 인물의 언행과 일화를 기록한 서책의 필요성이 대두된 시대상황과 선진 역사산문과 제자산문 가운데 인물고사의 영향을 들 수 있다.

지인소설을 대표하는 작품은 남조 송 유의경(劉義慶: 403~444)의 『세설신어(世說新語)』이다. 『세설신어』는 내용상 더 이상 역사의 기술이나 단순한 신화전설·우언고사가 아니라 작자가 직접 체험한 실제생활과 여러 군상의 인물의 언행을 묘사하여 지괴소설과 뚜렷한 차별성을 지니고 있으며, 생동감이 넘치고 현실성이 강하다. 또한 표현수법상 작자의 직접적인 서술이 아니라 등장인물의 언행을 통하여 몇 마디의 말로 인물의 성격과 특성을 성공적으로 표현했으며, 언어예술상 정련된 언어와 함축적인 문장으로 풍부한 심미성(審美性)을 구현했다.

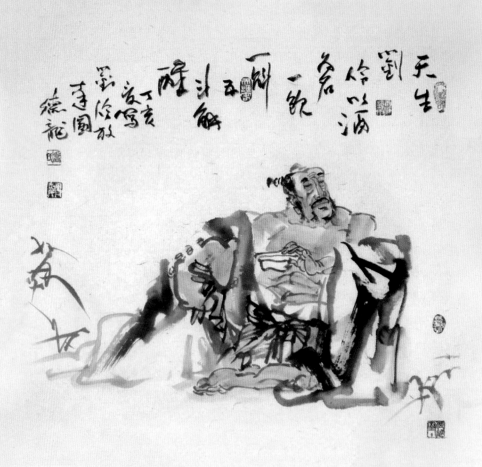

天生劉伶以酒為名一飲一斛五斗解酲

丁亥夏寫寬隆放達圖德龍

劉伶病酒圖

「유령의 술병[劉伶病酒]」

유령이 술병이 들어 갈증이 심해지자 부인에게 술을 가져오라 했더니, 부인이 술을 버리고 그릇을 깨면서 울며 간했다.

"당신은 너무 지나치게 마시는데, 이는 섭생의 도가 아니니 반드시 끊으셔야 합니다."

유령이 말했다.

"심히 좋소. 그러나 나는 스스로 술을 끊을 수 없으니 마땅히 귀신에게 기도하여 끊겠다고 맹세하겠소. 속히 술과 고기를 차려오도록 하시오."

부인은 "말씀대로 하겠습니다!" 하고 신명 앞에 술과 고기를 차려놓고 유령에게 기도하며 맹세하길 청했다. 유령은 무릎을 꿇고 기도했다.

"하늘이 유령을 태어내실 적에 술로 이름나게 하셨으니, 한 번 마시면 10말이요 해장술로 5말이니, 부인의 말은 삼가 듣지 마소서!"

그리고는 곧장 술과 고기를 가져다가 거나하게 취해 버렸다.

劉伶病酒, 渴甚, 從婦求酒. 婦捐酒毀器, 涕泣諫曰:"君飮太過, 非攝生之道, 必宜斷之." 伶曰:"甚善. 我不能自禁, 惟當祝鬼神, 誓斷之耳, 便可具酒肉." 婦曰:"敬聞命!"供酒肉于神前, 請伶祝誓. 伶跪而祝曰:"天生劉伶, 以酒爲名. 一飮一斛, 五斗解酲, 婦人之言, 愼不可聽." 便引酒進肉, 隗然已醉矣.

『世說新語』「任誕」

지인소설에는 고사성어와 전고로 정착되어 후대까지 널리 인구에 회자되는 고사가 산재해 있으며, 후대 시화(詩話)나 문화(文話)의 발생에 영향을 미치기도 했다.

당대 전기(傳奇)소설

당대에는 위진남북조를 이어 지괴·지인소설이 계속 창작되었지만, 당대 소설을 대표하는 것은 전기(傳奇)라는 새로운 형식이었다.

'전기'는 '기이한 일을 전하여 기술한다[傳述奇異之事]'는 뜻을 지니고 있으며, 당대 배형(裴鉶)의 소설집 『전기(傳奇)』에서 그 명칭이 유래되었다.

전기는 선진시대의 신화·전설, 『사기』 이후의 전기(傳記) 문학, 위진남북조의 지괴·지인소설 등 유구한 전통을 계승하여 등장했는데, 그것의 발전에는 외부적인 요인도 작용했다. 우선 당대에 흥성한 고문운동이 전기의 창작에 적합한 문체를 제공했을 뿐만 아니라, 도시경제의 번영으로 풍부한 소재를 제공받았으며, 도교·불교를 비롯한 여러 종교사상이 유입되어 내용이 다양해졌다. 그밖에 과거 응시자들이 시험관에게 미리 자신의 글을 보내 재능을 인정받고자 했던 투권(投卷)의 풍습이 전기의 창작을 촉진시켰다.

당대 전기소설은 신괴류·풍자류·애정류·호협류·역사류 등으로 분류할 수 있다.

신괴류는 위진남북조 지괴소설을 계승하여 신선고사·불교설화·민간전설·요괴담 등을 제재로 한 것으로, 왕도(王度)의 『고경기(古鏡記)』, 작자미상의 『보강총백원전(補江總白猿傳)』 등이 여기에 속한다.

풍자류는 몽환류(夢幻類)라고도 하며, 비현실적인 소재와 상징적인 묘사를 통하여 부귀공명과 인생에 대한 환멸을 표출함으로써 현실을 풍자한 것으로, 심기제(沈旣濟: 750?~790?)의 『침중기(枕中記)』, 이공좌(李公佐: 770?~850?)의 『남가태수전(南柯太守

傳)』 등이 여기에 속한다.

　애정류는 남녀의 애정을 제재로 한 것으로, 전기소설 가운데 문학적인 가치가 가장 높다. 이는 다시 인간과 신녀·귀신과의 애정을 묘사한 것, 재자가인의 사랑과 이별을 묘사한 것으로 나눌 수 있는데, 장작(張鷟: 660?~740?)의 『유선굴(遊仙窟)』, 진현우(陳玄祐: 770전후)의 『이혼기(離魂記)』 등은 전자에 속하고, 장방(蔣防)의 『곽소옥전(霍小玉傳)』, 백행간(白行簡: 775?~826?)의 『이와전(李娃傳)』, 원진(元稹: 779~831)의 『앵앵전(鶯鶯傳)』 등은 후자에 속한다.

『앵앵전』

　……(전략)…… 이날 밤에 홍낭이 다시 와서 비단 편지를 장생에게 주며 말했다.
　"최아가씨가 명하신 것이에요."
　그 시의 제목은 「달 밝은 보름밤」이었고 내용은 다음과 같았다.
　"서쪽 행랑 아래에서 달 기다리며, 창문 반쯤 열어 놓고 바람 맞이하네. 바람이 담장을 스쳐 꽃 그림자 움직이니, 아마도 님이 오신 것 같네."
　장생도 그 뜻을 은밀하게 알아차렸다. 이날 밤은 2월 14일이었다. 최씨 집 동쪽에는 살구나무 한 그루가 있었는데 붙잡고 올라가면 담을 넘을 수 있었다. 16일 저녁에 장생은 그 나무를 사다리 삼아 넘어갔다. 서쪽 행랑에 도착했더니 창문이 반쯤 열려 있었다. 홍낭이 침상에서 자고 있기에 장생이 흔들어 깨웠더니 홍낭이 놀라며 말했다.
　"서방님이 어쩐 일로 오셨어요?"
　장생이 홍낭을 속이며 말했다.
　"최아가씨가 편지로 날 부른 게야. 너는 나 대신 가서 고하여라."
　잠시 후 홍낭이 다시 오면서 연달아 말했다.

"아가씨가 오셔요! 오셔요!"

장생은 기쁘기도 하고 놀랍기도 하면서 틀림없이 일이 성사되었다
고 생각했다. ……(중략)……

며칠 밤이 지난 뒤에 장생이 추녀 가에서 혼자 잠을 자고 있는데,
갑자기 누군가가 깨웠다. 깜짝 놀라서 일어나보니 홍낭이 이불과
베개를 들고 와서 장생을 흔들며 말했다.

"오셨어요! 오셨다니까요! 주무시고 계시면 어떻게 해요!"

그리고는 베개와 이불을 펴놓고 가버렸다. 장생은 눈을 비비고 한
참 동안 단정히 앉아 꿈인가 생시인가 의심하면서 긴장된 마음으로
기다렸다. 잠시 후 홍낭이 최아가씨를 부축하고 왔다. 도착한 아가
씨를 보니, 수줍음을 품은 고운 자태로 자신의 몸조차 가누지 못할
정도로 힘이 없어 보였으며, 며칠 전의 그 엄숙한 모습과는 전혀
달랐다. 이날 저녁이 18일이었다. 비스듬히 비치는 달빛이 맑고도
밝게 침대의 절반까지 그윽하게 비추고 있었다. 장생은 날아갈 듯
한 기분으로 그녀가 선녀가 아닌가 의심했으며 인간세상에서 온 것
같지 않다는 생각이 들었다. 이윽고 절에서 종소리가 들려오고 하

鶯鶯傳圖

늘이 장차 밝으려 했다. 홍낭은 돌아가자고 재촉했다. 최아가씨가 교태스럽게 울먹이며 몸을 돌렸지만 홍낭은 그녀를 부축하여 돌아갔으며, 그날 밤새도록 한 마디 말도 하지 않았다. 장생은 색을 분별할 수 있을 정도로 날이 밝은 뒤에 일어나 스스로 의심하며 '혹시 이것이 꿈은 아닐까?'라고 했다. 아침이 되어 보니 화장이 팔에 묻어 있었고 향수 냄새가 옷에 배어 있었으며, 요 위에는 아직도 눈물자국이 반짝거리고 있었다.

그 후로 또 10여 일 동안은 아무런 소식도 없었다. 장생은 「회진시」 30운을 지었는데, 아직 다 짓기 전에 홍낭이 마침 찾아오자 그녀에게 주면서 최아가씨에게 갖다 드리라고 했다. 이때부터 최아가씨가 장생을 다시 받아들여 아침이면 남몰래 나오고 저녁이면 남몰래 들어가곤 하면서 전에 말한 서쪽 행랑에서 거의 한 달가량을 같이 지냈다. ……(후략)……

……(前略)…… 是夕, 紅娘復至, 持綵牋以授張, 曰: "崔所命也." 題其篇曰「明月三五夜」. 其詞曰: "待月西廂下, 迎風戶半開. 拂牆花影動, 疑是玉人來." 張亦微喩其旨. 是夕, 歲二月旬有四日矣. 崔之東有杏花一株, 攀援可踰. 旣望之夕, 張因梯其樹而踰焉. 達於西廂, 則戶半開矣. 紅娘寢於牀, 生因驚之. 紅娘駭曰: "郎何以至?" 張因紿之曰: "崔氏之牋召我也. 爾爲我告之." 無幾, 紅娘復來, 連曰: "至矣! 至矣!" 張生且喜且駭, 必謂獲濟. ……(中略)……

數夕, 張生臨軒獨寢, 忽有人覺之. 驚駭而起, 則紅娘斂衾攜枕而至, 撫張曰: "至矣! 至矣! 睡何爲哉!" 並枕重衾而去. 張生拭目危坐久之, 猶疑夢寐, 然而修謹以俟. 俄而紅娘捧崔氏而至. 至, 則嬌羞融冶, 力不能運支體, 曩時端莊, 不復同矣. 是夕, 旬有八日也. 斜月晶瑩, 幽輝半牀. 張生飄飄然, 且疑神仙之徒, 不謂從人間至矣. 有頃, 寺鐘鳴, 天將曉. 紅娘促去. 崔氏嬌啼宛轉, 紅娘又捧之而去, 終夕無一言. 張生辨色而興, 自疑曰: "豈其夢邪?" 及明, 覩妝在臂, 香在衣, 淚光熒熒然, 猶瑩於茵席而已.

是後又十餘日, 杳不復知. 張生賦「會眞詩」三十韻, 未畢, 而紅娘適至, 因授之, 以貽崔氏. 自是復容之. 朝隱而出, 暮隱而入, 同安於曩所謂西廂者, 幾一月矣. ……(後略)……

호협류는 협객의 의로운 행위를 위주로 하고 정치사건과 애정 고사를 삽입하여 내용이 비교적 복잡한데, 두광정(杜光庭: 850∼933)의 『규염객전(虯髯客傳)』, 설조(薛調)의 『무쌍전(無雙傳)』 등이 여기에 속한다.

역사류는 역사적인 사건을 제재로 취하여 적당한 허구를 가미한 것으로 시대성과 사회성이 농후하며, 진홍(陳鴻)의 『장한가전(長恨歌傳)』, 곽식(郭湜)의 『고력사외전(高力士外傳)』 등이 여기에 속한다.

이러한 전기소설은 구성이 완정하고 고사 전개에 기복이 많으며, 등장인물의 성격이 선명하게 드러나고 묘사가 세밀하며, 언어가 생동감 있고 인물의 대화가 구어에 가까운 특색을 지니고 있다.

당대 전기소설의 중국소설사상 의의는 다음의 몇 가지로 정리할 수 있다. 첫째, 의식적인 창작이다. 문인들이 의식적으로 소설을 창작하고 그것을 하나의 문학작품으로 인정하여 소설에 대한 인식이 제고되었다. 둘째, 편폭의 확장이다. 위진남북조 소설은 짤막한 고사로 이루어졌는데, 전기소설은 구성과 내용이 상당히 복잡한 장편의 고사로 발전했다. 셋째, 내용의 확대이다. 특히 인간 사회의 다양한 제재를 취하여 현실성이 보다 강한 폭넓은 내용을 갖추었다.

당대 전기소설 가운데 우수한 작품들은 후대의 문언소설, 송·원 화본(話本)과 명·청 의화본(擬話本) 등의 백화소설, 원대 잡극(雜劇)과 명·청 전기(傳奇)를 포함한 희곡의 창작에 많은 소재와 묘사기교 등을 제공했다.

송대 문언소설

송대에는 화본소설 외에도 전통적인 문언소설 또한 주목할 만한 성과를 올렸는데, 그것은 다름 아닌 이제까지의 문언소설을 집대성한 『태평광기(太平廣記)』와 『태평어람(太平御覽)』의 간행이다.

『태평광기(太平廣記)』는 이방(李昉) 등이 송 태종(太宗)의 명을 받아 태평흥국(太平興國) 3년(978)에 완성한 것으로, 총 500권, 92 대류(大類), 150여 소류(小類)로 구성되어 있으며, 한대(漢代)부터 북송 초까지의 역사·지리·종교·풍속·명물(名物)·전고(典故)·사장(詞章)·고증 등에 관한 문언 필기소설을 광범위하게 채록해 놓았다. 『태평광기』는 중국 고대 문언소설의 보고(寶庫)로서 송대 이전 소설의 변천과 발전 상황을 연구하는 데 귀중한 참고자료이다. 특히 인용된 500여 종의 작품 가운데 절반가량이 현존하지 않는 것이어서 그 중요성이 지대하다.

『태평어람(太平御覽)』은 이방 등이 송 태종의 명을 받아 태평흥국 8년(983)에 완성한 것으로, 총 1000권, 55부(部), 4558류(類)로 구성되어 있으며, 그 내용은 『태평광기』와 비슷하다. 『태평어람』은 『태평광기』와 함께 중국 고대 문언소설의 보고로 인정받고 있지만, 『태평광기』에 비하여 고사 선택의 정채성이 결여되어 있으며 다소 번잡한 결점이 있다.

이 밖에 악사(樂史)의 「양태진외전(楊太眞外傳)」, 진순(秦醇)의 「조비연별전(趙飛燕別傳)」, 홍매(洪邁)의 『이견지(夷堅志)』, 작자미상의 「매비전(梅妃傳)」 등이 창작되었는데, 이러한 작품들은 대부분 당대 전기(傳奇)를 모방한 것으로 예술성이 그다지 높지 않다.

명대 문언소설

위진남북조·당·송을 거쳐 이어져온 전통적인 문언소설은 명대의 복고적인 문학조류에 힘입어 많은 독자층을 확보했다.

명대에는 백화소설 외에 전통 문언소설도 사대부 지식인들 사이에서 널리 유행했는데, 구우(瞿佑)의 『전등신화(剪燈新話)』는 명대 초기에 문언소설의 붐을 일으킨 대표적인 작품이다. 모두 4권 22편(또는 21편)으로 되어 있는 이 전기소설집은 대부분 고금의 기이한 이야기와 남녀관계, 괴기사건 등의 내용을 싣고 있다. 이 책은 작자가 당시 호사가들로부터 전해들은 얘기들과 과거의 지괴·전기 작품으로부터 영향을 받아 만든 것이다. 구우(1341~1417)의 자는 종길(宗吉)이고 호는 존재(存齋), 전당(錢塘) 사람으로 어려서부터 총명했으나 평생 불우하여 낮은 관리에 머물렀다.

『전등신화』의 작품들은 그 제목이나 분위기가 대부분 당대 전기소설을 닮았지만, 사상성이나 예술적 성과에서는 전반적으로 그 수준이 당 전기를 따르지 못한다고 할 수 있다. 그러나 『전등신화』 속에도 상당한 수준의 작품이 들어 있다. 적잖은 작품 속에서 기상천외한 상상의 세계가 풍부하게 펼쳐지고 생동감 있게 표현되어 독자들에게 새로운 감흥을 일으킨다. 특히 애정을 다룬 작품은 거의 원대 말기의 동란기를 배경으로 하고 있는데, 전란으로 인한 청춘남녀의 이별과 죽음, 사랑과 슬픔을 잘 그려내고 있다. 작자는 이들의 구구절절한 사랑의 애절한 비극을 감동적으로 잘 그려내어 독자의 가슴을 사로잡고 있다. 구우는 해박한 지식과 풍부한 감성을 동원하여 비교적 다양한 기풍의 작품을 그리고 있다.

그 중에서 「금봉차기(金鳳釵記)」의 구체적인 내용을 살펴보면 다음과 같다.

원나라 대덕(大德) 연간 양주(揚州)의 오부자 댁에 홍낭(興娘)과 경낭(慶娘)이란 두 자매가 있었는데, 오부자는 이웃집에서 대대로 벼슬살이하고 있는 최진사 댁의 아들 최흥가(崔興哥)가 어려서부터 훌륭하여 자신의 큰 딸 홍낭과 미리 약혼시켜 두었다. 그러나 후에 최생의 부친이 다른 지방으로 전근가게 되어 온 집안이 이사를 갔는데 15년간이나 아무런 소식이 없었다. 딸의 혼기를 놓치게 된 홍낭의 모친은 약혼을 파기하고 다른 곳에 혼사를 정하자고 주장했다. 하지만 그녀의 부친은 약속을 중시하여 기다릴 것을 강요했고, 홍낭은 약혼자를 기다리다 결국 아깝게도 병사하고 말았다. 그 후 얼마 뒤에 최생이 돌아와서 그 동안 부모님이 모두 돌아가셔서 상을 치르느라 일찍 돌아오지 못했다고 해명했다. 최생은 오부자 댁의 행랑채에 머물게 되었는데, 청명절을 맞아 집안 식구들이 모두 홍낭의 무덤에 성묘를 갔다 돌아올 때, 가마에서 떨어진 금봉차를 최생이 주워서 간직했다. 그 금봉차는 옛날 두 사람의 약혼의 정표로 최생의 집에서 주었던 것인데, 홍낭이 죽자 함께 무덤에 묻었던 물건이었다. 며칠 후 어느 날 홍낭의 여동생인 경낭이 행랑채로 최생을 몰래 찾아와 유혹하면서 말을 듣지 않으면 사람들에게 알리겠다고 협박하여 두 사람은 동침하게 되었다. 훗날 탄로가 두려웠던 최생은 경낭을 데리고 야밤에 도주, 최생의 노복으로 있었던 김영(金榮)이란 사람에게 의탁하여 5년여를 살았다. 그러던 어느 날 경낭이 집에 돌아가고 싶다고 호소하자 함께 배를 타고 귀향했다. 우선 경낭을 배에 남겨둔 채 최생이 먼저 들어가 그 간의 일을 사죄하니, 경낭의 부모는 영문을 몰라 하면서 최생이 떠난 후로 경낭은 줄곧 혼수상태로 방안에서만 지내고 있었다고 했다. 하인을 시켜 나가보게 했더니 방안에 누워 있던 경낭과 배에 남아 있던 경낭이 만나 합쳐져 하나가 되면서 숨겨진 비밀을 말했다. 그녀는 홍낭의 혼백으로서

金鳳釵記圖

자신이 이승에서 이루지 못한 최생과의 사랑을 이뤄보려고 동생의 몸을 빌렸던 것인데, 이제 최생을 경낭과 정식으로 결혼시켜 행복하게 살도록 해주라고 부모에게 간청했다. 허락이 떨어지자 흥낭의 혼백은 돌아가고 경낭이 되살아나 두 사람은 맺어졌다. 후에 최생은 금봉차를 팔아 제물을 마련하여 절에서 흥낭의 명복을 빌어주었다.

이러한 소재는 당대 전기소설인 『이혼기(離魂記)』에서도 나타나는 이승과 저승을 넘나드는 애절한 사랑 이야기다. 흥낭은 사랑을 기다리다 죽었고, 또 생전에 이루지 못한 사랑을 사후에라도 잇기 위해 애썼으며, 결국 누이를 통해 최종적인 사랑의 완성을 이루려고 한 것이었다. 이 작품은 후에 능몽초(凌濛初)의 『초각박안경기(初刻拍案驚奇)』(23권)에서 백화소설로 다시 묘사되었다.

『전등신화』는 훗날 백화소설에 많은 영향을 주었고 명·청대의 희곡작품 중에도 이 책으로부터 영향 받은 것이 적지 않다. 『전등신화』는 이처럼 중국 내에서 상당한 영향을 일으켜 많은 모방작을 내게 했을 뿐만 아니라 당시의 조선을 비롯하여, 일본과 월남 등 해외 각지에도 상당한 영향을 미쳐 각국에 유사한 문언소설의 창작을 촉발시키는 역할을 했다. 한국 최초의 소설작품으로 평가되고 있는 『금오신화(金鰲新話)』는 조선 세조(世祖) 때의 김시습(金時習)이 지은 것으로, 구우의 『전등신화』와 상당히 유사한 구성 형식과 전기적인 내용으로 되어 있어 그 영향관계를 쉽게 짐작할 수 있다. 그러나 『금오신화』에서는 모든 작품의 무대와 인물이 우리의 것으로 바뀌어져 있고 무수한 시(詩)를 별도로 삽입하여, 나름대로 독창성을 추구한 대목도 적잖게 엿볼 수 있음을 간과해서는 안 될 것이다.

『전등신화』의 유행에 힘입어 이정(李禎)의 『전등여화(剪燈餘話)』, 소경첨(邵景瞻)의 『멱등인화(覓燈因話)』 등이 계속 창작되었는데, 이를 통칭하여 '전등삼화(剪燈三話)'라고 부른다.

이밖에 마중석(馬中錫)의 『중산랑전(中山狼傳)』과 근래 우리나
라 정신문화연구원에 소장되어 있는 것이 확인된 『산보문원사귤
(刪補文苑植橘)』도 명대 문언소설의 주요 작품으로 꼽힌다.

청대 문언소설

청대는 문언 단편소설에 있어서 최대의 수확기였다. 대표적인 작
품으로는 『요재지이(聊齋誌異)』와 『열미초당필기(閱微草堂筆記)』를
들 수 있다.

포송령(蒲松齡)의 『요재지이(聊齋志異)』는 명·청 문언소설을 대
표하는 작품으로, 모두 500편에 가까운 문언 단편소설이 수록되어
있다. 산동성 치천(淄川) 사람인 포송령(1640~1715)은 자가 유선
(留仙)이며 몰락해가는 선비집안에서 태어나 일찍이 19살에 수재
(秀才)가 되어 두각을 나타내고 문명을 날렸으나, 어찌된 일인지
그 후 수차례의 과거시험에서 연거푸 낙방하여 실의 속에서 지내
다가 만년인 71세에 비로소 세공생(歲貢生)이 되었다. 그는 일생동
안 수많은 시·사·부·곡을 지었지만 그의 이름을 날리게 한 것은
역시 『요재지이』로 인해서였다. 그는 농촌에서 청빈한 생활을 하
면서 젊은 시절부터 창작을 시작하여 만년에 이르기까지 부단히
수정을 거듭하여 필생의 작업으로 이 책을 편찬했다.

『요재지이』에 수록된 작품들은 짧으면 수백 자, 길어도 수천
자에 불과한 단편이지만 내용은 매우 다양하며 대부분 완벽한 구
성을 갖추고 있다. 작품의 소재도 지극히 다양하여 민간전설에서
부터 전대의 야사, 또는 작자 자신의 견문이나 상상을 통한 허구
적 창작 등이 모두 포함되어 있다. 작자는 주로 육조시대의 지괴
소설과 당대 전기소설의 영향을 받아 작품을 창작했고, 묘사대상

은 대부분 여우와 귀신, 요정과 신선 등이며 거의 대부분의 작품마다 말미에 '이사씨(異史氏)'라는 이름으로 작자 자신의 평어를 붙였다.

사상적으로 『요재지이』는 매우 강력한 비판정신을 드러내고 있다. 비판의 화살은 당시 봉건통치자의 부정부패와 어두운 사회를 향하고 있다. 작품 속에는 탐관오리와 지방토호들의 추악한 모습이 낱낱이 묘사되어 있으며, 일반 백성이 받았던 혹독한 압박의 현실이 그대로 반영되어 있다. 또한 당시 과거제도의 불합리성에 대한 폭로와 비판도 나타나고 있다. 그러나 전체적으로 보면 사랑과 결혼을 주제로 하는 작품이 대다수를 차지하고 있으며 묘사 또한 뛰어나 우수한 작품으로 주목된다. 이들 작품 속에서는 봉건예교의 구속 하에서 수많은 젊은이들이 자유로운 사랑과 결혼을 하지 못하는 불행한 현실을 그려내고 있다.

예술적 성과에서 『요재지이』는 문언소설로서는 드물게 상당한 수준에까지 오른 것으로 평가되고 있다. 이 소설이 비록 귀신과 여우를 등장시켜 환상적인 초현실의 세계를 그려내어 낭만성이 매우 농후하지만, 여기에 나오는 초현실의 세계는 곧 현실세계를 그대로 반영하고 있다는 점에서 귀신이나 여우의 이야기도 그대로 인간의 이야기로 여겨져 독자들의 심금을 울리는 감동을 전해준다. 그러므로 때로는 현실세계의 이야기보다도 더한 풍자와 감동을 느끼게 된다. 등장인물의 형상화에 있어서도 작자는 성격과 심리묘사에 세심한 주의를 기울였으며, 인간이 아닌 주인공의 묘사에서도 호흡이 통하고 피가 흐르는 듯한 살아있는 인물로 만들어 예술형상을 더욱 높였다. 언어에 있어서도 문언소설로서의 장점을 최대한 살려 우아하고 절제된 언어를 적절하게 구사했고, 동시에 생동감 있는 구어와 속담을 활용하여 살아있는 언어로 만들었다.

다시 말해 『요재지이』는 당대 전기(傳奇)의 수법을 차용하여 탄탄한 구성력, 풍부한 상상력, 정련된 언어, 치밀한 묘사성, 뛰어난 창작성으로 중국 문언단편소설의 최고봉에 올랐다고 평가할 수 있다.

여기서는 가난한 선비가 여우의 정령인 홍옥이란 여자로부터 도움을 받아 혼인했으나 포악한 벼슬아치의 박해로 온갖 고생을 겪다가 다시 홍옥의 도움으로 가세를 회복하게 된 이야기인 「홍옥(紅玉)」의 내용을 구체적으로 살펴보자.

청나라 광평(廣平) 지방에 풍노인의 아들 풍상여(馮相如)가 있었는데, 집안이 가난했다. 수 년 후 모친과 아내가 차례로 사망하고 홀아비 부자가 살았다. 어느 날 밤 풍생이 달밤에 정원에 앉아 있는데, 한 여인이 담장을 기웃거리다가 넘어와 미소를 지으며 다가왔다. 그 여인의 미모에 반한 풍생은 곧 그녀와 동침하고, 이름을 물으니 이웃에 사는 홍옥(紅玉)이라고 했다. 풍생은 그녀와 오랫동안 함께 살자고 언약하고 반년간이나 밤마다 밀회를 계속했다. 그러던 어느 날 풍노인이 아들 방에서 나는 여자의 웃음소

聊齋圖說 紅玉

리를 듣고 두 사람의 관계를 알아내고는 크게 책망했다. 홍옥은 눈물을 흘리며 매파의 소개와 부모의 명이 없으니 함께 살 수 없게 되었다고 말했다. 풍생도 눈물을 흘리며 이별을 아쉬워하자, 홍옥은 마침 근처 마을의 위씨 집에 좋은 여자가 있으니 그녀를 아내로 맞으라고 일러주었다. 풍생이 가난하여 그녀를 맞아들일 돈이 없다고 하니 홍옥은 다음날 백금 40냥을 갖다 주었다. 풍생이 위씨를 찾아가 돈을 내놓으니 위씨는 기뻐하며 딸을 주었다. 두 사람은 혼인하여 2년이 지나 아들 복아(福兒)를 낳았다. 그 후 어느 해 청명절에 성묘를 갔는데, 그 지방의 권세가 송어사(宋御史)의 눈에 띄었다. 그는 풍생의 아내를 가로채려고 뇌물을 주었으나 풍생은 화도 못 내고 그냥 거절하고 돌아와 부친에게 그 말을 했다. 풍노인은 그 얘기를 듣고 너무 화가 나서 송어사를 찾아가 소동을 부렸다. 송어사는 사람을 보내 풍씨 부자를 매질하고 풍생의 아내를 강제로 데려갔다. 이튿날 부친은 화병으로 절명하고 풍생은 통곡하며 아들을 안고 관가에 가서 고소했지만, 권세가인 송어사가 미리 손을 써서 별 소용이 없었다. 아내 위씨가 송어사 집에 가서 뜻을 굽히지 않다가 결국 죽었다는 소리를 듣고 풍생은 가슴에 원한을 품은 채 남몰래 송씨를 죽이고자 결심했다. 어느 날 문득 한 구레나룻의 사내가 조문을 왔는데 평소 모르던 사람이었다. 그는 복수를 부추겼다. 풍생은 그가 혹시 정탐꾼이 아닌가 의심하고 짐짓 거짓으로 답변하니 객이 화를 내며 나갔다. 풍생은 그가 비범한 사람임을 알고 다시 모셔와 이실직고하면서 다만 강보에 싸인 아들이 가여워 결행을 못하고 있다고 말했다. 그리고 만약 당신이 아이를 맡아준다면 당장이라도 복수하겠다고 하니, 구레나룻의 사내는 대신 원수를 갚아주겠다고 했다. 이름을 물었으나 그는 일의 성패를 막론하고 원망도 은혜도 생각 말라 하고 떠났다. 풍생은 즉시 아들을 데리고 도망가 산에 숨었고, 그날 밤 구레나룻의 사내는 송씨 집에 들어가 송어사와 그의 가족을 여러 명 죽이고 사라졌다. 관가에서는 풍생을 유력한 용의자로 수배했는데, 아이 우는 소리를 듣고 풍생을 추적하여 체포했다. 이때 아이는 산에 버려졌다. 현령이 그를 문초하니 풍생은 억울함을 호소했지만 도망간 이유에 대답이 궁하여 변명을 못하고 투옥되었다. 그날 밤 현령이 잠자고 있을 때 비수가 날아와 침대에 박혔다. 현령은 속으로 심히 두려워하며 권세를 부리던 송어사도 이미 죽은 뒤라 풍생을 풀어주었다. 풍생은 집에 돌아온 얼마 후에 현령에게 하소연하여 아내 위씨의 시체를 돌려받아 새로 장사지냈다. 어느 날 밤 문을 두드리는 소리를 듣고 나가보니 한 여자가 아이를 데리고 서 있었다. 인사하는 그녀의 목소리가 귀에 익었다. 불을 켜고 살펴보니 바로 홍옥이었다. 풍생은 그녀를 안고 통곡했다. 홍옥은 곁에 서 있던 아이를 떠밀며 아버지에게 인사하라고 일렀다. 풍생이 놀라서 살펴보니 산 속에 버려졌던 아들 복아였다. 어찌된 일인지 궁금해 하는 풍생에게 홍옥은 그 동안의 숨은 사연을 말했다. 사실 그녀는 여우의 정령으로 풍생의 이웃에 있다가 서로 인연을 맺었으나 정식으로 혼인하여 살 수 없게 되자 그의 곁을 떠났으며, 후에 밤길에 산을 지나다가 계곡에서 아이를 발견하여 지금까지 양육해왔다는 것이었다. 이제 집안의 큰 난리가 끝났다니 데려왔다고 했다. 날이 밝자 여인은 그때부터 남자보다 더 열심히 일하면서 풍생에게 살림 걱정일랑 말고 과거 공부에만 전념하라고 당부했다. 수 년 후에 가세가 회복되었고, 풍생은 홍옥의 도움으로 과거에도 당당히 급제하게 되었다. 홍옥은 몸을 아끼지 않고 거친 일을 했지만 항상 부드러운 피부와 젊음을 유지하고 있었다.

이 작품의 끝에 포송령이 쓴 '이사씨왈(異史氏曰)'에서는 "그 아들이 어질고 그 아비가 덕이 있으니 그 복수를 협객이 나서서 해

虬髯丈夫

주도다. 사람만 의협이 있는 게 아니고 여우까지도 의협이 있으니 가히 기이하지 않으랴!"라고 말하면서 당시 관청의 우매함과 부패를 신랄하게 비판하고 있다.

이 이야기 속에서는 당대의 전기소설 『임씨전』에 나오는, 여우의 정령이면서도 인간보다 정조를 중히 여긴 임씨의 형상이 변형된 모습으로 나타나며, 또 『규염객전』에서의 이름 없는 구레나룻 협객인 규염객의 형상도 동시에 나타나고 있다.

이 책이 나온 이후 즉각적인 반응이 일어나 기윤(紀昀)이나 원매(袁枚)의 문언소설이 나옴으로써, 이미 백화소설의 시대에 진입했음에도 불구하고 한동안 문언소설의 붐이 일어났다. 우리나라에도 일찍부터 이 책이 전래되어 특히 문인들에게 많이 읽혀졌고 상당히 좋은 평가를 받았다. 조선후기 북학파의 거두인 이덕무(李德懋)의 손자 이규경(李圭景)은 『오주연문장전산고(五洲衍文長箋散藁)』「소설변증설(小說辨證說)」에서 중국소설 중에 포송령의 『요재지이』가 가장 볼만한 것이며, 한때 왕어양(王漁洋: 王士禎)이 그 문장이 좋아 천금을 주고 사서 자기 것으로 삼으려 했으나 포송령이 응하지 않았다는 일화를 소개하고 있다

『열미초당필기』는 기윤(紀昀: 1724~1805)의 작으로, 총 24권에 1,100여 편의 고사가 수록되어 있다. 내용은 대부분 귀신·풍속·시문(詩文)·전고(典故)·서화 등에 관한 괴이한 고사가 주류를 이루고 있다. 『열미초당필기』는 당대 전기의 화려함을 반대하고 육조 지괴의 질박함을 추구하여 문장이 담백하고 청신하지만, 예술성은 『요재지이』에 뒤떨어지는 것으로 평가된다.

그 밖에 원매(袁枚)의 『신제해(新齊諧)』[일명 『子不語』], 심기봉(沈起鳳)의 『해탁(諧鐸)』, 호가자(浩歌子)의 『형창이초(螢窓異草)』 등도 청대 문언소설의 주요 작품으로 꼽힌다.

백화소설

송대 화본소설

송대는 중국소설사상 매우 중요한 시기로서, 후대 백화소설의 모태가 되는 화본(話本)소설이 등장했다.

'화본'은 전문적인 이야기꾼[說話人, 또는 說書시]의 대본이란 뜻으로, 불교 포교를 주요 목적으로 한 당대(唐代) 변문(變文)의 강창문학에 그 뿌리를 두고 있다. 송대에 화본소설이 발전하게 된 원인은 크게 문학내적인 요인과 문학외적인 요인으로 나누어 살펴볼 수 있다. 문학내적인 요인으로는 백화를 즐겨 사용한 성리학자들의 어록체 문장, 속어의 사용을 피하지 않은 사(詞)의 속문학적인 성향, 설화인들의 비본(秘本) 공개, 설화인과 배우들을 위한 문인들의 화본·극본 창작 등을 들 수 있다. 문학외적인 요인으로는 일반 평민들이 손쉽게 책을 구할 수 있게 된 인쇄술의 발달, 평민세력의 대두와 이민족과의 잡거(雜居)로 인해 생겨난 속문학 요구의 증대, 서방(書坊)의 이익과 결부된 문인들의 화본 정리·편찬 등을 들 수 있다.

화본의 체제는 대체로 다음과 같은 특징을 지니고 있다. 첫째, 대부분 각 편마다 독립된 단편으로 되어 있다. 둘째, 본화(本話) 앞에 청중의 흥미를 끌기 위한 인자(引子)가 있는데, 이 인자가 사(詞)로 되어 있으면 '사화', 시(詩)로 되어 있으면 '시화'라고 한다. 송대 설화인들은 이것을 '득승두회(得勝頭廻)'라고 불렀다. 셋째, 본화를 시작할 때는 '화설(話說)', '각설(却說)', '차설(且說)'과 같은 상투적인 말을 사용하고, 끝날 때는 '뒷일이 어떻게 되었는지 알고 싶으면 다음 회를 듣고 알아보시라[欲知後事如何, 且聽下回分解]'와 같은 말을 사용한다.

화본의 종류에는 일반적으로 '설화사가(說話四家)'라고 알려진 소설(小說)·강사서(講史書)·담경(談經)·합생(合生)이 있다.

소설은 다시 고금의 인정세담(人情世談)이나 괴이한 이야기를 주로 다룬 은자아(銀字兒), 재판이나 협객담을 주로 다룬 설공안(說公案), 전쟁이나 영웅 고사를 주로 다룬 설철기아(說鐵騎兒) 등으로 나뉘는데, 형식은 대체로 단편 화본이다. 작품은 현재 『경본통속소설(京本通俗小說)』에 9편이 실려 있으며, 그밖에 명대 홍편(洪楩)이 편찬한 『청평산당화본(淸平山堂話本)』과 풍몽룡(馮夢龍)이 편찬한 『삼언(三言)』에 송대의 소설 화본이 실려 있다. 이러한 소설 화본은 후대 단편 백화소설로 발전했다.

「최녕을 잘못 참하다[錯斬崔寧]」

……(전략)…… 이 고사에서는 한 관리를 이야기하려고 하는데, 그는 술 마신 뒤에 저지른 한 순간의 농담 때문에 결국 자신이 죽게 되고 집안도 파산했으며 몇 사람의 무고한 목숨까지도 잃게 했다. 먼저 고사 하나를 끌어서 잠시 '득승두회'로 삼고자 한다. ……(중략)……

각설하고, 유관인을 돈을 짊어지고 한 걸음 한 걸음 집에 도착하여 문을 두드렸는데, 이미 등불을 켤 시간이었다. 소낭자 진이저(陳二姐)는 혼자 집에 있었는데, 특별히 할 일이 없어서 해가 저물길 기다렸다가 문을 잠그고 등불 아래에서 졸고 있었다. 그러니 유관인이 문을 두드렸을 때 그녀가 어떻게 곧바로 알아들을 수 있었겠는가? 한참을 두드리니 그제야 비로소 알아차리고 깨어나 "오셨군요!"라고 응답하면서 일어나 문을 열어주었다. 유관인이 대문을 들어가 방에 들어서니, 진이저가 유관인을 대신해 돈을 받아 탁자 위에 놓으면서 곧 물었다.

"나으리는 어디에서 이 많은 돈을 빌렸어요? 어디다 쓰시려고요?"
유관인은 술 몇 잔을 마신데다가 그녀가 문을 늦게 열어준 것에 짜증이 나서, 농담으로 그녀를 한 번 놀래 줄 작정으로 말했다.

"말하자니 당신이 원망할까봐 걱정이고, 말하지 않자니 당신이 꼭 알아야만 할 것 같소. 내 일시적으로 어찌할 수 없이 달리 방도가 없어서 당신을 어떤 나그네에게 저당 잡혔소. 그렇다고 당신을 그냥 버릴 수도 없어서 다만 15관의 돈에 저당 잡혔소. 만약에 좋은 일이 생기면 이자 쳐서 갚아주고 당신을 찾아올 것이지만, 만약에 아까처럼 사람을 짜증나게 하면 찾아오는 것을 그만 둬 버리겠소!"

소낭자는 그 말을 듣고는 믿지 않자니 15관의 돈이 방문 앞에 쌓여 있는 것이 보이고, 믿자니 그가 평소에 나에게 일언반구도 말한 적이 없고 대낭자와도 잘 지냈는데 어떻게 이런 악독한 짓을 저지를 수 있단 말인가? 이리저리 의심하면서 하는 수 없이 다시 물었다.

"비록 그렇더라도 반드시 우리 부모님에게는 한 마디라도 알려드렸어야죠."

유관인이 말했다.

"만약에 당신 부모님에게 알렸다면 이 일은 결코 성사되지 못했을 것이오. 당신이 내일 아침에 그 사람 집에 간 뒤에 내가 천천히 다른 사람에게 부탁하여 당신 부모님에게 알려드릴 테니, 그러면 그 분들도 나를 나무라지는 않으실 것이오."

소낭자가 또 물었다.

"나으리는 오늘 어디에서 술을 마시고 오셨어요?"

유관인이 말했다.

"바로 당신을 저당 잡힌 사람과 문서를 쓰고 나서 그가 산 술을 마시고 오는 길이오."

소낭자가 또 물었다.

"큰언니는 어찌하여 오지 않지요?"

유관인이 말했다.

"그녀는 당신이 떠나는 것을 차마 볼 수가 없어서 당신이 내일 문을 나선 뒤에야 올 것이오. 이것 또한 내가 어쩔 수 없어서 한 마디로 결정해버린 것이오."

유관인은 말을 마치고 나서 속으로 웃음을 참을 수가 없었다. 웃을

벗지도 않고 침상 위에서 잠이 들었는데 어느덧 곯아떨어졌다.
……(후략)……

……(前略)…… 這回書單說一個官人, 只因酒後一時戲笑之言, 遂至殺身破家, 陷了幾條性命. 且先引下一個故事來, 權做個'得勝頭廻'.

……(中略)……

却說劉官人馱了錢, 一步一步捱到家中敲門, 已是點燈時分. 小娘子二姐獨自在家, 沒一些事做, 守得天黑, 閉了門, 在燈下打瞌睡. 劉官人打門, 他那裏便聽見? 敲了半晌, 方纔知覺, 答應一聲"來了!" 起身開了門. 劉官人進去, 到了房中, 二姐替劉官人接了錢, 放在桌上, 便問: "官人何處挪移這項錢來? 却是甚用?" 那劉官人一來有了幾分酒, 二來怪他開得門遲了, 且戲言嚇他一嚇, 便道: "說出來, 又恐你見怪, 不說時, 又須通你得知. 只是我一時無奈, 沒計可施, 只得把你典與一個客人. 又因捨不得你, 只典得十五貫錢. 若是我有些好處, 加利贖你回來, 若是照前這般不順溜, 只索罷了!" 那小娘子聽了, 欲待不信, 又見十五貫錢堆在門前. 欲待信來, 他平白與我沒半句言語, 大娘子又過得好, 怎麼便下得這等狠心辣手? 疑狐不決, 只得再問道: "雖然如此, 也須通知我爹娘一聲." 劉官人道: "若是通知你爹娘, 此事斷然不成. 你明日且到了人家, 我慢慢央人與你爹娘說通, 他也須怪我不得." 小娘子又問: "官人今日在何處吃酒來?" 劉官人道: "便是把你典與人, 寫了文書, 吃他的酒纔來的." 小娘子又問: "大姐姐如何不來?" 劉官人道: "他因不忍見你分離, 待得你明日出了門纔來. 這也是我沒計奈何, 一言爲定." 說罷, 暗地忍不住笑. 不脫衣裳, 睡在床上, 不覺睡去了. ……(後略)……

　　강사서는 역사적인 사건이나 인물에 관한 이야기를 주된 내용으로 하며, 형식은 대부분 장편 화본인데, 이를 '평화(平話)'라고도 한다. 주요 작품에는 후대 『삼국지연의(三國志演義)』나 『수당연의(隋唐演義)』와 같은 역사소설의 선구가 된 『신편오대사평화(新編五代史平話)』, 『수호전(水滸傳)』의 저본이 된 『대송선화유사(大宋宣和遺事)』, 『서유기(西遊記)』의 저본이 된 『대당삼장법사취

경기(大唐三藏法師取經記)』 등이 있다. 이러한 강사 화본은 후대 장회체(章回體) 장편 백화소설로 발전했다.

담경(談經)은 설참청(說參請)·설원경(說諢經)이라고도 하며, 불경을 비롯한 여러 가지 경전과 수도에 관한 이야기를 주된 내용으로 한다. 담경 화본은 당대 변문의 직계로서 명·청대의 강창문학으로 발전했다.

합생(合生)은 호악(胡樂)을 바탕으로 설화와 가무를 합친 형태로서, 오늘날 '상성(相聲)'과 유사한 면이 있다.

화본은 위로는 당대 변문을 이어받고 아래로는 명대 장회소설의 발전을 가져왔으며, 진정으로 평민들의 사상과 감정에 부합되는 통속문학이 출현하여 문학 영역의 신천지를 개척했다는 데에서 그 의의를 찾을 수 있다.

명대 단편 의화본소설

명대의 소설은 백화로 씌어진 장회체(章回體) 장편소설이 주류를 이루었지만, 송대의 화본을 모방하여 지은 의화본(擬話本)소설 역시 많은 인기를 누렸다.

명대에 유행한 백화 단편소설은 대부분 의화본소설이 주류를 이루고 있는데, 『삼언(三言)』·『이박(二拍)』·『금고기관(今古奇觀)』·『일형(一型)』이 바로 그것이다.

『삼언』은 풍몽룡(馮夢龍: 1574~1645)이 지었으며, 『유세명언(喩世明言)』[40편, 일명 『古今小說』], 『경세통언(警世通言)』[40편], 『성세항언(醒世恒言)』[40편]을 말한다. 풍몽룡은 소설의 사회적 공효성을 인식하고 통속문학의 제창과 창작에 힘쓴 소설가로, 전래된 단편 화본을 수집·정리·각색하고 새롭게 창작하여 『삼언』을 편찬했다.

『이박』은 능몽초(凌濛初: 1580~1644)가 지었으며, 『초각박안
경기(初刻拍案驚奇)』[40편]와 『이각박안경기(二刻拍案驚奇)』[40편]
를 말한다. 『이박』에 실려 있는 고사는 전대의 화본을 개작한 것,
『고금소설』에서 취재한 것, 『초각』과 『이각』에 중복되는 것, 자
신이 창작한 것 등이 있다.

『금고기관』[40편]은 포옹노인(抱甕老人)이 편집했다. 『삼언』과
『이박』이 너무 방대하여 민간에서 쉽게 구입할 수 없었기 때문에
『삼언』에서 29편, 『이박』에서 10편을 정선하고 따로 1편을 첨가
하여 화본 선집을 만들었는데, 사실상 『삼언』과 『이박』보다 훨씬
널리 유행했다.

『일형』은 육인룡(陸人龍)이 지었으며, 『형세언(型世言)』[40편,
일명 『三刻拍案驚奇』·『幻影』]을 말한다. 『형세언』은 대부분 전대
의 고사를 윤색·개작한 것으로, 유일한 완정본이 1992년에 한국
규장각(奎藏閣)에서 발견되어 세계적으로 귀중한 가치가 있다.

명대 백화 장편소설

명대에는 시·사·고문 등 정통문학이 부진한 반면에 송·원대에
서 기반을 다진 통속문학인 소설과 희곡이 최고의 성취를 이루었
다. 특히 소설은 중국 문학사상 다른 정통문학과 대등한 지위를
확보하여 희곡과 함께 명대를 대표하는 문학형식으로 자리 잡았다.

명대에 소설이 발달하게 된 주요 원인은 다음과 같다. 첫째, 백
화문학의 발전이다. 백화문의 사용은 당대의 변문(變文)과 송대
의 화본(話本) 가운데서 이미 사용하기 시작했으나 대부분 반문
반백(半文半白)의 상태였는데, 명대에는 문인 학사들이 의식적으
로 백화문학을 제창하고 백화로 소설을 지어 소설 창작에 이바지

했다. 둘째, 소설의 지위 제고이다. 중국 문학 속에서 소설은 역대 문인·사대부들에 의하여 경시되어 왔는데, 명대에는 이탁오(李卓吾)·원굉도(袁宏道)·풍몽룡(馮夢龍) 등의 문인들이 소설의 문학성과 사회적 공효성을 고양하여 소설에 대한 관념이 변하게 되었다. 셋째, 시대적인 환경이다. 도시경제의 발전에 따른 시민 계급의 등장으로 소설의 독자층과 작자층이 확대되었으며, 당시의 다양한 시대상황과 사회의식을 소설에 반영하여 널리 유행하게 되었다. 넷째, 인쇄술의 발달과 책방의 증가로 소설이 널리 간행되고 유포되었다.

명대의 주요 백화 장편소설에는 역사소설로 대표되는『삼국지연의(三國志演義)』, 영웅소설로 대표되는『수호전(水滸傳)』, 신마소설로 대표되는『서유기(西遊記)』, 인정소설로 대표되는『금병매(金瓶梅)』등이 있다.

『삼국지연의』의 작자는 나관중(羅貫中: 1367전후)이다.『삼국지연의』는 진수(陳壽)의『삼국지』와 배송지(裵松之) 주(注)의 내용을 바탕으로 하고 당대의 변문(變文), 송대의 화본[說三分], 원대 잡극의 삼국고사를 종합하여 형성된 것으로, 직접적인 모태가 된 것은 원대 지치(至治) 연간에 신안(新安) 우씨(虞氏)가 간행한『전상삼국지평화(全相三國志平話)』이다.

판본에는 최초본으로 24권 240절로 되어 있는 홍치본(弘治本), 이탁오 비평본으로 120회로 되어 있는 만력본(萬曆本), 현재 통행본으로 청대 모종강(毛宗崗)이 비평·개작한 120회의 모본(毛本) 등이 있다.

위·촉·오 삼국의 분열과 쟁패(爭霸)를 다룬『삼국지연의』는 생동감 넘치는 개성적인 인물의 전형을 창출하고, 과장·대비·심리묘사 등 묘사기교가 뛰어날 뿐만 아니라, 언어가 정련되어 있고 문체상 문언과 백화가 섞여 있어서 아속(雅俗)이 함께 감상할 수 있는 특색을 지니고 있다.

『삼국지연의』의 속작에는 『개벽연역통속지전(開闢演繹通俗志傳)』·『유하지전(有夏誌傳)』·『열국지전(列國志傳)』·『전한지전(全漢志傳)』 등이 있다.

「적벽대전(赤壁大戰)」

……(전략)…… 각설하고, 그날 밤에 장료는 황개를 한 화살에 쏘아 맞혀 물에 떨어뜨리고 조조를 구하여 언덕으로 올라가 말을 찾아서 달렸는데, 이때는 군중이 대혼란에 빠져 있었다. 한당이 연기를 무릅쓰고 불속을 뚫고 들어와서 수채를 들이치려고 하는데 문득 군사가 아뢰었다.

"웬 사람이 선미 키에 매달려 큰소리로 장군의 자를 부르고 있습니다."

한당이 자세히 들어보니 "공의[한당의 자는 날 좀 구해주오!" 하는 소리가 크게 들렸다. 한당은 "저 사람은 황공복[황개]이다!"라고 하면서 급히 끌어 올려서 보았더니, 황개가 화살을 맞고 부상당해 있었다. 곧 살대를 입으로 물어 뽑았는데 살촉이 살 속에 박혀 나오지

赤壁大戰圖

않았다. 한당은 급히 젖은 옷을 벗기고 칼끝으로 살을 도려 살촉을 끄집어낸 후에 깃발을 찢어 상처를 싸매고 자기의 전포를 벗어서 입힌 다음에 그를 다른 배에 태워 먼저 대채로 돌려보내 치료를 받게 했다. 원래 황개가 물의 성질을 잘 알고 있었던 까닭에 그 추운 날씨에 갑옷을 입은 채로 강물에 빠졌으면서도 죽지 않고 살아날 수가 있었던 것이다.

각설하고, 이날 불길은 강을 덮고 함성은 천지를 뒤흔드는데, 좌편으로는 한당과 장흠의 양군이 적벽 서편으로부터 몰려나오고, 우편으로는 주태와 진무의 양군이 적벽 동편으로부터 몰려나오며, 한가운데로는 주유·정보·서성·정봉의 대대 선척이 모두 나왔다. 불은 군사의 형세에 응하고 군사는 불의 위엄에 의지하니, 이것이 바로 삼강의 수전이요 적벽의 몰살이라는 것이다. 조조의 군사들 가운데 창에 찔리고 화살에 맞고 불에 타고 물에 빠져 죽은 자는 이루 그 수를 셀 수 없었다. 후세 사람이 지은 시가 있다.

위나라, 오나라 자웅을 결단하니,
적벽강을 덮은 전선 한 번 쓸어 자취 없네.
열화가 활활 일어 운해를 비출 적에,
주랑이 바로 예서 조공을 격파했다네.

……(후략)……

……(前略)…… 却說當夜張遼一箭射黄蓋下水, 救得曹操登岸, 尋着馬匹
走時, 軍已大亂. 韓當冒煙突火來攻水寨, 忽聽得士卒報道: "後梢舵上一
人, 高叫將軍表字." 韓當細聽, 但聞高叫"公義救我!" 當曰: "此黄公覆也!"
急教救起. 見黄蓋負箭着傷, 咬出箭桿, 箭頭陷在肉內. 韓當急爲脫去濕衣,
用刀剜出箭頭, 扯旗束之, 脫自己戰袍與黄蓋穿了, 先令別船送回大寨醫
治. 原來黄蓋深知水性, 故大寒之時, 和甲墮江, 也逃得性命.
却說當日滿江火滾, 喊聲震地. 左邊是韓當・蔣欽兩軍從赤壁西邊殺來, 右
邊是周泰・陳武兩軍從赤壁東邊殺來, 正中是周瑜・程普・徐盛・丁奉大隊
船隻都到. 火須兵應, 兵仗火威. 此正是三江水戰, 赤壁鏖兵. 曹軍着鎗中
箭, 火焚水溺者, 不計其數. 後人有詩曰:
魏吳爭鬪決雌雄, 赤壁樓船一掃空.
烈火初張照雲海, 周郎曾此破曹公.
……(後略)…… [『三國志演義』 제50회]

『수호전』의 작자에 대해서는 시내암(施耐庵: 1296~1370)이라
는 설, 나관중이라는 설, 시내암이 짓고 나관중이 개편했다는 설
등이 있는데 이 중에서 시내암이라는 설이 가장 유력하다.

『수호전』은 송강(宋江)의 반란사건을 간략히 기록한 『송사(宋
史)』를 바탕으로 하고 송말의 화본과 원초의 잡극 등에서 수호고
사를 종합하여 형성된 것으로, 직접적인 모태가 된 것은 송말·원
초에 나온 『대송선화유사(大宋宣和遺事)』 제4절 「梁山泊英雄宋江
起義記」이다.

『수호전』은 판본에 따라 내용상 많은 차이를 보이는데, 그 주
요 판본에는 송강 등이 양산박에서 기의(起義)한 뒤 조정의 초안
(招安)을 받아들여 방랍(方臘)을 토벌한 것을 기록한 115회본 『충
의수호전(忠義水滸傳)』, 명 가정(嘉靖) 연간 무정후(武定侯) 곽훈
(郭勳)의 집에서 나온 번본(繁本)으로 송강 등이 방랍을 토벌하기

전에 요(遼)를 정벌한 일이 추가되어 있는 100회본, 천계(天啓)·숭정(崇禎) 연간에 양정견(楊定見)이 엮은 것으로 요를 정벌한 뒤에 다시 전호(田虎)·왕경(王慶)을 정벌한 일이 추가되어 있는 120회본 『충의수호전서(忠義水滸全書)』, 청초 김성탄(金聖嘆)의 산정본(刪定本)으로 송강 등이 조정에 불려 들어간 이후의 일을 과감히 삭제해버린 70회본[일명 腰斬本] 등이 있다.

『수호전』은 세련된 백화문의 운용으로 백화문학의 최고봉에 올랐고, 등장인물의 개성을 생생하게 묘사했으며, '관핍민반(官逼民反)'의 민중의지를 잘 반영하여 주제표현의 성공을 거두었다고 평가된다.

『수호전』의 속작에는 『정사구(征四寇)』[일명 『後水滸傳』], 『수호후전(水滸後傳)』, 『탕구지(蕩寇志)』[일명 『結水滸全傳』], 『정충전(精忠傳)』 등이 있다.

「경양강에서 무송이 호랑이를 때려잡다[景陽岡武松打虎]」

······(전략)······ 무송은 그 호랑이가 다시 몸을 돌려 달려드는 것을 보고 몽치를 두 손으로 쳐들었다가 있는 힘을 다해 한 대 내리갈겼다. 와지끈 하는 소리와 함께 나뭇가지와 잎사귀들이 우수수 떨어졌다. 다시 자세히 보니, 엉겁결에 내리친다는 것이 호랑이는 맞히지 못하고 마른나무를 후려갈겨 손에 든 몽치가 두 토막 나서 절반은 날아가고 절반만 손에 남아 있었다. 호랑이가 연거푸 포효하며 재차 덮치니 무송은 이번에도 몸을 날려 10여 보 밖으로 물러났다. 호랑이가 다시 덮쳐와 그놈의 앞발이 발부리 앞을 짚을 때 무송은 동강난 몽치를 내던지고 두 손으로 호랑이의 대가리를 움켜쥐고 내리눌렀다. 호랑이는 용을 쓸 대로 썼으나 무송이 있는 힘껏 내리누르는 바람에 빠져날 수가 없었다. 무송은 손으로 내리누르는 한편 발길로 호랑이의 이마빼기와 눈퉁이를 연신 걷어찼다. 호랑이가 고함을 지르며 앞발로 긁어 차는 바람에 땅에 구덩이가 생겼다.

武松打虎圖

이때라고 생각한 무송은 호랑이의 주둥이를 그 구덩이에다 눌러 박
았다. 호랑이는 무송한테 눌려서 맥이 어지간히 빠진 상태였다. 무
송은 왼손으로 호랑이의 정수리를 움켜쥐고 단단히 누른 채 오른손
을 빼내 쇠망치 같은 주먹으로 있는 힘을 다해서 마구 내리쳤다.
60~70번쯤 내리치자 호랑이의 눈과 입과 코와 귀에서 피가 터져
나왔다. 무송은 평생의 위력과 무예를 다 써서 잠시간에 호랑이를
때려눕혔는데, 마치 큰 비단 부대를 엎어놓은 것 같았다. 무송이
경양강에서 호랑이를 잡은 장면을 묘사한 이런 시가 있다.
경양강 산마루에 광풍이 몰아치니,
만 리의 검은 구름 햇빛을 가리네.
빛 진한 저녁 노을 숲 위에 비껴 있고,
차디찬 저녁 안개 하늘을 뒤덮었네.
벽력같은 고함소리 갑자기 울리더니,
산중호걸 산허리에 나타났네.
머리 들고 날치면서 이빨과 발톱 드러내니,
노루 사슴 따위는 넋을 잃고 내빼네.
청하의 장사는 술도 깨지 않은 채로,
산마루에 홀로 있다 엉겁결에 맞섰다네.
굶주리고 목말라 사람 찾던 호랑이,
사납게 덮쳐드니 흉악하기 그지없네.
달려드는 호랑이는 무너지는 산과 같고,
맞다드는 사람은 떨어지는 바위 같네.
내리치는 주먹은 포석이 떨어지는 듯하고,
발톱으로 후빈 곳엔 구덩이 패였네.
주먹과 발길은 빗발처럼 떨어지고,
두 손엔 붉은 피 낭자하게 묻었네.
피 뿌려진 송림엔 비린내 풍기고,
흩어진 털과 수염 산마루 덮었네.
가까이서 보면 천근 힘도 더 있는 듯하고,
멀리서 바라보면 위풍도 당당하네.

풀밭에 쓰러지니 얼룩무늬 안 보이고,

감겨진 두 눈엔 불빛이 사라졌네.

경양강의 그 맹호는 무송이 한참 휘두른 주먹질과 발길질에 더는 움직이지 못하고 단지 입으로만 가는 숨을 몰아쉴 뿐이었다. 무송은 손을 떼고 소나무 옆으로 가서 동강난 몽치를 찾아들고 혹시 채 죽지 않았을까 해서 또 한바탕 내리쳤다. 보기에 죽은 것이 분명하니, 그제야 몽치를 내던졌다. '어디, 이놈을 끌고 경양강을 내려가 볼까?' 무송은 이렇게 생각하면서 피가 질펀한 데다 손을 밀어 넣어 들려고 했으나 움쩍도 하지 않았다. 힘을 지나치게 다 쓰고 난 뒤라 맥이 풀려 손발이 나른해져서 꼼짝도 할 수 없었던 것이다. ……(후략)……

……(前略)…… 武松見那大蟲復翻身回來, 雙手輪起梢棒, 儘平生氣力, 只一棒, 從半空劈將下來. 只聽得一聲響, 簌簌地將那樹連枝帶葉劈臉打將下來. 定睛看時, 一棒劈不着大蟲, 原來打急了, 正打在枯樹上, 把那條梢棒折做兩截, 只拿得一半在手裏. 那大蟲咆哮, 性發起來, 翻身又只一撲撲將來. 武松又只一跳, 却退了十步遠. 那大蟲恰好把兩隻前爪搭在武松面前. 武松將半截棒丟在一邊, 兩隻手就勢把大蟲頂花皮肐月苔地揪住, 一按按將下來. 那隻大蟲急要掙扎, 被武松儘氣力捺定, 那裏肯放半點兒鬆寬. 武松把隻脚望大蟲面門上, 眼睛裏, 只顧亂踢. 那大蟲咆哮起來, 把身底下爬起兩堆黃泥做了一個土坑. 武松把大蟲嘴直按下黃泥坑裏去. 那大蟲喫武松奈何得沒了些氣力. 武松把左手緊緊地揪住頂花皮, 偸出右手來, 提起鐵鎚般大小拳頭, 儘平生之力只顧打. 打到五七十拳, 那大蟲眼裏·口裏·鼻子裏·耳朵裏, 都迸出鮮血來. 那武松盡平昔神威, 仗胸中武藝, 半歇兒把大蟲打做一堆, 却似躺着一個錦布袋. 有一篇古風, 單道景陽岡武松打虎:

景陽岡頭風正狂, 萬里陰雲霾日光.

觸目晚霞掛林藪, 侵人冷霧滿窮蒼.

忽聞一聲霹靂嚮, 山腰飛出獸中王.

昂頭踊躍逞牙爪, 麋鹿之屬皆奔忙.

淸河壯士酒未醒, 風頭獨坐忙相迎.

上下尋人虎饑渴, 一掀一撲何猙獰.

虎來撲人似山倒，人去迎虎如巖傾.

臂腕落時墜飛炮，爪牙爬處成泥坑.

拳頭脚尖如雨點，淋漓兩手猩紅染.

腥風血雨滿松林，散亂毛鬃墜山奄.

近着千鈞勢有餘，遠觀八面威風斂.

身橫野草錦斑銷，緊閉雙睛光不閃.

當下景陽岡上那隻猛虎，被武松沒頓飯之間，一頓拳脚打得那大蟲動撣不
得，使得口裏兀自氣喘. 武松放了手，來松樹邊尋那打折的棒橛，拿在手裏，
只怕大蟲不死，把棒橛又打了一回. 那大蟲氣都沒了. 武松再尋思道: ‘我就
地拖得這死大蟲下岡子去?’ 就血泊裏雙手來提時，那裏提得動. 原來使盡
了氣力，手脚都蘇軟了，動撣不得. ……(後略)…… 　　[『水滸傳』 제23회]

『서유기』의 작자는 오승은(吳承恩: 1500?~1582?)이다. 『서유
기』는 초당의 고승 현장(玄奘)이 인도로 불경을 가지러 가는 동안
에 겪은 여러 고난을 기록한 『대자은삼장법사전(大慈恩三藏法師
傳)』과 사서의 현장전(玄奘傳) 및 현장 자신이 지은 『대당서역기
(大唐西域記)』를 바탕으로 하고, 송대의 화본 『대당삼장취경시화
(大唐三藏取經詩話)』, 금대의 원본(院本) 『당삼장(唐三藏)』, 원·명
대의 잡극 『서유기』 등과 민간에 퍼져 있던 ‘서천취경(西天取經)’
고사를 새롭게 개편하여 창작되었다.

『서유기』의 주요 판본 가운데 명대 판본으로는 화양동천주인
교본(華陽洞天主人校本)[100회], 이탁오비평본(李卓吾批評本)[100
회], 『당삼장서유석액전(唐三藏西遊釋厄傳)』[朱鼎臣 編, 10권] 등이
있으며, 청대 판본은 대부분 100회본 계통이다.

『서유기』는 제1회~제8회는 손오공(孫悟空)의 탄생과 천궁에
서의 난동, 제9회는 현장의 등장, 제10회~제12회는 당 태종(太
宗)의 지옥 탐방, 제13회~제100회는 손오공이 요괴들과 싸우는

81난(難)으로 구성되어 있다.

『서유기』는 기이한 환상과 풍부한 상상력으로 낭만주의 예술
특색을 최대로 발휘한 신마소설로, 인물묘사상 각각의 개성이 뚜
렷하고, 선의의 조소, 신랄한 풍자, 엄중한 비평을 예술적으로 결
합시켰으며, 산문과 운문 및 민간의 방언과 구어를 잘 운용하고,
고사의 구성과 인물의 배치가 치밀하다.

『서유기』의 속작에는 『속서유기(續西遊記)』·『후서유기(後西遊
記)』·『서유보(西遊補)』·『사유기(四遊記)』·『서양기(西洋記)』 등
이 있다.

그밖에 나관중의 『북송삼수평요전(北宋三邃平妖傳)』과 허중림
(許仲琳)의 『봉신연의(封神演義)』 등도 당시에 널리 유행한 신마
소설이다.

「오공이 헛되이 천만 가지 계책을 써보다[心猿空用千般計]」

……(전략)…… 그때 네 천사가 영소전에 가서 상주하고 오공을 옥
제님께 배알시켰다. 오공은 전상을 향해 큰 소리로 인사를 올렸다.
"옥제님께 삼가 아뢰나이다. 저는 당승 삼장을 보호하여 서천으로
불경을 구하러 가던 길이옵니다만, 여행 도중에 흉한 일은 많고 길
한 일은 적사와 그 어려움이 이루 여쭐 수도 없을 지경이옵니다.
그러던 중에 이번에 금도산 금도동에서 시대왕이란 괴물을 만났사
옵니다. 그 괴물이 삼장을 자기네 동굴로 잡아갔는데, 삼장을 쪄서
먹을지 삶아서 먹을지 말려서 먹을지 알 길이 없사옵니다. 그래서
전 그 거처를 알아내어 그 놈과 싸웠습니다만, 그 괴물의 신통력이
어찌나 광대무변한지 저의 금고봉까지도 빼앗겼나이다. 그리하여
저로서도 그 놈을 정복할 수가 없었사옵니다. 그러하오나 그 괴물
은 저를 알고 있는 듯 했사옵니다. 그래서 이건 필시 천계의 흉악한
별이 하계로 내려온 것이리라 생각되어 제가 상주하러 온 것이옵니

다. 부디 자비를 베푸시어 영을 내려 흉악한 별을 점검하여주시고 병마를 내서서 요마를 퇴치해주시길 비나이다. 그러 하오면 저는 감격하기 그지없겠나이다."

그리고선 또 정중하게 예를 올리며 "분부대로 따르겠사옵니다"고 했다. 옆에 있던 갈선옹이 그 모양을 보고 웃으며 말했다.

"원숭이가 처음엔 우쭐하더니 지금엔 아주 점잖아졌으니 웬일이신가?"

오공이 대꾸했다.

"그런 게 아니오. 처음에 우쭐하다가 나중에 점잖아진 게 아니오. 어쨌든 난 지금 금고봉을 잃어버렸단 말이오." ……(후략)……

西遊記圖

……(前略)…… 當時四天師傳奏靈霄, 引見玉陛. 行者朝上唱個大喏, 道: "老官兒, 累你! 累你! 我老孫保護唐僧往西天取經, 一路凶多吉少, 也不消說. 於今來在金山兜山, 金山兜洞, 有一兇怪, 把唐僧拿在洞裏, 不知是要蒸, 要煮, 要晒. 是老孫尋上他門, 與他交戰, 那怪却就有些認得老孫, 卓是神通廣大, 把老孫的金箍棒搶去, 因此難縛妖魔. 疑是上天凶星, 思凡下界, 爲此老孫特來啓奏, 伏乞天尊垂慈洞鑒, 降旨查勘兇星, 發兵收剿妖魔, 老孫不勝戰慄屛營之至!" 却又打個深窮道: "以聞." 旁有葛仙翁笑道: "猴子是何前倨後恭?" 行者道: "不敢! 不敢! 不是甚前倨後恭. 老孫於今是沒棒弄了." ……(後略)……

[『西遊記』 제51회]

『금병매』의 확실한 작자는 미상이며 난릉(蘭陵)의 소소생(笑笑生)이 지었다고만 알려져 있다. 일설에는 명대 왕세정(王世貞)이 지었다고도 하지만 믿을 수는 없다.

『금병매』는 『수호전』의 제23회~제27회에 나오는 '무송살수(武松殺嫂)' 고사를 바탕으로 하여 확대·개편한 것이다.

『금병매』의 주요 판본에는 문장이 매끄럽지 못하고 산동(山東) 지방의 방언과 시중의 은어(隱語)가 많이 들어 있는 사화본(詞話本), 제일기서본(第一奇書本)이라고도 하며 사화본을 개정한 것으로 문장이 잘 정련되어 있고 방언을 삭제해버린 개정본 등이 있다.

『금병매』는 관료·토호·부상(富商)인 서문경(西門慶)과 그의 첩 반금련(潘金蓮)·이병아(李瓶兒)·방춘매(龐春梅)가 펼치는 음탕하고 방탕한 가정생활을 통하여 당시의 사회상을 조명한 중국 인정소설의 대표작 가운데 하나이다. 『금병매』는 인물의 성격묘사와 전형성이 뛰어나고, 일상의 언어를 잘 운용하여 생동감이 넘칠 뿐만 아니라, 암암리에 현실을 폭로한 비판정신이 담겨 있다. 또한 대담한 색정 묘사를 통하여 예술적인 성공을 거둔 것도 중요한 특징이다. 『금병매』는 이제까지의 역사·영웅고사나 환상의 세계에서 벗어나 실제 현실을 반영한 것으로 중국 통속소설사상 새로운 장을 열었다는 데에서 그 중요한 의의를 찾을 수 있다.

『금병매』는 『옥교리(玉嬌梨)』·『평산냉연(平山冷燕)』·『호구전(好逑傳)』·『철화선사(鐵花仙史)』·『육포단(肉蒲團)』 등 후대 염정소설의 창작에 지대한 영향을 미쳤다.

金瓶梅詞話圖

「춘매가 정색하며 이명에게 욕하다[春梅正色罵李銘]」

······(전략)······ 이 빌어먹을 놈! 네 놈이 어쩌자고 내 손을 비비면서 나를 희롱하느냐? 이 죽어도 쌀 놈 같으니! 너는 내가 누군지 아직도 모른단 말이냐! 하루 온종일 술과 고기를 처먹더니 양기가 팔팔하게 오른 그 빌어먹을 물건이 서려고 하는 모양이구나. ······(중략)······ 이 빌어먹을 놈아, 너는 그 놈의 방망이 잘못 놀렸다간 경을 칠 게야. ······(중략)······ 나으리 오시길 기다렸다가 내가 말씀드려 빌어먹을 네 놈을 한바탕 두들겨 패가지고 문밖으로 던져버릴 테다. 네 놈 없다고 노래 못 배울 줄 아느냐? 본사의 삼원을 뒤지면 네 놈 같은 놈 못 찾을까보냐? 에이, 구린내 나는 더러운 놈 같으니! ······(후략)······

······(前略)······ 好的王八! 你怎的捻我的手, 調戲我? 賊少死的王八, 你還不知我是誰! 一日好酒好肉, 越發養活的那王八靈怪兒出來了. ······(中略)······ 賊王八, 你錯下這個鎚撅了. ······(中略)······ 等來家等我說了, 把你這的王八一棍撞的離門離戶. 沒你這王八, 學不成唱了? 愁本司三院尋不出來王來, 闕臭了你這王八了! ······(後略)······ [『金瓶梅』제22회]

청대 백화 장편소설

청대 소설은 명대 소설의 발전에 이어 백화소설 창작의 전성기를 이루어 청대 문학을 대표하게 되었다.

청대 소설이 발달하게 된 몇 가지 원인을 들어보면 다음과 같다. 첫째, 김성탄(金聖嘆)·이어(李漁)·원매(袁枚)·기윤(紀昀) 등의 문인들이 소설의 가치를 높이 선양함으로써 소설에 대한 인식을 제고시켰다. 특히 김성탄은 『수호전』과 『서상기』를 『이소(離騷)』·『장자(莊子)』·『사기(史記)』·『두시(杜詩)』와 함께 '6재자서(六才子書)'라고 하여 소설을 정통문학과 동렬에 놓기도 했다. 둘째, 일반 민중 가운데 소설을 감상할 만한 소양과 여유를 갖춘 사람이 늘어나 독자층이 확대되었다. 셋째, 인쇄·제지술의 발달로 일반 서적과 함께 소설책이 널리 보급되었다. 넷째, 만주족의 지배 아래에 있던 한족 지식인들이 자신의 불만을 소설 창작을 통하여 토로하고 해소하려 했다.

청대 소설의 주류는 역시 백화 장편소설이었다. 주요 작품에는 풍자소설의 대표작인 『유림외사(儒林外史)』, 인정소설의 대표작인 『홍루몽(紅樓夢)』, 재학소설의 대표작인 『경화연(鏡花緣)』, 화류소설의 대표작인 『품화보감(品花寶鑑)』, 협의공안소설의 대표작인 『아녀영웅전(兒女英雄傳)』 등이 있다.

『유림외사』는 오경재(吳敬梓: 1701~1754)의 작으로 통행본은 56회이다. 원본은 55회본이었으나 이후 50회·56회·60회본이 유행했다.

내용은 과거제도의 폐단과 부패에 대한 폭로를 중심으로 하여 봉건 사대부들의 추악한 면모와 당시인들의 악습을 풍자한 것이 대부분이다.

『유림외사』는 중국 고대 풍자예술의 전통을 계승하여 중국 문학사상 가장 뛰어난 장편 풍자소설을 이루었으며, 생동감 넘치는 인물묘사와 통속적인 북방 구어의 운용에 뛰어났다. 특히 소설 전체가 단편 일화들로 엮어지고 전체적으로 중심인물이나 통일된 줄거리가 없는 독특한 구성을 갖추고 있다. 『유림외사』는 청말 견책소설에 많은 영향을 미쳤다.

「범진이 과거에 합격하다[范進中擧]」

······(전략)······ 그 이웃 사람이 나는 듯이 시장으로 달려가 도처를 찾아보았으나 보이지 않았다. 계속 찾아 시장 동쪽까지 갔더니 범진이 닭을 안고 손에는 물건 팻말을 쥐고서 비척거리면서 이러 저리

둘러보며 닭을 사갈 사람을 찾고 있었다. 이웃 사람이 말했다.

"범상공, 빨리 집으로 가시오. 과거에 합격한 당신을 축하하려고 온 통지인들이 집안에 빽빽이 찼어요."

범진은 그에게 코웃음을 치며 짐짓 못들은 체 하면서 머리를 숙이고 앞으로 걸어갔다. 이웃 사람은 그가 대꾸하지 않는 것을 보고 달려 가서 그의 손에 든 닭을 빼앗으려 했다. 범진이 말했다.

"당신, 내 닭을 뺏어서 어쩌려고요? 당신이 살 것도 아니면서."

이웃 사람이 말했다.

"당신이 과거에 합격했단 말이오. 그러니 당신은 집에 가서 통지인 들에게 희전(喜錢)을 주어 떠나게 해야지요."

범진이 말했다.

"고씨 아저씨, 당신은 내가 오늘 쌀이 없어서 이 닭이라도 팔아 연명 하려고 하는 줄을 잘 알면서 왜 그런 말을 해서 나를 골탕 먹이시오? 나는 또 당신처럼 그렇게 어리석지 않으니, 당신이나 돌아가시오. 내가 닭 파는 것이나 훼방 놓지 말고."

이웃 사람은 그가 믿지 않는 것을 보고는 손으로 닭을 홱 낚아채서 땅에 내동댕이친 뒤 그를 이끌고 집으로 돌아왔다. 통지인이 그를 보고 말했다.

"아이구, 새 귀인이 돌아오셨군요."

막 그를 에워싸고 말을 하려고 했다. 범진이 두세 발짝 집안으로 들어가서 보았더니, 중간에 통지문이 이미 높다랗게 걸려 있었는데, 그 위에는 '귀댁의 나으리 범자 진자께서 광동 향시에서 제7등 아원 으로 영광스럽게 합격하셨음을 통지합니다'고 씌어 있었다. 범진은 보지 않았으면 그만이었겠지만, 한 번 보더니 다시 한 번 읽고 나서 스스로 두 손뼉을 치면서 크게 웃으며 말했다.

"이런! 아이구! 내가 합격했어!"

이렇게 말하면서 뒤로 한 발 물러나다가 발이 꼬여 넘어지더니 이를 꽉 깨물며 인사불성이 되어 버렸다. 노마님이 당황하여 황급히 몇 모금의 찬물을 범진의 입에 흘려 넣어 주었더니, 그는 기어서 일어 나 또 박수를 치면서 크게 웃으며 말했다.

"이런! 아이구! 내가 합격했어!"

그는 웃으면서 다짜고짜 곧장 대문 밖으로 나는 듯이 달려 나갔다. 통지인과 이웃 사람들이 모두 한바탕 놀랐다. 범진은 대문을 나서서 얼마 가지도 못하고 발이 미끄러져 연못으로 빠져 버렸다. 나오려고 발버둥치는 바람에 머리카락이 모두 풀어헤쳐졌고 두 손엔 누런 진흙이 가득했으며 온 몸에서 물이 줄줄 흘렀다. 사람들이 그를 붙잡으려 했으나 잡을 수가 없었다. 그는 손뼉을 치고 웃으면서 곧장 시장으로 뛰어갔다. 사람들은 모두 눈이 휘둥그레져 가지고 서로 쳐다보며 일제히 말했다.

"새 귀인이 너무 기뻐서 미쳐버렸어."

노마님이 울면서 말했다.

"무슨 이런 사나운 팔자가 있단 말인가! 무슨 거인에 합격했다고 하더니 금세 이런 몹쓸 병에 걸리다니! 이 미친병이 언제나 좋아질 런가?"

부인 호씨가 말했다.

"아침에는 멀쩡하게 나갔는데 어떻게 이런 병에 걸린단 말인가! 도대체 어떡하면 좋을꼬?" ……(후략)……

……(前略)…… 那隣居飛奔到集上, 一地裏尋不見. 直尋到集東頭, 見范進抱着鷄, 手裏揷個草標, 一步一踱的, 東張西望, 在那裏尋人買. 隣居道: "范相公, 快些回去. 你恭喜中了擧人, 報喜人擠了一屋裏." 范進道是哄他, 只裝不聽見, 低着頭, 往前走. 隣居見他不理, 走上來, 就要奪他手裏的鷄. 范進道: "你奪我的鷄怎的? 你又不買." 隣居道: "你中了擧了, 叫你家去打發報子哩." 范進道: "高隣, 你曉得我今日沒有米, 要賣這鷄去救命, 爲甚麽拿這話來混我? 我又不同你頑, 你自回去罷, 莫誤了我賣鷄." 隣居見他不信, 劈手把鷄奪了, 攧在地下, 一把拉了回來. 報錄人見了道: "好了, 新貴人回來了." 正要擁着他說話. 范進三兩步走進屋裏來, 見中間報帖已經升掛起來, 上寫道: '捷報貴府老爺諱進高中廣東鄕試第七名亞元 京報連登黃甲.' 范進不看便罷, 看了一遍, 又念一遍, 自己把兩手拍了一下, 笑了一聲道: "噫! 好了! 我中了!" 說着, 往後一交跌倒, 牙關咬緊, 不醒人事. 老太太慌了, 慌將幾口開水灌了過來. 他爬將起來, 又拍着手大笑道: "噫! 好!

噫好了我中了

甲申秋月重
寫范進中
舉圖之
祝小之
畔

范進中舉圖

我中了!" 笑着, 不由分說, 就往門外飛跑, 把報錄人和隣居都嚇了一跳. 走
出大門不多路, 一脚踹在塘裏, 掙起來, 頭髮都跌散了, 兩手黃泥, 淋淋漓漓
一身的水, 衆人拉他不住, 拍着笑着, 一直走到集上去了. 衆人大眼望小眼,
一齊道: "元來新貴人歡喜瘋了." 老太太哭道 "怎生這樣苦命的事! 中了一
個甚麼學人, 就得了這個拙病! 這一瘋了, 幾時纔得好?" 娘子胡氏道: "早上
好好出去, 怎的就得了這樣的病! 却是如何是好?" ……(後略)……

[『儒林外史』 제3회]

『홍루몽』은 원래 서명이 『석두기(石頭記)』이며, 일명 『정승록
(情僧錄)』·『풍월보감(風月寶鑑)』·『금릉십이차(金陵十二釵)』·『금
옥연(金玉緣)』 등으로도 불렸다.

통행본은 120회인데, 앞 80회는 조점(曹霑: 1715?~1763?, 호는
雪芹)의 작이 확실하고 뒤 40회는 고악(高鶚)의 속작이라는 설이
유력하다. 판본은 크게 지본(脂本: 脂硯齋重評本)과 비지본(非脂
本)으로 나뉘는데, 지본은 80회본으로 조설근의 원본에 가깝고
비지본은 대부분 120회본으로 다시 정갑본(程甲本)과 정을본(程
乙本)이 있다.

내용은 봉건 대지주 집안인 가부(賈府)의 몰락과정을 통하여
주인공 가보옥(賈寶玉)과 그를 둘러싼 12미녀[金陵十二釵]의 사랑
과 비극을 묘사한 것이다.

중국소설사상 최고의 걸작으로 인정받고 있는 『홍루몽』은 개
성적인 인물묘사를 통한 불후의 인물전형 창조, 일상생활에 대한
세심한 관찰과 경험에서 우러난 사실적인 묘사, 인물의 정신세계
를 뛰어나게 부각시킨 심리묘사, 수많은 인물과 사건의 유기적인
안배를 통한 탁월한 구성력, 등장인물에 걸맞은 정확하고 세련되
고 생동적인 언어 구사 등 소설문학의 최고 경지에 올랐다.

『홍루몽』이 대대적으로 유행하자 『홍루몽보(補)』·『후홍루몽』·

『속홍루몽』·『홍루환(幻)몽』·『홍루중(重)몽』 등의 속작이 나와 이른바 '홍루' 문학을 형성했다. 근래에는 『홍루몽』만을 전문적으로 연구하는 '홍학(紅學)'이 형성되어 그 열기가 대단하다.

「금릉십이차곡(金陵十二釵曲)」

……(전략)…… 술을 마시는 중에 열두 명의 춤추는 선녀가 나와서 무슨 곡조로 연주할 것인지를 묻자 경환이 말했다.

"새로 지은 '홍루몽십이지곡'을 연주해 올려라."

춤추는 선녀들이 대답하고 장단을 가볍게 치며 은비파를 능숙하게 연주했다. 선녀들이 "천지가 개벽한 이래 ……"라고 막 한 구절을 불렀을 때 경환이 말했다.

"이 곡조는 반드시 생·단·정·말의 구분이 있고 또 남북구궁조가 있는 속세에서 만든 전기의 곡조와는 다르다. 이것은 한 사람에 대해서 읊거나 한 가지 일에 대해서 느낀 점을 가지고 한 곡조를 이루게 되면 곧 악보를 만들어서 음률에 맞출 수 있다. 만약에 어떤 곡에 대해서 정확히 알지 못하면 그 속에 담겨 있는 오묘함을 모르게 된다. 내가 생각건대 너도 역시 이 곡조를 깊이 알지 못하는 것 같은데, 만약에 먼저 그 가사를 보지 않고 그 곡을 듣는다면 아무런 재미가 없을 것이다."

말을 마치고 고개를 돌려 시종들에게 홍루몽곡의 가사를 가져오라고 명하여 보옥에게 건네주자, 보옥은 눈으로는 가사를 보고 귀로는 노래를 들었다.

【홍루몽 인자】

천지가 개벽한 이래, 누가 애정의 씨앗 심어놓았나? 모두가 풍월의 정이 깊어진 탓이로다.

어찌 할거나! 지난날의 회포로 상심하고 적막할 때, 어리석은 나의 충정 달래나봐야지.

이로 인하여 연출하노니 금과 옥을 슬퍼하고 애달파하는 홍루의 꿈이여!

金陵十二釵圖

【종신오】

모두들 금옥 같은 좋은 인연이라 하나, 나는 오직 목석같은 전생의 맹세만을 생각하네.

산 속의 고사(高士)는 맑고 밝은 눈을 부질없이 대하고 있으나, 세상 밖 아름다운 선녀가 사는 적막한 숲을 끝내 잊지 못하네.

인간세상을 탄식하노니, 아름다움 중에도 부족함이 있음을 이제야 비로소 믿겠노라.

비록 깍듯이 남편을 받들어 모신다 해도, 도저히 나의 심정은 편안하기 어렵네.

【왕응미】

하나는 낭원의 신선 꽃이요, 하나는 티 없는 고운 옥이로다.

만약 기이한 연분이 없다 하면 금생에 어찌 또 그를 만났으며, 만약 기이한 연분이 있다 하면 어찌하여 서로의 애정이 헛된 말로 끝났는가?

하나는 속절없이 스스로 탄식하고, 하나는 부질없이 애만 끓이네.

하나는 물속의 달이요, 하나는 거울속의 꽃이로다.

눈 속에 얼마나 많은 눈물구슬이 있을까? 가을이 흘러 겨울 되고 봄이 흘러 여름 되는 것을 어이 견디리!

……(중략)……

【수미 · 비조각투림】

벼슬한 사람은 가업이 쇠락하고, 부귀한 사람은 금은이 모두 흩어졌네.

은덕 있는 사람은 죽음 속에서 회생하고, 무정한 사람은 분명히 응보를 받았네.

전생에 명이 짧은 사람은 명이 이미 길어졌고, 전생에 눈물 적게 흘린 사람은 눈물이 이미 말라버렸네.

업원에 보응함이 어찌 쉽게 이루어지지 않으랴? 헤어지고 만남도 모두 운명에 정해진 것.

명이 길고 짧음을 알려거든 전생의 행업을 보면 되고, 행업이 악하되 늙어서 부귀하면 이건 요행이라네.

紅樓夢圖

홍진을 간파한 사람은 불문으로 숨어 들어갔고, 치정에 미혹된 사람
은 목숨을 부질없이 마쳤도다.

이 모든 건 마치 실컷 주워 먹은 새가 수풀로 돌아간 뒤, 황량한
대지만 깨끗하게 남아 있는 것과 같도다.

……(후략)……

……(前略)…… 飲酒間, 又有十二個舞女上來, 請問演何詞曲. 警幻道：
"就將新制紅樓夢十二支演上來" 舞女們答應了, 便輕敲檀板, 款按銀箏,
聽他歌道是："開闢鴻蒙……"方歌了一句, 警幻便說道："此曲不比塵世中
所塡傳奇之曲, 必有生旦淨末之則, 又有南北九宮之限. 此或咏嘆一人, 或
感懷一事, 偶成一曲, 卽可譜入管絃. 若非個中人, 不知其中之妙. 料爾亦
未必深明此調. 若不先閱其稿, 後聽其歌, 翻成嚼蠟矣." 說畢, 回頭命小丫

鬻取了『紅樓夢』原稿來, 遞與寶玉. 寶玉接來, 一面目視其文, 一面耳聆其歌曰:

【紅樓夢引子】開闢鴻蒙, 誰爲情種? 都只爲風月情濃. 趁着這奈何天, 傷懷日, 寂寥時, 試見愚衷. 因此上, 演出這懷金悼玉的紅樓夢.

【終身誤】都道是金玉良姻, 俺只念木石前盟. 空對着, 山中高士晶瑩雪. 終不忘, 世外仙姝寂寞林. 嘆人間, 美中不足今方信. 縱然是齊眉擧案, 到底意難平.

【枉凝眉】一個是閬苑仙葩, 一個是美玉無瑕. 若說沒奇緣, 今生偏又遇着他. 若說有奇緣, 如何心事終虛化? 一個枉自嗟呀, 一個空勞牽挂. 一個是水中月, 一個是鏡中花. 想眼中能有多少淚珠兒, 怎經得秋流到冬盡, 春流到夏!

⋯⋯(中略)⋯⋯

【收尾·飛鳥各投林】爲官的, 家業凋零. 富貴的, 金銀散盡. 有恩的, 死裏逃生. 無情的, 分明報應. 欠命的, 命已還. 欠淚的, 淚已盡. 冤冤相報實非輕, 分離聚合皆前定. 欲知命短問前生, 老來富貴也眞僥倖. 看破的, 遁入空門. 痴迷的, 枉送了性命. 好一似食盡鳥投林, 落了片白茫茫大地眞乾淨!

⋯⋯(後略)⋯⋯

[『紅樓夢』 제5회]

『경화연』은 이여진(李汝珍: 1763?~1830?)의 작이며 100회로 되어 있다. 『경화연』은 천계에서 쫓겨난 화신(花神)들이 인간계로 내려와 100명의 재녀(才女)가 되어 기예를 자랑하는 내용으로, 중간에 기이한 환상이 많이 삽입되어 있다. 풍부한 환상·해학·박학을 이용하여 불평등한 부녀문제와 사회의 폐단을 비판함으로써 자못 독특한 견해와 이상이 담겨 있으나, 지나치게 현학적인 묘사는 다소 번잡한 느낌을 준다.

그밖에 하경거(夏敬渠)의 『야수폭언(野叟曝言)』[20권 154회], 진구(陳球)의 『연산외사(燕山外史)』[8권] 등도 재학소설에 속하는 작품이다.

『품화보감』은 진삼(陳森: 1835전후)의 작이며 60회로 되어 있다. 『품화보감』은 화류계의 실제인물을 모델로 한 본격적인 장편소설로, 북경의 배우와 기녀들에 관한 이야기를 기록한 것인데, 동성연애 등 외설적인 묘사가 들어 있다.

그 밖에 위수인(魏秀仁)의 『화월흔(花月痕)』[16권 52회], 유달(兪達)의 『청루몽(靑樓夢)』[64회], 한방경(韓邦慶)의 『해상화열전(海上花列傳)』[64회] 등도 화류소설에 속하는 작품이다.

『아녀영웅전』은 문강(文康: 1868전후)의 작이며, 40회[원래는 53회]이다. 『아녀영웅전』은 여자 협객 십삼매(十三妹)가 부친의 원수를 갚고 은인 안기(安驥)와 행복하게 살아간다는 이야기로, 재자가인소설에 무용담을 삽입한 형태이며 순수한 북경어로 썼기 때문에 방언연구에 좋은 자료가 된다.

그 밖에 석옥곤(石玉崑)의 『삼협오의(三俠五義)』[120회. 나중에 兪樾이 수정하여 『七俠五義』로 개칭함], 작자 미상의 『시공안기문(施公案奇聞)』[97회], 탐몽도인(貪夢道人)의 『팽공안(彭公案)』 등도 협의공안소설에 속하는 작품이다.

청말 견책소설

청대 말기, 특히 1890년~1910년의 20년간은 중국소설의 변혁기로서, 내우외환에 대한 대처능력을 잃어버린 채 부정과 부패를 일삼은 청 정부와 관료를 비판하는 작품들이 쏟아졌다.

아영(阿英)은 그의 『만청소설사(晚淸小說史)』에서 이 시기에 소설이 발달하게 된 원인으로 다음의 몇 가지를 지적했다. 첫째, 인쇄술과 신문의 발달로 책 출판이 쉬어짐에 따라 소설의 수요가 급증하게 되었다. 둘째, 서구사상의 영향을 받은 지식인들이 소설의 사회적 중요성을 인식하게 되었다. 셋째, 지식인들이 소설을 이용하여 외세에 굴복하고 부패에 찌든 조정을 비판하고 사회개혁과 애국사상을 고취시켰다.

청말에는 소설잡지와 소설에 관한 논문이 대거 등장하여 소설의 사회적 효용성을 적극적으로 주장했다. 잡지 방면에서는 양계초(梁啓超: 1873~1929)의 『신소설』[1902]을 필두로 이보가(李寶嘉: 1867~1906)의 『수상소설(繡像小說)』[1903], 오옥요(吳沃堯: 1866~1910)의 『월월소설(月月小說)』[1906], 증박(曾樸)의 『소설림(小說林)』[1907] 등 전문적인 소설잡지가 대량으로 발행되었다. 논문 방면에서는 양계초의 「소설과 정치의 관계를 논함[論小說與群治之關係]」을 비롯하여 소설의 사회적 중요성을 역설한 논문들이 많이 발표되었다.

'견책소설(譴責小說)'이란 명칭은 노신(魯迅)의 『중국소설사략』에서 비롯된 것으로, 내용은 관계(官界)의 부정과 부패를 폭로한 것이 대부분이며, 그 형식은 대부분 『유림외사』처럼 여러 일화를 연결하는 형식을 취하고 있다. 대표 작품에는 '4대 견책소설'로 불리는 이보가의 『관장현형기(官場現形記)』[60회], 오옥요의 『이십년목도지괴현상(二十年目睹之怪現狀)』[108회], 유악(劉鶚: 1857~1909)의 『노잔유기(老殘遊記)』[20회], 증박의 『얼해화(孽海花)』[20회]가 있다. 이러한 작품들은 일종의 시대적인 임무를 띠고 있었기 때문에 주제표현은 매우 분명하지만, 『유림외사』와 같은 냉정한 풍자가 부족하고 언사가 노골적이어서 문학성은 다소 떨어진다.

그밖에 정치소설이라 불리는 일련의 작품들이 나왔는데, 이러한 작품에는 주로 서양 근대사상의 본질을 이해하고, 봉건사회의 병폐를 파헤치며, 혁명의 이상을 고무시키는 내용이 많다. 주요 작품에는 양계초의 『신중국미래기(新中國未來記)』, 진단여사

(震旦女士)의『자유결혼』, 진천화(陳天華)의『사자후(獅子喉)』등
이 있다.

번역소설

번역소설은 서양의 문학을 중국에 전파시킨 중요한 역할을 했
는데, 그 대표 주자는 임서(林紓: 1852~1924)였다. 그는 유창한
고문으로 외국의 대표적인 소설 150여 종을 번역하여 문인·지식
인들에게 많은 영향을 미쳤다. 그 중에서 프랑스 뒤마 피스(A.
Dumas fils)의『춘희(椿姬)[La Dame aux Camélias]』를 번역한『파
리의 동백꽃 아가씨 이야기[巴黎茶花女遺事]』는 1899년에 나온 중
국 최초의 번역소설이다. 그밖에 미국 마담 스토우(Mdm. Stowe)
의『톰 아저씨의 오두막[Uncle Tom's Cabin]』을 번역한『흑노유
천록(黑奴籲天錄)』, 영국 스코트(W. Scott)의『아이반호(Ivanhoe)』
를 번역한『살극손겁후영웅략(撒克遜劫後英雄略)』등이 있다. 노
신을 비롯한 당시의 많은 문인들이 이러한 번역소설을 탐독하여
중국 신문학에도 영향을 미쳤다.

戲曲

희곡

如今是三伏天道
若竇娥委實冤枉
身死之後
天降三尺瑞雪
遮掩了竇娥屍首

희곡

중국 희곡의 기원

중국 희곡은 선진시대에 무격(巫覡)이 제사드릴 때 추던 원시 가무에 그 근원을 두고 있다. 이러한 원시 가무의 형태가 점차 발전하여, 한대에는 가무희(歌舞戲)·골계희(滑稽戲)·괴뢰희(傀儡戲)·각저희(角低戲)·참군희(參軍戲) 등을 포함한 여러 가지 '백희(百戲)'가 성행했으며, 전문적인 배우도 등장했다. 위진남북조 시대에는 서역 음악의 영향으로 발두(撥頭)·답요낭(踏搖娘)과 같은 가무희가 특히 성행했으며, 당대에는 가무희가 더욱 발전하고 골계희도 상당히 진보했다.

百戲圖

희문

이상과 같은 희곡 전통을 계승하여 송대에는 비교적 완정한 형태의 희곡이 창작되었다.

송대 초기의 희곡은 골계희·가무희·강창희가 주로 공연되었다. 골계희는 가무 없이 해학과 풍자를 위주로 했으며, 당시에는 '잡극(雜劇)'이라 불렀다. 가무희는 음악·가무·언어·동작 등을 배합하여 그 구성과 형식이 골계희보다 진보했으나 여전히 대언체(代言體)가 아닌 서사체(敍事體) 위주였다. 강창희는 노래와 고사를 위주로 하고 반주 악기와 표정 연출도 있었지만 정식 가무가 빠져 있었다.

남송대에는 중국 희곡의 출발을 알리는 희문(戲文)이 등장하여 중국희곡사상 중요한 의미를 지니고 있다.

희문은 남희문(南戲文)·남희(南戲)·온주잡희(溫州雜戲) 등으로도 불렸다. 그 형식은 편폭이 원대 잡극의 10배나 되고 절(折)이나 척(齣)의 구분이 없으며, 작품으로는 「장협장원(張協狀元)」·「소손도(小孫屠)」 등이 있다.

이러한 희문은 비교적 완전한 형식을 갖춘 중국 희곡의 출발로서 명대 희곡인 전기(傳奇)에 많은 영향을 미쳤다.

원본

금(金)은 북방 이민족인 여진족(女眞族)이 세운 나라로서, 북송을 침략하여 중원을 차지한 뒤부터 원(元)에게 망할 때까지 남송과 대등한 세력을 유지했다.

금대에는 다른 어떤 문학보다도 희곡이 문학의 주류를 형성했다. 금대에 희곡이 발달하게 된 원인은 금나라의 북방 통일로 인한 정치적인 안정, 수도 연경(燕京)을 중심으로 대도시의 인구 집중, 희곡 발전의 경제적인 뒷받침을 가능케 한 농업과 상공업의 발달 등을 들 수 있다.

금대의 희곡은 일반적으로 원본(院本)이라 불리는데, 그 명칭은 '유행가무반(遊行歌舞班)'[行院]이 공연할 때 사용한 대본이라는 뜻이다. 원본은 당대의 참군희(參軍戲) 및 기타 가무 잡희와 북송의 잡극에서 발전되어 나온 것으로, 송대 잡극이 원대 잡극으로 발전해가는 과도기의 역할을 수행했다.

大行散樂忠都秀在此作場
元雜劇壁畫復原圖

잡극

원대에는 중국 희곡의 본격적인 발전이라 할 수 있는 잡극이 등장하여 중국희곡사상 찬란한 꽃을 피웠으며, 원대를 대표하는 문학형식으로 자리 잡았다.

원대에 잡극이 흥성하게 된 원인으로는 다음의 몇 가지를 들수 있다. 첫째, 희곡문학 자체의 발전이다. 한대부터 이어져온 희곡문학의 성과를 계승하여 원대에 비로소 완벽한 형태의 잡극이 창작되었다. 둘째, 도시경제의 번영이다. 희곡은 직접적으로 군중의 수요에 기초하기 때문에 이들의 오락문화를 뒷받침하는 도시경제의 번영이 잡극의 발전을 촉진했다. 셋째, 북방 민족의 악곡 전파이다. 각 민족간의 문화적인 교류로 북방 민족의 악곡이 전파되어 잡극이 새로운 전기를 마련하게 되었다. 넷째, 유학의 쇠미와 과거제도의 폐지이다. 몽고족이 지배한 원대에는 유학이 침체되어 이제껏 비천하게 여겨졌던 희곡이 자유롭게 발전할 기회를 갖게 되었으며, 과거제도의 폐지로 인해 경전의 연구에 몰두했던 선비들이 일반문학에 눈을 돌리게 되어 잡극 예술이 진보하고 우수한 작가들이 많이 나오게 되었다.

잡극은 송대의 희문이나 금대의 원본보다 훨씬 엄격히 제한된 형식을 지니고 있다. 체제상 대본 하나는 4절(折: 지금의 幕에 해당)로 이루어지는 것이 원칙이며, 맨 앞이나 중간에 설자(楔子)라고 하는 서막이나 간막이 삽입되기도 하는데, 보통 4절 1설자로 되어 있다. 음률상 매절은 같은 궁조의 곡패(曲牌)로 조성된 하나의 투곡(套曲)이다. 구성요소상 한 절은 창(唱: 노래)·과(科: 동작)·백(白: 대화)의 3요소로 이루어지는데, 창이 가장 중요한 부분이다. 창은 남자나 여자 주인공이 혼자서 끝까지 불러야 한다는 규칙이 있다. 배역은 말(末: 남자 역, 주인공은 正末이라 함),

단(旦: 여자 역, 주인공은 正旦이라 함), 정(淨: 남자 조연 역), 축(丑: 어릿광대 역)의 4대 각색(脚色) 외에 고(孤: 벼슬아치 역), 복아(卜兒: 할멈 역), 발로(孛老: 영감 역), 내아(俠兒: 아역), 방로(邦老: 건달 역) 등의 잡(雜)이 있다. 극명(劇名)은 전체 내용을 요약한 제목(題目)과 극의 정식 명칭인 정명(正名)을 끝에 붙여 마무리하는데 8자로 된 시 1~2구절로 되어 있으며, 일반적으로 정명 끝의 3~4자를 따서 약칭으로 쓴다.

잡극은 문장이 소박하고 표현이 솔직할 뿐만 아니라, 현실적인 색채가 농후하여 실제 사회생활을 생생하게 묘사했으며, 북방의 구어·방언과 이민족의 언어를 혼용하여 표현예술 역량이 뛰어난 특색을 지니고 있다.

원대 잡극

원대 잡극의 발전은 크게 전기와 후기로 나누어 살펴볼 수 있다.

전기의 잡극은 북방을 중심으로 성행했는데, 문장이 솔직하고 질박한 특색을 지니고 있으며, 당시의 사회와 인간상을 잘 반영했다. 또한 잡극을 대표하는 뛰어난 작가가 이 시기에 많이 배출되었다.

대표적인 작가는 이른바 '원곡 4대가'로 불리는 관한경(關漢卿)·왕실보(王實甫)·백박(白樸)·마치원(馬致遠)이다.

관한경(1246전후)은 명실 공히 원대 잡극의 대표자로서 중국 희곡사상 가장 뛰어난 업적을 남긴 작가이다. 그는 잡극의 제재를 확대하고, 자유로운 형식 추구로 희극과 비극을 잘 표현했다. 또한 언어풍격상 등장인물의 성격에 어울리는 언어를 사용하여 생동감이 넘치고, 묘사기교상 인물의 형상화가 뛰어나고 음악성

關漢卿

까지 곁들였으며, 창작수법상 현실주의적인 예술수법을 통하여 당시의 혼란한 역사 환경과 불합리한 사회제도를 밀도 있게 반영했다. 주요 작품으로 『구풍진(趙盼兒風月救風塵)』·**『두아원(感天動地竇娥冤)』**·『배월정(閨怨佳人拜月亭)』 등이 있다.

『두아원』 (제3절)

('외'가 사형 감독관으로 분장하여 등장한다)

사형 감독관: 나는 사형 감독관이다. 오늘 범인을 처형할 것이니, 사령들로 하여금 골목을 막아 쓸데없이 오가는 이가 없게 하라. ('정'이 사령으로 분장하여 북을 세 번 치고 징을 세 번 울리는 동작을 한다. 망나니는 깃발을 흔들고 칼을 휘두르며 '정단'에게 길을 씌운 채 압송하여 등장한다)

- 망나니: 움직여! 움직이라구! 사형 감독관께서 형장에 납신 지 오래되셨단 말이야!

- 정단(두아): 【정궁】 【단정호】
  연유도 모른 채 법을 어겼다고,
  손도 써보지 못한 채 형벌을 받게 되었네.
  억울함을 외치니 땅도 흔들리고 하늘도 놀라네!
  잠시 후면 떠도는 혼이 먼저 삼라전에 이르겠지,
  어찌 하늘과 땅까지도 원망하지 않겠는가?
  ……(중략)……

- 정단(두아): 【사해아】
  두아가 괜히 이런 근거 없는 소원을 말하는 게 아니라,
  정말 억울하기 짝이 없어서지요.
  만약 어떤 영험한 일로 세상 사람들에게 전하지 않는다면,
  푸른 하늘의 공명정대함도 나타나지 않을 테니까요.

天動地窨娥竇祭元死之安夏毛

竇娥冤圖

저는 반 방울의 뜨거운 피도 이 더러운 홍진에 뿌리고 싶지 않으니,

모두 저 팔 척 깃대 위의 흰 비단에 걸려서,

온 사방의 사람들이 모두 보게 할 거예요.

이게 바로 억울하게 죽은 장홍의 피가 벽옥이 되고,

망제가 두견새 되어 울던 것과 같은 이치지요.

- 망나니: 또 무슨 할 말이 있소? 지금 감독관 나으리께 말씀드리지 않으면 또 언제 할려구!

(정단이 다시 무릎 꿇는 동작을 한다)

- 정단(두아): 나으리, 지금은 삼복더위지만 만약 두아가 정말로 억울하다면, 이 몸이 죽은 후에 하늘에서 세 척의 눈을 내려 두아의 시체를 덮어줄 것입니다.

- 사형 감독관 : 이런 삼복더위에 너에게 설사 하늘을 찌르는 원한이 있다 한들 눈 한 송이 불러오지 못할 테니, 헛소리 말아라!

- 정단(두아): 【이살】

나으리께선 더위가 한창이라,

눈 올 때가 아니라 하시지만,

추연 때문에 유월에 서리가 날렸단 말 듣지 못하셨나요?

만약 가슴 가득한 원한이 불꽃처럼 뿜어 나온다면,

정녕 하늘도 감동하여 육각 얼음 꽃이 솜처럼 깔려,

내 시체가 드러나지 않게 해 줄 겁니다.

그러니 흰 수레에 싣고 흰 말로 끌어,

저 황량한 들판으로 보낼 필요가 뭐 있겠어요!

(정단이 다시 무릎 꿇는 동작을 한다)

- 정단(두아): 나으리, 저 두아의 죽음은 진실로 억울합니다. 이제부터 이 초주에 삼 년 동안 큰 가뭄이 닥칠 것입니다.

- 사형 감독관 : 닥쳐라! 어디서 함부로 그런 말을 하느냐!

- 정단(두아): 【일살】

나으리께선 하늘도 기약할 수 없고,

사람들도 불쌍히 여기지 않을 것이라고 하시지만,

하늘도 인간의 소원을 기꺼이 들어주신다는 걸 모르십니다.

어찌하여 동해에 삼 년 동안 단비가 내리지 않았던가요?

일찍이 동해의 효부가 억울하게 죽었기 때문이지요.

이젠 당신네 산양현 차례이니,

이 모든 건 관리들이 바른 법을 펼칠 마음이 없고,

백성들이 입이 있어도 말을 하기 어렵기 때문이지요.

(망나니가 깃발 흔드는 동작을 한다)

- 망나니: 어째서 금세 하늘이 어두워지지?

(안에서 바람 소리를 낸다)

- 망나니: 아이구! 웬 써늘한 바람이람?

- 정단(두아): 【살미】

뜬 구름도 날 위해 어두워지고,

구슬픈 바람도 날 위해 불어주니,

세 가지 소원이 분명히 드러나리라.

(우는 동작을 하며) 어머님, 유월에 눈발이 날리고 삼년 동안 가뭄이 드는 것을 기다려보세요.

그때서야 당신의 억울하게 죽은 이 두아의 원혼이 드러나겠지요!

(망나니가 칼을 휘두르자 정단이 고꾸라지는 동작을 한다)

- 감독관: (놀라며) 어? 정말 눈이 오다니, 이런 기이한 일이 있는가!

- 망나니: 나도 말하건대, 평소에 사람을 죽이면 온 땅에 선혈이 낭자한데, 이 두아의 피는 모두 1장 2척의 흰 비단 깃발로 날아올라가 반 방울도 땅에 떨어지지 않으니, 정말로 괴이한 일이야.

- 감독관: 이 사형수에겐 필시 억울한 사정이 있나보군. 앞의 두 가지 소원은 이미 이루어졌는데, 삼 년 동안 가뭄이 들 것이라는 말은 맞을지 어쩔지 모르겠군. 어디 두고 보자. 여봐라, 눈 개일 것 기다릴 필요 없이 그 시체를 들어다 채노파에게 넘겨주도록 하라.

(사람들이 대답을 하며 시체를 들고 퇴장한다)

(外扮監斬官上, 云) 下官監斬官是也. 今日處決犯人, 着做公的把住巷口, 休放往來人閒走. (淨扮公人, 鼓三通, 鑼三下科. 劊子磨旗, 提刀, 押正旦帶枷上. 劊子云) 行動些, 行動些, 監斬官去法場上多時了. (正旦唱)

【正宮】【端正好】沒來由犯王法, 不隄防遭刑憲, 叫聲屈動地驚天! 頃刻間遊魂先赴森羅殿, 怎不將天地也生埋怨?

……(中略)……

靈聖與世人傳, 也不見得湛湛靑天. 我不要半星熱血紅塵灑, 都只在八尺旗鎗素練懸, 等他四下裏皆瞧見. 這就是咱萇弘化碧, 望帝啼鵑.

(劊子云) 你還有甚的說話? 此時不對監斬大人說, 幾時說那! (正旦再跪科, 云) 大人, 如今是三伏天道, 若竇娥委實寃枉, 身死之後, 天降三尺瑞雪, 遮掩了竇娥屍首. (監斬官云) 這等三伏天道, 你便有衝天的怨氣, 也召不得一片雪來, 可不胡說! (正旦唱)

【二煞】你道是暑氣喧, 不是那下雪天, 豈不聞飛霜六月因鄒衍? 若果有一腔怨氣噴如火, 定要感的六出氷花滾似綿, 免着我屍骸現. 要甚麼素車白馬, 斷送出古陌荒阡!

(正旦再跪科, 云) 大人, 我竇娥死的委實寃枉, 從今以後, 着這楚州亢旱三年. (監斬官云) 打嘴! 那有這等說話! (正旦唱)

【一煞】你道是天公不可期, 人心不可憐, 不知皇天也肯從人願. 做甚麼三年不見甘霖降, 也只爲東海曾經孝婦寃. 如今輪到你山陽縣, 這都是官吏每無心正法, 使百姓有口難言!

(劊子做磨旗科, 云) 怎麼這一會兒天色陰了也? (內做風科, 劊子云) 好冷風也! (正旦唱)

【煞尾】浮雲爲我陰, 悲風爲我旋, 三椿兒誓願明題徧. (做哭科, 云) 婆婆也, 直等待雪飛六月, 亢旱三年呵. (唱) 那其間纔把你個屈死的寃魂這竇娥顯!

(劊子做開刀, 正旦倒科) (監斬官驚云) 呀? 眞箇下雪了, 有這等異事! (劊子云) 我也道平日殺人, 滿地都是鮮血, 這個竇娥的血都飛在那丈二白練上, 並無半點落地, 委實奇怪. (監斬官云) 這死罪必有寃枉. 早兩椿兒應驗了, 不知亢旱三年的說話, 准也不准? 且看後來如何. 左右, 也不必等待雪晴, 便與我擡他屍首, 還了那蔡婆婆去罷. (衆應科, 擡屍下)

왕실보(1234전후)는 관한경과 쌍벽을 이루는 작가로서, 관한경의 작품이 민중적인 성향이 강한 반면 그의 작품은 귀족적인 성향이 농후하다. 그의 작품은 내용상 대부분 상류사회의 생활을 제재로 하여 봉건예교에 반항하는 청춘남녀의 사랑이 중심을 이루고 있고, 언어풍격상 시·사와 민간 구어를 흡수하여 자연스러우면서도 화려하며, 묘사기교상 인물의 내면심리 묘사를 통하여 인물의 성격을 효과적으로 부각시켰다. 또한 전체적으로 서정성이 뛰어나다. 주요 작품으로 『서상기(崔鶯鶯待月西廂記)』·『여춘당(四丞相歌舞麗春堂)』 등이 있다. 특히 『서상기』는 4절로 된 일반적인 잡극의 체제와 다른 5본(本) 20절로 된 장편의 대작으로, 표현기교가 뛰어나고 문장이 세련되어 있기 때문에 극본 그 자체로서도 상당한 인기를 끌었다.

백박(1226~1285?)은 곡사(曲詞)가 전아하여 시적(詩的)인 성과를 거두었으며, 주요 작품으로 『오동우(唐明皇秋夜梧桐雨)』·『장두마상(裴少俊牆頭馬上)』 등이 있다.

마치원(1251전후)은 귀족의 생활이나 신선고사를 즐겨 제재로 삼았으며, 곡사는 매우 화려하여 읽기 위한 희곡의 성격이 짙다. 주요 작품으로 『한궁추(破幽夢孤雁漢宮秋)』·『황량몽(邯鄲道省悟黃粱夢)』 등이 있다.

후기의 잡극은 남방을 중심으로 성행했는데, 실제생활 문제를 제대로 반영하지 못하여 현실성이 결여되어 있으며, 왕실보의 영향으로 전아한 문사 위주의 작품이 많이 창작되어 점차 연극으로서의 기능을 상실하고 민중과 거리가 멀어지게 되었다. 작품의 수준 또한 전기에 훨씬 뒤진다.

이 시기를 대표하는 작가는 전기의 4대가와 함께 '원곡 6대가'로 불리는 정광조(鄭光祖)와 교길(喬吉)을 들 수 있다.

정광조(1294전후)는 역사극을 많이 창작했으며, 『서상기』의 예술수법을 발전시켜 화려한 문장으로 연정(戀情)을 감동적으로 묘사했다. 주요 작품으로 『천녀이혼(迷靑瑣倩女離魂)』·『한림풍월(㑊梅香騙翰林風月)』 등이 있다.

교길(1280~1345)은 문인들의 풍류를 제재로 한 작품을 많이 지었으며, 문사가 아름답고 염정(艶情)의 표현에 뛰어났다. 주요 작품으로 『양세인연(玉簫女兩世因緣)』·『양주몽(杜牧之詩酒揚州夢)』 등이 있다.

西廂記圖

명대 잡극

명대에는 소설과 함께 희곡이 대대적으로 흥성하여 정통문학을 압도하는 형세를 이루었다. 명대의 잡극은 전기(傳奇)의 기세에 눌려 그다지 큰 발전을 하지는 못했지만, 전기의 영향을 받아 몇 가지 주목할 만한 변화를 가져오기도 했다.

명대 초기의 잡극은 원대 잡극의 영향에서 완전히 벗어나지는 못했지만, 남희의 영향을 받아 1본(本)을 5절(折)로 하거나 한 절에서 합창을 하는 등 형식상의 변화를 가져왔다. 왕실 작가인 주권(朱權: ?~1448)·주유돈(朱有燉: 1379~1439) 등이 이 시기를 대표하는 작가이다.

명대 중기의 잡극은 전기에 눌려 쇠퇴의 길을 걸었으며, 왕구사(王九思: 1468~1551)·강해(康海: 1475~1540)가 이 시기를 대표하는 작가이다.

명대 말기에는 잡극의 형식에 큰 변화가 일어나 단극(短劇)이 등장했다. 단극은 이제까지의 형식을 탈피하고 어떤 고사 가운데서 가장 정채로운 부분만을 짧은 형식으로 표현하는 문인들의 즉흥극을 말하는데, 그 기원은 원대 왕생(王生)의 「위기틈국(圍棋闖局)」에서 비롯되었다고 한다.

단극과 원 잡극과의 주요 차이점을 살펴보면 다음과 같다. 구성상 잡극은 매 편이 4절로 구성되고 설자(楔子)를 앞이나 중간에 두지만, 단극은 절의 제한이 없고 설자를 앞에만 둔다. 내용상 잡극은 매 편이 하나의 이야기이지만, 단극은 제한이 없다. 창법상 잡극은 한 사람이 독창하지만, 단극은 제한이 없다. 악곡상 잡극은 북곡만을 사용하지만, 단극은 대부분 남·북곡을 혼용한다.

명말의 단극을 대표하는 작품은 서위(徐渭: 1521~1593)의 『사성원(四聲猿)』[「狂鼓吏」·「玉禪師」·「雌木蘭」·「女狀元」]이다.

청대 잡극

청대의 잡극은 전기의 위세에 눌려 명대와 마찬가지로 쇠퇴의 길을 걸었으며, 문인들의 회포와 정한(情恨)을 묘사하기에 용이한 1절(折)로 된 단극이 감상을 위한 문학작품으로서 자못 유행했다.

주요 작가와 작품에는 망국의 한을 묘사한 오위업(吳偉業)의 『임춘각(臨春閣)』, 굴원(屈原)의 입을 통하여 자신의 울분을 토로한 우동(尤侗)의 『독이소(讀離騷)』, 백거이(白居易)의 「비파행(琵琶行)」을 극화한 장사전(蔣士銓)의 『사현추(四絃秋)』, 대표적인 단극 작가로서 32종의 단극을 지은 양조관(楊潮觀) 등이 있다.

전기(傳奇)

명대에는 원대에서 전성기를 맞이했던 잡극이 여전히 창작되긴 했지만, 어디까지나 그 주류는 새롭게 등장한 '전기(傳奇)'였다. 전기는 송대의 남희(南戲)에서 발전되어 나온 것으로 잡극과 다른 새로운 형태의 희곡문학을 말하는데, 남곡(南曲)·명곡(明曲)·남희(南戲)라고도 불렸다.

명대에 전기가 흥성하게 된 원인으로 다음의 몇 가지를 들 수 있다. 첫째, 남희의 발전이다. 남희는 송대에 생겨났지만 원대에는 잡극의 극성으로 빛을 보지 못하다가 명대에 들어와 잡극의 장점들을 흡수하여 형식과 예술상에서 크게 진보하여 전기의 발전을 가져왔다. 둘째, 군주와 귀족의 제창이다. 명초에 군주와 귀족들이 모두 전기를 좋아하여, 태조(太祖: 朱元璋)는 『비파기(琵琶記)』를 사서오경에 견주었으며 그의 아들 주권(朱權)과 손자 주유

돈(朱有燉) 등도 모두 전기를 창작하여 전기의 활성화에 이바지했다. 셋째, 문인들의 참여이다. 송·원대에는 문장이 엉성하고 형식이 산만했던 남희가 명대 문인들의 참여로 문학성이 제고되고 예술기법이 성숙해져 수준 높은 전기가 창작되었다.

전기는 잡극과 여러 측면에서 다른 점이 많은데, 그 주요 사항을 간추려 보면 다음과 같다. 우선 구성상 잡극은 매 본(本)이 4절(折)로 구성되며 설자(楔子)를 극의 앞이나 중간에 삽입하지만, 전기는 잡극의 절에 해당하는 척(齣)의 수에 제한이 없으며 제1척을 가문(家門) 또는 개장(開場)·개종(開宗)이라 하고 전체 극의 대의를 설명한다. 창법(唱法)상 잡극은 매 절에서 한 사람이 독창하지만, 전기는 독창·대창(對唱)·합창을 다 할 수 있다. 음률상 잡극은 매 절에 하나의 궁조와 한 운(韻)만을 사용하지만, 전기는 매 척에 일정한 궁조가 없고 운도 바꿀 수 있다. 문체상 잡극은 대부분 구어체를 사용하지만, 전기는 변려체도 사용한다. 정조상 잡극과 전기는 그 중심지역이 다르고 악기와 악보가 달라 곡의 정조와 흥취가 서로 다르다. 이상과 같이 전기는 구성·창법·음률·문체 등 여러 면에서 잡극보다 훨씬 자유롭다는 것을 알 수 있다.

명대 전기

명대 초기를 대표하는 전기 작품은 이른바 '5대 전기'로 알려진 『살구기(殺狗記)』·『백토기(白兎記)』·『배월정(拜月亭)』·『형차기(荊釵記)』·『비파기(琵琶記)』이다.

『살구기』[36척]는 서진(徐㬢)의 작이라고 하나 민간의 작품으로 추정된다. 이 작품은 원대 소덕상(蕭德祥)의 잡극 『살구권부

(殺狗勸夫)』를 개작한 것으로, 곡사(曲辭)가 비속하다고는 하지만 제재의 시대성과 무대예술의 통속성이 잘 고려되어 있다.

『백토기』[32척]는 작자 미상의 민간 작품이다. 이 작품은 송대 『오대사평화(五代史平話)』의 유지원(劉知遠) 고사와 금대 『유지원제궁조(劉知遠諸宮調)』를 개작한 것으로, 곡사가 질박하고 감정이 진지하여 감동을 준다.

『배월정』[40척]은 일명 『유규기(幽閨記)』라고도 하며, 원대 시혜(施惠)의 작이라고 하나 민간 작품으로 추정된다. 이 작품은 원대 관한경(關漢卿)의 잡극 『규원가인배월정(閨怨佳人拜月亭)』을 개작한 것으로, 등장인물의 신분에 맞는 어투를 사용하여 생동감이 넘친다.

『형차기』[48척]는 주권(朱權)의 작이라고 하며, 원대 가단구경중(柯丹邱敬仲)의 작이라는 설도 있다. 이 작품은 왕십붕(王十朋) 고사를 상연한 민간의 여러 남희를 개작한 것으로, 곡사가 청신하고 비애감이 뛰어나 감동을 준다.

『비파기』[42척]는 5대 전기 가운데 유일하게 작자가 분명하게 밝혀진 작품으로 고명(高明: 1305?~?)의 작이다. 고명은 지나친 형식미를 지양하고 윤리도덕과 사회문제를 중시했으며, 희곡의 가치와 공효성을 인식하여 희곡을 교화의 공구로 삼고자 했다. 이 작품은 송대 희문(戱文) 『조정녀채이랑(趙貞女蔡二郎)』을 개작한 것으로, 절묘한 곡사, 극중 인물의 뚜렷한 개성 표현, 생동감 넘치는 대화 등으로 극의 예술성이 매우 높아 명초 5대 전기 가운데 가장 뛰어난 작품으로 평가된다.

『비파기』 제20척 「쌀겨로 연명하다[糟糠自厭]」

(단(조오낭)이 등장하여 노래한다)

【산파양】

황량하기 짝이 없는 여물지 않는 흉년,

아득히 멀리 떠나 돌아오지 않는 낭군.

안절부절 초조함을 견지지 못하는 양친,

겁 많고 나약하여 일 처리 서툰 외로운 이 몸.

옷은 모두 저당 잡혀서,

실 한 오라기도 몸에 걸치지 못하네.

몇 번이나 이 몸 죽어 버릴까 했지만,

아들 없는 시부모님을 누구에게 돌봐 달라 할 거나?

(합창한다)

생각하나니,

허공에 나부끼는 듯한 이 운명을 어찌 기약하리?

琵琶記圖

견디기 힘들구나!
정말로 이 재난과 위험은!
【전강】
방울방울 흘러도 다 마르지 않는 눈물,
얼기설기 뒤엉켜 풀기 어려운 근심의 실마리.
뼈 불거지도록 깡말라 부지하기도 힘든 병든 몸,
전전긍긍 살아가기 힘든 이 시절.
겨야, 내 너를 먹지 않자니,
이 굶주림을 어찌 견디란 말이냐?
내 너를 먹자니,
어떻게 넘기란 말이냐?
(시늉한다) 괴롭구나!
아무리 생각해도 내가 먼저 죽는 게 낫겠지만,
양친이 돌아가실 때는 또 어찌해야 할지 모르겠구나.
(앞부분을 합창한다)
단(조오낭): 내가 아침에 시부모님께 진지 올렸는데, 맛난 어채를
사고 싶지 않은 게 아니라 살 돈이 없으니 어찌하랴. 그런데도 뜻밖
에 시어머님은 다짜고짜 원망하시며, 나 혼자 몰래 뭘 먹는다고 하
시네. 내가 먹는 것이 오히려 쌀겨인줄도 모르시니, 이런 걸 먹는다
고 감히 알려드리지 못해서 피했을 뿐인데. 설령 죽어라 원망하신
대도 감히 말씀드릴 수는 없네. 괴롭구나! 정말 이 쌀겨를 어떻게
먹으란 말인가?
(먹는 동작을 한다)
(노래한다)
……(중략)……
【옥포두】
온갖 폐를 끼치는군요.
제가 어떻게 처리해야 하나요?
결국 어머님 시신을,
관도 없이 황무지로 보내는 건 아니겠지요?

(합창한다)

이 지경을 서로 바라보니,

사람이라면 눈물 흘리지 않는 이 없네.

원수가 아니면 다시 만나지 않는다는 말이 바로 이런 것이라네.

(말(장태공)이 노래한다)

【전강】

너무 염려하지 마오.

시어머니 장례비는 나한테 있으니.

부인은 단지 정성껏 시아버지를 잘 모셔서,

시아버지마저 구완하지 못하게는 하지 마시오.

(앞부분을 합창한다)

단(조오낭): 이렇게 해주시니 아저씨께 정말 감사드립니다.

단지 돈 한 푼 없이 어머님을 보내드려야 하다니!

말(장태공): 부인은 안심하시오.

이 일은 깊이 상의하면 반드시 해결될 게요.

(합창한다)

집에 돌아가서는 큰 소리로 곡도 못할 테니,

듣는 사람마다 애간장 끊어질까 걱정이네.

(함께 퇴장한다)

(旦上唱)【山坡羊】亂荒荒不豊稔的年歲. 遠迢迢不回來的夫壻. 急煎煎不耐煩的二親, 軟怯怯不濟事的孤身己. 衣盡典, 寸絲不掛體. 幾番要賣了奴身己, 爭奈沒主公婆敎誰看取? (合) 思之, 虛飄飄命怎期? 難捱, 實丕丕災共危!

【前腔】滴溜溜難窮盡的珠淚, 亂紛紛難寬解的愁緒. 骨崖崖難扶持的病體, 戰欽欽難捱過的時和歲. 這糠呵, 我待不吃你, 敎奴怎忍飢? 我待吃呵, 怎吃得? (介) 苦! 思量起來不如奴先死, 圖得不知他親死時. (合前)

(白) 奴家早上安排些飯與公婆, 非不欲買些鮭菜, 爭奈無錢可買. 不想婆婆抵死埋寃, 只道奴家背地自吃了甚麼. 不知奴家吃的却是細米皮糠, 吃時不敢敎他知道, 只得回避. 便埋寃殺了, 也不敢分說. 苦! 眞實這糠怎的吃得?

(吃介)(唱)

……(中略)……

【玉包肚】 千般生受, 教奴家如何措手? 終不然把他骸骨, 沒棺槨送在荒邱?

(合) 相看到此, 不由人不珠淚流, 正是不是寃家不聚頭 (末唱)

【前腔】 不須多憂, 送婆婆是我身上有. 你但小心承直公公, 莫教他又成不救. (合前)

(旦白) 如此, 謝得公公. 只爲無錢送老娘! (末白) 娘子放心, 須知此事有商量. (合) 正是, 歸家不敢高聲哭, 只恐人聞也斷腸. (幷下)

　　명대 중기의 전기는 그 성격과 곡조상 많은 변화를 가져왔다. 두드러진 작가로는 전기의 교화성을 선양한 구준(丘濬)과 전기의 변려화를 이끈 소찬(邵璨)을 들 수 있다.

　　구준(1420~1495)은 대유(大儒)와 대신(大臣)임에도 불구하고 희곡을 민중교화와 윤리선양의 예술로 인식하여 명대의 희곡에 많은 영향을 미쳤으며, 작품으로 『오륜전비기(五倫全備記)』 등이 있다.

　　소찬은 구준을 계승하여 '이극재도(以劇載道)'의 관념으로 전기를 지었는데, 그의 작품 『향낭기(香囊記)』는 변려체와 전고를 대량으로 사용하여 희곡의 통속성을 잃어버리고 전려화(典麗化)하는 경향을 보였다.

　　또한 이 시기에는 중국희곡사상 주목할 만한 사건이 일어났는데, 그것은 바로 곤강(崑腔: 崑曲)의 흥성이었다. 명대 중엽에는 익양강(弋陽腔: 江西 지방에서 발생), 여요강(餘姚腔: 浙江 지방에서 발생), 해염강(海鹽腔: 浙江 지방에서 발생), 곤산강(崑山腔: 吳中에서 유행) 등의 지방 곡조가 각기 세력권을 형성하면서 발전했는데, 가정(嘉靖) 연간에 곤산(崑山) 사람 위량보(魏良輔)가 10년간의 연구 끝에 남·북곡의 장점을 흡수하고 곤산강을 개량하여 다른 지방의 곡조를 압도함으로써 전기의 곡조를 곤강으로 통일시켰다.

이러한 곤강을 사용하여 창작된 최초의 극본은 양진어(梁辰魚: 1520~1580)가 지은 『완사기(浣紗記)』[45척]이다. 이 작품은 오(吳)·월(越) 전쟁 후 범려(范蠡)와 서시(西施)의 고사를 극화한 것으로, 곤강이 다른 곡조를 압도할 수 있는 계기를 마련했다는 데 큰 의의가 있다. 『비파기』가 체제상의 혁신을 가져왔다면, 『완사기』는 곡조상의 혁신을 일으킨 작품이라 할 수 있다.

그밖에 곤강으로 창작된 주요 작품에는 『수호전』의 임충(林沖) 고사를 극화한 이개선(李開先: 1501~1568)의 『보검기(寶劍記)』, 명대의 간신 엄숭(嚴崇) 부자가 충신들을 박해한 고사를 극화한 왕세정(王世貞: 1526~1590)의 『명봉기(鳴鳳記)』, 당대 전기소설 『규염객전(虯髥客傳)』의 홍불(紅拂) 고사를 극화한 장봉익(張鳳翼: 1527~1613)의 『홍불기(紅拂記)』 등이 있다.

곤강은 중국 희곡사상 일대 혁신을 일으켰으며, 명대 중엽 이후 극단의 독보적인 존재로서 청대 건륭(乾隆) 말년까지 300여 년 동안 막강한 영향력을 행사했다.

명대 말기의 전기는 곡률·궁조·곡사·창법 등에 치중하고 극의 구성이나 내용·대사 등을 소홀히 하여 희곡이 격률과 문사 방면으로 발전함으로써, 더 이상 민중의 오락물이 되지 못하고 문인들의 감상 작품으로 변해버렸다. 이 시기를 대표하는 두 유파는 격률파와 문사파이다.

격률파는 오강파(吳江派)라고도 하며, 오강 사람 심경(沈璟)을 중심으로 여천성(呂天成)·복세신(卜世臣)·왕기덕(王驥德) 등이 여기에 속한다. 심경(1555?~1615)은 곡사와 곡률의 합치를 주장했으며, 작품으로는 『속옥당전기(屬玉堂傳奇)』 17종 가운데 『의협기(義俠記)』가 유명하다. 격률파는 곡률에만 집착하여 내용이 빈약한 형식주의에 빠질 위험이 있었다.

문사파는 임천파(臨川派) 또는 옥명당파(玉茗堂派)라고도 하며,

임천 사람 탕현조(湯顯祖)를 중심으로 완대성(阮大鋮)·오병(吳炳)·이옥(李玉) 등이 여기에 속한다. 탕현조(1550~1617)는 곡률보다는 곡사를 중시했으며, 작품으로는 '옥명당사몽(玉茗堂四夢)'이 유명하다. '옥명당사몽'은 당대 전기소설 『이혼기(離魂記)』를 개편한 것으로 '사몽' 가운데서 가장 뛰어난 『환혼기(還魂記)』[일명 『牡丹亭』], 『곽소옥전(霍小玉傳)』을 개편한 『자차기(紫釵記)』, 『남가태수전(南柯太守傳)』을 개편한 『남가기(南柯記)』, 『침중기(枕中記)』를 개편한 『한단기(邯鄲記)』를 말한다. 문사파는 유미주의의 경향이 농후하지만 문학적으로는 격률파보다 예술성이 뛰어난 것으로 평가된다.

한편 명대에는 희곡문학이 유례없는 성황을 이루게 되자 그에 따른 곡선집(曲選集)과 곡론서(曲論書)들이 많이 나왔는데, 이 중에서 원과 명 중엽의 희곡가와 작품을 논평한 왕세정의 『곡조(曲藻)』, 남곡의 창법과 곡률을 논한 남곡보(南曲譜)의 보감인 심경의 『남구궁보(南九宮譜)』, 궁조와 곡운을 기준으로 작품을 선별하고 품평한 심경의 『남사선운(南詞選韻)』, 원말부터 명말까지의 전기를 품평한 여천성의 『곡품(曲品)』, 『곡품』과 쌍벽을 이루는 곡론서인 왕기덕의 『곡률(曲律)』, 『남구궁보』와 쌍벽을 이루는 북곡보의 보감인 이옥의 『북사광정보(北詞廣正譜)』, 원과 명초의 극목(劇目)을 수록하고 품평한 주권의 『태화정음보(太和正音譜)』, 중요한 희곡 자료와 남희에 대한 비평을 수록한 서위의 『남사서록(南詞敍錄)』 등이 중요한 저작으로 꼽힌다.

湯顯祖

청대 전기

청대의 전기는 명대 전기를 이어 받아 실질적으로 청대 중엽까지 전통 희곡의 중심이 되었는데, 엄밀한 구성, 풍부한 정감, 전아한 언어, 치밀한 곡률 등으로 문학작품으로서는 비교적 우수하지만 무대예술로서는 결함이 있었다.

주요 작가로는 이어(李漁) · 홍승(洪昇) · 공상임(孔尚任)을 들 수 있다.

이어(1611~1685)는 청대 최고의 곡론가이자 극작가이다. 그는 『한정우기(閑情偶寄)』에서 연출 · 구성 · 곡사 · 곡률 · 빈백(賓白) · 무대설치 등 희곡 전반에 걸쳐 체계적인 이론을 전개하여 희곡문학의 가치를 인식하고 무대효과와의 결합을 중시했으며, 가벼운 조소와 해학을 삽입하여 희곡의 풍치를 농후하게 드러냈다. 또한 빈백을 중시하고, 알기 쉽고 통속적인 곡사를 사용했으며, 모방과 전고를 피하고 수사를 중시하지 않는 경향을 보였다. 입옹십종곡(笠翁十種曲) 중 『내하천(奈何天)』이 유명하다.

長生殿圖

홍승(1645~1704)은 당 현종과 양귀비의 애달픈 애정고사를 극화한 『장생전(長生殿)』[50척]을 지었는데, 『장생전』은 생동감 넘치는 극정(劇情), 탁월한 성격묘사, 치밀한 구성, 무대연출의 실제 효과 고려, 정련된 곡사 등 예술성이 뛰어나다.

공상임(1648~1718)은 홍승과 함께 '남홍북공(南洪北孔)'이라 불린다. 그의 대표작인 『도화선(桃花扇)』[44척]은 명말 문인 공자 후방역(侯方域)과 명기 이향군(李香君)의 파란만장한 애정고사를 배경으로 명말의 어지러운 사회상과 조정의 부패를 묘사한 것인데, 애정극이자 역사극으로서 그 주제표현이 명확하고, 역사적 사실과 예술적 진실을 결합했으며, 세련된 곡사에 분명한 뜻을 실어 언어운용이 뛰어나다.

그 밖에 장사전(蔣士銓: 1722~1784)은 탕현조(湯顯祖)의 생애를 극화한 『임천몽(臨川夢)』을 지었다.

桃花扇圖

청대 지방희와 경극의 형성

청대는 고증학의 학술기풍 아래 문인들이 사장(詞章)·경학(經學)·훈고(訓詁) 등을 숭상하고 희곡을 비롯한 통속문학을 천시함으로써, 전반적으로 희곡의 발전이 쇠퇴 또는 의고적인 수준에 머물게 되었지만, 청대 중엽 이후에는 토속조의 지방희가 흥성하여 민간연예의 하나로 자리 잡으면서 청대 희곡의 새로운 국면을 개척했다.

청대 중엽 건륭연간(乾隆年間: 1736~1795)에는 전통 희곡인 곤곡(崑曲)을 지칭하는 '아부(雅部)'에 대하여 토속조의 지방희가 새롭게 유행하기 시작했는데 이것을 '화부(花部)' 또는 '난탄(亂彈)'이라 불렀다.

지방희의 종류에는 각 지방의 고유한 곡조에 따라 익양강(弋陽腔)·한조(漢調)·경조(京調)·휘조(徽調)·천조(川調)·이황조(二黃

北京茶園演戲圖

調)·서피조(西皮調)·방자강(梆子腔)·나라강(羅羅腔) 등 여러 강조
(腔調)가 있었다. 이러한 지방희 가운데 일부 강조는 소멸되거나
또는 흡수·통합되어 새롭게 변모하기도 했지만, 여전히 독립성을
유지한 채 발전하여 지금까지 주요 지방극으로 상연되고 있다.

청대 후기에는 중국희곡사상 가장 중요한 사건 가운데 하나로
기록되는 경극(京劇)의 등장이 있었다.

경극은 호북(湖北) 지방의 황강(黃岡)·황피(黃陂)에서 발생한
이황조와 감숙(甘肅) 지방에서 발생한 서피조가 융합된 피황(皮
黃)이 건륭 말년에 4대휘반(四大徽班)에 의해 북경으로 도입된 후,
여러 강조의 장점을 흡수·발전하여 북경의 극단을 제압함으로써
그 모습을 드러냈다.

이러한 경극의 완성은 경극의 비조로 추앙받는 정장경(程長庚)
에 의해 이루어졌는데, 그는 동료들과 함께 피황을 바탕으로 곤
곡의 장점도 흡수하여 경극을 완성시켰다.

京劇 臉譜

희곡(戲曲)

경극의 주요 특징을 들어보면 다음과 같다. 첫째, 곡사는 전기나 잡극만 못하지만 희곡의 본질상 진보했다. 둘째, 척수나 절수의 제한을 받지 않고 장단이 자유롭다. 셋째, 무대배경·음악·강조(腔調) 등의 구성이 비교적 복잡하여 곤곡처럼 단조롭지 않다. 넷째, 고사는 대부분 고극(古劇)에서 취했지만 언어가 통속적이고 민중 심리에 적합하여 무대연출 효과가 높다.

경극은 이후 매란방(梅蘭芳)과 같은 불후의 명배우의 활약에 힘입어 중국 희곡의 대표적인 존재로서 지금까지 공연되고 있다.

梅蘭芳華

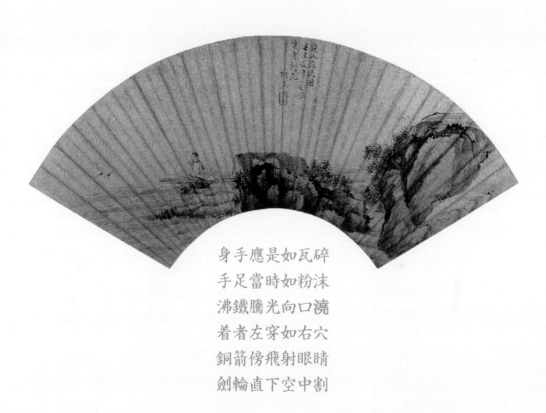

身手應是如瓦碎
手足當時如粉沫
沸鐵騰光向口澆
着者左穿如右穴
銅箭傍飛射眼睛
劍輪直下空中割

변문

　당대에는 민간문학의 일종으로서 변문(變文)이라는 독특한 문학형식이 새롭게 등장하여 발전했다.

　'변문'은 '불경변상지문(佛經變相之文)'이란 뜻으로, 불곡(佛曲)·속문(俗文)·강창문(講唱文) 등으로도 불린다.

　변문은 그 동안 잊혀져 있다가 1907년 5월 감숙성(甘肅省)의 돈황(敦煌) 천불동(千佛洞) 석실에서 헝가리의 지리학자 슈타인이 대량의 필사문헌과 도화를 처음으로 발견함으로써 세상에 알려지게 되었다.

　변문은 불교 교리의 전파 수단에서 비롯되었다. 승려들은 이해하기 어려운 불교 교리를 널리 전파하기 위하여 불경의 내용을 통속적인 고사로 바꾸는 동시에 음악적인 성분을 가미하여 일반인들이 쉽게 기억할 수 있도록 했는데, 이것을 속강(俗講)이라고 하며 속강을 문자로 정착시킨 것이 변문이다. 또한 남북조·수대에 이미 불경 독법의 수단으로 전독(轉讀: 정확한 음조와 박자로 불경을 낭송하는 것), 범패(梵唄: 불교 敎義를 찬송하는 노래), 창도(唱導: 佛道의 강연과 설법)가 있었는데, 그 안에 이미 강창(講唱)의 수법이 들어 있었다.

변문의 형식은 먼저 산문으로 불경의 뜻을 강술한 뒤 다시 한 번 운문으로 노래하는 방식, 산문으로 고사의 실마리를 풀어낸 뒤 이어서 운문으로 자세히 서술하는 것으로 산문과 운문의 내용이 중복되지 않는 형식, 산문과 운문을 혼용하여 구분 없이 사용하는 형식 등으로 나눌 수 있다.

변문의 내용은 크게 불사(佛事)에 관한 것과 사사(史事)·잡사(雜事)에 관한 것으로 분류할 수 있다.

전자는 불교 경전에서 제재를 취한 불교설화로서『유마힐경변문(維摩詰經變文)』,『항마변문(降魔變文)』,『대목건련명간구모변문(大目乾連冥間救母變文)』등이 있다.

敦煌 藏經洞

『목건련이 지옥에서 어머니를 구하는 변문

[大目乾連冥間救母變文]』

……(전략)…… 목련이 말을 마치고 다시 앞을 향하여 갔다. 잠시 뒤에 한 지옥에 도착하여, 목련이 옥주에게 아뢰었다.

"이 지옥에 혹시 청제부인이 계십니까? 그 분은 소승의 어머님이시기에 이렇게 찾아온 것입니다."

옥주가 대답했다.

"스님, 이 지옥엔 모두 남자들뿐이고 여자는 한 명도 없소이다. 도산지옥에 가서 물어보시면 틀림없이 만날 수 있을 것이오."

목련은 앞으로 가서 한 지옥에 도착했는데, 왼쪽은 도산이라 하고 오른쪽은 검수라 했다. 이 지옥 안에는 날카로운 칼이 서로 향하고 있고 피가 뚝뚝 흘러내렸는데, 옥주가 무수한 죄인을 몰아서 이 지옥으로 들여보내고 있었다. 목련이 물었다.

"이곳은 무슨 지옥이라 합니까?"

나찰이 대답했다.

"이곳은 도산검수라는 지옥이오."

목련이 물었다.

"이 지옥에 있는 죄인들은 무슨 죄업을 지었기에 이 지옥에 떨어진 것입니까?"

나찰이 대답했다.

"이 지옥에 있는 죄인들은 살아 있을 때 사원을 훼손하고 도량을 더럽혔으며 사원의 과일을 함부로 쓰고 사원의 땔감을 훔치길 좋아했는데, 오늘은 그 두 손으로 검수를 잡고 오르다 마디마디가 모두 끊어져 떨어지는 벌을 받고 있소이다."

도산엔 백골이 종횡으로 난무하고,
검수엔 천만 개의 사람 머리가 달렸네.
도산에 오르고 싶지 않은 사람은,
사원에 좋은 흙을 채우고,
과수를 재배하여 가람으로 들여오고,

종자를 뿌려 사원을 경작하면 된다네.
너희 죄인들은 말하지 말라.
영겁토록 죄를 받아 항사를 건너나니,
부처께서 열반하신 후에도 벗어나지 못한다네.
이 지옥은 동서로 수백 리요,
죄인들은 어지럽게 달려 다니며 어깨를 서로 줍는다네.
바람이 불을 지펴 앞에서 타오르는데,
옥졸은 몽둥이로 뒤에서 밀어 넣네.
몸은 응당 기와조각처럼 부서지고,
수족은 즉시 가루처럼 빻아지네.
끓는 쇳물의 치솟는 빛이 입으로 흘러 들어가면,
닿는 곳마다 왼쪽으로 뚫리고 오른쪽으로 터지네.
구리 화살이 옆에서 날아와 눈동자에 박히고,
칼 바퀴가 곧장 내려와 공중에서 찢어버리네.
말하노니 천 년 동안 사람으로 환생하지 못한 채,
철파루에 모여 그렇게 살아간다네.
……(중략)……
목련은 불법의 위력을 받들어 몸을 솟구쳐 아래로 향했는데 바람과
화살처럼 빨랐다. 잠깐 새에 곧장 아비지옥에 도착했다. 공중에서
보니 50명의 우두귀신·마두귀신과 나찰·야차가 검수 같은 이빨과

佛說目蓮救母經

피 쟁반 같은 입과 뇌성 같은 목소리와 번갯불 같은 눈을 하고서
하늘을 향해 지키고 있다가, 목련을 보고 멀리서 말했다.

"스님은 오지 마시오! 이곳은 좋은 곳이 아니오. 이곳은 지옥으로
가는 길이오. 서쪽의 검은 연기 속에는 온통 지옥의 독기가 퍼져
있으니, 그것에 쏘이면 스님은 재 먼지가 될 것이오."

스님은 들어보지 않았소?

아비지옥의 철석에 닿으면 모두 죽게 된다는 걸.

이 지옥은 어디에 있는가?

서쪽의 자욱한 그 검은 연기 속이라네.

목련이 항사처럼 염불을 외우니,

지옥도 원래 내 집이라네.

눈물 닦으며 공중에서 석장을 흔드니,

귀신이 즉시 삼처럼 쓰러지네.

흐르는 땀은 비에 젖은 듯 하고,

정신이 혼미하여 헉헉거리네.

손에 든 삼만봉을 놓고,

어깨 위로 멀리 육설차를 던지네.

여래께서 나를 보내 어머니를 만나,

아비지옥의 수렁에서 구하게 하셨네.

목련이 곧장 몸을 솟구쳐 나아가니,

옥졸들 서로 쳐다보며 감히 막질 못하네.

……(후략)……

……(前略)……目連言訖, 更向前行. 須臾之間, 至一地獄. 目連啓言獄
主: "此箇地獄中, 有靑提夫人已否? 是頻道阿孃, 故來認覓." 獄主報言:
"和尙, 此獄中總是男子, 並無女人. 向前問有刀山地獄之中, 問必應得見."
目連前行, 至地獄, 左名刀山, 右名劍樹. 地獄之中, 鋒劍相向, 涓涓血流,
見獄主驅無量罪人, 入此地獄. 目連問曰: "此個名何地獄?"羅察答言: "此
是刀山劍樹地獄." 目連問曰: "獄中罪人, 作何罪業, 當墮此地獄." 獄主報
言: "獄中罪人, 生存在日, 侵損常住游泥伽藍, 好用常住水菓, 盜常住柴薪,
今日交伊手攀劍樹, 支支節節, 皆零落處."

地獄變相圖

刀山白骨亂縱橫, 劍樹人頭千萬顆.

欲得不攀刀山者, 無過寺家壇好土.

栽接菓木入伽藍, 布施種子倍常住.

阿你箇罪人不可說, 累劫受罪度恒沙, 從佛涅盤仍未出.

此獄東西數百里, 罪人亂走肩相掇.

業風吹火向前燒, 獄卒巴杈從後押.

身手應是如瓦碎, 手足當時如粉沫.

沸鐵騰光向口澆, 着者左穿如右穴.

銅箭傍飛射眼睛, 劍輪直下空中割.

爲言千載不爲人, 鐵把樓聚還交活.

……(中略)……

目連承佛威力, 騰身向下, 急如風箭. 須臾之間, 即至阿鼻地獄. 空中見五
十箇牛頭馬腦, 羅刹夜叉, 牙如劍樹, 口似血盆, 聲如雷鳴, 眼如制電, 向天
曹當直. 逢着目連, 遙報言: "和尚莫來, 此間不是好道, 此是地獄之路. 西
邊黑煙之中, 總是獄中毒氣着, 和尚化爲灰塵處."

和尚不聞道阿鼻地獄, 鐵石過之皆得殃

地獄爲言何處在, 西邊怒那黑煙中.

目連念佛若恒沙, 地獄原來是我家.

拭淚空中搖錫杖, 鬼神當即倒如麻.

白汗交流如雨濕, 昏迷不覺白噓嗟.

手中放却三慢棒, 臂上遙抛六舌叉.

如來遣我看慈母, 阿鼻地獄求波吒.

目連不住騰身過, 獄卒相看不敢遮.

……(後略)……

　후자는 역사적인 사실이나 인물에 관한 고사를 변문의 형식을 빌려 강술한 것으로, 이는 변문이 점차 불경과의 관계를 떠나 민중오락으로 발전했음을 의미한다. 여기에는 『순자지효변문(舜子至孝變文)』, 『오자서변문(伍子胥變文)』[일명 『列國傳』], 『왕소군변문(王昭君變文)』[일명 『明妃傳』] 등이 있다.

　변문이 후대 문학에 미친 영향은 다음의 몇 가지로 정리할 수 있다. 첫째, 설화(說話)와 직접 연계되어 송대 화본(話本) 소설의 발생에 영향을 미쳤다. 둘째, 강창문학의 시조로서 고자사(鼓子詞)·제궁조(諸宮調)·탄사(彈詞)·보권(寶卷) 등과 직결되는 강창문학의 계보를 형성시켰다. 셋째, 희곡에서 창(唱)과 백(白)을 겸용하는 것은 변문의 계시와 영향을 받은 것이다. 넷째, 장편소설의 중간에 때때로 시·사·부 등을 삽입하는 것도 변문의 영향을 받은 것이다.

제궁조

　송대에 들어오면 변문에서 시작되었던 강창은 더욱 다양하게 발전하여 여러 형태로 분화되었다. 당시의 기록을 보면 도시마다 와사(瓦舍)나 구란(勾欄)이라고 불리던 유락(遊樂) 장소들이 있었고, 그곳에서 고자사(鼓子詞)·전답(轉踏)·애사(崖詞)·도진(陶眞)·제궁조(諸宮調)·복잠(復賺) 등 다양한 강창이 공연되었다고 한다. 이 중에서 제궁조는 상당히 규모가 컸을 뿐만 아니라 당시에 대중적인 인기도 대단했다고 한다.

강창문학의 일종으로서 제궁조는 금대(金代)에 크게 발전했다. 제궁조는 민간 예인(藝人)이 당대의 속강(俗講)·변문(變文), 당·송대의 사, 송대의 교방대곡(敎坊大曲) 및 당시에 유행하던 속곡(俗曲) 등을 흡수하여 만들어낸 것으로, 형식은 여러 궁조의 많은 단투(短套)를 연결하여 하나의 완전한 고사를 연출하는데 강(講)은 산문, 창(唱)은 운문을 사용했다. 주요 작품에는 작자 미상의 『유지원제궁조(劉知遠諸宮調)』와 동해원(董解元)의 『서상기제궁조(西廂記諸宮調)』가 있다.

『서상기제궁조』는 일명 『동서상(董西廂)』이라고도 하며, 작자는 동해원(董解元: 해원은 당시 문인에 대한 통칭)이다. 이 작품은 당대 전기 『앵앵전(鶯鶯傳)』의 비극을 희극으로 개편한 것으로, 사상과 내용이 심원하고, 구성예술이 치밀하며, 언어와 풍격이 아름답다. 특히 이 작품은 원대 왕실보(王實甫)의 잡극 『서상기』의 바탕이 되었다는 데 중국희곡사상 큰 의의가 있다.

탄사

탄사(彈詞)는 당·송대의 강창문학으로부터 발전된 것으로 고사(鼓詞)와 함께 명·청대에 크게 유행했다.

그 지역은 주로 소주(蘇州)·남경(南京)·항주(杭州) 등 상업이 발달한 남부 도시에서 유행했다. 반주악기로는 삼현(三玄)을 위주로 비파·양금 등이 사용되었다. 형식은 운문과 산문을 혼용했는데, 창사(唱詞)는 7언의 운문이 기본이며, 강백(講白)은 일반 소설의 서술과 비슷하다. 탄사에는 표준어로 된 국음(國音) 탄사와 방언으로 된 토음(土音) 탄사가 있는데, 단편은 4~8책, 중편은 약 10책, 장편은 30책 이상으로 되어 있어서 장단이 일정치 않다. 내용은 재자가인의 애정담이 대부분이고, 작자와 감상층이 대부분 여성이다. 주요 작품에는 『재생연(再生緣)』·『천우화(天雨花)』·『진주탑(珍珠塔)』·『의요전(義妖傳)』 등이 있다.

고사

명·청대에 유행한 고사(鼓詞)는 탄사와 마찬가지로 송대의 도진(陶眞)과 원대의 사화(詞話)에서 발전된 것으로, 주로 북방 지역에서 유행했다.

반주악기로는 북과 삼현이 주로 사용되었다. 형식은 탄사와 마찬가지로 운문과 산문을 혼용하는데 운문은 7언이 기본이다. 청대 중엽 이후에는 장편의 고사 가운데서 정채로운 부분만을 골라 강창하는 '적창(摘唱)'이 유행했다. 내용은 전쟁과 국가의 흥망에 관한 것이 대부분이다. 주요 작품에는 『삼국지』·『수호전』·『서유기』·『봉신연의』 등의 장편소설과 『서상기』·『백토기』 등의 잡극이나 전기를 개편한 것이 대부분이다.

이상에서 살펴본 강창문학은 그 자체의 문학적 의미보다는 희곡이나 소설과 같은 보다 발달된 후대의 문학양식들이 성립되는데 있어서 모태 혹은 전단계의 역할을 했다는 역사적 의미가 더 중요시된다.

중국문학사 연표

시대(수도)	연호(서기)	주요 역사 사항	주요 문학 사항
三皇·五帝		黃河 유역에서 漢文化 발생 황하의 범람	• 蒼頡: 黃帝 때 사람, 문자 창제. • 堯·舜: 禪讓에 의해 帝位 계승, 이상적인 聖君으로 여겨짐.
夏		禹王 즉위	• 禹王: 황하 治水에 공을 세우고, 舜으로부터 제위를 선양받아 夏 개국. • 桀王: 무도한 천자, 殷 湯王에게 멸망당함.

前1700
 	
商[殷]
		蕩王 즉위(前1700)	• 蕩王: 夏 桀王을 멸하고 商[殷] 개국.
			• 紂王: 무도한 천자, '桀紂'로 병칭, 周 武王에게
			  멸망당함.
			• 文王: 武王의 부친, 殷 토벌 계획 세움, 周
			  文化의 기초자.

前1122
 	
西周(鎬京)
		武王 즉위(前1122)
		
		周公·召公이 執政(前841)
		
		(前800)
			• 周公: 武王의 동생, 周 문화의 大成者, 孔子에
			  의해 성인으로 추앙.
			• 太公望 呂尙: 文王의 인정을 받고 武王을
			  도와 殷을 토벌한 賢臣.
			• 伯夷·叔齊: 殷代 孤竹國의 왕자, 모두 왕위를
			  양보, 武王에게 殷 토벌을 간했으나 듣지 않자
			  首陽山으로 들어가 餓死.
			• 『易經』: 占書, 周易, 五經 중 하나, 文王·周公
			  ·孔子가 찬했다고 함.

前770		平王이 洛邑으로 천도(前770)	• 『詩經』: 周代의 詩歌를 모아 놓은 最古의 시집, 五經 중 하나.

시대(수도)	연호(서기)	주요 역사 사항	주요 문학 사항
東周(洛邑) 春秋時代	(前700)	春秋五霸의 투쟁 晉 文公 霸權 차지(前633) 會稽山의 전쟁(前494) 越王 句踐이 吳를 멸함(前473)	• 『書經』: 尙書, 堯·舜시대부터 周初까지의 정치기록, 오경 중 하나. • 齊 桓公(前685-前643): 管仲을 등용하여 국정을 개혁, 최초의 霸者. • 管仲(?-前645): 齊의 名宰相. • 『管子』: 管仲 著, 정치·경제에 관해서 기술, 중심사상은 道家·法家. • 孔子(前552-前479): 이름은 丘, 字는 仲尼, 先聖의 道를 집대성함, 儒家의 비조. • 顔回(前521-前490): 공자의 수제자. • 『春秋』: 魯 隱公부터 哀公까지의 역사서, 공자가 편찬했다고 함, 오경 중 하나. • 『論語』: 공자와 제자들의 언행록, 유가의 聖典, 공자 사후에 그 학통을 계승한 자가 편찬했다고 함, 四書 중 하나. • 左丘明: 魯 大夫. • 『左傳』: 左丘明 著, 『春秋左氏傳』의 약칭, 『춘추』의 해설서. • 『國語』: 춘추시대의 사적을 국가별로 기록한 역사서, 좌구명이 편찬했다고 함. • 老子: 성은 李, 이름은 耳, 周 守藏室의 관리로 있을 때 공자가 그에게서 예를 배웠다고 함, 일설에는 공자보다 100년 후의 사람이라고도 함, 道家의 비조. • 『老子』: 『老子道德經』이라고도 함, 無爲自然의 도를 설파함. • 曾子(前502-前436): 이름은 參, 공자의 수제자. • 『孝經』: 공자와 증자가 나눈 효도에 관한 문답록, 증자의 제자들이 지었다고 함. • 『大學』: '修己治人'의 도를 기술한 책, 『禮記』 중의 한 편, 증자가 지었다고 함, 四書 중 하나. • 『孫子』: 孫武 著, 병법서, 『吳子』와 병칭. • 子思(前483-前402): 공자의 손자, 이름은 伋, 증자의 제자. • 『中庸』: '中庸'과 '誠'의 道를 설파함, 『禮記』 중의 한 편, 四書 중 하나.
	(前500)		
	(前400)		
前403		晉이 韓·魏·趙 三國으로 분열	• 墨翟(前478?-前397?): 墨家의 비조. • 『墨子』: 墨翟 著, 兼愛·非戰論을 설파함.

시대(수도)	연호(서기)	주요 역사 사항	주요 문학 사항
東周(洛邑) 戰國時代	(前300)	戰國七雄(秦·楚·燕·齊·韓·魏·趙)의 투쟁 合縱·連衡(橫)하여 쟁패 梁 惠王 즉위(前370) 諸子百家 활동 澠池會(前279) 秦이 東周를 멸함(前256)	• 商鞅(?-前338): 法家. • 『商君書』: 법치주의를 설파한 책, 『商子』라고도 함. • 列子(前450-前375): 이름은 禦寇, 道家. • 『列子』: 古書의 寓言을 개작한 책. • 楊朱(?-前335): 극단적인 이기주의·개인주의를 설파, 묵적의 겸애설과 대립. • 蘇秦(?-前317): 遊說家, 合縱說을 주창, 六國을 동맹시켜 秦에 대항케 함. • 張儀(?-前309): 유세가, 連衡說을 주창, 육국을 秦과 동맹케 함. • 莊子(前365?-前290?): 이름은 周, 道家. • 『莊子』: 『南華眞經』이라고도 함, 老子 학설을 계승하여 無爲自然을 설파함. • 孟子(前372-前289): 魯人, 이름은 軻, 王道政治를 제후에게 설파, 등용되지 못한 채 물러나 『孟子』를 지음, 儒家. • 『孟子』: 공자 학설을 계승하여 仁義를 설파, 제후 또는 제자들과 문답한 것을 기록한 책, 四書 중 하나. • 屈原(前343?-前277?): 楚 大夫, 애국시인, 楚王에게 배척당한 뒤 汨羅江에 투신자살, 楚辭의 대표작가. • 荀子(前298?-前235?): 이름은 況, 儒家. • 『荀子』: 禮를 존중, 맹자의 性善說과 대립되는 性惡說을 주장. • 呂不韋(前290-前235): 秦 大臣. • 『呂氏春秋』: 儒家를 중심으로 道家·墨家의 학설을 종합한 史論書. • 韓非(前280-前233): 韓 公子, 荀子의 제자, 법가사상의 大成者. • 『韓非子』: 법률·형벌로 정치의 기초를 삼아야 한다고 주장.
前221 秦(咸陽) (前200)		秦始皇의 천하통일(前221) 萬里長城 축성(前214) 焚書(前213) 坑儒(前212) 陳勝·吳廣의 농민반란(前209) 子嬰[3世]이 劉邦에게 항복하여 秦이 망함(前206)	• 秦始皇(前259-前210): 통일제국의 최초 천자, 성은 嬴, 이름은 政, 재위 10년. • 李斯(?-前208): 진시황의 재상, 순자의 제자, 법치를 장려, 문자를 통일하여 小篆 만듦. • 項羽(前233-前202): 이름은 籍, 羽는 字, 楚人, 진시황 사후에 擧兵, 秦 子嬰을 죽이고 西楚霸王이 됨, 漢 劉邦[高祖]과 4년 동안 전쟁, 垓下에서 四面楚歌, 烏江에서 자살.
前202		高祖 즉위(前202)	• 劉邦(前256-前195): 前漢 高祖, 沛人, 秦始皇

시대(수도)	연호(서기)	주요 역사 사항	주요 문학 사항

前[西]漢
(長安)
		漢 惠帝 즉위, 呂后
		집정(前195)
		
		惠帝가 挾書禁止律을
		폐지함(前191)
		
		吳楚七國의 난 발생(前154)
			사후에 擧兵, 項羽 등과 연합하여 關中으로
			들어가 秦을 멸함, 다시 항우를 멸하고 천하
			통일, 漢을 개국.
			• 蕭何·張良·韓信: 모두 高祖의 功臣,
			  '漢三傑'이라 불림.
			• 劉安(前179-前122): 고조의 손자, 淮南王.
			• 『淮南子』: 老莊思想을 위주로 하고 儒家·
			  法家 사상을 종합하여 고금의 治亂興亡과
			  天文理學 등을 기술한 일종의 百科全書.
			• 司馬相如(前179-前117): 문인, 辭賦의 대가,
			  「子虛賦」·「上林賦」 지음.

	建元1
	
	건원3
	
	건원5
	
	(前100)
	天漢1
	천한2
		武帝 즉위(前140)
		처음으로 年號 제정(前140)
		
		張騫을 서역에 파견(前138)
		
		武帝가 儒敎를 국교로 정하고,
		五經博士 설치(前136)
		
		蘇武를 匈奴에 파견(前100)
		李陵이 흉노에 항복(前99)
			• 武帝(前156-前87): 前漢의 제7대 천자. 내정을
			  확립하고 흉노를 북으로 밀어내고 西域·
			  安南을 경략, 「秋風歌」 지음.
			• 董仲舒(前179?-前104): 武帝의 儒官,
			  五經博士, 諸子百家 사상을 儒學으로 통일,
			  『春秋繁露』·『賢良對策』 등을 지음.
			• 司馬遷(前145-前86?): 역사가, 武帝 때 太史令
			  지냄, 부친의 遺志를 이어 『史記』 지음.
			• 『史記』: 上古부터 漢 武帝까지의 역사서,
			  紀傳體의 효시, 중국 史書의 典範, 前97년 경
			  완성.
			• 蘇武(前139-前60): 漢의 忠臣, 武帝 때 흉노에
			  사신으로 갔다가 19년 동안 억류당한 뒤에
			  돌아옴.

	元康1
	神爵3
	
	五鳳1
	
	竟寧1
	
	(紀元元年)
		月氏 五王國 성립(前65)
		처음으로 西域都護 설치(前59)
		
		匈奴 五單于 분립(前57)
		
		王昭君이 흉노로 시집감(前33)
			• 李陵(?-前74): 武帝 때 흉노와 전쟁하다가
			  포로가 됨, 흉노에서 重用, 그곳에서 病死.
			• 劉向(前77-前6): 宣帝·成帝시대의 학자.
			• 『說苑』: 劉向 著, 春秋時代부터 漢初까지의
			  諸家의 傳記·逸話集.
			• 『戰國策』: 劉向 編, 春秋時代부터
			  戰國時代까지의 사실을 국가별로 기술한 史書.
			• 『列女傳』: 劉向 編, 堯舜시대 이후 역대 저명
			  부인에 대한 傳記集.
			• 『楚辭』: 劉向이 편했다고 함, 楚 민족의
			  문학작품집, 楚의 屈原·宋玉 등의 名文과
			  名賦 수록.

新	8 初始1	王莽의 건국(8)	• 王莽(前45-23): 漢의 외척으로서 帝位를 찬탈, 新 건국.

시대(수도)	연호(서기)	주요 역사 사항	주요 문학 사항

25
 	
後[東]漢
(洛陽)
	建武1
	
	건무24
	
	永平8
	
	建初8
	(100)
	元興1
	延熹9
	
	中平1
	(200)
	建安13
		光武帝 즉위(25)
		
		匈奴가 남북으로 분열(48)
		
		明帝가 佛典을 구함(65)
		
		班超가 漢의 국위를 국외에
		떨침(83)
		蔡倫이 종이 발명(105)
		宦官의 횡포(166)
		
		로마와 교류 시작(166)
		黃巾의 난(184)
		
		赤壁大戰(208)
			• 光武帝(前6-57): 劉秀, 王莽 정권을
			  무너뜨리고 漢을 중흥, 洛陽으로 遷都.
			• 班固(32-92): 역사가.
			• 『漢書』: 班固 著, 前漢 12代의 역사서,
			  『前漢書』라고도 함, 누이 班昭가 완성함.
			• 許愼(30-124): 고전학자.
			• 『說文解字』: 許愼 著, 漢字의 구조를 해설한
			  最古의 字書.
			• 鄭玄(127-200): 訓詁學者, 『易』・『尙書』・
			  『毛詩』・『三禮』・『孝經』 등을 注解함.
			• 王充(137-192): 사상가.
			• 『論衡』: 王充 著, 時俗과 각 학파의 설을
			  비판한 책.
			• 曹操(154-220): 魏 武帝, 아들 曹丕가 後漢
			  獻帝를 廢하고 魏 건국.

220
 	
魏・蜀・吳
三國
	黃初1
	황초2
	황초3
	
	太和2
	
	景元4
		曹丕가 魏 건국(220)
		劉備가 蜀漢 건국(221)
		孫權이 吳 건국(222)
		
		赤壁大戰에서 魏軍 대패(228)
		
		淸談의 유행
		
		佛敎의 보급
		
		蜀 망함(263)
			• 曹植(192-232): 魏 武帝 曹操의 셋째 아들,
			  시인, 『曹子建集』 있음.
			• 劉備(161-223): 蜀 건국, 諸葛亮을 신하로
			  삼아 魏・吳와 정립, 吳에 패하여 病死.
			• 諸葛亮(181-234): 蜀의 名臣, 字는 孔明,
			  劉備의 三顧草廬를 받고 촉에서 벼슬, 魏
			  曹操를 赤壁에서 격파, 五丈原에서 病死.
			• 孫權(182-252): 吳 건국, 劉備와 함께 曹操의
			  大軍을 赤壁에서 격파.
			• 竹林七賢: 阮籍・山濤・向秀・劉伶・嵇康・王戎
			  ・阮咸, 淸談의 대표적 인물.
			• 何晏(190?-249): 魏의 학자.
			• 『論語集解』: 何晏 編, 孔安國 이후 8人의
			  『論語』注解를 모아 놓은 책.
			• 王肅(195-257): 魏의 학자.
			• 『孔子家語』: 王肅의 僞作이라 함, 孔子의
			  언행과 제자들의 의론 등을 古書에서 輯錄해
			  놓은 책.

265 西晉(洛陽)	泰始1 太康1	司馬炎이 晉 건국(265) 吳 망함(280)	• 『三國志』: 陳壽 著, 285년 완성, 위・오・촉 삼국의 역사서.

317
 	
東晉(建康)
	(300)
	
	太元8
	(400)
		元帝가 建康으로 천도
		
		淝水의 전쟁(383)
		騈儷文의 성행
			• 王羲(321-379): 시인, 서예가, 草書・隷書의
			  대가.
			• 顧愷之(344-405?): 화가.
			• 陶潛(365-427): 字는 淵明, 六朝時代 제일의
			  田園詩人.

시대(수도)	연호(서기)	주요 역사 사항	주요 문학 사항
420 宋·齊·梁·陳 [南朝] 魏·齊·周 [北朝]	永初1 元嘉16 원가23 太和9 **(500)** 天監1 永定1	宋 武帝 즉위(420) 南北朝 대립(439) 北魏에서 佛敎 금지(446) 北魏에서 均田制 시행(485) 梁 武帝 즉위(502) 陳 武帝 즉위(557)	• 謝靈運(385-433): 南朝 宋의 山水詩人, 謝惠連과 병칭됨. • 范曄(398-445): 宋의 역사가. • 『後漢書』: 范曄 著, 後漢時代의 역사서. • 『世說新語』: 劉義慶 著, 後漢末부터 東晉까지 名士의 逸話集, 志人小說의 대표작. • 昭明太子(501-534): 梁의 태자. • 『文選』: 昭明太子 編, 周末부터 六朝까지의 詩文集. • 顔之推(531-602?): 六朝末의 학자. • 『顔氏家訓』: 顔之推 著, 立身과 治家의 道를 가르친 책.
589 隋(長安)	開皇9 **(600)** 仁壽4	隋가 陳을 멸하고 천하통일(589) 科擧制度 시행(604) 煬帝 즉위(604)	• 煬帝(580-618): 제2대 황제, 사치를 좋아하고 토목공사를 대대적으로 일으켜 민심을 잃음, 신하에게 살해당함.
618 初唐 唐(長安) 盛唐	武德1 무덕7 무덕9 貞觀10 顯慶2 天授1 **(700)** 神龍1 景龍4 開元1 天寶14 至德1	高祖 즉위(618) 均田制와 租·庸·調法 실시(624) 太宗 즉위(626) 징병제도 실시(636) 洛陽을 東都로 정함(657) 則天武后가 中宗을 廢하고 국호를 周라 함(690) 則天武后 사후에 국호를 다시 唐이라 함(705) 韋氏의 난(710) 玄宗 즉위(713) 중국의 製紙術이 서아시아로 전파됨 安史의 난(755) 肅宗 즉위(756)	• 太宗(597-649): 제2대 천자, 名臣 魏徵과 房玄齡 등의 도움으로 '貞觀之治'를 이룸. • 孔穎達(574-648): 유학자. • 『五經正義』: 孔穎達 編, 太宗의 칙명으로 五經의 해석을 정리함. • 則天武后(623-705): 高宗의 황후, 고종의 사후에 稱帝함. • 王翰(687-726?): 불우한 관리, 邊塞詩人. • 孟浩然(689-740): 自然詩人, 王維와 병칭. • 王之渙(695-750): 邊塞詩人. • 崔顥(?-754): 시인, 「黃鶴樓」 지음. • 王昌齡(?-755): 불우한 관리, 邊塞詩人. • 玄宗(685-762): 제6대 천자, 초기에는 治世를 잘하여 '開元之治'를 이룸, 후기에는 楊貴妃에 빠져 정치를 돌보지 않음, 결국 安史의 난으로 인해 蜀으로 피난. • 楊貴妃(717-756): 玄宗의 寵妃, 安史의 난 와중에 馬嵬에서 죽음. • 王維(699-759): 대표적인 전원시인, 그림에 뛰어남, '詩佛'이라 불림. • 李白(701-762): 字는 太白, 杜甫와 함께 唐代 제일의 시인, '詩仙'·'酒仙'이라 불림.

시대(수도)	연호(서기)	주요 역사 사항	주요 문학 사항
盛唐		漢詩의 전성	• 高適(707?-765): 50세 경에 시를 배움, 岑參과 함께 邊塞詩人으로 명성이 높음.
			• 岑參(715-770): 邊塞詩人, 遠征의 노고를 慷慨悲歌로 노래함.
	建中1	楊炎이 兩稅法 시행(780)	• 杜甫(712-770): 唐代 제일의 시인, 時事를 노래하는 데 뛰어나 그의 작품을 '詩史'라 함, '詩聖'이라 불림.
			• 張繼: 시인, 「楓橋夜泊」으로 유명함.
	(800)		• 顔眞卿(709-785): 충신, 草書·楷書의 대가.
中唐			
		古文復興	• 寒山·拾得: 憲宗 때의 高僧, 師弟之間, 寒山寺에 머물면서 뛰어난 禪詩를 지음.
			• 韓愈(768-824): 字는 退之, 柳宗元과 함께 古文을 부흥시킴, 유가사상 고취, 도교와 불교 배척, 唐宋八大家 중 하나, 『韓昌黎集』 있음.
唐(長安)	元和5 원화10	元稹이 江陵으로 좌천(810) 白居易가 江州司馬로 좌천(815)	• 柳宗元(773-819): 字는 子厚, 詩文의 대가, 韓愈와 함께 古文을 부흥시킴, 唐宋八大家 중 하나, 『柳河東集』 있음.
	원화14	韓愈가 「論佛骨表」를 올리고 潮州로 좌천(819)	• 韋應物(735?-830?): 자연시인.
			• 孟郊(751-841): 시인.
			• 李賀(790-816): 鬼才詩人.
		傳奇小說의 흥성	• 元稹(779-831): 字는 微之, 白居易의 文友, 傳奇小說 『鶯鶯傳』 지음.
			• 白居易(772-846): 字는 樂天, 대문호, 詩가 平易하고 통속적임, 元稹과 함께 '元白'이라 병칭됨, 『白氏文集』 있음.
晩唐	開成2	開成 石經 건립(837)	• 賈島(779-843): 시인, '推敲'의 전고로 유명.
			• 杜牧(803-852): 호는 樊川, 시인, 絶句에 뛰어남, 杜甫를 '大杜'라고 하는 것에 대비하여 '小杜'라 불림.
	乾符2 (900)	黃巢의 난 일어남(875)	• 『蒙求』: 李瀚 著, 古今의 故實을 모아 놓은 소년용 교훈서.
			• 李商隱(812-858): 유미주의 시인.
907 五代十國	開平1	朱全忠이 唐을 멸하고 後梁을 건국(907) 목판인쇄 발명	• 李煜(937-976): 南唐의 군주, 시인, 詞人, 父王 李景의 작품이 함께 실려 있는 『南唐二主詞』가 있음.

시대(수도)	연호(서기)	주요 역사 사항	주요 문학 사항
北宋(開封)	960 建隆1 (1000)	太祖 즉위(960) 詞의 성행	• 太祖(927-976): 後周의 恭帝를 폐하고 즉위하여 宋 건국. • 范仲淹(989-1052): 정치가, 문장가, 西夏의 침입을 잘 방어하여 재상이 됨, 『范文正公集』 있음. • 梅堯臣(1002-1060): 字는 聖兪, 시인, 『宛陵集』 있음. • 蘇洵(1009-1066): 문인, 아들 蘇軾·蘇轍과 함께 '三蘇'로 불림, 唐宋八大家 중 하나.
		古文의 부흥	• 歐陽修(1007-1072): 정치가, 대문장가, 古文을 부흥시킴, 산문의 전통 문체를 고취. 唐宋八大家 중 하나.
		宋學의 흥성	• 周敦頤(1017-1073): 유학자, 호는 濂溪, 宋學[道學]의 비조, 『太極圖說』 지음. • 張載(1020-1077): 유학자, 橫渠先生이라 불림, 『西銘』·『易說』 등 지음. • 曾鞏(1019-1083): 문인, 唐宋八大家 중 하나, 문집 『元豐類稿』 있음. • 程顥(1032-1085): 유학자, 호는 明道, 天人合一論·氣一元論을 제창하여 유학을 철리적으로 해석함, 동생 程頤와 함께 '二程子'로 불림, 朱子가 그를 私淑함, 『二程全書』 있음.
	熙寧2	王安石의 新法 시행(1069)	• 王安石(1021-1086): 정치가, 字는 介甫, 新法을 주장하여 政治·財政의 개혁을 기도했지만 실패함, 문장가로서 唐宋八大家 중 하나. • 司馬光(1019-1086): 정치가. • 『資治通鑑』: 司馬光 著, 周의 威烈王부터 五代의 後周까지 국가의 흥망성쇠를 기술한 編年體 역사서. • 蘇軾(1036-1101): 宋代 제일의 詩文 대가, 蘇洵의 아들, 字는 子瞻, 호는 東坡, 시·서·화에 능함, 唐宋八大家 중 하나, 문집으로 『東坡全集』 있음. • 黃庭堅(1045-1105): 시인, 서예가, 호는 山谷, 蘇軾과 함께 '蘇黃'으로 병칭됨. • 程頤(1033-1107): 유학자, 호는 伊川, 四書五經을 理氣二元論으로 究明함.
	(1100) 政和5	金의 건국(1115)	• 蘇轍(1039-1112): 문인, 字는 子由, 蘇軾의 동생, 唐宋八大家 중 하나.

시대(수도)	연호(서기)	주요 역사 사항	주요 문학 사항
南宋(臨安) 1127 (1200)	建炎1 開禧2 德祐1 祥興1	金軍이 수도 침입, 高宗이 臨安에서 즉위(1127) 朱子가 宋學을 집대성함 蒙古의 成吉思汗 즉위(1206) 金과 蒙古의 투쟁 격화 마르코폴로가 大都[北京]에 옴(1275) 文天祥이 元軍에게 체포됨(1278)	• 陸九淵(1139-1192): 유학자, 호는 象山, 心卽理를 주장하고 실천을 중시함, 陸王學의 비조, 『象山先生集』 있음. • 朱子(1130-1200): 유학자, 이름은 熹, 程子 이후 宋學의 大成者. • 『四書集注』: 朱子 著, 四書에 대한 주석서, 그 注를 新注라고 함. • 『近思錄』: 朱子·呂祖謙 共著, 周濂溪·二程子 등의 언행을 수록한 四書의 입문서. • 陸游(1125-1210): 시인, 호는 放翁, 다작가. • 『小學』: 劉子澄 編, 初學者를 위해 작문법과 古人의 명언·선행 등을 모아 놓은 교훈서. • 文天祥(1236-1282): 宋末의 충신, 시인. • 謝枋得(1226-1289): 宋末의 충신. • 『文章軌範』: 謝枋得 編, 唐宋의 名文을 모아 문장의 모범으로 삼은 문집. • 『古文眞寶』: 黃堅 編, 시문집, 前集은 漢부터 宋까지의 名詩集, 後集은 戰國末부터 宋까지의 名文集.
元(燕京) 1279 (1300)	至元16 延祐2 至正2	世祖 즉위(1279) 희곡·소설의 발흥 科擧制度 부활(1315-1335) 紅巾의 난 일어남(1351)	• 曾先之: 宋末元初의 역사가. • 『十八史略』: 曾先之 編, 初學者를 위해 『史記』 등 18종의 역사서를 요약하여 고대부터 宋까지의 사건을 약술한 역사서. • 關漢卿: 元代 제일의 극작가. 『竇娥寃』 지음. • 王實甫(1200-?): 元의 극작가. • 『西廂記』: 王實甫 作, 唐代 元稹의 『鶯鶯傳』을 개편한 희곡[雜劇]. • 高明: 元末의 극작가, 字는 則誠. • 『琵琶記』: 高明 作, 蔡邕의 妻 趙五娘의 정절을 묘사한 희곡[傳奇]. • 羅貫中: 14세기 말의 소설가. • 『水滸傳』: 羅貫中 또는 施耐庵 作, 宋代에 梁山泊에 모인 108豪漢의 활약을 그린 장편 장회소설. • 『三國志演義』: 羅貫中 作이라고 함, 正史 『三國志』에 기초하여 영웅호걸들의 활약을 묘사한 장편 장회소설.

시대(수도)	연호(서기)	주요 역사 사항	주요 문학 사항

1368
 	
明
(金陵
↓
北京)
	洪武1
	홍무18
	(1400)
	永樂19
	
	(1500)
	正德12
	
	정덕13
	嘉靖34
	萬曆11
	
	(1600)
	
	崇禎9
		太祖 즉위(1368)
		科擧制度 부활(1385)
		
		北京으로 遷都(1421)
		陽明學의 흥성
		
		復古主義 思潮 만연
		포루투갈인이 廣東에
		입항(1517)
		王守仁이 江南의 적을
		평정(1518)
		倭寇가 南京 침입(1555)
		
		누루하치[淸 太祖]의
		擧兵(1583)
		
		後金이 국호를 淸으로
		개칭(1636)
			• 高啓(1336-1374): 明代 제일의 시인, 호는
			  靑邱,·詩風이 淸新·雄建함.
			• 王陽明(1472-1529): 明代의 大儒, 정치가,
			  이름은 守仁, 호는 陽明, 실천적인
			  知行合一說과 致良知說을 제창, 陽明學의 비조.
			• 『傳習錄』: 王陽明의 語錄, 제자들이 편찬함.
			• 李攀龍(1514-1570): 문인, 前後七子 중 하나로
			  明代 후기 복고주의를 선도.
			• 『唐詩選』: 李攀龍 編, 唐詩 465수를 詩體別로
			  집록함.
			• 吳承恩(1498-1582): 소설가.
			• 『西遊記』: 吳承恩 作, 三藏法師와 孫悟空
			  등의 天竺國 여행을 묘사한 장편 장회소설.
			• 『金甁梅』: 작자 미상, 西門慶과 潘金蓮 등의
			  애정생활과 明代의 사회부패를 묘사한 장편
			  장회소설.
			• 李贄(1527-1602): 字는 卓吾, 陽明學의 左派,
			  童心說 주장.
			• 袁宏道(1566-1610): 復古派에 반대한
			  公安派의 중심인물, 明末 小品文 선도.
			• 『菜根譚』: 洪自誠 編, 儒敎를 중심으로 老莊과
			  禪宗 사상을 혼합하여 無慾과 高雅한 풍격을
			  語錄形式으로 기록.

1644
 	
淸(北京)
	順治1
	순치11
	
	순치18
	
	康熙36
	(1700)
	강희56
	강희59
	
	乾隆1
		世祖 즉위(1644)
		로마 사절 도착(1654)
		
		康熙帝 즉위(1661)
		鄭成功의 臺灣 점거(1661)
		
		外蒙古가 淸에 귀속됨(1697)
		
		기독교 포교 금지(1717)
		淸의 티베트 지배(1720)
		
		乾隆帝 즉위(1736)
		考證學 성행
			• 『聊齋志異』: 蒲松齡 作, 문언 단편소설의
			  白眉, 六朝 志怪와 唐代 傳奇의 전통 계승.
			• 高炎武(1613-1682): 淸代 考證學의 비조.
			• 『日志錄』: 高炎武 著, 經書硏究·官制·經濟·
			  天文·地理 등을 논한 책.
			• 『康熙字典』: 康熙帝의 칙명으로 편찬된 字書,
			  49,000여 字 수록, 현행 字典의 표준.
			• 『佩文韻府』: 康熙帝의 칙명으로 편찬, 句末의
			  韻에 따라 熟語를 배열, 作詩에 편리한 字典.
			• 王士禎(1634-1711): 시인, 神韻說 주장.
			• 吳敬梓(1701-1754): 소설가.
			• 『儒林外史』: 吳敬梓 作, 관리·유학자의
			  부패와 사회모순 등을 묘사한 장편 풍자소설.
			• 沈德潛(1673-1769): 시인, 格調說 주장.
			• 袁枚(1716-1797): 시인, 性靈說 주장.

시대(수도)	연호(서기)	주요 역사 사항	주요 문학 사항
淸(北京)	건륭50	朱子學 이외의 儒學 금지(1785)	• 『紅樓夢』: 曹雪芹 作, 당시 귀족·부호의 생활과 애정을 묘사한 장편 장회소설. 중국소설의 최고작.
	(1800)		• 『四庫全書』: 乾隆帝의 칙명으로 편찬된 叢書, 총 168,000여 冊을 經·史·子·集으로 四分하여 書庫에 수장.
			• 段玉裁(1735-1815): 考證學者, 王孫念과 함께 戴震의 제자로 '段王二家'로 병칭됨.
	道光20 도광30 咸豐6 光緒24 광서25	阿片戰爭 일어남(1840) 太平天國의 난 일어남(1850) 애로우號 사건 발생(1856) 戊戌政變(1898) 殷墟에서 甲骨文 발견(1899)	• 『說文解字注』: 段玉裁 著, 『說文解字』를 해설한 字書. • 曾國藩(1811-1872): 정치가, 학자, 농민출신, 太平天國의 난을 평정하여 中興의 名臣이 됨. • 『馬氏文通』: 馬建忠 著, 漢文法을 조직적으로 해설한 文法書.
	(1900) 光緒26 광서31	義和團 사건 발생(1900) 科擧制度 폐지(1905)	• 『官場現形記』: 李寶嘉 作, 관료사회의 부패를 풍자한 譴責小說. • 孫文(1866-1925): 정치가, 字는 逸仙·中山, 三民主義를 제창하고 중국의 민주화에 헌신.
	광서33	敦煌 石窟 발견(1907)	• 王國維(1877-1927): 학자, 평론가, 호는 觀堂, 중국 古代史 연구에 획기적인 업적을 남김.
	宣統3	辛亥革命(1911)	• 康有爲(1858-1927): 학자, 정치가, 戊戌政變의 중심인물.
1912 中華民國		文學革命運動(1916) 國民政府 수립(1927) 國民政府를 臺灣으로 옮김, 蔣介石 總統(1949)	• 梁啓超(1873-1929): 정치가, 학자, 康有爲의 제자, 淸朝의 정치개혁을 주장한 진보적인 정치가, 『中國歷史研究法』 등의 저서 남김. • 魯迅(1881-1936): 문학가, 본명은 周樹人, 字는 矛才, 魯迅은 필명, '民族革命戰爭을 위한 大衆文學'을 제창한 중심작가, 『狂人日記』· 『阿Q正傳』 등을 지음.

찾아보기

인명·서명·작품

지은이

김 장 환 | jhk2294@yonsei.ac.kr

　　김장환은 연세대학교 중어중문학과 교수로 재직 중이다. 연세대학교 중문과를 졸업한
뒤 서울대학교에서 「世說新語研究」로 석사학위를 받았고, 연세대학교에서 「魏晉南北朝志人
小說研究」로 박사학위를 받았다. 강원대학교 중문과 교수, 미국 Harvard-Yenching Institute
의 Visiting Scholar(2004 ~ 2005), 같은 대학교 Fairbank Center for Chinese Studies의 Visiting
Scholar(2011 ~ 2012)를 지냈다. 전공분야는 중국 문언소설과 필기문헌이다.
　　그동안 쓴 책으로는 『중국문학의 벼리』, 『중국문학의 향기』, 『중국문학의 숨결』, 『中國文
言短篇小說選』, 『劉義慶과 世說新語』, 『魏晉世語輯釋研究』, 『동아시아 이야기 보고의 탄생—
太平廣記』 등이 있고, 옮긴 책으로는 『中國演劇史』, 『中國類書槪說』, 『中國歷代筆記』, 『세
상의 참신한 이야기—世說新語』(전3권), 『世說新語補』(전4권), 『世說新語姓彙韻分』(전3
권), 『太平廣記』(전21권), 『太平廣記詳節』(전8권), 『封神演義』(전9권), 『唐摭言』(전2권), 『列仙
傳』, 『西京雜記』, 『高士傳』, 『語林』, 『郭子』, 『俗說』, 『談藪』, 『小說』, 『啓顔錄』, 『神仙傳』,
『玉壺氷』, 『列異傳』, 『齊諧記·續齊諧記』, 『宣驗記』, 『述異記』, 『笑林·妬記』, 『古今注』, 『中
華古今注』, 『冤魂志』 등이 있으며, 중국 문언소설과 필기문헌에 관한 여러 편의 연구논문이
있다.

중국문학 장르별 이해

중국문학의 향기

초판 1쇄 인쇄 2015년 8월 20일
초판 3쇄 발행 2023년 3월   2일

지 은 이 | 김장환
펴 낸 이 | 하운근
펴 낸 곳 | 學古房

주   소 | 경기도 고양시 덕양구 통일로 140 삼송테크노밸리 A동 B224
전   화 | (02)353-9908 편집부(02)356-9903
팩   스 | (02)6959-8234
홈페이지 | http://hakgobang.co.kr/
전자우편 | hakgobang@naver.com, hakgobang@chol.com
등록번호 | 제311-1994-000001호

ISBN   978-89-6071-545-5   93820

값 : 25,000원